KB121167

친절에
보답하라

친절에 보답하라

2019년 1월 14일 초판 1쇄 인쇄
2019년 1월 17일 초판 1쇄 발행

지은이 기진
발행인 이종주

기획 편집 주수지 이은정
경영 지원 배진경
마케팅 김정수

발행처 (주)로크미디어
출판등록 2003년 3월 24일
주소 서울시 마포구 성암로 330(상암동) DMC첨단산업센터 B동 318호
Tel (02)3273-5135 Fax (02)3273-5134
홈페이지 rokmedia.blog.me
E-mail romance@rokmedia.com

친절에 보답하라

기진 장편소설

ROCOJO

c o n t e n t s

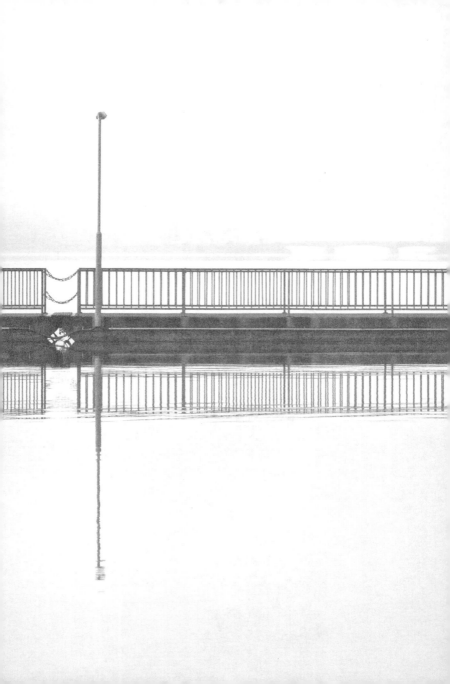

프롤로그

윤태는 27층 유리 벽 앞에 서서, 오늘따라 시린 색을 내며 흐르는 한강을 내려다보고 있었다.

조만간 첫눈이 올 것 같은 날씨였다.

"희성아. 작년 겨울에 눈이 왔던가?"

그러자 벽을 허문 공사판 한가운데서 감수성에 취해 훌쩍이던 그의 친구이자 수행 비서인 희성이 대꾸했다.

"갑자기 무슨 소리야. 15년 만에 최고 강설량이었잖아."

"그랬구나."

"올겨울엔 일만 하지 말고 좀 돌아다녀. 스키장도 가고."

무조건 돈을 벌겠다는 생각 하나만 가지고 뒤도 옆도 돌아보지 않고 달렸더니 긴 잠에서 깬 것처럼 어지러웠다. 스물네 살, 아니, 열 살 이후로 처음 정신을 차린 기분이었다.

희성이 뒤에서 윤태의 어깨를 잡아 돌렸다.

"맨날 똑같은 한강은 그만 보고 우리 회사를 봐라. 감동적이지 않냐?"

"이게 무슨 회사야. 공사판이지."

윤태의 핀잔에도 아랑곳하지 않은 희성이 칠이 벗겨진 오른쪽 벽으로 향하며 말했다.

"우리 첫 사무실이 4평이었나?"

"그랬지. 네가 엄청 욕했잖아."

"욕을 안 하게 생겼냐? 가진 건 쥐뿔도 없는 새끼가 이렇게 좋은 빌딩에 사무실을 얻겠다는데. 보증금 내고 나니까 마이너스였잖아."

"뷰가 좋잖아."

"뷰야 지금 봐도 기가 막히지."

희성은 무심코 동의해 놓고도 돌이켜 보니 황당해서 또다시 투덜거렸다.

"네놈이 월세를 120씩 쓸 때는 진짜 미친놈인 줄 알았는데."

"……아, 뷰가 좋았다니까."

"어휴, 우리 대표님이라 봐준다."

"연봉 올려 줬잖아."

"아이고, 감사합니다. 우리 엄만 아직도 나보고, 누가 고등학교도 못 마친 놈한테 돈을 그렇게 많이 주냐고 사기당하는 거 아니냐고 하시더라."

그 말에 윤태가 서운한 기색을 내비쳤다.

"날 초등학생 때부터 보셨는데도 못 믿으셔? 우리 엄만 나보다 널 더 반가워하시는데."

그러자 희성이 킥킥거리며 말했다.

"원래 우리 엄마는 잘생기고 친절한 남자 안 믿어. 젊을 때 남자한테 하도 꼴아 박아서."

"내가 친절한 편인가?"

"잘생긴 것도 인정하지 마, 이 새끼야."

"나는 눈이 없냐?"

"어휴, 이런 걸 믿고 내 인생을 맡기다니."

희성이 주먹을 날리는 시늉을 하자 윤태가 뒤로 물러서며 유쾌하게 웃었다. 두 사람은 아무리 봐도 질리지 않는 한강을 다시금 바라보았다.

한강이 보이는 27층 빌딩의 27층. 뷰가 좋아야 일이 잘될 것 같다며 빡빡 우기던 박윤태는 단 7년 만에 대성공을 거둬 아예 이 층을 전부 사들였다.

처음 일을 시작했을 때부터 그의 마음을 빼앗았던 빌딩의 가장 높은 층을 드디어 차지했다. 자신도 조금은 감격할 필요가 있었다. 그런 감정을 억지로 만들어 내서라도.

"한강을 보면 돌아가신 아버지가 생각나. 빌려준 돈 돌려받으면 서울 가서 살자고 하셨거든. 서울엔 바다가 없으니까, 한강 보이는 곳에서 살자고 했어. 정말로 그 사기꾼 새끼가 돈 불려 줄 줄 알고."

"……야, 갑자기 왜 그런 얘기를 하냐."

씁쓸함에 희성이 시무룩해지자 윤태가 유쾌하게 그의 어깨를 토닥였다.

"지금이라도 이뤄서 좋단 얘기야."

"그래, 좋다는 얘기지. 아, 갑자기 늙은 기분이네. 어른들이 너무 좋은 거 보면 왜 우시는지 알겠다니까. 슬슬 갈까?"

"먼저 가 봐. 난 좀 더 있을게."

희성이 몸을 돌려 나가려다 한 번 윤태를 돌아보았다.

윤태와 친구로 지낸 지도 20년이었다. 처음 서울에 전학 왔을 때부터 윤태는 다른 남자아이들과는 완전히 달랐다.

누구에게나 친절하고, 어른스럽고, 근사했다. 늘 남보다 머리 하나는 컸지만 남을 우습게 여기지도, 괴롭히지도 않았다.

사업을 시작하고도 마찬가지였다. 물론 사업을 하면서 어떻게 아예 적을 만들지 않겠냐만, 윤태는 그 적을 최소한으로 줄여 가며 일을 했다.

그런데도 그는 묘하게 남을 불편하게 만드는 구석이 있었다. 콕 집어 말할 수는 없지만 20년 내내 윤태의 손발이 되어 더러운 일을 처리해 온 희성조차 가끔 그가 낯설 때가 있었다.

희성이 떠난 후 윤태가 창을 등지고 돌아서니 노을빛이 새어 들어와 공사장 내부가 황금처럼 보였다.

그에게는 돈을 버는 일이 정말로 쉬웠다.

"……그래도 죽은 사람이 돌아오지는 않지."

그가 중얼거리며 아버지가 돌아가신 날을 떠올렸다.

열 살 겨울, 학교에서 돌아와 보니 집이 조용했다.

윤태가 안방으로 들어가자 아버지는 술과 섞어 농약을 마시고 숨을 거둔 뒤였다.

혼자 겁에 질려 비명을 지르다가 전화기 앞으로 달려가 119를 눌렀다. 아버지가 돌아가셨을 리 없다고, 구급차가 오기 전까진 확신하고 있었다.

병원에서 정신을 차렸을 땐 이미 저녁이었다. 간호사가 엄마가 일하는 곳으로 걸어 준 전화를 받았다.

윤태가 입을 떼기도 전에, 엄마의 목소리가 들렸다.

– 윤태야, 엄마 일할 땐 전화하지 말라고 했잖아. 금방 집에 갈게.

그 말을 가만히 듣던 윤태가 쉬다 못해 쇳소리가 나는 목소리를 냈다.

"엄마, 학교 끝나고 집에 갔더니 아빠가 돌아가셨어요."

– ……뭐?

"지금 병원인데요. 엄마한테 전화하라고 해서요."

– 유, 윤태야. 엄마 지금 당장 거기로 갈게. 전화 끊지 말고…….

"끊고 조심해서 오세요."

윤태는 다시 간호사에게 전화를 내밀고 고개를 꾸벅 숙여 인사한 후 진이 빠져 자리에 서 있었다.

그러자 동네 어른 한 분이 머리를 쓰다듬어 주며 물었다.

"아가, 왜 서 있어. 앉아서 기다려."

"괜찮아요."

윤태가 나오지 않는 목소리를 억지로 짜내 말했다.

"전 나가서 엄마 기다리고 있을게요. 여기 찾기 어려우니까."

"밖에 추워. 이거라도 끼고 가."

그녀가 주머니에 대충 넣어 뒀던 장갑을 꺼내 내밀자 윤태가 다시 예의 바르게 인사를 하고 장갑을 꼈다.

윤태의 가족들에게 화를 내던 동네 사람들의 분노는 아버지의 죽음에 놀라 한풀 꺾였으나 동네에 감돌던 우울감은 더욱 커진 듯했다.

윤태는 조용히 밖으로 나가서 어머니를 기다렸다.

병원은 바닷가에 있는 윤태의 집에 비하면 많이 내륙으로 들

11

어온 곳이었다. 그래서 윤태는 아버지가 안쓰러웠다. 그렇게 바다를 좋아하는 사람이 이렇게 바다와 먼 곳에 있으니까.

아버지는 제 어선을 목숨처럼 여겼지만, 윤태를 두고 먼저 목숨을 끊을 정도는 아니었다. 그런데 사기를 당해 배를 잃고 나서는 그렇게 아끼던 윤태도 돌보아 주지 않았다.

동네에서 인망이 두터웠던 아버지는 동네의 해결사였다. 어느 집에 일이 생기면 그길로 가서 도와줬다. 그래서 아버지가 제가 아끼던 동생, 유한석에게 돈을 빌려줄 때 동네 사람들도 믿고 저들의 돈을 맡겼었다.

아버지가 스스로 목숨을 끊은 것은 아마 목숨보다 소중한 아들이 보는 앞에서 당한 수치가 부끄러웠기 때문일 것이다. 하룻길에 돈을 잃은 동네 어른에게 화풀이로 멱살이 잡히던 아들에게 얼굴을 들기 어려웠던 것이다.

"말하지 말걸."

윤태가 별이 가득한 하늘을 바라보며, 입김과 함께 말을 이었다.

"그날 내가 울지만 않았으면 아빠는 몰랐을 텐데……."

우는 바람에 아버지가 알고 말았다. 제가 사기를 당하는 바람에 제 아들이 화풀이를 당했다는 걸.

아버지는 그날 무척이나 슬퍼했는데 평소처럼, 그 다혈질이던 성격처럼 달려가 그 사람의 멱살을 잡지 못했다. 아마 걸음을 떼기 어려울 정도로 부끄러워서 그랬으리라.

'금으로 된 바다를 준다고 해도 아들과는 안 바꿔.'

더 어릴 때, 술에 진탕 취한 아버지가 그렇게 하는 말을 들었다. 평소엔 절대 그런 말을 하지 않던 무뚝뚝한 아버지인데.

아버지가 알려 준 별들은 하늘에 전부 그대로 있는데, 아버지가 없었다. 구름 한 점 없이 맑은 하늘이었지만, 시내의 빛 때문인지 아버지의 배 위에 누워서 본 하늘만은 못했다.

윤태가 별을 세며 추위를 견디고 있는데 어머니가 달려와 두꺼운 코트 한 벌 못 사 준 아들을 끌어안았다.

"윤태야……. 왜 나와 있어……."

생계를 책임지느라 늦은 밤까지 일을 하다 돌아온 경화가 울며 묻자 윤태가 어른스레 대답했다.

"엄마가 울다가 길을 잃어버릴까 봐요."

"그래, 고마워. 얼른 들어가자. 추워."

"네."

윤태가 경화의 손을 꼭 잡고 건물로 되돌아갔다.

그날 그는 두 가지 결심을 했다. 다시는 돈에 휘둘리지 않겠다는 첫 번째 결심과 다시는 울지 않겠다는 두 번째 결심.

첫 번째는 한동안 불가능했지만 두 번째는 지켰다. 장례식을 치르는 내내 윤태는 한 번도 울지 않았다. 눈물이 날 것 같으면 어디 머리를 박아서라도 울지 않았다.

그때만이 아니라 서른한 살이 된 지금까지도, 그는 울어 본 적이 없었다.

1. 쪽빛

청아는 원데이 클래스에 관한 내용이 적힌 A4 용지를 공방 유리 벽에 붙였다. 청아가 종이를 손바닥으로 잘 펴며 말했다.

"이제 끝."

청아의 공방 구경을 온 친구 연화가 팔짱을 끼고 시원섭섭한 얼굴로 말했다.

"이야, 드디어 유청아가 독립하네."

"막막하면 다시 정 선생님 댁에 들어갈 수도 있어."

"난 좋아."

그사이 청아가 올려놓았던 포트의 물이 끓었다. 청아가 찻물을 부으러 간 사이 연화는 그녀가 살게 될 공방 내 쪽방을 구경했다.

연화는 제집 현관보다도 작은 쪽방을 보며 혀를 찼다.

"야, 여기 2평은 돼?"

"딱 2평."

"재 봐. 2평 안 되는 거 같아."

단출한 쪽방에는 연화의 외할머니이자 청아의 한복 선생님인 연자가 선물해 준 이불 한 채밖에 없었다.

연화가 하나뿐인 가구로 쳐주게 생긴 선반 위에 제가 선물로 가져온 디퓨저를 올려 두었다. 청아가 캐모마일 티백을 우려낸 차가 담긴 머그 컵 하나를 내밀며 말했다.

"미니멀리즘이야."

"야, 있는 걸 비우는 게 미니멀리즘이지. 넌 있는 게 없잖아."

"독립이 그렇지 뭐."

청아가 말하며 제 머그 컵을 두 손으로 쥐고 차를 홀짝거렸다. 그러다가 왠지 웃음이 터져 중얼거렸다.

"작긴 작다, 근데."

"웃음이 나와? 애초에 너 같은 부잣집 애가 왜 사서 고생이야. 나도 힘들어. 밥을 비싼 걸 같이 먹을 수가 있나, 쇼핑을 갈 수가 있나, 남들 다 가는 여행 한 번 못 가고."

청아는 연화의 한탄을 못 들은 척하며 그녀의 등을 떠밀었다.

"자, 내 일 방해 그만하고 집에 가. 나 약속 있다니까 왜 하필 오늘 와 가지고."

"그 약속 때문에 오늘 온 거야."

연화가 말하더니 청아를 끌어다 공방 테이블 앞에 앉혔다. 곧 잘 욱하는 연화가 욕설까지 섞어 가며 성질을 냈다.

"그 망할 계집애가 왜 널 만나자고 하는지 모르겠지만 이러고는 내가 못 보내."

"따돌린 거 미안해서 밥 사 준다는데."

"넌 그 말을 믿어? 그런 애들은 절대 반성 안 해. 자기가 잘못한 것도 모를걸? 보나마나 뭐 부탁하려는 거겠지."

"그런가?"

"날 믿어. 〈정연자 한복〉의 정연자 씨를 외할머니로 두니까 친하지도 않은 애들이 관혼상제마다 연락한다니까."

연화는 제가 가져온 가방의 물건을 청아의 낡은 가방으로 옮겨 넣고 제 가방을 내밀었다.

청아가 그것을 받아 들자 제 아이보리색 캐시미어 롱코트 대신 청아의 검은색 반코트를 걸쳤다.

"신발도 바꾸자."

"뭘 이렇게까지 해?"

"난 원래 부탁받을 일 있을 땐 이러고 나가. 기선 제압하려고."

연화의 거침없음에 넘어간 청아가 운동화를 벗어 주자 연화가 그걸 대충 구겨 신고 손을 마구 흔들더니 그대로 공방을 나가 버렸다.

"폭풍이 지나간 것 같네."

청아가 혼잣말하며 연화가 던져 놓은 코트를 집어 들었다. 키가 비슷해서 몸에 대충 맞았다. 굽이 10cm는 되어 보이는 연화의 구두까지 신은 후 공방을 나와서 안쪽 블라인드를 내린 공방 유리 벽에 제 모습을 비춰 보았다.

연화의 물건들은 한눈에 보아도 고가품들이었다. 외할머니가 워낙 투자를 많이 해 준 덕이었다. 청아가 제 모습에서 눈을 떼고 걸음을 옮겼다.

제가 버린 것들이 전혀 아깝지 않다면 거짓말이었다. 부모님의 도움을 받았다면 훨씬 나은 삶을 살 수 있었을 것이다.

그래도 후회는 하지 않았다.

사기꾼인 아버지의 지원을 받을 생각은 조금도 없었다.

'보영아. 언제쯤 와?'

청아가 전화로 물었을 때, 보영이 대답했었다.

— 나 못 가. 애들도 다 안 간대.

'……못 와?'

전화 너머로 웃음소리가 들렸다.

— 야, 우리가 진짜로 갈 줄 알았어? 우리가 거길 왜 가?

청아가 핸드폰을 꼭 쥐고 약속 시간 즈음에 주문했던 6인분
의 식사를 돌아보았다.

예상은 했는데, 진짜 안 올 줄은 몰랐다. 청아가 애써 웃으며
물었다.

'그래도 오면 안 돼? 벌써 음식들 다 나와서…….'

— 사기 쳐서 번 돈으로? 그걸 더러워서 어떻게 먹어?

보영이 빈정거리더니 그대로 전화를 끊었다.

청아는 머뭇거리다가 핸드폰을 내려놓고 자리에 앉았다. 그
리고 포크를 집어 일단 식은 음식들을 먹기 시작했다.

무슨 맛인지도 모르고 우물거리는데 자꾸 목이 멨다. 음식이
아까워서 좀 많이 먹고 싶었는데, 기억하기론 1인분쯤 먹다가
그대로 다 토했던 것 같다.

"우리 처음엔 되게 친했었는데. 그치? 너희 집도 놀러 가고."

보영의 말에 청아는 잠시 고등학교 1학년, 이맘때의 기억에서
벗어났다.

그녀의 고등학교가 있던 동네의 꽤 괜찮은 술집이었다. 조명이 어둡고 칸막이가 있어 주변이 신경 쓰이지 않았다.

청아가 뒤늦게 고개를 끄덕이며 대답했다.

"응. 친했지."

"아쉽다. 너희 아버지가 그러지만 않으셨어도 우리 계속 친구였을 텐데."

청아는 지금껏 상처들을 잘 묻어 뒀다고 생각했다. 한동안은 그 기억에도 별 영향을 받지 않았었는데. 당사자를 앞에 두니 그 기억들이 선명하게 되돌아왔다.

교실 한구석에서 청아는 점점 작아졌다. 괴롭히는 수위는 점점 더 높아졌고 2학년을 채 다 넘기지도 못하고 유학을 갔다.

왜 그랬냐고 아버지에게 화내고 나서 한동안은 부녀간의 대화가 단절되었지만 부모님께 손 벌려 유학을 갔으니 그것도 오래가지 못했다.

"너 그렇게 전학 가고 다들 되게 미안해했어. 우리가 너무 장난이 심했나, 싶어서."

보영이 술잔을 내려놓고 추억에 잠긴 얼굴로 말을 이었다.

"너희 아버지가 사기를 친 거지, 네가 그런 것도 아닌데. 다들 뭐만 없어지면 너부터 의심하고……. 애초에 하필 왜 우리 반에 경찰 아들은 있어 가지고 그런 건 소문냈는지 몰라. 아무튼 미안해. 아, 얼굴 보고 말하니까 좋네. 마음의 짐이었는데 이제 좀 내려놓는 기분이야."

"다행이네."

청아는 씁쓸했지만 지금이라도 사과를 하겠다는 보영의 용기를 높이 샀다.

술로 목을 축이고 여기저기 장식된 크리스마스 장식들을 눈으로 훑으며 공방에도 트리를 꺼내 놔야겠다는 생각을 했다.

이제야 겨우 긴장이 풀어지려던 찰나 보영이 본론을 꺼냈다.

"아, 나 남자 친구 생겼는데. 좀 많이 연상이야."

"몇 살?"

"아홉 살. 이 동네에서 음식점 해. 근데 알고 보니까 너희 아버지 건물이더라고."

필요한 것이 있어서 보자는 거라는 연화의 말이 맞았다. 보영이 민망한 표정으로 말을 이었다.

"그런데 이번에 여기 월세가 전체적으로 올랐잖아. 그래서 너희 아버지도 올리신다더라고. 그러니까 네가 친구라고 한 번만 말씀드리면 안 될까?"

청아는 술을 그리 좋아하지 않았다. 그래도 정연자 선생님이 술을 좋아하셔서 가끔 한두 잔 같이 기울여 드리다 보니 술이 늘었다. 씁쓸한 기분을 씻어 내려 단술을 한 모금 들이켠 청아가 입을 열었다.

"내 건물이 아니고 아버지 건물이잖아. 너도 아니고 네 남친 얘기를 하기는 어려울 것 같아."

"그냥 한번 말씀이라도 드려 보면 안 돼?"

"아버지가 네 이름을 잘 모르셔서. 말 꺼내기가 좀 그래."

"이제부터 자주 만나면 되지."

"미안해, 보영아. 네가 방금 사과한 거, 정말로 미안해서 한 거 아니잖아. 자주 만나자는 말도 진심이 아닐 거고."

청아가 애써 차분히 말하자 보영이 어떻게 그런 말을 하냐는 듯이 눈이 동그래졌다.

"아직 기분 안 풀렸어?"

"부탁을 들어줄 정도는 아닌 것 같아."

"옛날 일이잖아. 열일곱 살 때 일에 아직도 꽁해 있어?"

"너에게는 옛날 일일지 몰라도 나는 아니야."

청아의 말투에 점점 날이 서자 보영이 속상하다는 듯이 말했다.

"내가 괜히 그랬어? 먼저 잘못한 건 너희 아버지잖아."

"너희 집에 그랬어? 왜 네가 나한테 그래?"

청아가 저도 모르게 언성을 높였다. 그러자 보영이 기가 막힌다는 듯 같이 언성을 높였다.

"너도 그 돈으로 살았잖아. 그 돈으로 좋은 집 살고 좋은 옷 입고 유학까지 갔잖아? 그런데 어떻게 그렇게 자긴 잘못한 거 없는 것처럼 말해?"

"내가 언제 내가 잘못한 게 없다고 했어? 네가 따질 일이 아니란 거지. 네가 나에 대해서 뭘 알아?"

"왜 그런 식으로 말해? 너야말로 내가 너한테 뭘 잘못했다고 그렇게 화를 내?"

보영이 정말로 억울해하자 청아는 말문이 막히고 말았다. 그러나 이제 와서 네가 내 생일에 온다고 해 놓고 안 왔잖아, 이렇게 따지는 건 너무 구질구질했다.

한동안 아무 말도 못 하던 청아가 서글퍼진 목소리로 말했다.

"그래, 내 잘못이다. 근데 너는 그렇게 사기 쳐서 돈 번 사람한테 득을 보고 싶니? 그걸로 득 보면 너도 똑같은 거 아냐?"

그제야 보영도 말문이 막혀 입을 다물었다.

＊　＊　＊

윤태는 희성과 집 근처 술집에서 기자를 만나는 중이었다.

강 기자가 희성이 건네준 자료들을 수렴하며 말했다.

"네, 그럼 읽고 사실 확인하겠습니다. 확인 끝나면 내년 중에 기사 나갈 겁니다. 이렇게 제보해 주셔서 얼마나 감사한지 몰라요, 박 대표님."

"감사는요. 제가 감사하죠."

"와, 난 여태 박 대표님이 엘리트 코스만 차근차근 밟아 오신 줄 알았어요. 이런 일을 겪으셨을 줄은 정말 상상도 못 했습니다. 나이는 한참 어리시지만 형님으로 모시고 싶어지네요."

단독 특종에 들뜬 강 기자가 가방에 자료를 챙겨 넣으며 먼저 자리에서 일어섰다. 술 좋아하는 윤태가 한 잔 더 하자고 해서 그는 남고 희성은 강 기자의 배웅을 다녀왔다. 돌아온 희성이 테이블을 손등으로 똑똑 두들기며 소곤거렸다.

"박윤태. 옆 테이블에 그 여자 있다?"

"그 여자?"

"유한석 딸. 내가 사진 보여 줬잖아. 유청아라고, 정연자 한복에서 일하는 여자. 친구랑 싸우는 것 같더라."

단숨에 일그러지는 윤태의 표정에 희성이 움찔거렸다. 윤태가 칸막이에 귀를 가져갔다. 그러나 곧 그럴 필요도 없이 화가 난 청아가 외치는 소리가 들렸다.

"너희 집에 그랬어? 왜 네가 나한테 그래?"

윤태가 미간을 좁혔다. 순간 사람들의 시선이 소리를 친 여자에게로 쏠렸다. 맞은편 여자가 말했다.

"너도 그 돈으로 살았잖아. 그 돈으로 좋은 집 살고 좋은 옷 입고 유학까지 갔잖아? 그런데 어떻게 그렇게 자긴 잘못한 거 없는 것처럼 말해?"

"내가 언제 내가 잘못한 게 없다고 했어? 네가 따질 일이 아 니란 거지. 네가 나에 대해서 뭘 알아?"

윤태가 일어나려 하자 희성이 다급하게 그의 팔을 꽉 붙잡았 다. 그때 옆 테이블에 있던 유청아도 일어서서 계산대로 향하는 게 보였다.

희성이 평소 같지 않게 감정을 다스리기 어려워하는 윤태를 달랬다.

"우리 그냥 술이나 더 먹자."

"나가서 산책이나 할래."

"산책? 아, 그거 좋다."

유청아에게 시비라도 걸까 봐 걱정했는데 다행히 그건 아니 었다. 그가 타인에게 시비를 거는 성격은 절대 아니지만 유한석 과 관련된 일에서는 얘기가 달랐다.

희성은 코트를 걸치고 술집을 나가는 윤태를 보며 가슴을 쓸 어내렸다.

❄ ❄ ❄

청아는 더 다툴 힘도 없어 그대로 술집을 나왔다.

보영의 말처럼 자신은 이미 벗어날 수 없는 사기 범죄의 수혜 자였다. 나쁜 사람 소리도 듣기 싫어서, 면피용으로 이렇게 살 고 있다는 생각이 머릿속에서 사라지지 않는다.

그럼 내가 옳다고 믿으며 선택했던 행동들은 아무 의미도 없는 걸까.

술을 많이 마신 것도 아닌데 머리가 핑 돌았다. 걸을 힘이 없어 두리번거리다가 가까이에 벤치가 보여 그곳에 앉았다.

힘만 없는 정도가 아니라 갑자기 독한 걸 먹은 것처럼 속이 아팠다. 너무 아파 두 손으로 가슴을 부여잡는데 눈앞이 컴컴했다. 본가가 엎어지면 코 닿을 거리였지만 부모님의 도움은 조금도 받을 생각이 없었다.

"이 동네 정말 싫다."

청아가 중얼거리며 몸을 웅크렸다. 상태는 악화되는데 갑자기 추워진 날씨 때문인지 지나가는 사람 하나 없었다. 식은땀이 흘렀다.

제 예상보다 상태가 안 좋다는 걸 뒤늦게 파악하고 핸드폰을 들려는데 눈조차 제대로 뜰 수 없었다. 결국 쥐었던 핸드폰을 바닥에 떨어뜨리고 몸도 옆으로 기울었다.

그때, 커다란 손이 그녀의 어깨를 붙잡았다.

"이봐요."

"……."

"눈 떠요. 빨리."

못 떠요, 하고 대답하고 싶었지만 입 밖으로 소리가 나오지 않았다.

"병원이 바로 앞이에요. 데려갈 테니까 놀라지 말아요."

그러세요.

이거야말로 소리 내서 말하고 싶은데 소리가 나오지 않는다. 잠시 후 얇은 코트 위로 무거울 정도로 커다란 코트가 둘러졌다. 온기가 도니까 그제야 눈이 좀 뜨였다.

그때 청아는 제가 바닥에 떨어뜨린 핸드폰을 집어 들고 있는 남자를 발견했다. 청아는 제 가방을 들어 팔에 걸친 그와 눈이 마주쳤다.

자신보다 대여섯 살 정도 많아 보였다. 아니면 분위기만 그렇고 좀 더 어릴지도 모른다.

'눈 정말 예쁘다…….'

몸은 꼼짝도 하지 않았지만 그의 수려한 눈매 덕에 잠시 아픔이 가셨다. 남자 역시 눈을 뜬 청아와 대화를 시도하기 위해 그녀의 눈을 바라보고 있었다.

오늘 최저기온은 영하 7도였다. 앞에 있는 남자는 세상 사람들 중 상위 0.1% 정도로 튼튼해 보였지만 코트 없이 정장만 입고 돌아다녀도 될 것 같지는 않았다.

"병원 갈 거예요. 알겠죠?"

수긍하는 의미로 눈을 깜빡이자 남자가 알아듣고 청아를 그대로 안아 들었다. 그러면 안 된다는 걸 알지만 온기와 약간의 흔들림이 느껴지자 잠이 쏟아졌다. 안아서 재워야 잠드는 아가들이 있는 이유를 알 것 같았다.

그래도 모르는 남자에게 안겨 잠들 정도로 안일하진 않았기 때문에 필사적으로 주변 소리를 살피다가 병원에 들어서는 순간 정신을 잃었다.

❀ ❀ ❀

윤태는 병실 창문의 커튼을 잠깐 들어 보았다.

첫눈부터 폭설이다. 별난 해였다.

그가 몸을 돌려 링거를 꽂고 잠들어 있는 청아를 바라보았다.

"……내가 한 번 구해 준 거다, 유청아."

그가 듣지도 못할 청아에게 말했다.

이 동네로 이사 와서 그렇게 우연히 마주치려고 매일 산책을 했는데도 유한석은 만난 적이 없었다.

아까 처음 유청아를 봤을 때는 분노가 제 판단 능력을 전부 상실시키는 기분이었는데, 지금은 스스로가 이상하게 느껴질 정도로 차분해졌다.

의자에 앉아 앓고 있는 청아를 봤을 때 처음엔 그냥 놔두려고 했다. 그러나 제 눈앞에서 핸드폰을 떨어뜨리고 옆으로 쓰러지는 모습을 보니 인간으로서, 남자로서 놔둘 수가 없었다.

의사가 이야기하는 걸 들으니 뭐가 어쩌고저쩌고하며 아무튼 심장이 안 좋고 반드시 금주하라는 말만 반복해서 했다.

윤태의 아버지 재용이 아직 한동네에서 자란 유한석을 아끼고 신뢰하던 시절, 윤태는 태어난 지 얼마 안 된 유한석의 딸을 본 적이 있었다. 그때도 심장이 약하다고 했다.

약하게 타고난 것은 쉽게 강해지지 않는 모양이다. 제 아버지는 사람을 좋아하는 게 약점이었고, 유한석은 돈에 약하고, 유청아는 심장이 약하다.

그냥 갈까, 하는데 그의 핸드폰이 울렸다. 윤태가 전화를 받자 희성이 물었다.

— 아직도 산책해? 집에 들어갔어?

"지금 병원이야. 중간에 좀 문제가 생겨서."

— 문제? 내가 지금 갈까?

"됐어. 내가 해결했어."

그의 목소리 때문인지 청아가 느리게 눈을 떴다. 윤태가 서둘러 말했다.

"아무튼 끊는다."

– 야, 어딘데 이렇게 조용…….

핸드폰 밖으로 목소리가 다 새어 나와서 희성이 쓸데없는 소리라도 할까 봐 윤태가 전화를 끊었다.

청아가 비실비실해 보이는 팔로 침대를 짚으며 억지로 상체를 일으켰다.

병원에 도착했다는 걸 알았는데도 갑자기 정신이 드니 상황 파악이 되지 않는 모양이었다. 청아가 놀란 눈으로 주변을 두리번거리다가 제 시선에 걸린 윤태를 한참 동안 바라보았다.

청아가 바짝 마른 입술을 가까스로 열었다.

"고마워요."

윤태가 벤치에서 주운 핸드폰을 꺼내 그녀에게 내밀었다.

"집에 전화부터 해요. 잠금 설정되어 있어서 못 했어요."

청아가 건조해 보이는 두 손으로 핸드폰을 받아 들어 옆에 내려놓고 다시 고개를 들어 그를 보았다.

"저 원래 자취해요. 신경 안 쓸 거예요."

"신경을 안 써도 쓰러졌다는 건 말해야죠."

"연락은 제가 알아서 할게요. 아무튼 정말 고마워요."

"고맙단 말은 한 번만 하면 됩니다. 그보다 의사가 금주하라더군요."

그 말에 청아가 작게 한숨을 쉬었다. 정 선생님께 제가 당분간 금주할 거라는 이야기를 하면 실망하실 것 같았기 때문이었다. 그걸 윤태는 본인이 술을 못 마셔서 아쉬워하는 걸로 알고 아이 어르는 듯한 표정을 지었다.

"정말 마시면 안 돼요."

"안 마셔요. 그냥 제 스승님이 술을 좋아하셔서……. 당분간 같이 못 마셔 드리는 게 좀 죄송스럽네요."

"좋은 제자네."

"아주 좋은 제자죠."

청아의 농담조에 윤태가 고개를 조금 돌리며 웃었다. 그를 따라서 희미하게 웃고 난 청아가 물었다.

"아직 눈 와요?"

"옵니다. 커튼 열어 줄까요?"

"고마워요."

윤태가 걸어가 커튼을 활짝 열어젖혔다. 바람이 없는지 아주 느리게 눈이 내리고 있었다.

윤태가 창밖을 바라보며 중얼거렸다.

"심심할 텐데 다행이네. 눈 구경이라도 할 수 있어서."

청아는 그런 남자의 뒷모습을 물끄러미 바라보았다. 좋은 사람이 빨리 발견해 주어 다행이라고 생각했다.

윤태가 돌아서서 침대를 지났다. 청아가 그를 따라 다시 고개를 돌려 보니 윤태가 코트를 찾아 입고 있었다.

한밤중에 눈길 속으로 보내려니 무척이나 미안했다. 청아가 손을 내밀었다.

"명함 주세요. 사례할게요."

"됐습니다. 몸조리나 잘해요."

"네? 그래도 시간 내서 여기까지 데려다주셨는데……."

28

"여기까지 오는 게 뭐가 힘듭니까, 바로 앞인데."

윤태가 다소 냉랭하게 말하더니 돌아보지 않고 병실을 나갔다. 청아의 손이 눈송이처럼 천천히 침대에 놓였다.

"……그래도 도와준 사람 이름은 알아야지."

청아가 아쉬운 표정으로 중얼거렸다.

＊　＊　＊

집으로 돌아온 윤태는 제집 문 앞에 쪼그리고 앉아 있는 이복형, 기웅을 발견하고 낮게 한숨을 쉬었다.

"거기서 뭐 해?"

"윤태야, 형 또 잘렸다."

"그만둔 거겠지."

"솔직히 나더러 낙하산이라고 그렇게 수군거리는데 그게 자발적인 거냐? 나가라고 등을 떠미는데."

윤태가 혀를 차며 문을 열고 집 안으로 들어섰다. 그를 뒤따라 들어온 기웅이 입맛을 다시며 집을 둘러보았다.

커다란 문으로 들어서면 직사각형 형태의 거대한 거실이 있고, 왼쪽에는 미니바가 있었다.

재혼한 아내가 데려온 아들을 새아버지는 없는 취급을 했다. 그런데 데려온 아들만 이렇게 성공하여 제 자식들이 빌붙어 살고 있으니 속이 뒤집어질 일이었다. 다행히도 그는 도중부터 제 친자식보다 윤태를 더 자랑으로 여기는 것으로 생존법을 찾아냈다. 그 후론 여기저기 자랑하고 다니며 선 자리를 물어 오는 것이 최근 윤태의 가장 큰 스트레스였다.

기웅이 미니바로 향하는 윤태를 졸졸 따라가며 말을 이었다.

"너희 회사에 좀 취직시켜 주라."

"내 회사는 작아서 형처럼 일도 못하는 낙하산이 나타나면 존재감이 너무 커."

"야, 너희 회사가 내가 여태 다닌 곳 다 합친 것만 해. 그리고 내가 블루월에선 일 잘할지 어떻게 알아?"

"그냥 아버지한테 소개시켜 달라고 해."

그러자 기웅이 제 머리칼을 거칠게 헝클고 말했다.

"안 되지! 안 그래도 아버지 나 싫어하는데 일 또 달라고 하면 좋아하겠냐?"

기웅이 옆에서 떠들거나 말거나, 윤태는 지금 당장 술이 필요했다. 그는 우선 두리번거리며 안줏거리를 찾았다.

전날 만들어 두었던 매시드포테이토가 큰 유리판에 담겨 있었다. 그것을 오븐에 넣은 후 바게트를 꺼내 썰기 시작했다. 빵 써는 칼이 서걱서걱 소리를 내면 빵가루가 나무 도마 위에 우수수 흩어졌다.

접시 하나를 꺼내 바게트를 놓았다. 오븐에서 적당히 따끈해진 매시드포테이토를 떠서 바게트에 올렸다. 거기에 치즈와 햄을 아무렇게나 올리고 다시 찬장을 열었다.

"아, 박윤태!"

"어어. 말해. 듣고 있어."

그가 건성으로 말하며 선 드라이 토마토가 들어 있는 캔을 꺼냈다. 캔 안에서 선 드라이 토마토를 꺼내 바게트 위에 두어 개씩 올리니 그럭저럭 안주가 완성되었다.

윤태가 샴페인 잔을 두 개 꺼내며 물었다.

"샴페인?"

"어."

그 와중에 기웅이 대답하자 윤태가 샴페인 잔 하나에 크뤼그 샴페인을 따랐다. 두 번째 잔을 따르기 전에 기웅의 마음이 바뀌었다.

"아니다, 맥주!"

"꺼내 마셔."

기웅이 냉큼 달려가 맥주 냉장고를 열고 버드와이저 한 병을 꺼냈다. 그가 뚜껑을 따자마자 벌컥벌컥 들이켜고, 빵을 집어 우적우적 먹더니 투덜거렸다.

"이 와중에 맛있어, 또."

"회사 다시 가."

"그러지 말고 나 블루월 입사시켜 주라. 엉?"

기웅이 말도 안 되는 억지를 부리는데 인터폰이 울렸다.

확인해 보니 희성이었다. 그가 소주병을 흔들고 있는 모습에 기웅이 입맛을 다셨다.

"주종이 다양한데?"

"방해꾼들 천지네."

윤태가 체념한 표정으로 문을 열어 주자 희성이 잽싸게 올라왔다.

"야, 너 우울할까 봐 돌아왔어. 고마운 줄 알아라."

"안 불렀다, 새끼야."

"엇, 기웅 형님도 계셨네. 오늘 파팁니까?"

희성이 능청을 떨며 들어오자 기웅이 낄낄거리며 말했다.

"애초에 혼자 이렇게 좋은 집에 사는 박윤태 잘못이다, 이건."

"형도 남의 집 좀 오지 마."

"여자 친구 만들면 되잖아. 제수씨 있음 설마 우리가 오겠냐?"

"사람 만나기 귀찮아."

"또 시작이다. 어떻게 연애가 귀찮냐, 너는?"

그러자 벌써 빵을 집어먹던 희성이 맞장구쳤다.

"맞아, 네놈이 하는 게 뭐가 있어? 입 다물고 있어도 여자들이 알아서 다 해 주는데. 난 돈을 흩뿌려도 안 만나 주더라. 양아치 같대."

그러자 기웅이 뭔 소리냐는 듯 표정을 찡그렸다.

"너 양아치 맞잖아?"

"아, 형님!"

"양아치한테 형님 소리 듣기 싫다."

모처럼 집에 왔는데 평화는 틀렸다.

윤태가 한숨을 쉬는데 인터폰이 또 울렸다. 이번엔 여동생인 세인이었다. 짜증이 잔뜩 나서 팔짱을 낀 걸 보니 기웅처럼 또 해 달란 게 있는 것이 분명했다.

희성이 인터폰 앞에서 기웃거리자 기웅이 퍽, 희성의 등을 때렸다.

"내 동생한테 찝쩍거리면 죽여 버린다."

"아, 안 찝쩍거려요! 마음을 숨기고 멀리서 보기만 하고 있잖아요!"

"보지도 마. 주제 파악이란 걸 좀 해, 새끼야."

"아, 형님 진짜 너무하시네. 저 윤태가 돈 많이 줘요. 세인이 충분히 먹여 살릴 겁니다."

"많이 줘? 얼마나 주는데? 막 2억, 3억씩 받는 건 아니지?"

"형님이 생각하시는 것보다는 확실히 많이 받네요. 이래 봬도 개국공신이거든요."

희성이 어깨를 으쓱이자 기웅이 경악하며 언성을 높였다.

"너, 너 따위 놈이 3억을 넘게 받아? 와 씨, 박윤태! 형을 많이 줘야지, 왜 이런 양아치한테 돈지랄이야!"

집 안이 소란스러운데 문이 열리자마자 들어온 세인까지 해먹백을 집어 던지며 윤태에게 말했다.

"작은오빠, 내 남친인 척 좀 해라. 오빠랑 나랑 하나도 안 닮았잖아."

"왜 너까지 헛소리야."

"아니, 강희선이 U호텔 아들 만난다잖아."

"나 보기보다 유명해. 금방 들킨다."

"하루는 속겠지. 하루만 재수 없게 만들어도 난 만족해."

세인의 말에 희성이 잽싸게 그녀의 곁에 앉으며 물었다.

"오빠가 해 줄까?"

"난 지금 완벽한 남자가 필요하다니까?"

윤태는 차라리 연애를 하는 게 더 조용한 곳에서 살 수 있겠다는 생각을 하며 한숨을 쉬었다.

윤태가 어머니를 따라 나타났을 때 기웅과 세인이 잘해 줬던 덕에 그는 아직도 두 사람에게 약했다.

그가 소란을 피해 2층으로 올라가는데 세인이 그를 앞질러 올라가며 말했다.

"안 해 줄 거면 나 수영장 빌려줘."

"남의 집에서 유튜브 찍지 마."

"오빠 집이 제일 반응이 좋은 걸 어떡해? 오빠가 보기엔 푼돈이겠지만 꽤 짭짤해."

"맘대로 해라, 맘대로."

세인이 신나서 2층으로 올라갔다가 다시 내려오며 물었다.

"오빠, 요즘 오빠 어릴 때 망하게 한 사기꾼 자료 모은다며?"

"양희성이 말했어?"

"응. 희성 오빠가 은근히 걱정하더라. 솔직히 그거 얘기 크게 만든다고 달라질 거 없고, 오빠도 잃을 거 많잖아. 스트레스도 엄청 받을 거 뻔하고."

틀린 말이 하나도 없었다. 윤태가 쓰게 웃으며 2층으로 올라가 서재로 들어섰다.

소파를 붙여 놓은 유리창으로 눈 내리는 것이 보였다. 윤태는 거기에 앉아 김 비서가 가져다준 시나리오 몇 개를 들춰 보았다.

회사는 더할 나위 없이 호조를 보이고 있었다. 다음으로 동영상 스트리밍 사이트 오픈을 준비하고 있었는데, 오픈과 함께 자체 제작한 영화를 개봉할 계획이었다.

제작비를 어마어마하게 투자한다는 소문이 돌았는지 시나리오가 쏟아져 들어왔다. 윤태가 뭐부터 읽을지 시나리오를 뒤적거리다가 김 비서가 메모해 놓은 것을 확인했다.

[박철우 감독님과 강제화 의상감독님 페어가 이번에 꼭 정연자 선생님 한복을 쓰고 싶으시대요.]

윤태가 시나리오를 집어 들고 김 비서의 메모를 다시 확인했다. 소파에 다리를 꼬고 앉아 시나리오를 읽던 중에 노크 소리가 들렸다.

"박윤태. 여기서 뭐 해?"

"들어와."

윤태의 말에 방으로 들어선 희성이 질린다는 듯이 말했다.

"어쩐지 안 나오더라. 미쳤냐? 온종일 일하고 또 일이 눈에 들어와?"

그러자 윤태가 턱을 조금 들고 올려다보며 느슨하게 물었다.

"일하지 마?"

"아니. 네가 놀면 내 연봉은 누가 주나. 널 갈아 넣어서 일하란 말이야."

희성이 잽싸게 말을 바꾸며 옆에 놓인 소파 옆 안락의자에 털썩 앉았다. 윤태가 시나리오를 다시 확인하며 물었다.

"유한석 딸, 정연자 한복에서 일한다고 했지? 정연자 선생님 유명해?"

"엄청 유명하지. 연예인들 거기서 한복 엄청 하잖아. 왜?"

"이거 하자."

윤태가 희성에게 시나리오를 내밀었다. 희성이 김 비서의 메모에서 정연자라는 이름을 확인하고 질색하며 물었다.

"유청아한테 접근이라도 하려고?"

"아니. 이 시나리오가 재미있어서."

"그 여자 만나면?"

"만나면 좋지. 사귀게 되면 더 좋고."

"뭐?"

희성이 경악하는데도 윤태가 태연히 말을 이었다.

"유한석 지금 사업한다며. 너 블루월이 좀 유명해지자마자 우리 아버지가 내 이름 팔고 다니면서 사업 확장하려 하던 거 기억나지?”

“어어…….”

“내가 유청이랑 결혼이라도 할 것처럼 굴면 유한석도 똑같이 하지 않겠냐? 사업하는 사람이면.”

“안 하면?”

“운이 좋은 놈인 거지.”

“그럼 유청이는?”

“날 좋아하지 않으면, 그 여자도 운이 좋은 거지.”

“박윤태. 이런 말 내 입으로 하기 싫은데.”

윤태가 물끄러미 희성을 보자 그가 짜증스레 말을 이었다.

“너 네 생각보다 더 잘생겼어.”

“……갑자기?”

“네가 작정하고 작업 걸면 안 넘어올 여자가 별로 없단 얘기다. 널 진짜 좋아하게 되면 어떡할라고? 내년에 유한석 관련된 자료들 기사 나가면 딸도 당연히 타격 입을 텐데?”

“여태 행복하게 잘 살았잖아. 남자한테 한 번 속는다고 인생 안 망해.”

“아, 이래서 우리 엄마가 널 아직도 안 믿는 거야…….”

희성이 한숨 쉬며 뒤로 기대 누웠다. 역시 그간 남자들에게 뜯겨 본 경험이 있는 희성의 어머니의 눈이 정확했다. 희성이 시나리오를 넘겨 보다가 윤태가 앉은 소파에 툭 던졌다.

“못 읽겠다. 글 읽는 거 너무 싫어.”

“진짜로 재미있어. 그러니까 해 보자.”

“아, 뭐. 네가 그렇다면 그런 거겠지…….”

윤태가 입꼬리를 올리며 시나리오를 집어 들고 소파에 쓰러져 누웠다. 그가 높이까지 이어진 유리창에 내려앉는 눈을 바라보며 중얼거렸다.

"유한석 딸, 부럽더라."

"뭐가 부러워?"

"곱게 자랐을 거 아냐. 그게 부러워."

윤태의 말에 희성이 멈칫했다. 다른 건 몰라도 그거 하난 어떻게 반박할 수가 없었다.

아버지가 돌아가신 후 생계를 책임진 어머니와 동네 사람들의 냉정한 시선 속에서 살다가 열두 살에 서울로 왔다.

그 이후에도 내내 양부에게 외면을 당했으니 이렇게 크게 성공하기 전의 박윤태에게 좋았던 날은 없다고 봐야 했다. 지금도 딱히 행복해 보이는 건 아니지만.

희성이 별수 없다는 듯이 동의했다.

"하긴, 누가 봐도 곱게 자란 부잣집 아가씨더라."

윤태는 늘 궁금했었다. 제 아버지의 목숨값을 받아 유한석은 어떻게 살아왔을지. 그 가족은 좀 행복했을지. 제 아버지는 그렇게 떠났는데, 그 가족들은 아무 걱정 없이 행복하게 살아왔을 걸 생각하니 속이 쓰렸다. 그리고 실제로 청아를 보고 나니 더더욱 서글퍼졌다.

막연히 그냥, 유한석의 딸은 나쁜 사람으로 자랐을 거라고 생각했었다. 사기꾼인 아버지를 닮아 똑같이 사기꾼으로 자랐을지도 모른다고. 그런데 정작 그녀를 만나 보니 반대였다. 좋은 환경에서 자란 친절한 사람이었다. 그게 너무 서글펐다.

그가 중얼거리듯 말했다.

"그 집 아버지가 우리 아버질 죽였다고, 말해 주고 싶어."

윤태가 쓰게 웃었다. 금방이라도 별이 떠오를 것처럼 맑고 까만 그녀의 눈동자가 머릿속에 박혀 사라지지 않았다. 윤태가 일거리가 생겨 신났는지 벌떡 일어나며 말했다.

"강 기자한테 전화해서 기사 우리 영화 프로모션 시작할 즈음에 내 달라고 해. 크게 한번 터트려 보자고."

"넌 복수도 돈 버는 데 써먹냐."

"안 될 건 뭐야."

그가 어깨를 으쓱였다.

❊   ❊   ❊

해가 넘어가고 혹독하던 추위가 풀려 그럭저럭 견딜 만한 날씨가 되자 정 선생님이 천연 염색을 해 보고 싶다며 청아를 댁으로 불렀다.

좋은 나무를 골라 지은 연자의 집 뒤로 아주 넓은 마당이 있었다. 특히 뒷마당은 텃밭이라 연자는 간단한 종류의 채소들을 그곳에서 길러다 먹었다. 청아가 갓 스무 살에 한복을 배우겠다고 이 집에 얹혀살 때도 그 텃밭을 도맡았다.

청아가 먼저 마당으로 나서며 염색기 하나 없이 까만 머리칼을 뒤로 높이 묶는 사이 툇마루에 선 연화가 아이스커피를 쪽쪽 빨며 말했다.

"그래서. 그 이후엔 한 번도 그 남자 못 만났어?"

"응. 한 번도. 같은 시간에 벤치에 앉아 있었는데."

"그 근처에 병원 있는 걸 알았으면 그 동네 사람이거나 근처에서 회사 다니는 걸 텐데 말이지……. 그냥 포기해."

"병원비도 다 내고 갔단 말이야. 그건 진짜 갚아야지."

"낼 만했으니까 내고 갔겠지. 아니면 혹시 그 남자한테 첫눈에 반했어? 그래서 찾으려는 거면 이해하고."

"그게 무슨 황당한 소리야? 첫눈에 반한다는 게 현실적으로 말이 돼?"

청아가 핀잔하고는 염색할 명주를 가져다가 나르기 시작했다. 그사이 연자도 밖으로 나왔다. 그러자 연화가 잔소리를 해 댔다.

"어휴, 미쳤어. 이 추운 날 왜들 이래?"

대학을 졸업하고 나서도 일할 생각은 조금도 없이, 외할머니가 번 돈으로 흥청망청 놀고 있는 연화였다. 그것도 모자라서 일하는데 옆에서 잔소리만 하자 연자가 역정을 냈다.

"거기서 나불거리지 말고 여기 와서 이거나 도와!"

"아, 싫어! 그리고 애초에 이 파랑이나 저 파랑이나 똑같구만 무슨 천연 염색? 염색약 쓰면 되지. 사서 고생하면 뭐가 좀 나아?"

어디서나 선생님, 선생님 하고 모셔 가려 안달인 연자였지만 말 안 듣는 손녀 앞에선 속수무책이었다. 연화와 동갑인 청아가 그나마 묵묵히 일을 하고 있어 요즘 것들에게도 희망이 있구나, 안도했다.

한숨을 푹푹 쉬던 연자가 쪽물 안으로 조금씩 명주를 잡아 넣는 청아에게 물었다.

"이거 몇 자 짜리니?"

"14자요."

"공기 안 닿게 넣어야 돼."

"네, 선생님."

명주를 꼼꼼하게 담가 구석구석 물이 잘 들게 비볐다.

물이 잘 든 후에는 명주를 건져 빨랫줄에 널기 시작했다.

처음에 꺼낼 땐 초록색이더니 나중엔 점점 연자가 원하는 푸른빛이 돌았다.

너무 고되어 하고 나서 허리를 파스로 빙 둘러도 모자랄 지경이었지만 이렇게 염색 천을 줄에 널 때만큼은 세상에 그렇게 좋은 일이 없었다. 추위도 잊혔다.

"언제 끝나. 유청아. 넌 왜 할머니네 올 때마다 일만 하냐?"

연화가 칭얼거리자 청아가 엉망이 된 머리칼을 쓸어 넘기며 말했다.

"이제 끝났어."

"드디어 끝? 진짜? 그럼 밥 먹자! 뭐 먹지?"

끝났다는 말에 연화가 신나서 방정을 떨자 연자가 한숨을 쉬며 청아에게 물었다.

"저거는 누굴 닮아서 저렇게 천방지축일까."

"선생님이요."

"이 녀석이⋯⋯."

그렇게 놀려 놓고는 청아가 희미하게 웃었다.

연자는 한가득 널어놓은 염색 천을 행복한 얼굴로 바라보는 청아를 힐끔 보고 저도 몰래 혀를 찼다.

처음에 희끄무레하고 팔도 가는 청아가 찾아와서 재워만 주시면 공으로 일하겠다고 했을 땐 돈이 궁한가 보다, 했었다. 본인이 곤궁해서 시작한 일이 한복 일이었기 때문이었다.

그런데 나중에 들어 보니 부모님이 부동산으로 돈을 상당히 벌었고 아버지가 무슨 사업체도 하나 가지고 있다고 했다. 미국

명문 디자인스쿨에서 장학금을 받는데도 중간에 그만두고 돌아 왔단다.

요즘 애들 속을 어떻게 아나. 그냥 변덕이려니 했다.

그런데 변덕이 아니었다. 오히려 변덕이었으면 좋겠다는 생 각이 들 정도로 지나치게 한복에 열중했다. 궂은일도 마다하는 법 없이 그렇게 성실할 수가 없었다.

이렇게 일을 잘하는데 공으로 부릴 수가 없어 월급을 주니 그 돈을 안 먹고, 안 입고 모아서 지난달엔 자그마한 공방도 열었 다.

나중에 되어서 함께 술을 한잔하고 난 뒤에야 청아가 사기 혐 의로 구속된 적 있는 아버지의 도움을 받기 싫어 생활비를 받지 않고 아르바이트와 강의를 병행하다가 도무지 수업을 따라잡을 수 없어 1년 만에 유학을 중단했음을 알았다. 심지가 굳은 아이 라고, 연자는 생각했다.

너무 늦은 점심을 먹으러 들어가기 전에, 청아는 핸드폰을 높 게 들어 바람에 하늘하늘 날리는 명주를 찍었다. 장면이 훌륭해 서인지 사진도 감탄이 나올 정도로 아름다웠다.

다들 뭘 만들 기력이 없고 그나마 기력 있는 연화는 아무것도 하기 싫어해 중국집에 배달 음식을 주문했다.

연화가 팔 힘이 다 떨어져 미적미적한 청아의 짜장면 그릇을 뺏어 슥슥 비벼 주며 핀잔했다.

"어떻게 된 게 우리 할머니보다도 매가리가 없어?"

"해 줄 거면서 잔소리는."

"답답해서 못 보겠어."

연화가 골고루 비빈 짜장면을 놔 주자 청아가 고맙다는 의미로 배시시 웃어 보였다.

처음에 한국으로 돌아왔을 때는 세상에 혼자 남은 기분이었는데, 그녀를 받아 준 연자와 때마침 동갑이고 죽도 잘 맞는 연화가 있어 청아의 삶이 한결 밝아졌다.

식사를 마치고, 언제나 느긋한 연화는 졸려서 자야겠다며 걸어서 5분 거리인 자기 집으로 돌아갔다.

청아가 자리를 치우고 상을 들여놓는데 밖으로 나갔던 연자의 말소리가 들렸다. 의아해하며 밖으로 나간 청아의 눈이 휘둥그레졌다.

"선생님. 좀 더 생각이라도 해 주세요."

"거참, 생각해 봤는데 안 된다니까."

굽신굽신하며 연자에게 매달리고 있는 귀염성 있고 통통한 남자와 키가 큰 남자 하나가 보였다.

청아는 그중 키 큰 남자가 작년 겨울에 쓰러진 자신을 도와준 남자라는 걸 한눈에 알아보았다. 좀처럼 친절하지 않을 것 같은 얼굴로 무척이나 친절하던 남자.

바로 나가려다 거울을 잠깐 보는데 아직도 염색 물이 엉망으로 든 앞치마를 하고 있어 서둘러 그것부터 벗었다. 화장은커녕 머리도 드라이를 안 하고 나와 엉망진창이었다.

공적인 일일지도 모르는데 이러고 나가면 안 되겠다고 생각해 돌아서는 찰나 연자가 그녀를 발견하고 고자질하듯 말했다.

"청아야. 내가 분명히 거절했는데 이 사람들이 또 왔어, 글쎄."

"누구……. 아. 그 영화 의상이요?"

rococo

"그래!"

"보르도라는 회사라고 하셨죠?"

연자가 고개를 끄덕이는데 뒤에서 키가 큰 남자가 끙 앓는 듯한 얼굴로 말했다.

"블루월입니다, 선생님."

"응? 그랬나?"

연자가 태연하게 대꾸했다. 덕분에 여태 청아도 보르도로 굳게 믿고 있었다. 어쩐지 아무리 검색해도 안 나오더라니…….

블루월이라면 청아도 알았다. 그건 회사의 이름이기도 했고, 그 회사에서 만든 SNS의 이름이기도 했다.

연자가 청아에게 말했다.

"저쪽이 김창석 씨. 이쪽이 보르도 대표 박윤태 씨. 이쪽은 내 제자 중에 막내. 유청아."

정정을 포기했는지 윤태가 그냥 웃어 버리곤 청아에게 정중히 악수를 청했다.

"박윤태입니다."

"유청아예요."

어쩐지 차려입은 옷이며 시계며 전부 고가품이다, 싶더니 꽤 큰 회사의 대표였다. 옷에 그리 신경 쓸 것 같지 않은 사람이었다. 아마 저 옷은 마네킹을 그대로 벗겨 왔으리라 청아는 생각했다. 연자가 뒷짐을 지고 돌아섰다.

"일단 들어오시게."

청아는 결국 립스틱 하나 못 바르고, 접어 두었던 상을 다시 펴려고 끙끙거리며 꺼내 왔다. 그러자 창석이 재빨리 달려왔다.

"제가 하겠습니다!"

"괜찮아요. 별로 안 무거워요."

"보는 제 마음이 안 괜찮습니다!"

창석은 사교적이고 예의 바른 사람이었다. 그가 상을 펴고, 연자는 두 사람이 가져온 케이크를 잘라서 접시에 놓아 주었다.

청아가 연자에게 물었다.

"선생님, 차 내올까요?"

"응, 그래야지. 나는 유자차 좀 가져다줘."

"네, 선생님. 두 분은요?"

그러자 윤태가 청아에게 되물었다.

"유청아 씨는 뭐 드실 겁니까?"

"커피요."

"그럼 저도 커피요."

옆에서 창석이 먼저 손까지 들어 가며 말했다.

"전 물 한 잔 주시겠어요? 아니다, 제가 떠다 먹겠습니다!"

"앉아 계세요."

청아가 고개를 저으며 말하고, 늘 사용하는 쟁반에 차 넉 잔을 가져다 상에 놓았다.

다과를 앞에 두고 윤태가 단도직입적으로 말했다.

"저희와 계약한 박철우 감독이 선생님 한복 아니면 안 하겠다고 강력 주장하고 있는 점 말씀드렸잖습니까. 저도 그렇고요."

"아휴, 내가 못하겠다니까?"

"오죽하면 대표인 제가 수시로 찾아뵙겠습니까. 저희에게 정말 중요한 일입니다."

청아는 커피를 홀짝거리며 그들의 이야기를 주의 깊게 들었다.

블루월에서 이번에 새롭게 동영상 스트리밍 사이트를 만들었다는 모양이었다. 그 사이트에서 처음으로 영화 자체 제작에 들어간다고.

다만 문제는 그 감독이 제 영화에 등장하는 한복 디자인을 정연자 명인이 해 줘야만 촬영에 들어간다고 우긴다는 것이었다.

연자가 한숨을 폭 쉬었다.

"나는 쇼는 세울 수 있어도 영화 이런 거랑은 정말 안 맞아, 박 대표."

"새로운 도전 한 번 더 해 본다고 생각하시면 안 되겠습니까?"

"영화 의상 하려면 내가 시나리오를 읽어 봐야 하잖아. 눈이 침침해서 긴 글을 못 읽어."

"저희가 글자 최대한 크게 프린트해서 보내 드리겠습니다. 그래도 힘드시면 저기 제자분이 읽으시고 말로 설명해 달라고 하시면 되지 않겠습니까?"

윤태의 설득에 연자가 힐끔 청아를 보았다. 눈동자에 호기심이 가득한 걸 보니 그녀는 한번 해 보고 싶은 모양이다. 속이 빤히 보이는 눈에 연자가 저도 모르게 웃으며 윤태에게 말했다.

"박 대표. 서울로 갈 거지?"

"네."

"눈도 많이 오는데. 가는 길에 청아 데려다주면서 그 김에 설득해 봐. 박 대표 말대로 얘가 옆에서 안 도와주면 난 못 해. 얘 이래 봬도 유학도 다녀온 애야. 스케일이 커."

"아, 선생님……."

청아는 난처한 표정을 지었지만 윤태는 건수를 잡은 사람처럼 달가워하며 그녀에게 물었다.

"유청아 씨, 어느 방향으로 가요?"

"혜화동이요."

"잘됐네. 중간에 내려 줄게요. 어차피 같은 방향이니까 부담스러워하지 말아요."

청아가 마지못해 고개를 끄덕였다. 어차피 하고 싶은 이야기도 있었고, 무엇보다 이 근처 버스 정류장은 외진 곳이라 버스 기다리기가 좀 무서울 때가 있었다.

정 선생님이 허리가 아프고 노곤해하시기에 손님 세 사람은 한사코 배웅을 마다하고 집을 나왔다.

창석이 눈 오는 하늘을 올려다보며 말했다.

"해 지니까 엄청 춥네요. 제가 금방 가서 차 가져올게요."

그러자 코트 주머니에 손을 찔러 넣은 윤태가 문을 턱짓했다.

"김 비서 집 이 근처잖아. 먼저 들어가."

"예에? 저 같은 상큼이가 없으면 유 선생님이 불편하실걸요?"

창석이 제 말이 맞지 않느냐는 듯이 애교스럽게 눈을 깜빡깜빡거리며 청아를 보았다.

그런 그의 행동이 재밌어 청아가 웃는 사이, 윤태가 한 손을 꺼내 김 비서의 어깨를 잡아 휙 몸을 돌렸다.

"집 근처란 소리 들었는데 있으라고 하시겠어? 그냥 가."

"대표님 집까지 모셔다 드려야 하는데!"

"마음에도 없는 소리 충분히 들었다."

그의 말대로 김 비서가 싱글벙글하더니 다시 돌아서서 허리를 꾸벅 숙여 인사했다.

"그럼 가 보겠습니다. 유 선생님도 조심해서 들어가세요."

"안녕히 가세요."

청아도 같이 인사하자 김 비서가 시간을 아낀 즐거움에 덩실 거리며 사라졌다.

앞마당 한가운데 두 사람이 남았다. 윤태는 일찌감치 해가 저물기 시작해 노을이 부서지는 염색 천을 올려다보며 청아에게 물었다.

"원래 다 이렇게 염색해서 씁니까?"

"아뇨, 선생님이 원하시는 색의 원단이 없을 때만요. 이번엔 천연 염색을 한번 해 봤어요."

"그래요? 저런 쪽빛은 뭐로 내는 거예요?"

그러자 청아가 황당하다는 듯한 표정으로 대답했다.

"쪽이죠. 쪽풀."

놀란 강아지처럼 댕그래진 눈에 어떻게 제 입으로 '쪽빛'이라고 말해 놓고 그걸 모를 수가 있냐는 듯한 의문이 섞여 있었다. 그러자 윤태가 장난스러워 보이는 눈웃음을 지으며 말했다.

"그런 눈으로 보지 말아요. 내가 언어에 유난히 약해."

"혹시 얼굴은 잘 기억하세요?"

청아가 묻자 윤태가 고개를 약간 기울이며 물었다.

"왜요, 우리 어디서 만난 적 있어요?"

"……."

역시 자신을 기억하지 못하는 모양이라고 생각했다. 하기야 정신없이 안고 뛰어서 병원에 두고 몇 마디 나누었던 게 전부라 기억을 못 해도 이상할 건 없었다. 다만 청아의 기억에 너무 강하게 박혀 대비가 되는 것뿐이었다.

청아가 조금 섭섭한 표정으로 말했다.

"작년 겨울에 저 병원에 데려다주셨잖아요. 제가 오늘은 화장을 안 해서 좀 다를 수도 있어요. 그날은 약속이 있어서 화장을 엄청 진하게 했거든요⋯⋯."

청아가 민망해하며 변명을 늘어놓다가 중간에 팔짱을 낀 채로 어깨를 들썩이며 웃는 윤태와 눈이 마주쳤다.

"⋯⋯저 기억해요?"

"내가 무슨 안면 인식 장애가 있는 건 아니니까. 그냥 이렇게 두 번이나 우연히 만난 게 안 믿겨서 확신을 못 한 겁니다."

"아⋯⋯."

기억을 한다는 말에 청아가 안도해 고개를 끄덕였다. 하긴 그녀도 아까 문으로 들어오는 윤태를 보고 크게 놀랐었다.

윤태가 희고 손가락이 긴 손을 들었다.

"잠시만."

그러더니 청아의 머리칼에 내려앉은 눈송이들을 가볍게 털어 주며 말을 이었다.

"우연히 만나는 것도 신기한데, 만날 때마다 눈이 오네요."

그의 태연한 스킨십에 당황한 청아가 뒤로 물러서며 말했다.

"이번 겨울 엄청 가물었대요."

"그래요?"

"그래서⋯⋯ 눈이 더 많이 와야 한다던데."

"누가 들으면 자주 보자는 소린 줄 알겠네."

"아뇨. 정말로 가물어서 걱정이 된다는 소리예요."

청아가 단박에 잘라 내자 윤태가 픽 웃더니 문 쪽을 턱짓했다.

"갑시다. 더 추워지기 전에."

그가 앞서 걸어가자 청아도 제 머리칼의 눈을 마저 털어 내며
윤태를 따라 걸어갔다.

＊　＊　＊

혜화동으로 향하는 차 안은 조용했다.

조수석에 앉아 어색해하던 청아가 윤태 쪽으로 시선을 돌렸
다. 그다지 반듯하지 않은 자세에 정장이 잘 어울리는 긴 팔과
핸들을 쥔 손이 보였다.

첫만남에서도 느꼈지만 그는 손이 참 예뻤다. 하얗고 긴 손가
락에 짧게 깎은 손톱이 예쁜 모양으로 자리 잡고 있었다. 창백
한 피부를 보면 그리 돌아다니는 걸 좋아하는 사람 같진 않았
다.

청아의 시선은 느슨하게 구부린 긴 팔을 지나 하얀 목덜미로
향했다. 체격에 비해 가늘고 긴 목선이 뇌쇄적이었다. 옷을 입
어 안 보이지만 쇄골도 예쁠 것 같다는 생각이 들었다.

"유청아 씨."

"……네?"

"뭘 그렇게 훔쳐봐요."

그의 싸늘하게 느껴지는 음성에 청아의 어깨가 흠칫 떨렸다.
그녀가 서둘러 반대쪽 창으로 고개를 돌리며 사과했다.

"죄송해요."

청아가 서둘러 사과했다.

"한복이 잘 어울릴 것 같다는 생각을 하다 보니까 저도 모르
게……. 머릿속으로, 어울리실 한복 같은 거 생각하고 있었어요."

49

청아의 설명에 윤태의 불쾌감이 조금 누그러졌다. 직업병 때문에 저렇게 살폈다는 걸 알아서였다. 청아는 윤태의 몸에 홀딱 빠진 것 같았지만 거기에 성적인 의미는 전혀 없어 보였다.

차 안이 다시 조용해졌다. 원래 윤태는 사근사근한 것에 반해 그리 사회성이 좋은 사람이 아니었다. 소수의 사람들과 깊게 사귀는 편이었고 그의 부족한 점들을 대신해 주는 것이 희성과 김 비서였다. 그 둘이 다 없으니 윤태는 영 어색하고 불편했다.

차는 서서히 혜화동에 가까워지고 있었다. 청아는 윤태의 기분을 살피고 싶은 마음에 다시 말을 걸었다.

"공방 가까우니까 잠깐 오실래요? 사례라고 하긴 뭐하지만 손수건 선물이라도 드릴게요."

"공방?"

"네. 큰 건 아니고……. 그냥 인터넷 쇼핑몰 하는데 창고 겸 오프라인 매장 겸 하고 있어요."

안 그래도 청아에게 냉랭하게 대한 것을 신경 쓰던 윤태가 냉큼 물었다.

"지금 가도 됩니까?"

"저는 좋아요."

잠시 후 혜화동에 도착했다. 근처에 주차를 하고 두 사람은 함께 언덕길을 걸어 올라갔다. 가로등이 좁은 간격으로 있어 길이 그리 어둡지 않았다. 윤태가 미심쩍어하며 물었다.

"이런 주택가에 공방이 있습니까?"

"네. 남의 눈에 띄는 걸 싫어해서."

그녀의 대답에 윤태가 저도 모르게 조소했다.

"장사하는 사람이?"

"그러니까요. 그걸 장사를 시작하고 알았어요. 어릴 때 너무 곱게 자랐나 봐요. 너무 겁이 없었네."

청아는 어색함에 바닥을 보고 걷느라 윤태가 자신을 얼마나 복잡한 눈으로 보고 있는지 알지 못했다. 그녀가 공방 앞에 멈춰서 카드키로 먼저 보안을 풀고 열쇠로 문을 열었다.

청아가 스위치를 올려 불을 켜니 양쪽 벽에 두 개씩 붙은 은은한 터키 모자이크 램프에만 불이 들어왔다. 램프는 이국적이면서도 여기저기 걸려 있는 꼬까신이며, 물을 들인 자수 소품 같은 것들과 자연스럽게 섞여 들어갔다. 벽에 짜 넣은 유리장 안에 돌돌 만 원단들이 들어 있었다.

청아 쪽으로 한 걸음 옮기던 윤태의 코에 천장에 달린 모빌이 닿았다. 윤태가 고개를 조금 숙여 모빌을 피해 그녀 쪽으로 다가서는데 청아가 아주 희미하게 웃었다.

"그게 닿기도 하는구나……."

눈꼬리가 보일락 말락 휘어지고, 색으로 치면 치자색 같은 웃음소리가 들렸다. 그녀의 웃음에 윤태는 치미는 혐오를 가라앉히느라 애써야 했다.

그녀도 자신처럼 상처받았으면 좋겠다는 생각을 했다. 제가 멱살이 잡혀 아버지가 돌아가신 것처럼, 유한석이 보는 앞에서 유청아가 상처받기를.

윤태가 관심 있는 척 인위적으로 시선을 움직이며 물었다.

"스승님이 섭섭해하세요?"

"네?"

"왜, 저번에 그랬잖아요. 스승님이랑 술 못 마셔 주게 생겼다고. 안 마셔 줘서 정 선생님이 서운해하세요?"

그녀가 대답이 없자 윤태가 표정을 구기며 청아를 돌아봤다.

"설마 그냥 마셨어요?"

"변명할 말을 못 찾았어요."

"혹시 쓰러졌단 얘기도 안 했습니까?"

"네."

"애초에 나 말고 누가 알긴 해요?"

"박 대표님밖에 몰라요."

침착하게 대답하는 청아가 다시 한 번 윤태의 화를 돋웠다. 그의 언성이 높아졌다.

"그러다 또 쓰러지기라도 하면 어쩌려고 그래요? 주변 사람이 걱정할 거란 생각 못 해요?"

"그러니까요. 걱정하실까 봐 말 안 했어요. 저기…… 제가 선생님 설득해 드릴 테니까. 선생님이랑 선생님 손녀한테 우리 전에 만났던 얘긴 하지 마세요."

청아는 다정하던 윤태의 눈매가 찌푸려지는 것을 보며 제가 괜한 사람을 걱정시키는 것 같아 미안해졌다. 그가 겁주듯이 말했다.

"매번 누가 구하러 올 거라 생각하지 말아요."

"그때 박 대표님 만났던 게 운이 좋았던 거란 거 알아요."

청아는 이것이 자신에게 아주 중요한 얘기라는 듯 윤태의 눈을 바라보며 강조해서 말했다.

"하지만 저한테는 정 선생님이랑 연화가 정말 중요하거든요. 두 사람이 저를 피곤하다고 생각하지 않았으면 좋겠어요."

긴 따돌림 때문인지 청아는 남들이 기본적으로 자신을 싫어할 거란 생각을 마음속 깊은 곳에 가지고 있었다. 그녀에게는 정말로 이 두 사람밖에 없었으므로 그들이 감정 쓰일 일을 벌이고 싶지 않았다.

윤태는 내키지 않는 표정이었지만 그는 이 시나리오가 매우 마음에 들고, 이 일을 반드시 성사시키고 싶었기 때문에 마지못해 대답했다.

"맘대로 해요. 정 선생님 허락만 받아다 주면 되니까."

"네. 그럴게요."

그가 명함 한 장을 꺼내 청아의 테이블에 올려놓았다.

"대신 또 쓰러질 것 같으면 나한테 연락하고."

"와. 드디어 얻었네요. 명함."

"무슨 소리예요?"

"전에도 병원에서 명함 한 장 놓고 가라니까 그냥 가 버렸잖아요. 도와준 사람 이름도 모르고 얼마나 불편했는데."

청아가 부끄러움에 괜히 타박하며 명함을 받아 챙겼다. 그리고 자리에서 일어서더니 윤태에게 말했다.

"손수건 꺼내 드릴게요."

"좋습니다."

그녀가 공방 뒤쪽 평상 옆의 서랍을 열어 안을 뒤적거리더니 어딘가 장난기 어린 표정으로 파란 손수건을 꺼내 펼쳐 보였다.

"쪽풀로 물들인 건데. 이거 드리면 쪽풀에 대해 안 잊어버리시겠죠?"

"꼭 그렇게 놀리면서 줘야겠어요?"

"다른 색이 마음에 들면 다른 색으로 하세요."

"이게 좋습니다."

윤태가 손수건을 받아 다시 반듯하게 접으며 말을 이었다.

"바다로 물들인 것 같네."

그의 한 마디로 청아는 윤태가 바다를 정말 좋아하는 사람일 것 같다는 짐작을 했다.

"바다에 좋은 추억 같은 게 있어요?"

"그냥 아버지가 약주 드시고 하신 말이 생각나요. 금으로 된 바다를 줘도 저랑 안 바꾼다고. 그래서인지 바다를 보면 왠지 애틋해서."

그의 말이 따듯하게 느껴져 청아가 빙그레 웃었다.

"좋은 분이신가 봐요."

"열 살 때 돌아가셔서 그리 기억이 많진 않아요. 지금은 새아 버지가 계시기도 하고."

그의 말에 청아의 얼굴에 번지던 미소가 금방 사라져 버리자 윤태가 소리 내어 웃었다.

"청아 씨 때문에 돌아가신 것도 아닌데 왜 그런 표정이에요."

윤태는 자신이 제대로 웃고 있나 의심스러워 제 얼굴이 비치 는 유리 벽 쪽을 보았다. 예상대로 형편없는 조각가가 만든 미 소 같아 보였다.

분위기를 어떻게 바꾸나 고민하던 청아가 핸드폰을 꺼내며 입을 열었다.

"블루월 어떻게 써요?"

"……예?"

"대표님 회사에서 만든 SNS요. 한 번도 안 써 봤어요."

그녀의 말에 윤태가 충격받은 얼굴로 말했다.

"청아 씨 또래는 다 쓰는 줄 알았더니."

"유학파라."

청아가 얼버무리듯 말하자 윤태가 테이블 앞에 놓인 의자에 털썩 앉아 제 핸드폰을 꺼냈다.

"일단 어플을 받아야겠죠?"

"그건 받았어요."

"들어가셔서 가입하세요."

"그것도 해 놨어요."

"그다음에……."

전화번호를 연동하자, 유학파라던 청아의 말처럼 핸드폰에 저장된 이름 대부분이 외국어 이름이었다. 청아가 신기하다는 듯이 말했다.

"외국인들도 쓰네요?"

"영어 버전도 있거든요. 어플도 가볍고 간단하니까."

"으응……."

"거기 있는 표정 이모티콘 중에 아무거나 지금 기분인 거 올리면 돼요."

"이게 다예요?"

"다예요. 좀 더 다양한 거 쓰고 싶으면 유료로 구매하면 되고, 있는 걸로 충분하면 있는 걸로 쓰면 되고."

청아가 어플을 쓰는 사람들이 남긴 표정들을 살폈다. 글자가 적힌 표정 이모티콘 하나만 올리게 되어 있는 단순한 SNS였다. 이모티콘을 길게 누르면 작은 창에 표정 설명이 떴다.

청아가 물었다.

"왜 이런 어플을 만든 거예요?"

"남들이 어떤 기분인지 알고 싶어서요."

"직접 물어보면 되잖아요."

"그 수고를 덜잖아요. 물어본다고 모두가 솔직한 감정을 알려 주는 것도 아니니까."

청아는 무심코 오늘 연화의 기분을 살폈다. 늦은 점심을 막 먹고 난 시간에 올린 이모티콘은 '솔직히 신남'이었다.

"남의 기분이 궁금한 사람들한테 좋긴 하네요."

"자기 기분을 드러내고 싶은 사람한테 좋은 거죠. 그럼 첫 표정 올려 봐요. 오늘 기분 어때요?"

그러자 청아가 블루월에서 사용하는 이모티콘들을 쭉 내려 보았다. 몇 개의 카테고리로 나뉜 이모티콘들은 생각보다도 자세했다. '쇼핑하고 싶은 기분', '배부름', '가을 타는 것 같음', '첫눈 기다리는 설렘' 등등…….

솔직히 청아는 윤태처럼 어디에 있어도 인기가 많을 것 같은 사람들이 좀 무서웠다. 그런데 그가 만든 SNS를 보니 자신과 닮은 점도 있다는 생각이 든다.

그녀도 늘 타인의 기분이 궁금했다. 나를 미워하는지, 그렇지 않은지. 우리는 앞으로 친구가 될 수 있을지.

박윤태는 그런 건 하나도 궁금해하지 않고 배짱 좋게 밀고 나갈 것 같은 사람이라, 이런 어플을 만든 것이 의외였다.

한참을 고민하던 청아가 이모티콘을 하나 눌렀다.

"올렸어요."

그녀의 말에 청아의 핸드폰을 확인한 윤태의 시선이 한동안 화면에 머물렀다.

– 위로해 주고 싶지만 방법을 모를 때 –

잠시 후 시선을 뗀 윤태가 어깨를 으쓱였다.

"내가 만들었지만 참 잘 만들었네."

그의 농담에 청아가 안도한 듯 미소를 지었다.

윤태는 그런 청아의 미소를 보며 고생을 모르고 자라서 저렇게 웃음이 말간 것일까, 생각했다.

＊　＊　＊

내부 공사를 마친 지 얼마 되지 않은 윤태의 사무실은 유난히 반짝거리고, 의자를 돌리면 한강이 보였다.

사무실 의자에 완전히 기대앉은 윤태가 한숨을 쉬었다.

유청아는 관심사가 분명했고, 제 말대로 유학파여서인지 인간관계가 좁았다. 무엇보다 윤태를 전혀 경계하지 않는 눈치였으니 장단 좀 맞춰 주고 얼굴 몇 번 더 보이면서 친근하게 굴면 금방 제게 마음을 열 것 같았다.

문제는 제 감정이었다. 윤태는 자신이 이렇게 폭발적인 분노를 가지고 살아왔다는 걸 제대로 모르고 있었다. 유청아를 마주 보고 있노라면 당장에라도 그녀의 아버지가 제게 무슨 짓을 했는지에 대하여 퍼붓고 싶어졌다.

자신은 청아의 순진하고 편안한 모습에 열등감을 가지고 있는 게 틀림없었다. 그녀는 그냥 그렇게 공방에서 조용히 한복을 지으며 살면 족하는 것 같았다. 열 살 이후부터 돈을 벌겠다는 야욕으로 가득 차 작년에 폭설이 내렸는지, 가물었는지도 모르는 자신과는 완전히 다른 종류의 인간이었다.

윤태가 턱을 괴고 모니터로 고개를 돌리는데 핸드폰이 울렸다. 양반은 못 되는지 청아였다.

[박 대표님. 정연자 선생님이 시나리오 먼저 가져오시래요.
방문할 때 감 사서 가세요. 선생님 감 좋아하세요.]

문자를 확인하자마자 그가 자리에서 벌떡 일어섰다. 그는 김
비서에게 감을 종류별로 사라고 말한 후 대표실을 달려 나가 희
성을 불렀다.

"양 실장, 박 감독이랑 강 실장한테 전화해서 시나리오 가지
고 나오라고 해."

"왜, 왜 갑자기? 선생님이 하시겠대?"

"일단 시나리오 보시겠대."

두 사람은 거의 달리듯이 주차장으로 향했다.

❋   ❋   ❋

윤태는 연자와 감독이 만나는 자리를 주선했다.

연자는 영화의 주요 캐릭터들을 상당히 마음에 들어 했고, 그
후로는 일사천리였다. 빠르게 도장까지 찍고 나니 윤태도 희성
도 진이 빠졌다.

회사로 돌아가며 윤태는 희성이 운전하는 차 뒷좌석에 드러
누웠다.

"아, 젠장. 먹고살기 힘드네."

반면에 희성은 신나서 엉덩이를 들썩거리며 말했다.

"영화계에서 이 정도면 드림팀이지. 우리 이걸로 홍보비 반은

굳겠다."

"고기 사먹자."

"뭘 또 먹으려고 그러냐. 어디 가서 없이 산 티 내지 말랬지, 내가?"

"티가 나는 걸 어떻게 안 내."

그렇게 투덜거리던 윤태는 긴장이 풀리며 쏟아지는 피로에 길게 하품을 했다. 한 손은 배에 두고 한 손을 의자 아래로 떨궈 짧은 잠을 청하는데 잠이 오지 않았다.

뭔가 안 한 게 있나, 생각해 보니 뒤늦게 청아의 문자를 받고 답장을 안 한 것이 떠올랐다.

청아가 열심히 설득을 한 모양이었다. 제가 젊은 감각이 좀 있으니 어시스트 잘하면 되지 않겠느냐, 하고 청아가 꼬여서 넘어갔다고 연자가 말하는 걸 보니.

이래저래 청아에게 문자를 받은 지 일주일이 지났다. 연락을 해야 한다는 생각은 머릿속에 있는데 영 껄끄러웠다.

윤태는 이번에도 그녀에게 연락하는 것을 그만두었다.

2. 온기를 나누는 사이

　요즘 들어 부모님은 윤태에게 선 자리를 자주 알아다 오셨다.
　양부인 주섭은 젊을 때부터 항상 정치 쪽에 욕심이 있었다.
윤태는 정치인들에게 탐나는 사윗감이었다. 기본적으로 스타성
이 있었고, 지금도 어마어마한 부를 축적했지만 앞으로 얼마나
성장할지 모르는 무한한 가능성을 가지고 있었다.
　주섭은 그런 아들에 대해 자랑하며 정치인들과도 만나고 유
명 병원이나 로펌에서 근무하는 사람들도 만나는 모양이었다.
　윤태는 해 준 것 없는 아버지의 호들갑도, 이 시간 낭비도 지
독히 싫었지만 어머니를 생각해서 별수 없이 나가 드릴 때가 많
았다. 게다가 제가 스스로 연애 상대를 찾지 않으니 이러다 마
음 맞는 상대를 만날 수도 있기에 효율성도 약간은 있었다.
　호텔 고층 카페에 앉은 윤태가 자꾸 창밖을 보자 맞선 상대인
수민이 말했다.

"미안해. 내가 너희 아버지한테 살짝 응석 부렸어."

"괜찮아. 모처럼 만나니까 좋네."

오늘 맞선 자리에는 고등학생 때 같은 반이었던 수민이 나와 있었다.

윤태가 커피를 한 모금 마시고 잔을 내려놓으며 말했다.

"무슨 일로 이런 자리까지 만들었어? 할 말 있어?"

"아니. 그냥 만나는 사람 없다고 들어서 소개해 달라고 한 거야."

"그랬구나."

윤태가 의식적으로 미소를 지었다. 수민이 다리를 꼬고 몸을 뒤로 기대며 말했다.

"와, 네가 잘될 줄은 알았지만 이렇게까지 잘될 줄은 몰랐네."

"너도 잘됐지. 의사라며."

"나는 너도 당연히 의대를 갈 줄 알았어. 갑자기 웬 컴공?"

"돈 벌려고. 의사는 돈 벌려면 오래 걸리잖아."

농담이 아니었다. 고등학생 때 윤태가 생각하기에 별다른 자본 없이 가장 빨리 돈을 벌 수 있는 게 그것 같아 보였기 때문에 선택했던 것이었다. 그 이후로 딱히 취미가 없어 프로그래밍이 취미 비슷하게 되었지만 그다지 그것이 재미있다고 생각해 본 적은 없었다. 물론 기가 막히게 재능이 있긴 했지만, 그건 흥미와 별개의 문제였다.

윤태는 수민의 질문에 적당히 대답하며 자신도 상대에게 매번 선 자리마다 하는 똑같은 질문을 물었다. 그러나 대답을 귀 기울여 듣는 것은 아니었다. 어차피 또 만날 생각이 있는 것이 아니었으니까.

"아, 그래서 취미는…….."

"박윤태."

"응."

윤태가 대답하고 수민을 제대로 바라보자 그녀가 한숨을 쉬었다.

"넌 정말 변한 게 없어. 어떻게 고등학생 때랑 똑같냐."

"나한테 굉장히 불만이 있는 것처럼 들리는데."

"넌 고등학생 때도 그랬어. 항상 친절하고 남이 하는 얘기에 맞장구만 쳐. 있잖아, 난 네가 아직도 제대로 연애를 못 하고 있을 줄 알고 있었어."

"그렇게 평가가 나쁜 놈을 뭐하러 만나러 나와?"

"그래서 기회를 노리려고 온 거야. 어차피 넌 사랑해서 연애를 하는 일은 없을 것 같거든. 필요해서 하겠지."

고등학교를 다니는 내내 윤태에게 호감을 보이던 수민이라 그런지, 그에 대해 진실에 근접한 추론을 많이 했다.

연애가 싫다거나, 그런 건 아니었지만 왠지 그는 자신이 없었다. 짧고 단순한 만남이 좋았다. 책임지지 않고, 사랑에 빠져야 할 이유가 없는 관계가 좋았다.

어쩌면 제게 있어 사랑에 미쳐서 허우적거리는 날은 영원히 오지 않을지도 모른다.

＊　＊　＊

겉으론 사교적인 척해도 속이 전혀 그렇지 않았고, 아버지가 멋대로 정하고 통보하는 선 자리에 나가야 했다는 게 불쾌했다.

무엇보다 수민의 날카로운 지적들이 더더욱 그를 스트레스 받게 했다. 그녀가 평가하는 것처럼 그런 고장 난 인간이 되어 버린 게 영 억울했다.

운전석에 앉은 윤태가 뒤로 기대 제 목을 조르는 듯한 넥타이를 느슨하게 풀고 있을 때, 앞창으로 눈이 하나씩 내려앉았다.

"눈 오네."

무심코 중얼거리던 그가 잠시, 청아의 머리칼에 내려앉던 눈송이를 떠올렸다. 그녀는 그날 와인색 니트에 청바지를 입고 있었다. 그의 손이 닿는 게 부끄러웠는지 시선을 돌리던 것까지 이상할 정도로 명확히 기억이 났다. 우유처럼 하얗고 매끈매끈한 피부에 코가 예쁜 것도.

잠시 생각하던 그가 차에서 내렸다.

제가 나온 호텔 건물에 꽃집이 있어 자신이 좋아하는 줄리엣 로즈를 한 다발 샀다. 그리고 그 옆에 제가 종종 가던 서점이 있어 들어가 제가 좋아하는 책을 골랐다. 사다 보니 많아져서 다섯 권을 담아 꽃다발과 함께 서점을 나왔다.

다시 차로 돌아와 혜화동으로 차를 몰았다. 눈이 오는 날마다 나타나는 미친놈으로 보일지도 모르겠다는 생각을 하면서도.

공방 앞에는 주차할 곳이 없어 좀 멀리에 차를 대고 주택가 길을 걸어 청아의 공방 〈단〉 앞에 멈춰 섰다. 나름 해가 길어지고 있는지 꽤 늦은 것 같은데 아직 햇빛이 잔잔히 남아 있었다.

수업 같은 걸 하는 건지, 안에 다른 여자 넷이 더 있었다. 청아는 바느질을 찬찬히 알려 주고 있었다.

차림새에 별달리 신경 쓰지 않아도 그녀는 늘 깔끔한 인상이었다. 연한 화장, 낡은 듯한 터틀넥 스웨터와 발목까지 오는 긴

치마. 첫날 본 화려한 차림새만큼이나 수수한 차림새도 어울렸다.

안이 따듯한지 첫눈처럼 하얗고 보드라운 뺨에 연분홍색 홍조가 있었다. 도톰한 입술도 딱 그런 색이었다. 윤태는 그녀의 손이 재주 좋게 움직이는 것이 재미있어 한동안 유리 너머로 그녀를 바라보고 있었다.

첫날은 좋은 물건들로 휘감고 있었는데 그 뒤부터는 완전히 반대였다. 하지만 첫인상이 오래가긴 하는지 여전히 부잣집 아가씨라는 인상이 사라지지 않았다. 장사에 관심도 없는 사람이 번화가도 아닌 곳에 공방을 내고 유유자적 살고 있어서 그런 걸지도 모른다.

흘러내린 머리칼을 한 번 넘기더니 손잡이에 티백을 묶어 둔 머그 컵을 들어 차를 한 모금 마신다. 그러면서도 밖에 윤태가 서 있는 것을 모르는 듯했다.

그를 먼저 발견한 건 오히려 윤태 쪽으로 등을 돌리고 있다가 수업을 마치고 일어서던 수강생들이었다. 그녀들이 밖을 한 번 보고는 꽃다발을 든 남자의 모습에 호들갑을 떨며 청아에게 이것저것 묻는 것이 보였다. 청아가 곤란한지 두 손과 고개까지 흔들어 그들의 질문에 부정했다.

수강생들이 윤태의 등장이 재미있었는지 까르륵까르륵 웃으며 공방 밖으로 나와 그에게 인사를 건넸다.

"안녕하세요?"

"네, 안녕하세요."

제가 남자 친구 비슷한 걸로 오해받았다는 걸 안 윤태가 웃으며 인사를 했다. 수강생들이 떠나고 윤태가 공방 안으로 들어섰다. 청아가 당혹감과 의아함이 뒤섞인 표정으로 물었다.

"무슨 일이에요?"

"계약이 잘돼서 인사하려고요."

"그냥 문자 답장이나 하시지."

청아는 뾰족하게 말하면서도 윤태가 든 꽃으로 시선을 고정했다. 윤태가 꽃다발을 먼저 건넸다.

"줄리엣로즈래요. 부케에 많이 쓴다던데 난 그게 그렇게 예쁘더라."

"예쁘다……."

청아가 꽃다발에 시선을 파묻었다. 이 꽃다발 때문에 방금 수강생들에게 저렇게 근사한 남자 친구가 있는 걸 왜 말 안 했냐는 소리를 들었지만, 그게 꽃다발이 싫어지는 이유가 되지는 않았다.

윤태가 탁자 위에 쇼핑백을 내려놓았다.

"이건 그냥 내가 좋아하는 책들."

"고마워요."

청아가 쇼핑백에서 책을 꺼내 뒤에 있던 평상 옆 책꽂이에 꽂아 넣었다. 그리고 다시 꽃다발을 들어 바라보더니 윤태에게 물었다.

"차 한 잔 드릴까요?"

"그럼 고맙죠."

청아가 머그 컵을 하나 더 꺼내고 포트에 물을 끓인 후 만듦새가 깔끔한 티 박스를 꺼내 내밀었다.

"뭐 마실래요?"

"청아 씨가 마시는 거랑 같은 걸로 주세요."

그러자 청아가 차이 티를 꺼냈다. 제 것처럼 손잡이에 티백을 한 번 매듭져 놓고 거의 끓기 직전의 물을 부었다.

한동안 밖에서 기다린지라 윤태의 손이 차가웠다. 그가 두 손으로 잔을 감싸고 손을 녹이는 동안 청아는 서랍장에서 둥그런 쿠키 상자를 가져와 탁자 위에 놓았다. 그리고 자긴 바로 다시 바느질을 시작했다. 어린이 한복에 새 동정을 달고 있었다.

윤태는 그런 그녀의 손을 TV 화면 보듯이 시간 가는 줄 모르고 바라보았다.

밖에는 눈이 내리고 공방 안에는 차향이 가득 차 있었다. 조용하고 편안했다. 손님 앞에 두고 대화 대신 일을 하는 모습이 눈과 잘 어울려 밉지도 않았다.

중간에 청아가 손을 멈추고 차를 한 모금 마신 후 윤태를 보았다.

"뭘 그렇게 봐요? 내가 보면 뭐라고 하더니."

"손님 불러 놓고 대화도 없이 일하는데 그거라도 보지. 뭘 해요, 그럼?"

"할 말도 없잖아요."

솔직한 청아의 말에 윤태가 저도 모르게 픽 웃더니 테이블에 팔꿈치를 올리고 손바닥에 턱을 괬다.

"간단한 대화라도 합시다. 몇 살이에요?"

"스물여섯 살."

"나랑 여섯 살 차이네."

윤태가 말을 이었다.

"유학 가서는 전공 뭐 했어요?"

"패션 디자인이요. 그런데 졸업은 못 했어요."

"왜?"

"수업을 못 따라가서 중간에 포기했어요."

그녀의 담담한 말에 윤태가 고개를 끄덕였다. 이번엔 청아가 물었다.

"대표님은요?"

"컴퓨터 공학. 난 졸업했어요. 아슬아슬하게."

"아슬아슬하게?"

"응. 제대해서 복학하자마자 사업을 시작했거든요. 출석을 제대로 못 해서 3, 4학년 학점은 A가 없어요."

"그랬구나……. 신기해요. 전 그렇게 과감한 선택은 못 할 것 같아서."

"난 유학이 더 과감해 보이는데. 게다가 중단도 했다며."

"못 따라가서 어쩔 수 없었어요."

청아는 유학 시절에 대해 더 말하기 싫은지 괜히 윤태의 손을 턱짓했다.

"손이 크네요."

같은 컵을 감싸고 있으니 두 사람의 손 크기 차이가 여실히 보였다. 윤태가 동감하며 손을 내밀어 청아의 손을 컵에서 떼고 그녀의 손가락 끝을 잡았다.

"손가락이 길어서 몰랐는데 손이 작네."

"손이 왜 이렇게 차가워요?"

머그 컵을 감싸던 부분 외엔 아직도 차가웠다. 윤태가 그녀의 손을 놓아주며 말했다.

"손님 계셔서 못 들어왔어요. 밖이 춥네요."

"수족냉증인 것 같은데…… 홍삼이 좋대요."

청아의 말에 윤태가 한쪽으로 고개를 돌리더니 곧 어깨를 들썩이며 웃었다. 청아는 사실을 말해 준 건데 왜 웃나, 고개를 갸우뚱했다. 그의 웃음이 그치고 다시 조용해지자 청아가 조금 따지는 듯한 투로 말했다.

"그보다 말이에요. 이렇게 찾아올 정성으로 답장을 좀 해 주지 그랬어요. 하도 답이 없어서 영화 엎어졌나, 했잖아요."

"미안해요. 바빠서 계약 진행하는 내내 잠도 못 잘 정도였거든요."

윤태가 변명하듯 말하고 나서도 다시 능숙하게 움직이기 시작한 청아의 손을 바라보았다. 청아가 격식을 갖춰 차려입은 그의 옷을 의아해하며 물었다.

"오늘 주말인데 출근했어요?"

"아니, 선봤어요."

"아……."

청아가 조금 반응 느리게 고개를 끄덕였다. 윤태가 지친 표정으로 탁자 위에 팔을 올리고 엎드렸다.

"보려고 본 게 아니고. 아버지가 너무 우겨서. 진짜 모처럼 쉬는 날이었는데……."

"잘됐어요?"

윤태가 대답 대신 부정의 의미로 고개를 조금 흔들었다. 청아가 바느질을 멈추고 탁자에 엎드린 그를 가만히 바라보았다.

그는 정말로 피곤해 보였다. 게다가 약간의 우울함까지 느껴졌다. 청아가 물었다.

"내가 준 손수건 지금 없죠?"

그러자 윤태가 엎드린 그대로 오른손을 움직여 안주머니에서 손수건을 꺼내 들어 보였다. 청아가 웃으며 그것을 받아 들곤 말했다.

"아무거나 자수 넣어 드릴까요? 그동안 잠깐 자요."

그가 말없이 고개를 끄덕였다. 청아는 자신보다 30cm 가까이 큰 윤태가 오늘따라 어린아이 같다고 생각하며 자리에서 일어나 실을 골랐다.

윤태가 잠깐 조는 사이 청아는 손수건 한편에 자수를 넣었다. 그사이 윤태는 불편한 자세와 불편한 상황에서 이상할 정도로 깊이 잠들었다. 중간에 청아가 살짝 어깨를 건드려도 모를 정도였다.

자수를 다 놓고 손수건을 그의 얼굴 옆에 두고 윤태가 준 책 한 권을 펼쳤다. 그러다 영영 깨지 않을 것 같아 조심스럽게 그의 손을 건드렸다.

"박 대표님."

그제야 윤태가 눈을 떴다. 그가 상체를 일으키며 말했다.

"완전히 잠들었었네."

윤태는 길게 하품을 하곤 곁에 놓인, 작고 귀여운 배 한 척이 새겨진 손수건을 집어 들었다.

"아, 귀엽다."

"남자분이 쓰기엔 너무 귀여워요?"

"나 귀여운 거 엄청 좋아해. 고마워요."

윤태가 말하며 손수건을 고이 챙겨 넣었다.

"간만에 깊이 잤네. 여러모로 미안합니다. 가 볼게요."

"선물 고마워요. 눈 많이 오는데 우산 드릴까요?"

"아뇨. 요즘 눈 맞는 거에 재미 붙여서."

윤태가 밖을 보며 말하더니 잘 아는 친구처럼 손을 흔들어 인사한 후 공방을 나갔다. 습관적으로 고개를 숙여 인사하려던 청아가 멈춰 섰다. 그리고 윤태가 유리 벽 너머를 볼 때 자기도 오른손을 들어 조금 흔들어 보았다.

그게 도대체 뭐가 웃긴 건지. 윤태가 자리에 쪼그리고 앉아 키득키득 웃는다. 그 웃음이 놀리는 것 같아 청아가 걸어가 블라인드를 내리기 시작했다. 그러자 윤태가 당황하며 일어나 손을 한 번 더 흔들고 내리막길을 성큼성큼 걸어갔다. 웃는 그의 뺨에 보조개가 있었다.

"……이상한 사람이야."

청아가 혼잣말하고 돌아섰다. 그리고 탁자에 놓인 꽃다발을 두 손으로 들어 올렸다.

몇 번 보지도 못한 남자가 또 쓰러질 것 같으면 연락하라면서 명함을 주고, 손도 덥석 잡고, 선물도 이렇게 마음에 쏙 드는 꽃다발을 주고. 아이처럼 웃었다가 어른처럼 웃었다가. 까다로울 것처럼 생겨서는 남의 공방에 와서 깊이 잠들어 버린다.

별다른 감정이 있어서 저러는 것도 아닐 것이다. 그런 그가 자꾸 이렇게 불쑥불쑥 나타나서 친근하게 다가올 때마다, 꽃잎 하나 떨어지는 만큼이었지만 그래도 떨리는 것이 스트레스였다.

종종 선을 보는 모양이니까 어쩌면 금방 결혼할 사람이 생길지도 모른다. 자신과 아무 상관 없는 남자였다.

"눈이 오면 또 오려나."

청아가 혼잣말하며 문을 열자 소복소복 쌓인 눈길을 걸어가고 있는 윤태의 뒷모습이 보였다.

이상하게 쓸쓸해 보이는, 이상하게 신경 쓰이는 남자였다.

올겨울이 가물었으니까, 이제부터라도 눈이 많이 왔으면 좋겠다고 생각했다.

정연자 한복에서 미팅이 있었다.

청아는 박철우 감독과 강제화 의상감독이 도착하기 전에 마지막까지 연자와 미팅 준비에 박차를 가했다.

연자는 작업실 벽에 청아가 적어 놓은 캐릭터 이름과 특징들을 확인하며, 청아가 설명하는 시나리오를 자세히 들었다.

청아는 들떠 있었다. 연자는 그것만으로도 자신이 이 일을 수락하길 잘했다는 생각을 했다.

한참 청아의 설명을 듣던 연자가 생색내며 말했다.

"내가 너 위해서 이거 하는 거다. 알지?"

"네?"

청아의 눈이 동그래지자 연자가 말을 이었다.

"너 장사 안 맞는다며. 그러니까 다른 거 경험해 보고 인맥도 쌓아야지."

"선생님도……. 저 공방 이제 막 열었잖아요. 하다 보면 적응되겠죠. 이렇게 응석 받아 주시면 어떡해요?"

"네가 어디 응석 부리는 애니? 아닌 건 아닌 거지. 게다가 나야 한복이 아는 거 전부라 한복부터 시작했지만 넌 원래 양장 배우던 애고, 영어도 잘하잖아. 구석탱이에 처박혀 있지 말고 이것저것 시도해 봐. 이제 겨우 스물여섯이잖아."

"선생님한테 배운 것도 다 소화 못 하잖아요."

청아가 그냥 넘어가려 들자 연자가 그녀의 손등을 탁 때렸다.

"말 좀 들어라, 응?"

"아, 아파요······."

청아가 아픈 척 엄살을 떨며 말을 이었다.

"저 일 벌이기 싫어요. 우선 빨리 결혼해서 애부터 낳을래요."

"아니, 너는 뭐 벌써 결혼 타령이야?"

정 선생님은 연세가 있으시니 결혼 핑계를 대면 넘어가 주실 줄 알았다. 하지만 요즘은 결혼 늦게 하는 게 추세라고 연화가 하도 말해 이제는 연자도 결혼 타령에 넘어가 주지 않았다.

"그만 주접 떨어. 네가 뭘 그렇게 잘못했다고 그렇게 죽은 듯이 지내?"

"하지만······."

"그래, 잘못이 있다고 치자. 그래도 세상엔 공소시효라는 게 있잖아. 네 힘으로 이만큼 자리 잡았으면 된 거 아니니?"

어쩌면 막내가 될지 모르는 제자를 손녀처럼 신경 쓰는 연자의 마음에 괜히 울컥한 청아가 프린트해 온 자료를 만지작거리며 웅얼거렸다.

"제 힘은요. 선생님이 다 키워 주셨는데······. 그래도 주접은 그만 떨게요."

"옳지, 그래야지. 영화는 정말 네가 하고 싶은 티 안 냈으면 안 했어. 이 두꺼운 걸 읽으라는 것도 노인 학대다, 애. 눈 빠지겠어."

연자가 힘들어 죽겠다는 듯이 큰 글씨로 다시 제본한 시나리오를 흔들어 보였다. 청아가 웃으며 한편으로 민망한 표정을 지었다.

미팅이 예정된 2시가 되자 박철우 감독과, 모두가 강 실장이라고 부르는 강제화 의상감독이 정연자 한복에 도착했다.

박 감독과 강 실장은 정말로 정 선생님의 한복을 좋아하는 듯했다. 둘 다 연자의 한복에 대해서 누구보다 잘 알고 있었다.

박 감독이 바쁜 일이 있다며 먼저 떠나자 연자가 기다렸다는 듯이 투덜거렸다.

"청아 너 없었으면 큰일 날 뻔했다. 미장센이 어쩌구저쩌구, 대체 뭐라는 거니?"

"그래도 감독님이 정말 선생님 팬인가 봐요."

"팬이고 뭐고 자기는 산적같이 생겨 가지고 뭐 그렇게 고운 거 타령이야. 내가 다시 영상 작업 하나 봐라."

연자가 툴툴거리자 옆에서 강 실장이 깔깔거리며 맞장구쳤다.

"어휴, 내가 하고 싶은 말 정 쌤이 다 해 주시니까 내 속이 다 시원하네."

제화는 단발머리에 호탕한 성격을 가진 여자였다. 프로의 마인드나 성격으로나 여러모로 연자와 잘 맞았다. 둘이 박 감독 뒷담화를 하는 사이, 청아는 필요한 원단을 찾으러 1층으로 향했다. 즐거움에 상기된 얼굴로 내려서던 청아가 자리에 멈춰 섰다. 동시에 1층 직원과 이야기하던 남자가 청아에게 달려왔다.

"아, 유청아. 진짜 있네?"

그가 부르는 소리에 청아의 어깨가 흠칫 떨렸다. 갑자기 숨이 턱 막혔다. 고등학교를 같이 다닌 동섭이었다.

그의 아버지는 경찰이었다. 그의 아버지는 유한석의 딸이 학교를 다닌다는 걸 알고 아들에게 조심하라고 말했다는 모양이다. 어느 날 동섭이 복도에서 청아의 어깨를 떠밀며 말했었다.

'야, 너희 아버지 사기꾼이라며?'

청아가 당황해서 무슨 소리냐고 물어보니 동섭은 제 아버지가 그렇게 말했다고 했었다. 당일에는 정황을 몰랐지만 집에 가서 부모님께 물어보고 정확한 상황을 알았다.

그날 이후부터 청아의 학창 시절은 지옥이었다. 처음에는 놀림거리였다가 그 수위가 점점 높아져 나중에는 물건을 뺏고 손찌검하는 데까지 이르렀다.

동섭은 그게 기억이 안 나는 건지, 아니면 별로 상관없다고 생각하는 건지 태연한 얼굴로 말했다.

"너 여기서 일한다고 보영이가 그러더라? 근처 지나다가 생각나서 왔는데 진짜네."

작년 말에 만났던 보영의 이야기였다. 작년에 다투고 헤어졌으니 앙심이라도 품어서 동섭에게 알려 준 걸지도 몰랐다. 그는 청아를 가장 심하게 괴롭히던 아이 중 하나였으니까.

청아가 순식간에 핏기가 가신 얼굴로 물었다.

"여긴…… 무슨 일인데?"

그러자 동섭이 대수롭지 않게 말했다.

"나 올해 말에 결혼하거든. 그래서 한복 좀 맞추려는데 엄청 비싸더라고. 한두 번 입고 말 건데. 네가 좀 해 주면 안 되냐? 밥 한번 사 줄게."

그의 태연한 말에 청아가 떨리는 숨을 쉬었다.

학창 시절에 괴롭힌 것도 모자라서 성인이 되어서도 그녀의 삶에 끼어들 수 있다는 사실에 기운이 쭉 빠졌다. 동섭도 아마학창 시절처럼 지금도 청아에게서 필요한 걸 뜯어내도 된다고 생각하는 듯했다. 누구의 눈에도 띄지 않고 싶었는데. 꼭 위치를 들킨 사냥감이 된 기분이었다.

청아가 입을 열었다.

"나도 지금 힘들어서 그런 여유 없어. 이제 막 내 일 시작해서."

"올해 말이라니까. 천천히 해 주면 돼."

"정말로 안 돼. 나 일하는 중이니까 가 볼게."

"여기까지 왔는데 너무하네. 네 가게도 냈다면서 뭐가 여유가 없어? 다음에 일단 가 보기나 할게. 위치 알려 줘."

"와도 별로 해 줄 수 있는 건 없을 거야."

빨리 가 버렸으면 좋겠다는 생각을 했다. 혈관이 막히는 기분이었다. 머리가 핑 돌며 쓰러질 것 같았다.

한 번 몸이 떨리기 시작하니 그 떨림이 쉬이 멈추지 않았다.

어떻게 벗어나야 하나, 청아가 하얘진 머릿속으로 할 말을 떠올릴 때 그녀의 얼굴 앞에 익숙한 얼굴이 다가왔다.

"나 배웅 나왔어?"

그리고 들리는 익숙한 목소리에 청아가 순간 긴장을 풀었다. 앞에 윤태가 서 있었다.

원래도 청아에게 윤태가 반가운 사람이냐, 아니냐로 나누면 늘 반가운 사람이었다. 그러나 지금처럼 온 신경이 반응할 정도로 반가운 적은 없었다.

"정 선생님은?"

"2층에 계세요. 전 원단 가져올 게 있어서."

"가자."

윤태가 동섭을 돌아보더니 태연하게 말했다.

"무슨 일인지 몰라도 담당 직원분하고 얘기해요. 이 사람은 나랑 할 일이 있어서."

동섭은 불쾌해하는 듯했지만 별수 없다는 듯 뒤로 물러났다.

윤태가 다시 청아를 보며 물었다.

"어디서 뭐 꺼내면 되는데?"

청아가 그의 손을 깍지까지 껴서 잡아당겼다. 윤태가 약간 당황하는 것이 느껴졌지만 지금은 그를 이용하는 중이라 별수 없었다. 게다가 애초에 배웅 나왔냐면서 먼저 남자 친구처럼 행동한 건 윤태였다. 곤란한 상황인 걸 눈치챈 모양이다.

청아가 맨 위 선반을 가리켰다.

"저 위에 옥색 생초요."

"생초가 뭡니까?"

"저기 있는 거 다 생초니까 옥색 꺼내 줘요."

청아의 말에 윤태가 손을 뻗어 옥색 생초를 꺼내며 놀리듯 물었다.

"키도 작으면서 왜 이렇게 높이 둬요?"

"원단이 많아서 쌓다 보니까요."

그 외에도 필요한 원단을 꺼내 주고 앞장서라고 턱짓했다. 청아는 불편한 미소를 지어 보이고 서둘러 계단을 올랐다. 윤태가 그녀를 뒤따라 걸어가며 물었다.

"누구? 친구?"

"그냥 동창이에요."

"별로 친하지도 않은데 싸게 달래요?"

"어떻게 알았어요?"

"사람이 다 비슷하지 뭐. 나한테도 툭하면 자기 아는 누구 일자리 좀 봐 달라고 해요. 우리 회사 직원이 몇이나 된다고 낙하산을 꽂으려는 건지."

청아가 고개를 끄덕였다. 그 순간에 윤태가 나타나서 얼마나 다행인지 몰랐다. 청아는 제가 동섭을 심하게 피하는 걸 눈치챘을 텐데도 동섭과의 관계에 대해 캐묻지 않는 윤태가 고마웠다.

계단을 올라 청아가 바로 연자의 작업실에 들어서려는데 윤태가 그녀의 팔을 붙잡아 몸을 돌렸다. 그리고 건드리면 금방이라도 울 것 같은 그녀의 얼굴을 살피며 물었다.

"근데 얼굴이 왜 그래요?"

"뭐가요?"

"입술이 하얗잖아. 아까 들어오면서부터 얼마나 놀랐는데."

"……그보다 계속 그렇게 말꼬리 자르실 거면 그냥 말 놓으세요."

"고마워, 먼저 말해 줘서."

윤태가 태연히 말하더니 여전히 찌푸린 얼굴로 청아의 이마를 손으로 감쌌다.

"한 번 쓰러지는 걸 보고 나니까 신경 쓰이네."

"겨우 여섯 살 많으면서."

청아가 핀잔하며 윤태의 손을 밀어냈다. 그의 눈에는 입술이 하얬는지 모르지만, 윤태의 손이 가까워져 향수 냄새가 옮겨붙듯이 느껴지자 얼굴에 확 열이 퍼졌다.

청아가 문을 열고 작업실로 들어서니 연자가 윤태 쪽으로 손을 흔들었다.

"박 대표가 무슨 일로 오셨나?"

"안녕하십니까, 선생님."

윤태가 수완 좋게 웃으며 인사했다.

"작업하시는 거 구경도 하고. 봐서 메이킹 필름 같은 거 만들 수 있나 여쭤보려고요."

"찍을 거면 나 말고 청아 찍어. 우리 청아 예쁘잖아."

"선생님이 중요한데 선생님이 나오셔야죠. 물론 청아 씨야 예쁘지만."

윤태의 능청에 청아가 정색하며 그의 팔을 톡 때렸다. 그러자 그가 자신을 때리고 떨어지려는 청아의 손을 감싸 쥐며 말했다.

"우리 이렇게 안 친해."

그의 그 말이 청아에겐 약점이라, 그녀가 어두워지는 것을 감추지 못하고 제 손목을 당겼다. 그런데 그가 쉽게 놓아주질 않는다. 윤태의 커다란 손에 붙잡힌 손은 청아의 힘으로 빼내기 어려웠다.

"이거 놔요."

"또 때릴까 봐 무서워서 안 되겠는데."

"안 친하니까 안 때려요."

"당신이 그런 걸 따질 사람 같지가 않아서."

둘이 티격태격 다투자 연자가 두 사람을 번갈아 보더니 옆의 제화에게 말했다.

"저러다 정분나겠어?"

"진짜 그러는 거 아니야, 청아 씨?"

그러자 청아가 단호하게 말했다.

"이런 바람둥이는 싫어요."

그녀의 말에 윤태가 미간을 좁히며 청아를 보았다.

"내가 왜 바람둥이야?"

그러자 이번엔 연자와 제화가 기가 막힌다는 듯이 윤태를 보았다. 강 실장이 말했다.

"박 대표님 어느 면을 봐도 바람둥이 같은 거 몰랐어요?"

"……예?"

"그렇잖아, 난 또 같이 일하자고 온 남자가 향수 사 들고 오는 건 처음 봤다니까. 옷도 어디서 내가 좋아하는 브랜드만 딱딱 찾아 입어 가지고는."

제화의 말에 연자가 옆에서 맞장구쳤다.

"나보고는 보자마자 그렇게 예쁘대. 애고 노인이고 안 가려."

"정 선생님은 예쁘긴 예뻐요."

"이 와중에 아양은."

안 하겠다고 할 땐 언제고 연자는 제화와 죽이 아주 잘 맞았다. 그 합이 주는 안정감 때문인지 청아의 마음도 서서히 안정을 찾았다. 그 후에는 옆에서 윤태가 억울해하는 것에서도 재미를 느꼈다.

이제 어른이 되었고 동섭도 자기 직장이 있으니까. 더 이상 그가 두려워서 이러는 것은 아니었다. 어떤 식으로든 조치를 취할 자신이 있었다.

다만 왜 자신을 괴롭힌 동섭이나 보영은 잘 지내는데, 연자의 말대로 자신 혼자 이렇게 주접인가 싶었다.

서러운 마음 뒤에 어쩌면 정말로 공소시효가 있을지도 모른다는 생각이 뒤따랐다. 아니면 제가 이미 죗값을 치른 걸지도 모른다.

행동에는 언제나 대가가 뒤따르니까, 맞는 길을 따라 걷다 보면 언젠가는 조금은 가슴을 펴도 괜찮은 시기가 올지도 모르는 일이다.

✻ ✻ ✻

청아는 모처럼 본가에 들어섰다.

어머니 기은의 취향이 듬뿍 들어간 인테리어의 집이었다. 거실이 넓고, 현관 옆에 있는 딸 청아의 방을 제외하면 나머지 방은 전부 거실 뒤 복도 끝에 자리 잡고 있다.

깊은 햇살이 집 안으로 쏟아져 들어왔다.

간만에 온 외동딸이 반가워 기은도 한석도 현관으로 달려 나왔다. 청아가 멋쩍게 말했다.

"이번에 정 선생님이 영화 의상 만든다고 해서요. 한동안 바쁘단 말 하려고요."

"영화 의상?"

"네. 어쩌면 제가 만든 옷도 영화에 나올지도 몰라요."

한석이 흐뭇해하며 소파에 앉자 강아지 미니가 소파를 뛰어다니다 그의 무릎 위로 풀쩍 달려들었다. 한석이 미니의 머리를 쓰다듬으며 딸에게 말했다.

"이야, 우리 딸이 또 한자리하나 보네."

"그러게 말이야. 영화 개봉하면 제일 먼저 가서 봐야겠다."

기은이 옆에서 동조하고 커피 잔을 들자 청아가 잔소리했다.

"엄마. 밤에 커피 마시면 잠 안 오잖아요."

"그래. 신경 써 줘서 고맙다."

그렇게 말하더니 애교스럽게 웃고 다시 커피를 마신다.

미니가 한석의 품에서 빠져나가 꼬리를 살랑거리며 기은의 무릎에 턱을 대고 웅크렸다. 미니는 부모님의 사랑을 독차지하는 걸 좋아했기 때문에 라이벌인 청아가 나타나면 유난히 두 사람에게 달라붙었다.

기은이 물었다.

"그럼 당분간 바쁘려나?"

"네. 아마 엄청 바쁠 거예요."

"영화라니 또 느낌이 색다르네."

기은은 설레는 듯 말했지만 한석은 다시 표정이 어두워졌다.

"청아, 너 또 그렇게 바쁘다고 하고 집 안 들어올 거지?"

"그러니까 두 분이 공방에 놀러 오세요."

청아가 툭 던지듯이 말하자 한석이 반가워하며 물었다.

"그럴까? 구경 좀 할까?"

"네. 이제 어느 정도 정리도 됐으니까."

"좋지! 일단 오늘은 기념으로 와인 하나 꺼내야겠네."

부모님의 호들갑에 청아가 살며시 웃었다.

'세상엔 공소시효라는 게 있잖아.'

연자의 말처럼, 어쩌면 공소시효가 끝난 걸지도 모른다고. 청아는 생각했다.

모처럼 마음에 드는 예쁜 옷도 사 보고, 시간 내서 화장도 하고. 그러다 마음 맞는 남자 만나면 데이트도 하고.

그래도 되려나……

그렇게 생각하는데 문득 꽃다발을 들고 공방 앞에 서 있던 윤태가 떠올랐다.

그의 얼굴이 보이자마자 더 이상 수업이 진행되지 않았다. 다들 그에 대해 알고 싶어 했다. 자신만 그를 궁금해하는 건 아닌 모양이었다.

청아는 빠르게 고개를 저어 그 상념을 지워 버렸다. 그런 바람둥이와 잘될 일은 절대로 없을 거라고 생각했다. 게다가 혹시 잘되더라도 괜히 속만 썩을 거라고, 청아는 신 포도 보듯이 생각했다.

✳　✳　✳

그 후로 한동안 윤태와 만날 일이 없을 줄 알았는데.

그는 바쁘지도 않은지 며칠 지나지 않아 청아에게 가야 할 곳이 있다며 시간 약속을 잡았다.

[1시까지 데리러 갈게. 공방?]

[네.]

[그쪽으로 갈게.]

공방 평상에 앉은 청아가 윤태와 문자를 주고받자 궁금증이 폭발한 연화가 성화했다.

"어떤 남자야?"

"그냥. 제작사 대표라니까."

"그 제작사 대표가 네가 그렇게 찾던 첫눈 오는 날 그 남자라며."

"그냥 사례하려고 찾은 거였다니까……."

청아가 말하고 연화가 더 캐물을까 봐 얼른 작업을 시작했다.

대부분은 재봉틀을 쓰지만 부분은 손바느질을 했다. 연화가 노방을 가위로 서걱서걱 자르는 사이, 청아는 실에 밀랍을 발랐다. 구시렁거리기는 해도 연화는 연자를 닮아 손재주가 좋았다.

대화를 중단하려는 청아의 노력을 무시하고 연화가 평상을 탁 치며 말했다.

"아, 그걸 누가 몰라? 뭐 하는 놈이냐고. 왜 너랑 따로 만나는 건데? 꽃은 왜 주는 건데!"

연화가 자꾸 재촉하자 청아가 별수 없이 입을 열었다.

"그냥…… 바람둥이 같던데. 나한테만 꽃 사 준 줄 알았더니 누구한테나 주더라."

"으, 그리고?"

윤태에 대해서 곰곰이 생각하던 청아가 말을 이었다.

"바쁠 땐 연락을 씹어. 그랬다가 불쑥 나타나."

"……유청아. 그런 남자 만나지 마. 장점이 뭐야, 도대체?"

"장점?"

그 남자가 불쑥불쑥 나타나서 그런지, 그에 대한 생각도 불쑥불쑥 떠올랐다. 어딘지 모를 우울감을 가진 그의 눈빛이 가슴을 저리게 했다.

"불쌍한 표정을 잘 짓는다는 점?"

"넌 도대체 그 남자의 어디에 매력을 느꼈어?"

연화가 발끈하자 청아가 눈이 동그래져서 말했다.

"매력은 무슨 매력을 느껴. 그냥 일적으로 만나는 거지."

"뭘 일적으로 그냥 만나? 너 지금 입은 원피스 새로 산 거야, 아니야?"

연화의 지적에 청아가 눈동자를 데굴데굴 굴리며 바쁘게 변명했다.

"아니, 길 가다 보니까 이제 봄인데 내 옷이 좀 칙칙한 거 같아서……."

"구두도 새로 사고 머리도 잘랐잖아! 지금껏 너 알고 지내면서 앞머리 낸 거 처음 봐!"

"너, 너무 운동화만 신고 다녔잖아. 그리고 머리도 봄이라서 다듬었어. 봄 타나 보지."

길었던 머리칼을 가슴까지 오게 자르고 말끔히 정리했다. 오랜만에 앞머리도 내니 표정을 그대로 지어도 한결 경쾌해 보였다. 거기에 화장까지 꼼꼼하게 했다.

연화가 청아의 쫀득쫀득한 피부를 살피며 말했다.

"해를 안 봐서 그런가. 피부가 아가 같아."

"화장은 괜찮아?"

"응, 네가 감각은 있잖아. 꼭 너 처음 봤을 때 같다."

"처음 봤을 때 어땠는데?"

"첫인상 진짜 안 좋았지. 누가 봐도 쌀쌀맞은 부잣집 계집애. 얼굴은 하얗고 머리칼이랑 눈은 까매 가지고 한동안은 웃지도 않고."

좀 더 많이 알게 된 유청아는 그냥 마음 편히 남을 대하는 방법을 잊은 애였다. 처음에는 타인을 경계하며 그렇게 날 서 있더니, 연자가 하도 구박을 한 덕에 지금은 훨씬 편안한 사람이 되었다. 아마 따돌림을 당하기 전에는 원래 그런 성격이었던 모양이다.

연화는 청아의 복잡한 속내를 자기만 알고 있다는 것에 묘한 기쁨을 느꼈다. 가끔 제 거 같다는 생각도 했었다. 그러다가 오늘 갑자기 남자와 약속이 생겼다니 기분이 묘했다.

그래서 그 남자가 궁금했다. 저 애에게 접근하는 남자는 도대체 어떤 남자일까.

두 사람이 작업을 이어 가는 데 약속한 시간에 도착한 윤태가 유리 벽을 똑똑 두들겼다.

"아, 왔다."

청아의 말에 윤태를 돌아본 연화의 눈이 커졌다. 그녀가 청아의 팔을 꼬집으며 소리쳤다.

"단점만 있다며! 비주얼이 다했잖아!"

"이, 이연화! 진짜 아파!"

"혹시 돈도 많아? 많아 보이는데."

"응. 블루월 대표래."

"넌…… 도대체 인간을 뭐로 판단해? 뭐지, 얘는?"

연화가 황당해하며 청아를 밖으로 떠밀었다.

겨울이 끝에 다다르자 슬슬 봄 냄새가 나기 시작했다. 주차한 곳으로 향하는 길에 청아가 물었다.

"어디 가요? 갑자기."

"의상감독이 자기 창고 구경하는데 당신 데려오라고 하네."

"창고요?"

"응, 그분 회사 창고. 당신이 좋아할 거라던데."

윤태가 말하며 조수석 문을 열어 주려다 잠시 멈춰 서서 청아를 바라보았다.

"근데 가지 말고 데이트할까?"

갑자기 속이 들킨 기분이라 청아가 움찔하며 윤태를 올려다

보았다. 그러자 그가 말을 이었다.

"차려입은 게 아깝잖아. 거기 가 봤자 일 관련된 이야기나 할 게 뻔한데."

"그냥 봄이라서 기분 낸 거예요. 얼른 가요."

청아가 재촉했다.

데이트를 기대해서 차려입고 나온 것이 아니었다. 그녀는 좋아하는 여자의 문자를 받고 일주일씩이나 연락을 안 하는 남자는 세상에 없다는 걸 알았다.

첫눈에 반했다면 병원까지 안고 달린 여자에게 명함 한 장 주지 않고 그냥 떠날 리 없다는 것도 알았다.

박윤태가 자신을 좋아하지 않는 건, 청아 스스로가 가장 잘 알았다. 그저 제 마음이 윤태에게 쓰였을 뿐이었다.

목적지는 경기도의 한 창고였다. 창고 앞에 대충 주차를 해 두고 내리자 창고 앞에 서 있던 강제화 실장이 고개 숙여 인사하는 두 사람에게 손을 흔들었다.

"여기야! 이리로 와 봐, 두 사람."

두 사람이 제화에게 다가가는 사이 그녀가 창고의 셔터를 올렸다.

셔터가 올라간 창고 안으로 향하던 청아의 입이 벌어졌다.

"세상에……."

거대한 창고 가득 행거가 있고 거기엔 수도 없이 많은 영화 의상이 걸려 있었다.

청아는 물론 옆에 서 있던 윤태마저 창고를 가득 채운 옷들에 놀란 듯했다. 제화가 청아의 등을 떠밀었다.

"누가 제작비를 많이 대 주신 덕에 내가 이런 스케일을 다 짜

본다. 들어가서 구경해."

청아가 서둘러 창고로 들어갔다. 윤태도 따라 들어가려는데 제화가 팔을 붙잡고 짓궂게 물었다.

"근데 어쩌다 박 대표님이 직접 청아 씨를 모셔 와요? 부하 직원 보낼 줄 알았는데. 황송하게."

"회사에서 제가 제일 한가해서요."

"거기다 청아 씨는 오늘 또 왜 이렇게 예뻐."

제화가 말하며 음흉한 눈으로 윤태를 보았다. 그러자 윤태가 청아 쪽으로 시선을 피하며 말했다.

"봄이라서 기분 낸 거라던데요."

그의 변명조가 웃겼는지 제화가 깔깔거리고 웃었다.

"이러다 진짜 정분나겠네."

"그 정도 사이는 아닙니다."

"뭐, 남녀 사이 모르는 일이지."

제화가 어깨를 으쓱이며 청아에게로 향하자 윤태도 그녀의 뒤를 따라 걸었다. 청아는 이번에 사용할 엑스트라들의 검은 도포를 신기해하며 살피고 있었다.

제화가 청아의 어깨를 꽉 쥐어흔들며 물었다.

"어때?"

"굉장하네요. 이렇게 많은 옷이 필요한 줄 몰랐어요."

"잘 구경하고 마음에 들면 청아 씨, 우리 회사 들어와. 잘해 줄게."

"저, 저요?"

청아가 놀라서 돌아보자 제화가 말했다.

"왜 놀라? 나 이번에 청아 씨랑 미팅할 때마다 얼마나 탐이

났는지 몰라. 솔직히 청아 씨만큼 극중 인물 이해도가 높은 사람, 나 이 일 하면서 처음 봐. 심지어 디자인도 잘하고 한복 잘 알잖아."

"저⋯⋯."

"아니면 다른 계획 있어? 거절할 거면 이유를 정확히 하는 게 좋을 거야."

제화의 말에 머뭇거리던 청아가 입을 열었다.

"전 사람들 눈에 안 띄고 싶어요."

"음?"

"남들 눈에 안 띄고, 죄짓지 않고. 그래도 옷은 만들면서 살고 싶어요."

제화가 몰아치듯 재촉하는 바람에 청아는 머리도 거치지 않고 하고 싶은 말을 내뱉었다.

그 후에야 청아는 자신이 원하는 것을 알았다. 이거였다. 이게 그녀가 바라는 전부였다.

그녀의 말을 듣고 있던 윤태는 말이 없고, 제화는 잠시 멍한 표정을 짓다가 이내 기가 막힌다는 듯이 소리쳤다.

"유청아!"

"네, 네!"

제화가 청아보다 스무 살이 많긴 하지만 갑자기 '씨'를 떼 버려 흠칫 놀라 대답했다. 그러자 제화가 말했다.

"세상에 우리 일만큼 그거에 충족하는 게 있어? 영화 의상 해서 옷이 유명해졌다고 그거 팔아먹을 수 있기를 하나, 그렇다고 내가 유명해지기를 하나. 그렇다고 옷 안 만들고 쉴 수가 있나."

"⋯⋯."

"우리 일이 딱 청아 씨가 원하는 그거구만."

제화의 말에 청아가 멈칫하더니 잠시 후 고개를 숙이고 웃었다.

"그러고 보니까 그러네요."

"그렇지? 그러니까 생각해 봐. 이거 끝나고 우리 바로 다음 영화 들어가거든? 같이하자."

"생각해 볼게요."

생각도 안 해 본 일이었는데, 창고에 가득 차 있는 수천 벌의 의상을 보니 이상하게 심장이 쿵쾅쿵쾅 뛰었다. 혼자 일할 때는 상상도 못 해 본 압박감이 들었다. 그런데 그 압박감이 싫지가 않았다.

제화의 소개를 받으며 실컷 창고 구경을 하고 청아는 다시 윤태의 차를 빌려 탔다.

출발할 때와 달리 윤태는 말이 없었다. 앞을 보고 운전만 하는 윤태가 낯설어 청아가 먼저 말을 걸었다.

"내가 너무 오래 있었어요?"

"……."

"빨리 나올 걸 그랬어요. 재미없었죠?"

기분이 안 좋아 보여서, 일단 말을 걸어 목소리 듣고 판단을 해 보려 했다. 그런데도 한동안 말이 없어 청아를 불안하게 하던 윤태가 한참 후에야 무심한 음성으로 물었다.

"왜 사람들 눈에 안 띄고 싶어?"

"……."

"아까 그러던데, 강 실장님한테."

"······말하기 싫은데."

"해 줬으면 좋겠다. 난 남 기분을 많이 궁금해하는 사람이라."

그래 놓고 윤태의 시선은 앞창 유리에서 떨어질 줄을 몰랐다.

청아가 입을 다물자 그도 말이 없었다. 청아가 윤태의 얼굴을 힐끔 보았다.

하여튼 성격 참, 은근히 들쑥날쑥한 남자다.

"나중에 말하면 안 돼요? 우리 아직 그 정도로 안 친한데."

"그거 듣고 싶으면 친해져야 해?"

"네."

두 사람이 이야기하는 사이 차가 청아의 공방에 가까워졌다. 윤태가 그제야 부드러운 얼굴로 청아를 돌아보았다.

"그럼 친해지자는 의미에서 밥 먹을까? 나 지금 너무 배가 고픈데."

"공방 뒤쪽에 엄청 맛있는 돈가스집이 있어요. 괜찮아요?"

"나 어린이 입맛이라 돈가스 진짜 좋아해."

잠시 후 두 사람이 차에서 내려 천천히 주택가를 걸었다. 맑은 날 같이 길을 걷자 데이트 분위기가 났다.

청아가 말한 집은 언덕이 끝나는 곳에 있었는데, 윤태가 예상했던 식당과는 전혀 분위기가 달랐다. 레이스도 달려 있고, 초도 핑크색이고. 공주님이 살고 있을 것 같은 분위기에 윤태가 구겨진 표정으로 팔짱을 끼고 뒤로 기댔다.

"이런······ 공주님 침실 같은 곳이었으면 미리 말해 줬어야지."

그가 이렇게 불편해할 줄 몰랐는지 청아가 난처한 얼굴로 말했다.

"귀여운 거 좋아한다고 했잖아요. 그리고 여기 가끔 남자들도 와요."

"애초에 이건 귀여움의 범위를 넘어섰고, 남자들이 여길 오는 건 전부 여자 친구에게 끌려오는 거겠지?"

"그렇……겠죠?"

청아가 말하더니 심기 불편한 윤태의 표정을 보고 살짝 웃었다. 잠시 후 나온 손바닥만 한 커틀릿을 본 윤태가 고개를 숙여 가까이에서 살피며 말했다.

"애피타이저?"

"식산데요? 그거 생각보다 양 많아요."

"생각보다 많아 봤자."

윤태가 투덜거리며 커틀릿을 잘라 입에 넣었다. 돼지고기를 여러 겹 쌓아 튀긴 커틀릿에서 육즙이 확 퍼졌다. 좀 우물거리더니 잽싸게 또 한 조각을 입에 넣고 곧바로 점원에게 말했다.

"이거 한 판 더 주세요."

"네."

점원이 고개를 끄덕이고 떠났다. 윤태가 충격받은 표정으로 말했다.

"이렇게 맛있는 걸 이렇게 생긴 집에서 팔면 어떡하란 거야. 나 혼자는 못 오잖아."

그가 하도 만족해서 청아는 괜히 뿌듯한 마음이 들었다.

"맛있죠?"

"응. 바꿔 먹자."

윤태가 치즈가 들어간 청아의 커틀릿을 가리키자 그녀가 한 조각을 집어 그의 접시에 덜어 주었다. 청아의 커틀릿도 맛보고 난 윤태가 물었다.

"……가끔 여기만 좀 같이 와 주면 안 돼? 너무 맛있는데 여길 혼자 오면 절대 안 될 것 같아서."

그의 진지한 질문에 청아가 두 손으로 입을 가리고 까르륵 웃었다.

윤태는 음식에 집중해서 순식간에 그릇을 비웠다. 까다롭게 생겨 가지고 뺨이 빵빵해지게 음식을 넣어 씹고 삼키는 모습이, 온갖 투정을 다 한 주제에 너무나 맛있게 먹는 모습이 귀여워서 웃음이 나왔다.

테이블은 제 키보다 너무 낮아 허리를 구부정하게 숙이고서 두 번째로 가져다준 음식까지 쉼 없이 먹어 치운다.

"입맛 까다로울 줄 알았어요."

청아가 솔직하게 말하자 윤태가 물었다.

"왜?"

"생긴 게 왠지 그래요."

윤태가 의아해하며 제 핸드폰에 제 얼굴을 비춰 보았다.

"입이 짧게 생겼나……. 하긴, 당신도 처음엔 진짜 무뚝뚝해 보였는데. 지금 보니까 아니네. 나름 웃기도 하고."

"윤태 씨가 좀 웃겨요."

"그런 말 거의 못 듣는데. 고마워."

윤태의 능청에 청아가 다시 한 번 웃음을 지었다. 어려운 사람 같았는데 꼭 그렇지만도 않았다.

식사만으로도 충분히 들떠서, 청아는 모처럼 차려입은 보람을 느꼈다.

✻ ✻ ✻

며칠 뒤 윤태는 희성과 연자가 구해 달라는 원단을 가져다 정연자 한복집으로 향했다. 희성이 물었다.

“유청아 선생님이랑은 어떻게 돼 가?”

“어떻게 돼 가는 건 둘째 치고…… 처음에 생각한 거랑 좀 다르더라.”

“뭐가 달라?”

“그냥. 어쩐지 달라.”

처음엔 곱게 자라서 장사를 잘할 만큼 낯이 두껍지 않은 거라고 생각했다. 실제로 본인도 그렇게 말했으니까.

그런데 점점 그게 다는 아닌 것 같다는 생각이 들었다.

사진과 정보만으로 타인을 파악하는 것은 어려운 일이다. 희성만 해도 청아를 실제로 만난 후부터는 그녀가 없을 때도 선생님이라는 호칭을 붙이기 시작했다.

정연자 한복집에 도착해 차에서 내리려던 두 사람은 청아가 동섭과 이야기하는 것을 발견했다.

희성이 인상을 쓰며 윤태에게 물었다.

“저 남자 누군지 알아?”

“어. 며칠 전에도 왔어. 전 남자 친구인가, 했는데.”

“그런가. 근데 인상 더럽네. 유청아 씨 저런 스타일 좋아하나?”

두 사람이 다투는 소리가 들렸다.

“야, 내가 공방 위치 좀 알려 달라고 전화하는데 왜 안 받아?”

동섭의 말에 청아가 화난 얼굴로 대답했다.

“내가 분명히 여유가 없다고 말했잖아. 네 얼굴을 그렇게 자주 볼 자신 없어. 그런데 왜 자꾸 고집을 부려?"

"왜? 옛날 일 때문에? 그래, 미안했다. 됐냐? 그런데 그럴 만
했잖아."

청아는 가끔, 제 부모님이 이렇게 별문제 없이 안락하게 살고
있다는 사실에 염증을 느낄 때가 있었다. 두 분께 당한 피해자
들은 어렵게 살고 있을지도 모르는데.

지금도 그랬다. 동섭은 제가 한 행동이 그리 심각한 일이 아
니었다고 생각하는 게 분명했다. 어쩌면 연화가 말했던 것처럼
관혼상제마다 청아에게 옷을 받아 내려는 걸지도 모른다. 그다
음에는 보영의 이야기를 꺼내고, 그 뒤에는 또 다른 누군가가
나타날지도 몰랐다.

그녀가 죄책감을 가져야 하고, 배상해 주어야 할 상대는 이들
이 아니라 아버지의 피해자들이었다. 그렇게 생각하니 청아는
단호해졌다.

"그럴 만하지 않아."

그러자 동섭이 어이없다는 듯이 말했다.

"너 진짜 양심도 없다."

"내가 양심이 없다고? 몇 번 으름장 놓으면 다 들어줄 거라고
생각한 너는 괜찮고?"

청아가 동섭을 사납게 노려보았다. 동섭이 혀를 차며 말했다.

"너 졸업하고 엄청 변했네. 학교 다닐 때였으면 해 줬을 거면
서."

청아의 손끝이 바르르 떨렸다. 그러다 뒤에서 부르는 소리를
들었다.

"유청아 선생님."

돌아보니 원단을 챙겨 든 윤태와 희성이 보였다. 희성이 잽싸게 청아의 옆에 서서 물었다.

"유청아 선생님, 우리 지난번 미팅 때 봤죠?"

"아. 네. 양희성 실장님이라고 하셨죠?"

"네. 원단은 어디다 놓을까요?"

"아. 제가 안내해 드릴게요. 저도 뭐 들까요?"

"됐습니다. 마음 편하게 있고 싶어요."

희성이 능청 떨며 두 사람이 먼저 한복집 안으로 들어섰다.

그사이 윤태가 동섭에게 물었다.

"무슨 일이십니까?"

"예?"

나이가 저보다 많아 보이는 데다 체격이라면 나름 자신 있는 동섭보다도 훨씬 더 키가 큰 윤태가 다가오자 동섭이 멋쩍은 표정을 지었다.

"고등학교 친구예요."

"다투는 것 같던데."

"다투긴요. 그보다 왜 매번 유청아 근처에 있습니까? 뭐 남친이라도 돼요?"

"좋아하긴 합니다. 그래서 왜 저 사람에게 겁을 주는지 알고 싶은데."

불쾌감이 역력한 윤태의 눈빛에 동섭은 익숙하지 않은 위압감을 느끼고 침을 꿀꺽 삼켰다.

청아가 희성에게 원단을 받아 연자의 작업실에 정리하기 시작하며 물었다.

"박 대표님은요?"

"밖에 있어요."

희성이 말하고 무심코 창밖을 보았다.

윤태와 동섭 사이의 분위기가 안 좋아 보였다. 저러다 한 대 칠까 봐 희성의 몸이 괜히 움찔거렸다.

윤태는 겉으로 드러나는 제 모습이 온순해 보이도록 상당히 공을 들였지만, 희성은 그가 한 번 이성을 잃으면 눈에 보이는 게 없는 스타일이라는 것도 잘 알았다.

두 사람이 무슨 이야기를 나눴는지 곧 명함을 교환했다. 잠시 후 동섭이 차를 몰고 사라지자 그제야 희성이 창에서 고개를 뗐다.

'박윤태, 저 자식…… 괜찮은 건가?'

희성이 한숨을 푹 쉬었다.

원래 이런 사적인 일들은 제 담당이었다. 그런데 웬일로 자기가 직접 나서는 것이 아닌가.

아니, 애초에 유청아를 공격하려는 것처럼 말하던 사람이 계속 그녀를 돕는 일만 하고 있는 게 말이 되는 건가.

희성이 청아가 옮기려는 묵직한 짐을 대신 옮겨 주며 말했다.

"유청아 선생님, 혹시, 속은 하나도 없고 껍데기만 남은 인간 본 적 있어요?"

"무슨 의미예요?"

"껍데기는 죽이는데, 그 껍데기가 전부인 것 같은 인간 말이에요. 본 적 없죠? 박윤태가 딱 그런데."

청아가 희성을 바라보자 그가 말을 이었다.

"어릴 때부터 내 제일 친한 친구인데. 아직도 내 눈에 그래요.

재도 고생 많이 하면서 자란 애라. 안 그래 보이죠?"

"아뇨. 그래 보여요."

"그래요?"

"네. 가끔…… 엄청 신경 쓰이는 표정을 짓거든요. 옆에서 챙겨 줘야 할 것 같고, 위로해 줘야 할 것 같은 표정."

"……."

"그냥. 그럴 때가 있어요."

청아가 혼잣말하듯 중얼거렸다.

처음에는 그냥 외모가 근사한 남자라 신경이 쓰이는 거라고 생각했다. 그는 어디에 있어도 튀어나온 못처럼 눈에 띄는 남자니까. 그런데 조금씩 그를 알아 갈수록 그는 마치 커다란 상처를 안고 있는 것 같을 때가 있었다. 눈빛이 그랬고 문득 멈춰 서 있을 때의 얼굴이 그랬다.

그래서인가 요즘 들어 가끔, 잠결에, 그를 곁에 눕히고 토닥토닥 재워 주고 싶다는 생각이 들 때가 있었다. 악몽 꾸지 않게, 단잠을 자고 일어나게.

희성이 창밖으로 윤태가 담배를 꺼내는 모습을 내다보며 그가 아직 들어올 생각이 없음을 확인한 후 청아에게 물었다.

"유 선생님, 나한테 뭐 궁금한 거 없어요? 박윤태에 대한 거."

"아. 하나 있어요."

"뭔데?"

"윤태 씨, 계속 아버님 부탁으로 선보러 다니시나……."

청아의 말에 희성이 고개를 저었다.

"요샌 안 봐요. 윤태 새아버지인 건 아시죠?"

"네."

"그 새아버지가 어릴 때 친자식이랑 엄청 차별했다는 말은 안 했죠?"

"아, 안 했어요."

청아가 전혀 몰랐다는 듯이 눈을 동그랗게 뜨자 희성이 말을 이었다.

"열두 살에 우리 반으로 전학 왔는데, 용돈은커녕 준비물 사 올 돈도 잘 안 줬어요. 나름 있는 집인데도. 중학생 때도 저 녀석 키가 무섭게 자라는데 교복 한 벌로 버티다 못해서 결국 방학 때 자기가 알바 한 돈으로 교복을 샀어요."

윤태가 그렇게 어렵게 자랐는지는 전혀 몰랐다. 희성이 말을 이었다.

"이건 비밀인데요. 쟤네 아버지가 윤태 사업 시작하고 얼마 뒤에 사업체 하나 정리하면서 목돈 생긴 적이 있거든요. 그거 알자마자 윤태가 졸졸 쫓아다니면서 졸랐대요. 자기 회사에 투 자하면 백 배로 늘려 드리겠다고. 근데 이게 믿겨요? 그렇게 차 별하던 아들이 돈을 백 배로 늘려 준다는 말?"

청아가 고개를 젓자 희성이 말을 이었다.

"그래서 쟤네 아버지가 윤태한테 누굴 바보로 아냐고 소리 지 른 다음에 보란 듯이 다른 주식에 몰빵을 했는데. 그 주식은 확 떨어지고, 블루월은 2백 배가 커졌죠."

"세상에……."

"아직도 화병 때문에 수면제 드신대요. 잠이 안 와서."

청아의 놀란 눈에 희성은 덧붙이고 싶은 말을 꾹 참았다. '돈 좋아하는 사람한테 어떻게 복수해야 하는지, 박윤태는 너무나 잘 알아요.'라는 말.

그래서 청아가 윤태를 경계했으면 했다. 그리고 윤태도 더 이상 청아와 감정적으로 얽히지 않기를 바랐다.

그가 하고 싶은 말 대신 능청을 떨었다.

"확 정 떨어지죠?"

그 말에 청아가 잠시 생각하더니 고개를 조금 끄덕이고 희미하게 미소를 지어 보였다.

윤태가 담배를 꺼내며 중얼거렸다.

"……더럽게 손 많이 가는 여자네."

윤태는 왜 청아가 저렇게 화가 난 거냐고 캐물었다. 그제야 동섭은 제 행동에 문제가 있다고 생각했는지 별다른 말도 없이 정신없이 도망쳤다.

온실 속 화초처럼 큰 줄 알았더니 근처에 처리해 줘야 될 문제가 왜 이리 많은지 모를 일이었다.

화가 난 청아의 눈에는 핏발이 서 있었다. 새하얀 피부 역시 분노로 인해 목덜미부터 붉어지고 있었다.

그녀가 유한석의 딸이란 걸 잊은 것은 아니지만 이 상황에서 청아 쪽으로 팔이 굽는 것은 별수 없는 일이었다.

윤태가 꺼낸 담배를 피울 정신이 없어 그대로 구기는데 청아의 목소리가 들렸다.

"왜 피우지도 않은 담배를 구겨요?"

그녀의 목소리에 윤태가 고개를 돌렸다.

화난 얼굴을 본 후여서인지 지금 청아의 맑은 눈동자가 어쩐지 어지러웠다. 정말 기분이 풀린 건지, 그러려고 노력한 건지.

"집에 가?"

머릿속에 맴돌던 온갖 질문을 지워 버리고 윤태가 묻자 청아가 고개를 끄덕였다.

"커피 마시고 가지?"

윤태가 근래에 생긴 예쁜 카페를 턱짓했다.

청아는 망설였지만 몇 번 그 카페에 들어갈까, 하다가 바빠서한 번도 구경을 못 했던지라 이번만큼은 윤태를 따라 들어섰다.

윤태가 문이 있는 유리 벽에 붙여 놓은 바 테이블을 턱짓하며 말했다.

"사 올게. 뭐 마실래?"

"음……. 플랫화이트요."

청아가 메뉴판을 보며 말하자 윤태가 커피를 주문하러 이동했다. 잠시 후 윤태가 플랫화이트 두 잔을 머그잔에 가져왔다.

"마시고 가자, 그냥."

카페는 예쁘고 밝았으며 창밖은 해가 져서 어둑어둑했다. 확실히 밖보다는 안이 좋았다.

청아가 고개를 돌려 창밖을 보며 커피를 한 모금 마셨다. 그리고 입을 열었다.

"대표님은 왜 매번 나랑 같은 걸 마셔요?"

그녀의 질문에 윤태가 미간을 좁히며 물었다.

"갑자기 무슨 소리야?"

"맨 처음에도 그다음에도 오늘도 저랑 같은 걸 마시네요. 취향이 별로 없는 것 같아요."

"마실 걸 고르는 데 머리 쓰고 싶지 않아."

"취향이 없네요."

"……."

"이상한 사람이야."

"마실 거 안 좋아해. 뭐가 있는지도 잘 몰라."

"이상형은요?"

"없어."

"그냥 취향이란 게 별로 없나 봐요."

한참을 생각한 윤태의 대답에 청아가 다시 그를 보았다. 윤태가 말을 이었다.

"취향이라면…… 난 하늘 보는 걸 좋아해."

"그렇구나."

"당신은?"

"네?"

"당신도 딱히 취향이 있는 것 같진 않던데. 첫날은 원두커피, 다음엔 차이 티, 오늘은 플랫화이트를 마시잖아. 도대체 공통점이 뭐야?"

"……그때그때 마시고 싶은 거."

순서대로 뭘 마셨는지 다 외우고 있다. 그녀의 잦아든 목소리에 윤태가 제 발이 저려 변명했다.

"내가 스토커라서 당신이 뭐 마셨는지 다 외우고 그런 건 아냐."

"누가 뭐라고 했나."

"근데 당신이 마시는 게 다 맛있네."

"그럼 계속 따라 해도 봐줄게요."

청아의 말에 윤태가 실소했다. 그러더니 테이블에 올린 팔에 머리를 기대고 청아를 보았다.

"내일은 뭐 마실 거야?"

"지금 정해요?"

"응, 나도 내일 그거 마시게."

"쌍화탕."

"내일 그거 안 마시기만 해. 쌍화탕 한 박스 사 들고 나타날 테니까."

"마실 건데요? 나 쌍화탕 엄청 좋아하는데."

"사진 찍어서 보내. 확인하게."

청아가 믿음직스럽게 고개를 끄덕끄덕거리자 윤태가 웃음이 터져 팔에 얼굴을 묻고 어깨를 들썩였다.

그가 턱을 괴고 청아를 바라보며 물었다.

"아까 그 남자는 누구야?"

"고등학교 때 친구요."

"친구는 아닌 것 같던데, 딱 봐도."

"그냥……."

청아가 얼버무리려 했지만 윤태는 그녀에게서 시선을 떼지 않고 있었다. 청아는 잠시 생각하다가 입을 열었다.

"저 유학 가고 싶어서 간 게 아니라. 그때 따돌림이 심해서 간 거예요."

의도하지 않게 윤태의 비밀을 알게 되었으니 제 비밀도 말해 줄 생각이었다. 윤태가 어린 시절 소외감을 느꼈듯이 자신도 그랬음을 말하고 싶었다. 각자의 아픔을 비교할 수는 없겠지만 공감에 도움이 되긴 할 테니까. 청아가 말을 이었다.

"아까 그 애가 성적인 말 같은 거 하고. 교과서랑 책상에 써 놓고……. 그러다 2학년 때 어느 날 학교 끝나고 새벽까지 나를 둘러싸고 때리고 욕한 적이 있었는데 그거에 엄청 충격받아서

학교를 못 갔거든요. 그래서 유학을 갔어요."

윤태의 입매가 빠르게 굳었다. 청아가 유리 벽 밖을 내다보며 말을 이었다.

"그때부터 남의 눈에 띄는 게 무서워졌어요. 그게 쭉 가네요. 뭐, 나이 좀 더 들면 안 그러겠죠."

'남들 눈에 안 띄고, 죄짓지 않고. 그래도 옷은 만들면서 살고 싶어요.'

윤태는 그 말이 머릿속에서 사라지질 않았다.

'죄짓지 않고.'

그녀는 분명히 그렇게 말했었다.

설마, 제 아버지가 한 짓 때문에 따돌림을 당한 건 아니겠지. 아니어야지. 윤태는 숨이 멎는 기분이었다.

청아가 곧 한숨을 푹 쉬었다.

"말하니까 속 편하네."

"그럼 잘 말했네."

"그 나쁜 놈이 자기 결혼한다고 한복을 공짜로 달라는 거 있 죠?"

"무슨 낯짝으로 당신을 찾아와? 쓰레기 새끼."

그가 대신 욕을 해 주자 청아는 괜히 속이 시원한 기분이 들 었다. 윤태가 청아 쪽을 힐끔 보았다.

"또 찾아오면 나한테 말해."

"말하면 어쩌게요?"

"나 돈 많잖아. 돈이 많으면 원하는 건 다 어떻게든 해결되더라."

"……그거 왠지 좀 무섭네요."

그렇게 말하던 청아의 손이 무심코 윤태의 소매에 살짝 닿았다.

"소매는 재킷 밖으로 셔츠가 좀 보이는 게 예뻐요."

"…….."

"아직…… 이렇게 안 친한가?"

청아가 묻자 윤태가 두 손을 내밀며 말했다.

"친해지면 해 준다는 얘기도 해 주고 밥도 먹었잖아. 이제 친한 걸로 해 줘."

그의 말에 청아가 조금 웃더니 윤태의 손을 잡아 셔츠 소매가 조금 보이게 당겼다. 다른 한 손도 똑같이 정리하고 손을 떼려는데 윤태가 그녀의 한 손을 붙잡았다.

아무런 생각도 들지 않았다. 그냥 왠지 그녀의 손을 잡아 줘야 할 것 같았다.

"왜 그래요."

청아가 난처해하자 윤태가 그녀의 손을 당겨 제 앞에 두고 말했다.

"손이 차서."

"안 찬데. 당신 손이 더 차요."

"그니까. 내 손이 차서."

"알았어요."

그러더니 청아가 다른 한 손을 더 내밀었다.

"그럼 이 손도 난로로 써요."

그녀의 말에 윤태가 물끄러미 청아의 손을 보았다.

한 손을 잡으면 다른 손도 내민다. 조금 곁을 주면 제 마음을
전부 연다. 그녀는 착하고 손이 따듯하고 누구보다 간절히, 타
인의 사랑을 원하는 여자였다.

한동안 무언가를 기도한 적이 없었는데, 지금은 바라는 것이
생겼다.

부디 제 아버지에게서 뺏은 것들로 유한석이 당신에게 온실
을 지어 줬기를. 아무것도 모르고 살아왔기를.

당신은 또 다른 피해자가 아니기를. 윤태는 저도 모르게 바라
고 있었다.

3. 마음이 닳도록

영화 크랭크인 5일 전에 대본 리딩이 있었다.

장소는 윤태의 회사 대회의실이었다.

윤태가 일찍 와서 회사 구경을 하는 게 어떠냐고 권해 청아는 예정보다 1시간 빨리 블루월에 도착했다.

엘리베이터 근처에서 서성거리던 윤태는 청아가 27층에 도착하자마자 성큼 그녀에게 걸음을 옮겼다.

"밖에 덥지?"

"네. 5월부터 벌써 이래서 여름엔 어떡하나 몰라요."

대답한 청아가 힐끔 유리 벽 뒤의 회사를 보았다. 그리고 곧 다시 윤태를 보며 믿기지 않는다는 듯이 물었다.

"윤태 씨, 진짜로…… 여기 대표예요?"

"이제 와서 무슨 소리야?"

"회사가 크잖아요?"

"……그래서?"

"어떻게 이렇게 한가해요?"

청아가 악의라곤 없는 눈으로 묻자 윤태가 저도 모르게 실소하며 말했다.

"내가 언제 한가했어. 나 바쁜 사람이야."

"툭하면 불쑥불쑥 나타나잖아요."

"내 새로운 취미 생활이거든. 유청아 씨 앞에 불쑥불쑥 나타나기."

윤태가 능청으로 넘어가며 문을 열고 안으로 들어갔다.

회사는 드라마에나 나올 것 같은 키치한 분위기였다. 자리마다 트렌디한 소품들이 놓여 있었다. 회의실은 마치 휴게실처럼 소파가 놓여 있었다. 책장에 만화책 같은 것들이 꽂혀 있고, 레트로 게임기가 있기도 했다.

대표실에 들어서자 윤태의 의자 뒤로 한강이 보였다.

"한강이 잘 보이네요."

"내 자리에서 제일 잘 보여."

윤태가 말하며 제 의자를 당겨 주자 청아가 자리에 앉았다.

그녀가 한강을 바라보며 중얼거렸다.

"생각보다 돈이 많으신가 봐요."

윤태가 제 데스크에 기대앉아 픽 웃으며 대답했다.

"당신 생각보단 확실히 많겠지."

"이 정도인 줄은 몰랐는데……."

"난 돈 버는 게 그렇게 쉽더라. 원래 돈이 돈을 부르잖아. 한번 쌓이기 시작하니까 끝없이 쌓여."

그의 말에 청아가 고개를 들어 윤태의 얼굴을 바라보더니 고개를 조금 기울이고 물었다.

"그래서 슬퍼요?"

"이게 슬플 일인가?"

"그건 모르겠지만, 지금 윤태 씨 얼굴이 슬퍼요."

"……."

"생각해 보면, 좀 슬픈 거 같아요. 돈이 돈을 부른다는 게."

청아가 다시 한강으로 시선을 돌렸다. 그런데 윤태는 좀처럼 청아에게서 시선을 떼지 못했다. 그래서 그녀가 한강을 바라보다 서서히 웃는 것을 알았다.

"여기가 대표실이라 마음이 놓여요."

"……왜?"

"앞에 빌딩이 없으니까 하늘이 잘 보여서요. 윤태 씨 하늘 보는 거 좋아한다면서요. 일하는 곳에서 하늘이 잘 보이니 얼마나 다행이에요."

"그래서…… 마음이 놓여?"

"네. 당신이 소소하지만 행복해질 테니까."

윤태는 그녀의 변하는 표정들을 하나하나 눈에 새겼다. 왠지 그러고 싶었다.

문득 맞선 자리에 유청아가 나왔으면 어땠을까, 하는 생각을 윤태는 저도 모르게 했다. 최근에 했던 몇 번의 만남처럼 이름도 얼굴도 기억하지 못하고 헤어지게 될까. 아니면 그것보다는 조금 더 관심을 가지게 될까.

그때 대본 리딩 준비를 하며 정신없이 돌아다니던 희성이 대표실 안의 두 사람을 발견하고 멈춰 섰다.

그는 청아를 바라보는 윤태의 눈빛을 발견하고 다급하게 대표실 안으로 들어가더니 윤태의 등을 떠밀었다.

"대표님, 잠깐 중요하게 할 말이. 유청아 선생님, 미안한데 대본 리딩하러 먼저 가세요!"

"무슨 일인데 이렇게 급해?"

곧 두 사람이 비어 있던 비서실로 들어갔다. 희성이 정색을 하며 윤태에게 말했다.

"너 유청아 선생님 그만 만나."

"갑자기 왜?"

"그만 만나. 복수를 하고 싶으면 나 시켜. 내가 고등학교 때 선후배들 모아서 유한석 건물에 세워 놓든 도박을 권유하든 할게."

"우리가 무슨 조폭이냐?"

"그게 더 쉽잖아. 너 이러다 유청아 선생님한테 반하면 어떡할 건데?"

"내가? 무슨 헛소리야."

윤태가 말도 안 되는 소리 말라는 듯 실소했다.

"그럴 일 없어. 절대로. 나에게 유한석은 바퀴벌레보다도 못한 새끼야. 유청아는 그 새끼 자식이고. 그걸 어떻게 좋아해?"

제 마음을 확신하는 윤태의 말에 희성이 답답해하며 제 머리칼을 마구 헝클었다.

그는 평생 윤태를 믿었다. 그는 저보다 백배는 똑똑했고 체격 차이 때문인지 싸워도 윤태가 백전백승이었다.

열두 살에 처음 박윤태를 본 이후 그가 이렇게 못 미더운 것은 처음이었다. 애초에 청아를 바라보던 윤태의 눈빛부터가 낯설었다.

'너 벌써 반했다, 이 서툰 새끼야…….'

희성이 울 것 같은 마음으로, 자신을 밀쳐 버리고 비서실을 나가는 윤태의 뒷모습을 바라보았다.

희성에게 윤태를 뺏긴 청아가 고개를 갸우뚱하며 대표실을 나왔다.

"엄청 급한 일인가……."

때마침 조연 배우 중 하나인 채란이 청아를 보고 다가와 냉큼 팔짱을 꼈다.

"청아 씨, 나 실수로 너무 빨리 왔으니까 회사 구경 좀 해요. 박 대표님이 회사 구경해도 된다고 하셨으니까."

채란은 한복 피팅하러 와서 여러 번 보았던 데다 나이도 한 살밖에 차이가 나지 않았다. 그래서인지 여기 온 사람 중에 청아가 제일 편한 모양이었다. 청아가 의아해하며 물었다.

"그냥 들어가서 기다리지 그래요?"

"내가 주연도 아닌데 너무 빨리 들어가 있으면 오히려 더 민망해요. 누구 들어오실 때마다 일어서서 인사해야 되지, 누구냐고 물어보시면 자기소개 해야 되지. 내가 내 입으로 무슨 역 맡은 배우 누구예요, 하는 게 얼마나 민망한데."

"배우분들도 사회생활 힘든 건 다 똑같구나……."

"차라리 직급 있는 게 낫지, 배우는 딱히 직급 있는 것도 아니니까. 내 위치 내가 눈치껏 알아야 되는 게 보통 일이 아니에요."

"그러시구나."

청아가 걱정스러운 표정을 짓자 채란이 웃었다.

"어휴, 표정 왜 이래. 연예인 걱정이 제일 쓸데없는데."

그녀의 말에 청아가 말없이 따라 웃으며 회사를 마저 둘러보았다. 채란이 말을 이었다.

"아, 근데 여주인공만 하늘하늘 예쁜 거 주고, 나는 **빳빳한 거** 주고……. 억울해요. 내 건 다 쨍한 원색이고."

"네. 그렇게 적혀 있어서."

"나도 하늘하늘 청순한 거 입고 싶어요. 억울해서 어떻게든 주인공 한번 해 봐야지!"

채란이 징징거리자 청아가 머뭇거리더니 그녀의 귀에 소곤거렸다.

"이건 비밀인데, 채란 씨 치마에 들어가는 원단이 제일 비싼 원단이에요."

"……진짜?"

"네. 다른 원단의 다섯 배로 비싼 거예요. 그걸로 만든 치마 입을 거예요, 채란 씨."

채란이 조금 넘어오는 기색이라 청아가 다시 힘주어 말했다.

"분명히 예쁠 거예요."

"그렇단 말이죠?"

"네. 그리고 한복 입으면 어깨선이 잘 보이니까, 지금부터라도 의식적으로 어깨선이 일자가 되게 하는 연습을 하고 계세요."

"맞다, 자세. 자세 신경 써야지. 나 이상하게 앉아 있으면 말해 주세요!"

채란이 솔직하게 말하자 청아가 아주 살짝 미소를 지었다. 늘 한복을 짓기만 하지, 입는 사람에 대해서 그리 자세히 생각해 본 적이 없었다. 그런데 여기 와서는 늘 입는 사람을 우선 생각하게 된다. 옷은 캐릭터를 만들고, 그 캐릭터는 영화를 만든다.

잠시 후 대표실에서 다시 윤태가 나와 알은척을 하려는데 여주인공을 맡은 배우가 걸어가 그에게 먼저 인사를 했다. 청아가 멈춰 서서 그 모습을 가만히 바라보았다. 둘이 원래도 아는 사이인 듯했다.

청아가 채란에게 말했다.

"대표님이랑 배우분…… 엄청 친해 보이시네요."

"친한 정도가 아니에요. 둘이 아마 썸 타는 중일걸요?"

"그래요?"

"네. 둘이 눈 마주치면 딱 봐도 불꽃이 튀잖아요. 파바박."

"불꽃?"

"네. 왜 있잖아요, 남자랑 여자가 마주 볼 때 그 케미스트리."

불꽃.

청아가 윤태를 물끄러미 보았다.

박윤태와 불꽃은 정말로 어울리지 않는 단어였다.

무언가와 비교한다면 그는 심해 같았다. 검고 깊고 두려운.

다른 여자에게는 그가 불꽃 같다면 좀 많이, 슬플 것 같았다.

대본 리딩 장소에 들어서니 북적북적한 중에 제작사 대표인 윤태가 보였다.

그는 따로 마련해 둔 자리에 앉아 대본을 뒤적거리고 있었다.

고급스러운 블랙 재킷과 구김 하나 없는 흰 셔츠, 그다지 신경 써서 고르지 않은 게 분명한 회색 넥타이. 그는 옷을 입을 때 확실히 제 남성성을 드러내는 타입이었다.

다리를 꼬고 내키는지 내키지 않는지 알 수 없는 표정으로 앉아 있는 그는 회의실의 많은 사람들을 불안하게 만들고 있었다. 아무래도 일부러 저러지 싶었다. 솔직히 저러고 있으면 그가 아무리 이제 서른둘 먹은 청년이어도 누구 하나 함부로 대하지 못했다.

무표정으로 앉아 있던 윤태는 대회의실에 들어서는 청아와 눈이 마주치자 굳이 깍지를 껴서 스트레칭 하는 시늉을 해 보였다. 뭐 하는 건가, 했더니 셔츠 소매가 재킷 밖으로 보이게 정리했다고 자랑하는 거였다.

청아가 웃자 윤태도 눈에 주름이 잡히게 웃었다. 그때 제화가 손짓했다.

"청아 씨. 여기."

청아가 달려가자 제화가 옆자리에서 가방을 치우며 물었다.

"내가 보낸 원단 스와치 확인했어?"

"네. 봤어요. 그런데 레이스 붙여 보니까 너무 안 어울리던데요."

"그래? 그럼 빼자. 청아 씨가 아니라면 아니지."

제화는 청아를 완전히 믿게 되었는지 더 묻고 따지지도 않고 수긍했다. 그사이 배우들이 제 배역을 말하며 인사하고 자리에 앉았다.

곧바로 대본 리딩이 시작되자 청아는 저도 모르게 배우들에게 시선을 집중했다.

TV에서 보던 것보다 훨씬 단단한 목소리로 말한다고 생각했다. 의상도 분장도 배경도 없이 오로지 목소리만 있음에도, 청아는 시간 가는 줄 모르고 그들의 연기에 빠져들었다.

대본 리딩이 끝난 뒤 돼지머리를 놓고 고사를 지낸 후 곧바로 회식이 있었다.

윤태는 아직 할 일이 남아 회식 자리에 오지 않았다. 청아는 제가 있을 자리가 아니라고 생각해 술을 마시지 않고 잠깐 앉아만 있다가 자리를 털고 나왔다.

술집을 나가려는데 남자 조연 배우인 서환이 그녀를 막아섰다.

"누나, 어디 가요?"

"집에요."

"왜 벌써 가요?"

그녀보다 두 살 어리다고 들었던 서환이었다. 그가 청아의 손목을 덥석 잡아끌었다.

"한 잔 더 해요. 애초에 술을 마시긴 했어요?"

"술 안 좋아해요."

"저랑 한 잔만. 네?"

아무래도 취하면 술을 권하는 성격인 듯했다. 게다가 아이돌이라 그런지 누나, 누나하면서 늘 살갑게 굴었다.

안 그래도 예쁜 얼굴로 애교를 떠는 바람에 청아가 못 이기고 입을 열었다.

"정 그러면 한 잔만……."

그런데 그녀가 말을 마치기도 전에 몸이 남자의 팔에 감겨 당겨졌다.

"집에 간다잖아, 서환아."

"대, 대표님?"

머리 위에서 윤태의 목소리가 들렸다. 청아가 난감해하는 사

115

이 윤태가 말을 이었다.

"그리고 넌 좀 아무한테나 누나라고 하지 마."

"저 아무한테나 누나라고 안 해요, 대표님! 청아 누나가 피팅할 때 엄청 잘해 주셨거든요. 세조대? 그거 매듭법도 알려 주…… 가, 같이 나가세요? 아, 안녕히 가세요!"

윤태가 그대로 돌아서 당황하는 청아를 데리고 술집을 나섰다.

밖에 나온 후 혀를 차는 소리가 들려 윤태를 보니 그는 속까지 샅샅이 훑는 듯한 눈빛으로 청아를 보고 있었다. 윤태가 시니컬한 목소리로 빈정거렸다.

"얼마나 잘해 줬길래 '엄청' 잘해 주셨다고까지 할까."

"그럼 막 대해요? 그리고 애초에 불편해서 잘해 주는 거예요."

"잊었나 본데, 이거 내가 제작하는 거거든. 어려운 거면 내가 제일 어려워야지."

그가 말하고는 서환이 잡았던 청아의 손목을 제 손으로 다시 붙잡고 걸음을 옮겼다. 복잡한 번화가 속에서도 윤태는 사람들의 시선을 끌었다. 강한 힘이 느껴지는 어깨선과 등 근육, 역삼각형으로 좁아지는 늘씬한 허리가 술기운 때문인지 셔츠로 가려져 있는데도 야하게 느껴졌다.

청아가 윤태를 따라 걸어가며 말했다.

"택시 타고 갈 거예요?"

"내 차 탈 거야."

"술 마시지 않았어요?"

"운전을 왜 내가 해. 김 비서가 할 거야."

윤태가 말하더니 그냥 떠나기 아쉬웠는지 잠시 멈춰 서서 물었다.

"저 앞에 오락실 있네. 술도 깰 겸 게임하고 갈까?"

"웬 오락실이에요?"

"그래도 나름 회식인데, 이대로 그냥 가면 재미없잖아."

윤태의 말대로 가까이에 깔끔해 보이는 오락실이 있었다. 청아가 고개를 끄덕였다.

"오락실 좋아요. 한 번도 안 가 봐서 궁금해요."

"한 번도? 왜? 세대 차인가?"

"그런 게 어디 있어요. 그냥…… 갈 일이 없던데."

청아의 말에 윤태가 믿기지가 않는다는 듯 그녀를 데리고 오락실로 향했다

오늘따라 오락실 안에 있는 여자라고는 남자 친구와 함께 온 사람들밖에 없었다. 청아는 왠지 데이트라도 하는 것 같아 뺨이 화끈거리는 기분이었다.

들어가자마자 처음 오락실에 온 사람에게 뭐가 좋을까 두리번거리던 윤태가 리듬 게임 머신으로 향했다.

"이게 제일 쉽겠다. 그냥 저 화면에 떨어지는 순서대로 버튼 누르면 돼."

"저 게임 엄청 못하는데."

청아가 말하는 사이 윤태가 동전을 넣고 게임이 시작되었다. 청아가 느릿느릿 화면과 버튼을 번갈아 보며 꾹꾹 눌렀다. 꽤 재미있는지 게임에 완전히 집중했다. 윤태가 그녀를 물끄러미 바라보았다.

도대체 희성이 어느 면에서 제가 유청아에게 반할 거라고 생

각했는지 이해가 가지 않았다. 제가 특별히 취향이 뚜렷한 사람이 아니긴 하지만, 그간 만났던 여자 중에 유청아 같은 타입은 없었다.

설명하자면 지나치게 꼿꼿할 것 같고, 오락실 한 번 안 와 본 데다가 자신처럼 의심스럽게 접근하는 남자를 '바람둥이'라고 부르면서도 경계하지 않는 여자.

선 자리에서 만났다면 얼굴도 이름도 기억하지 못하는 그런 상대 중에 하나였을 것이다. 그런데 심지어 유한석의 딸이지 않나. 제가 그녀에게 반할지도 모른다고 걱정하는 희성의 말이 이해가 가지 않았다.

한참 열심히 버튼을 누르던 청아가 실망한 목소리로 중얼거렸다.

"아. F다……."

"와, 진짜 못하네."

"처음 해서 그래요."

그가 자꾸 놀리는 것 같아 청아가 흘기자 윤태가 어깨를 으쓱였다.

그래도 윤태와 노는 게 즐거운지 그녀의 하얀 뺨이 모처럼 발그레해져 있었다. 앳된 얼굴이다.

꾸미고 꾸민 지금도 무척이나 예쁘지만, 연자의 집에서 보았던 일하다 나온 모습도 윤태의 눈엔 지금처럼 예뻤다.

"사실 나도 이 게임 안 해 봤어. 맨날 격투 게임만 했거든."

"그래요?"

"내기할까?"

윤태가 기계에 동전을 넣으며 말했다.

"진 사람이 맥주 한 잔 사자. 아, 당신은 술 마시면 안 되니까 밥을 사 줄게."

"맥주 한 캔 정도는 돼요."

"그럼 한 캔만."

그의 말에 청아가 망설임 없이 고개를 끄덕였다.

"해요."

리듬 게임을 처음 한다는 윤태의 말은 거짓말이 아니었다. 그는 'F'가 떴고, 리듬감이 좋은 청아는 두 번 만에 'B'를 받았다. 윤태가 진짜로 이기고 싶었는지 억울한 표정을 지었다.

"어떻게 두 번 만에 잘하게 돼?"

"어릴 때 피아노를 쳤거든요."

"그럼 농구로 재승부하자. 나 어릴 때 농구 많이 했으니까."

"그런 게 어디 있어요?"

"봐줄게."

그가 말하며 농구공을 던지는 게임기로 이동했다. 동전을 넣고부터 40초 동안 최대한 공을 림에 많이 넣는 편이 이기는 게임이었다.

먼저 윤태가 청아 쪽에서 15초를 던져 주고, 그 뒤부터 각자의 게임기에서 공을 던지기로 했다. 봐주기로 해 놓고 윤태가 15초 동안 게으름을 피우자 청아가 핀잔했다.

"뭐 하는 거예요, 열심히 해요."

"안 돼. 이번에는 질 수 없어."

15초가 끝나고 윤태가 옆으로 가려 하자 청아가 그의 팔을 붙잡았다. 그리고 20초가 지나서야 그를 놓아주었다. 반칙이 난무하는 게임이었다.

청아는 고작 20초를 던지는데도 공도 무겁고, 계속 던지려니 팔이 아팠다. 그런데도 활동적인 놀이를 하니 유쾌해져서 계속 웃음이 나왔다. 그녀의 웃음소리에 윤태가 공을 던지는 것을 멈추고 그녀를 보았다.

공을 넣는 것에 집중해서 주변 일을 전혀 모르다가 게임이 끝나서 점수판을 보았더니 청아의 점수가 윤태보다 2점 높았다.

"아, 또 이겼다."

청아가 점수를 가리키자 윤태가 멈칫했다.

"이건 반칙이지."

"뭐가요?"

"평소에 전혀 안 웃더니 갑자기 웃으니까 신경 쓰여서 공 던질 타이밍을 놓쳤어."

그의 말에 청아가 조금 당혹스러워하면서도 확고한 목소리로 말했다.

"어쨌든 진 건 진 거니까 맥주 사요."

"안 산다는 게 아니라 억울하다는 거지."

윤태는 투덜거렸지만 입가에 번져 있는 미소가 사라지지 않았다.

두 사람은 곧 윤태의 차 뒷좌석에 앉았다. 윤태가 전화로 김 비서를 부르고 나서 청아에게 물었다.

"어디 가서 마실래?"

"우리 공방에서 마실래요?"

"시끄러운 곳 싫어하지?"

"조금요."

"그래 보이네."

모처럼 느긋하게 긴장이 풀린 윤태가 입꼬리를 늘리더니 청아의 손등을 제 손으로 감싸 쥐었다. 청아가 빼려 하자 윤태가 핀잔했다.

"왜. 내 난로잖아."

"그럴 날씨가 아니잖아요."

"그럼 그냥 잡고 싶어서 잡은 걸로 하자."

"……손잡는 거 되게 좋아해."

청아는 투덜거리는 말과 달리 손으로는 윤태의 손을 깍지를 껴서 꼭 쥐었다.

그때 김 비서가 운전석 문을 열자 청아가 서둘러 손을 빼냈다.

"늦어서 죄송합니다! 어휴, 다들 절 너무 좋아해서……."

그는 뒷자리에 관심이 없는 건지, 아니면 있어도 돌아보지 않는 게 불문율인 건지 그대로 차를 출발했다.

청아는 심장이 쿵쿵거려 괜히 한숨을 쉬며 창밖으로 고개를 돌렸다.

두 사람은 맥주를 한 봉지 가득 사서 공방에 들어섰다. 블라인드를 치고 공방 문을 닫은 후 평상에 앉아 맥주를 한 캔씩 뜯었다.

오는 길이 더웠던지라 두 사람 다 맥주를 시원하게 들이켰다. 청아가 한 모금을 마시자 윤태가 그녀의 캔을 뺏고 대신 함께 사 온 레모네이드를 쥐여 주었다.

"자, 이제 이걸로."

"생각보다 되게 깐깐하시네요."

청아는 조금 섭섭한 모양이었지만 별수 없이 레모네이드 병을 받아 들었다.

윤태가 캔을 내려놓으며 재킷 안주머니에서 청아가 준 손수건을 꺼냈다.

"아, 당신이 준 손수건. 아주 잘 쓰고 있어. 다들 예쁘다고 관심 가지더라. 쪽풀로 물들인 거라고 아는 척도 하고."

"쪽풀을 먹은 복어는 사람에게 치명적이래요."

"……그런 얘기를 굳이 왜 해?"

"아는 척하실 때 쓰시라고 말해 드리는 건데."

청아가 진심인지 고개를 갸우뚱했다.

이 무드 없는 여자가 순간 귀여워서, 윤태가 저도 모르게 키득거리고는 놀리듯이 물었다.

"뭔가 이 분위기에 맞는 정보는 없을까요, 유청아 선생님?"

"이 분위기가 어떤데요?"

"음, 나름 로맨틱하지?"

윤태가 장난스럽게 말했다.

풀어진 분위기를 틈타 청아가 별일 아니라는 듯이 말했다.

"주인공 배우분, 대표님 좋아하는 것 같아요."

"알아."

"알아요?"

"응."

"그럼…… 사귈 거예요?"

그녀의 질문에 윤태가 미간을 좁히며 청아 쪽으로 고개를 돌렸다.

"내가 싫어서 그렇게 묻는 건가?"

"왜 그렇게 생각해요?"

"그렇잖아. 나 요즘 새벽 2시 전에 퇴근해 본 적이 없어. 그런데도 한가하냐고 물어볼 정도로 당신 앞에 나타나고, 회식하다 말고 당신이랑 여기 와서 술을 마시는 중인데 다른 여자와 사귈 거냐고 물어?"

"그건 그러네요."

청아가 쓰게 웃었다.

청아는 언젠가 사랑을 하게 되면, 자신을 뜨거워지게 만드는 사람을 만나고 싶다고 생각해 왔다.

윤태는 친절한 사람이었지만 그건 모두에게나 보이는 얼굴이었다.

청아는 그가 마치 자신이 특별한 사람이라도 되는 것처럼 대하는 것이 이상했다. 규모 있는 회사를 운영하는 사람이 시간이 날 때마다 제 앞에 나타나는데, 그게 제게 반해서 그러는 것 같지가 않았다.

그런데 왜. 그는 왜 자꾸 내 앞에 나타났던 걸까.

그리고 나는 왜 저렇게 속을 알 수 없는 남자가 자꾸만 좋아지는 걸까.

아, 나 혼자 안달하게 하지 말고. 당신도 조금만 더 뜨거워졌으면…….

"솔직히 있잖아요."

"응."

"윤태 씨가 특별히 저를 좋아하는 것 같지는 않아요. 좋아하지도 않는데 왜 자꾸 내 앞에 나타나는지 모르겠어요."

청아의 말에 윤태가 멈칫했다. 청아가 말을 이었다.

"모르죠. 전 살면서 별로 사랑을 해 본 적이 없어서. 그런데 왜, 있잖아요. 좋아하면 그 사람 생각만 나잖아요. 하루 종일 보고 싶고, 잘해 주고 싶고."

"……."

"나는 요즘 그래요. 당신 생각이 너무 많이 나요. 친절한 사람이라 그런가……."

청아의 조용한 말에 윤태가 의도적으로 띄고 있던 미소가 사라졌다. 그녀가 말을 이었다.

"보통 사귀게 되는 사람들은 눈빛으로…… 서로 좋아하는 걸 조금은 알게 되는 것 같아요. 그러니까 우리도……."

손에 쥔 레모네이드를 바라보던 청아가 윤태 쪽으로 고개를 돌렸다. 그리고 몸을 조금 옮겨 그의 눈을 바라보며 말을 이었다.

"이렇게 가만히 바라보다 보면 알게 될까요. 무슨 생각을 하고 있는지."

"……."

"당신이 나를 어떻게 생각하는지……."

그녀의 말이 끝나기 전에 윤태가 차가워진 맨손으로 그녀의 눈을 가렸다. 그가 미세하게 떨리는 목소리로 말했다.

"친절한 사람을 믿으면 안 돼."

"왜요?"

"원래, 사기꾼들은 친절한 사람처럼 접근하거든."

"그렇구나."

눈이 가려진 청아의 입꼬리에 소탈한 미소가 걸렸다.

"그런데 전…… 한 번쯤은 사기꾼에게 속아도 좋다고 생각해요."

"……."

"살다가 한 번쯤은."

윤태의 손끝이 떨렸다.

내가 너를 사랑하지 않는데, 너는 왜 이렇게 쉽게 다가와. 네 아버지가 널 정말 바보처럼 키웠나 보다. 자기가 얼마나 쓰레기 같은 놈인지 한 마디도 흘리지 않고, 너를 새하얗게 키웠나 보다.

나는 너를 어쩌면 좋을까. 청아야.

윤태가 천천히 손을 내리고 말했다.

"나 아무래도 가야겠다."

"더 있으면…… 안 돼요?"

"응. 가야 할 것 같아. 내가 지금 제정신이 아니야."

"괜찮아요."

"뭐가 괜찮아."

"내가 괜찮다고 하잖아요. 당신이 제정신이 아니어도."

청아의 목소리는 담담하기 그지없는데, 윤태는 그녀의 목소리에 완전히 홀려 버리는 기분이었다.

윤태가 쓰러지듯 그녀를 끌어안았다. 그리고 제 호흡이 가빠지는 걸 숨기려 그녀가 갑갑해하도록 끌어안았다.

"그런 말 함부로 하는 거 아닌데."

"후회되면 앞으로 안 그럴게요."

청아의 말에 윤태가 웃으며 그녀를 느슨하게 놓아주었다. 그가 키스를 할 것처럼 다가와 청아가 눈을 감았다.

그 순간 밖에서 남자의 목소리가 들렸다.

"청아야. 청아 있니?"

그 목소리에 화들짝 놀란 청아가 윤태의 품에서 빠져나왔다.

"아, 아빠?"

청아의 말에 윤태도 문 쪽으로 고개를 돌렸다.

청아가 얼굴이 새빨개져서 제 머리칼을 정리하며 말했다.

"어, 어떡해…… 아버지 오셨나 봐요."

"아버지?"

"네. 영화 일 시작해서 바빠져 가지고, 집에 못 가니까 부모님이 공방으로 오시라고 했거든요…….'

청아가 안절부절못하며 평상에 놓인 카펫을 들어 아래를 살피자 윤태가 어처구니없다는 듯이 웃었다.

"나 거기 안 들어갈 것 같은데?"

"……급해서 그냥 한번 본 거예요."

"그냥 인사하자."

"보나마나 온갖 호들갑 떠시면서 결혼 얘기까지 하실 텐데."

"난 상관없어. 이성 두 사람이 만나면 당연히 결혼 얘기도 나오지."

윤태의 담담한 말에 청아의 귀 끝이 조금 화끈거렸다. 그녀가 서둘러 달려가 문을 열자 예상대로 앞에 한석이 서 있었다.

그가 입이 커져서 두 사람을 번갈아 보았다. 윤태가 허리를 조금 숙여 인사했다.

"안녕하십니까."

그러자 한석이 얼른 정신을 차리고 물었다.

"그, 어떻게 되시는 분이신가?"

윤태가 명함을 꺼내 내밀었다.

"박윤태라고 합니다."

명함을 받아 든 한석의 입꼬리가 절로 씰룩거렸다.

안 그래도 그는 요즘 고민이 많았다. 자주 제 앞에 나타나는 고향 사람들 때문이었다. 최근엔 돈을 갚으라며 멱살도 잡혔다. 자긴 처벌 다 받았으니 멱살 잡은 거 폭행으로 신고할 거라고 해도 사람들은 겁을 먹지 않았다.

무엇보다 가장 타격이 큰 것은 제 건물 앞에서 1인 시위를 하는 고향 사람들이었다. 누가 큰돈이라도 벌었는지 다들 서울로 올라와서 돌아가질 않았다. 그 덕에 상가들이 모두 비어 버려 결국 건물 몇 채를 매물로 내놓은 참이었다.

늘 경제 기사를 확인하는 한석에게 블루월은 눈에 익은 회사였다. 보통 무서운 성장세가 아니었다. 경제 칼럼마다 블루월의 이름이 빠지지 않을 정도였고, 박윤태의 이름 앞에는 늘 신흥 재벌이라는 수식어가 붙었다.

연애에는 통 관심이 없어 시집이나 보낼 수 있을까, 걱정스러웠던 청아가 상상도 못 한 거물을 물어 온 것이었다. 지인들을 통해 청아에게 선을 보게 할 기회를 노리던 한석에게는 뜻밖의 기쁨이었다.

한석 역시 자기 명함을 내밀었다.

"청아 아빱니다. 작게 옷 장사 하고 있어요."

"그러시군요. 시간 되시면 저희 회사 한번 오시죠. 저희 쪽이 쇼핑몰 사장님들과도 많이 연계가 되어 있어서."

"그, 그래도 되나?"

"예. 그럼요. 청아 씨 아버님 되시는데."

윤태의 말에 청아가 민망함에 고개를 들지 못했다. 입꼬리가 한껏 올라간 한석이 애써 진정하며 말했다.

"블루월이 아주 규모가 크던데. 청아와 같이 일한다고 들어서 좀 알아봐 뒀어요. 세상에 이렇게 젊은데 자수성가하고 장하시네."

"저희 아버지께서 사업을 하셔서 많이 배웠습니다."

"아이, 그러시구나."

청아는 옆에서 당황했지만 한석은 연신 싱글벙글이었다.

윤태는 정말 자신을 못 알아보는 건가 싶어 조명 가까이 걸음을 옮겼지만 여전했다. 그는 자신이 누군지 전혀 알아보지 못했다.

혹여나 제 탓으로 단숨에 가세가 기운 피해자들에게 죄책감을 가졌다면, 그래서 그들에 대해 조금이라도 사죄의 마음을 가지고 살폈다면 한석이 자신을 못 알아볼 수가 없었다.

"근데 내가 두 사람 있는데 방해를 했네."

한석의 말에 청아가 얼굴이 새빨개져서 그의 등을 떠밀었다.

"자, 잠깐만! 정리 좀 하고 구경시켜 드릴게요."

한석을 밀어낸 후에야 청아가 한숨을 푹 쉬고 윤태를 올려다보았다. 청아가 먹고 남은 것들을 봉투에 담아 정리하며 말했다.

"미안해요. 다음에 내가 제대로 술 사 줄게요."

그 말에도 윤태가 대답이 없었다. 아무 표정도 없이 자리에 서 있는 그가 화가 났다고 생각했는지 청아가 조심스레 물었다.

"화났어요?"

"아까 제대로 말 못한 것 같은데."

윤태가 심호흡하고 말을 이었다.

"나 당신 좋아해."

128

그의 말에 청아가 흠칫 놀라 윤태를 바라보자 그가 시선을 피하며 중얼거렸다.

"……중간에 흐름이 끊겼다 말하려니까 민망하네."

"저도 좋아요!"

청아가 민망함과 당혹감, 그리고 행복함마저 뒤섞인 얼굴로 말했다. 그녀가 두 손으로 콩닥거리는 심장을 꾹 누르며 말했다.

"태어나서 이런 기분은 처음 느껴요."

그녀의 수줍은 말에 윤태가 미소를 지었다.

"나도 그래."

그러고는 제 거짓말을 스스로 견디지 못해 한 번 더 청아를 꼭 끌어안았다.

그냥, 유청아가 운이 나쁜 거라고 생각했다. 한 번 잘해 준 적도 없는 자신 따위를 받아 주는 그녀가.

윤태가 천천히 그녀를 풀어 주었다.

"전화할게. 잘 자."

"잘 들어가요."

"응."

윤태가 인사하고 공방을 나섰다. 청아 역시 따라 나오자 앞에서 기웃거리던 한석이 너스레를 떨었다.

"내가 괜히 두 사람 좋을 때 끼어들었네. 내가 가도 되는데."

"아닙니다."

"박 대표님은 그럼 우리 딸이랑은 무슨 사이신지?"

"청아 씨를 좋아합니다. 진심으로."

윤태의 말에 청아가 부끄러워하며 그의 옷깃을 꾹 쥐었다. 한석이 만족스러운 표정을 지으며 청아에게 놀리듯이 말했다.

"청아 너 이렇게 잘난 남자 친구가 생겼는데 언질 한 번 안 주고."

"이, 이제 막…… 시작하는 거라서 그래요."

청아의 얼굴이 점점 더 빨개지는데 윤태가 말했다.

"난 이미 결혼 생각까지 다 하고 있는데."

"박윤태 씨!"

청아가 언성을 높이자 윤태가 손으로 입을 틀어막는 시늉을 했다. 그러더니 이내 두 사람을 흐뭇하게 바라보는 한석에게 인사했다.

"그럼 먼저 가 보겠습니다."

"다음에 정식으로 자리 만들어서 다시 봅시다."

"예. 언제든지 시간 비우겠습니다."

윤태가 인사하고 몸을 돌렸다. 돌아서자마자 입꼬리가 떨리도록 간신히 무표정을 유지하던 윤태의 표정이 일그러졌다.

✳   ✳   ✳

24년 전.

재용은 한석이 제집 앞에 세워 둔 스포츠카를 힐끔 보며 말했다.

"오랜만에 보는 것 같네. 요즘 사업이 그렇게 잘된다면서?"

"예, 형님. 형님이 돌봐 주신 덕분이죠."

한석이 실없이 웃었다.

"경찰 월급은 그렇게 쥐꼬리 같았는데, 지금은 눈 떠 보면 몇천이 쌓여 있어요."

"시기를 잘 탔구만."

"그래서 말입니다. 형님."

한석이 툇마루에서 책을 읽고 있는 재용의 아들, 윤태를 턱짓했다.

"저 애가 그렇게 똑똑하다면서요."

"똑똑하지. 영재교육 받아 보라고 담임이 그랬다구."

재용이 어깨를 으쓱했다. 좋은 선생을 붙여 준 적도 없는데 누가 가르쳐 주지 않아도 책을 찾아 공부하는 늦둥이 아들이 기특했다.

제 이야기를 하는 걸 알았는지 윤태가 집 안을 보고 배시시 웃었다. 소년에게 같이 웃어 준 한석이 말했다.

"영재교육은 무슨 돈으로 시키실 겁니까?"

"바다 나가야지. 나가서 고기 더 잡고, 돈 더 벌고."

"저 녀석 저거 큰 인물 될 녀석입니다. 저런 녀석일수록 더 공들여 뒷바라지해 줘야 돼요."

한석의 말이 틀린 건 아니었다.

재용이 아들을 물끄러미 보았다. 겨우 얻은 아들. 금으로 된 바다를 다 준다고 해도 바꾸지 않을 내 아들.

재용의 시선을 읽은 한석이 핀잔했다.

"거봐요. 제가 진즉 배 팔고 저한테 투자하시라 했죠? 형님 생각해서 하는 말인데 나를 못 믿고."

"뱃사람이 배를 어떻게 팔아."

"배 팔고! 그거 제가 불려서 돌려 드리면 그걸로 크고 좋은 배 새로 뽑아서, 이 앞바다 고기 싹 쓸어다 윤태 유학 보내시라 이 말입니다!"

"……."

"형님. 저 지금 이 나이까지 형님 도움 없인 못 살았습니다. 은혜 좀 갚게 해 주세요."

그건 사실이었다. 어려서부터 한동네에서 나고 자란 두 사람은 형제처럼 지냈다. 한석이 힘들 때마다 물심양면으로 도와준 것이 재용이었다.

재용은 계속 대답이 없었다. 그의 앞에서 열심히 설득하던 한석이 지쳤다는 듯, 고개를 젓고 자리에서 일어섰다.

"전 최선을 다했습니다. 나중에 저 원망하기 없깁니다, 형님?"

그가 투덜거리며 집 앞에 대 놓은 새빨간 포르쉐에 올라탔다. 그가 가려다가 새빨간 차가 신기해 빤히 보고 있는 윤태의 머리칼을 헝클었다. 그러더니 아이에게 지폐를 쥐어 주며 말했다.

"공부 열심히 해라."

"네."

그가 차 문을 닫고 바닷길을 쭉 빠져나간다. 재용이 그 차가 안 보일 때까지 보고 있는 윤태에게 손짓했다.

"들어가자, 윤태야."

"아빠, 이거."

윤태가 재용에게 돈을 내밀었다.

"우리 맛있는 거 사 먹어요."

윤태의 즐거운 목소리에 재용은 울컥하는 기분이었다.

이 앞에서는 고기가 잡히지 않으니 더 멀리 나가 볼까 하고 있었다. 10년 전의 반도 잡히지 않았다.

차라리 배를 팔까, 그날 그는 생각했던 것이다.

청아의 공방에서 한석을 만난 이후 윤태는 내내 술을 들이켰다. 술이 없으면 분노가 가라앉지 않았다.

윤태는 크랭크인 전날, 제집에 초대한 배우 및 제작진들과 간단한 기념행사를 했다. 생각보다 다들 합이 잘 맞아, 웃고 떠들며 즐겁게 놀았다.

집주인이 빠질 테니 편히 쉬라며 중간에 빠져나온 윤태가 2층으로 올라갔다.

'윤태 씨가 특별히 저를 좋아하는 것 같지는 않아요.'

술병을 꺼내 들고 수영장 옆 비치 체어에 앉은 윤태가 실소했다. 제 속이 빤히 들여다보이나 보다고, 그는 생각했다.

윤태의 아버지가 믿고 돈을 맡긴 한석은 빈털터리였다.

경찰 신분일 때 은행에서 되는 데까지 대출을 받고 그 돈으로 포르쉐며 사치품을 사서 투자로 성공한 척 사기를 친 것이었다. 동네 사람들 여럿이 당했다. 한석은 가족들과 해외로 도망쳤고, 몇 년 뒤 돌아와 제 발로 자수했다. 이미 돈은 은닉한 후였고, 자수까지 한 데다 경찰 생활을 하며 마련해 두었던 인맥 덕에 큰 처벌도 받지 않고 풀려났다.

평생 강한 사람이던 아버지는 차라리 맞았다면, 차라리 팔이나 다리가 하나 잘려서 뱃일을 못 하게 됐다면 살았을 것이라고 윤태는 생각했다.

아버지는 가슴이 아파서 죽었을 것이다. 좋은 사람이라고 믿고 언제나 도와주던 상대의 배신. 자신이 먼저 한석을 믿고 돈을 맡겨, 그 이후에 줄줄이 한석에게 돈을 맡겼던 동네 사람들에 대한 죄책감. 그리고 제 아들이 저 때문에 멱살이 잡혀 돌아왔을 때 느낀 슬픔 때문에.

어머니는 곧바로 재혼을 했다. 그 덕에 윤태는 강윤태가 아닌 박윤태가 되었다. 새아버지는 제 친자식들과 윤태를 눈에 띄게 차별했고, 어머니는 윤태보다 다른 두 아이를 더 챙겼다.

공허한 상태로 어른이 되었다. 그 이후에는 그 망할 돈이 얼마나 대단한 건지 알아보려고 돈에 미쳐 살았다.

돈. 그 별것도 아닌 걸로 왜. 왜 사람을 이렇게 무너뜨린 건지.

어쩌면 이제 유한석이 자신과 청아가 연인인 것을 확인했으니 그녀와 더 가까워질 필요는 없을지도 모른다.

전화하겠다고 말해 놓고 연락이 없으니 청아의 걱정 가득한 문자들이 연달아 도착했다. 윤태는 문자가 도착할 때마다 핸드폰을 확인했고 한참을 고민한 후에야 바쁘다는 말만 반복했다.

윤태의 집에 들어선 청아가 핸드폰을 만지작거렸다.

한 번 마음을 주고 나니 자꾸 그 남자 생각이 났다. 그러나 윤태는 내내 바쁘다며 연락이 잘 되지 않았다.

청아는 속이 바짝바짝 탔다. 혹시 그 이후에 제가 무슨 말실수를 했나? 그를 보내 버리면 안 되는 거였나? 우연히 만나기는 했지만 정식으로 인사를 하고 싶었을지도 모른다.

그게 아니면 내가 붙잡은 게 불편했을까?

김 비서가 꼭 오라고 며칠 전부터 당부한 이 기념행사에도 갈까, 말까 내내 고민했다. 그래도 윤태의 얼굴을 봐야 할 것 같아, 행사가 끝나는 10시 즈음에 윤태의 집에 도착했다.

예상대로 행사는 끝나 가는 분위기였다. 김 비서가 예정보다 술을 많이 마신 사람들까지 모두 집으로 돌려보내고 있었다. 그가 청아를 발견하고 반가워하며 말했다.

"대표님 2층에 계십니다."

"감사합니다."

김 비서는 두 사람이 이미 사적인 관계라는 것을 알고 있는 듯했다.

청아는 김 비서가 알려 준 계단을 올라가며 주변을 두리번거렸다. 이게 정말 가정집인가, 싶었다. 비싼 건 입고 다니지만 행동이 수수하다고 생각했는데, 박윤태는 늘 생각 이상으로 돈이 많았다.

2층에 들어서니 비치 체어에 앉아 잠들어 있는 윤태가 보였다. 그의 손이 땅에 닿아 있었는데 그 옆에 술잔과 빈 술병이 있었다. 발코니로 들어온 달빛이 맑은 물로 채워져 있는 수영장 위에서 반짝거렸다.

"……예쁘다."

청아가 저도 모르게 혼잣말했다. 머리칼이 헝클어져 잠든 윤태의 날렵한 얼굴이 아름다웠다. 청아가 한 걸음 더 걸어가는데 2층으로 올라온 김 비서가 말했다.

"대표님, 다들 돌아가셨으니 저도 퇴근하겠습니다."

그의 목소리에 윤태가 눈을 뜨자 청아가 나쁜 짓을 하다 들킨 것처럼 움찔했다.

"……수고했어."

윤태가 목이 상한 것 같은 목소리로 말하자 김 비서가 인사를 하고 계단을 내려갔다. 윤태가 손가락을 까딱거려 청아가 가까이 걸어가자 그가 확 팔을 당겨 청아를 제 무릎에 앉혔다.

그러더니 청아를 꽉 끌어안고 중얼거렸다.

"늦게 왔네."

"미안해요, 쉬고 있는데 올라와서……."

윤태는 생각보다 취해 있었다. 그가 청아의 어깨를 손으로 감싸고 그녀의 품에 얼굴을 묻었다.

"당신은 내 집 어디에 있어도 돼. 언제 있어도 되고."

청아는 윤태가 제 품에 아이처럼 안겨 오자 마음이 놓여 미소를 지었다. 정말로 그냥 좀 바빴던 모양이었다.

아마 처음 하는 연애라서 그런 거라고, 청아는 스스로를 달랬다. 비교 대상이 없으니까 그렇게 생각할 수밖에 없었다. 그는 속에 묘하게 냉기가 도는 그런 사람이라서, 그래서 꼭 자신을 사랑하지 않는 것처럼 느끼는 것이리라고.

윤태가 취한 목소리로 중얼거렸다.

"늦었는데 자고 갈래?"

그의 말에 청아의 어깨가 흠칫 떨렸다.

"내 방에서 자. 절대로 안 건드릴게. 응?"

그가 고개를 들어 매혹적인 눈으로 바라보자 거절하기 어려워 청아가 중얼거렸다.

"문자 확인도 잘 안 하더니……."

"바빠서 그랬어."

"잘 확인 좀 해요."

"이제부터 그렇게."

청아가 윤태의 얼굴을 쓰다듬으며 말했다.

"아, 정말. 자고 가려고 온 게 아닌데."

"나 보러 온 건 맞잖아."

"딱 얼굴만 보러 온 거였어요, 원래는."

"취했나 봐. 취해서 당신을 못 보내 주겠어."

청아가 금방이라도 가 버릴 것 같았는지 윤태의 눈동자가 불안하게 떨렸다. 마치 악몽을 꾼 어린아이 같아서, 놀란 청아가 손을 올려 윤태의 어깨를 토닥거렸다.

"괜찮아요. 자고 갈게요."

"다행이다."

윤태가 안도해 중얼거렸다. 청아가 한숨을 쉬며 말했다.

"가끔…… 윤태 씨는 우울증이 있는 것 같아요."

윤태가 다시 청아의 품에 얼굴을 파묻자 그녀가 윤태의 등을 토닥였다.

"왜 이렇게 떨어요. 윤태 씨는 이제 술 마시면 안 되겠다."

윤태가 고개를 끄덕이더니 곧 그녀를 가볍게 안아 곁에 내려놓고 의자에서 일어섰다.

"자야겠다. 갈아입을 옷 가지러 가자. 당신은 내 옷 입고 자."

"으응."

"당신 잘 때 입을 옷 고르는 김에 내일 내가 입을 옷도 골라 줘. 당신이 골라 준 옷 입고 출근하면 기분 좋을 것 같아."

"내일 주말인데 출근해요?"

"응. 한 번은 들러야 할 것 같아."

윤태가 휘청거리며 드레스룸으로 걸어가자 청아가 따라 들어가며 말했다.

"취하면 어린애가 되는 타입이네요."

"무슨 소리야, 당신한테만 그래."

"자랑이네, 정말…….."

그녀의 핀잔에 윤태가 키득키득 웃었다. 청아가 드레스룸을 들여다보며 말했다.

"근데 드레스룸이 이렇게 큰데 옷이 별로 없네요."

"응. 내 키에 맞춰 사는 것도 일이라."

"고충이 있네요."

청아가 말하며 제가 입을 반팔 티셔츠 하나를 꺼냈다. 그녀가 서랍장을 열었다가 감탄하며 말했다.

"와, 그래도 넥타이는 되게 많네요?"

"선물 받아서. 만만하잖아. 넥타이 선물."

청아가 서랍장에 정리되어 있는, 누가 봐도 한 번도 안 쓴 화려한 넥타이들을 손으로 쓰다듬었다. 그러더니 버건디에 블루 블랙으로 사선이 하나 들어가 있는 넥타이를 꺼냈다.

"이거 예쁘다."

"나한테 이런 것도 있었구나."

윤태의 멍한 눈빛에 청아가 소리 없이 웃으며 넥타이를 제 목에 걸어 매듭을 지었다. 윤태가 가라앉은 목소리로 말했다.

"넥타이 잘 매네. 아버지 매 드렸어?"

"네. 어릴 때."

청아가 좀 민망한지 윤태와 눈을 마주치지 않고 말을 이었다.

"지난번에 아빠가 윤태 씨를 보더니 엄청 마음에 들어 하시더라고요."

"……."

"하여튼 당분간은 결혼하라고 성화 부리는 거 듣게 생겼어요.

어찌나 성격이 급하신지."

윤태는 빨간색 포르쉐가 집 앞에 서 있던 장면을 떠올렸다.

배를 팔았다는 아버지에게, 어머니는 왜 그런 짓을 했냐며 소리를 질렀다. 울면서, 당신은 왜 자꾸 남을 믿느냐고 했다.

금방 돌려준다고 했어. 금방, 몇 배로 갚을 거야. 한석이 믿을 만한 녀석인 거 당신도 알잖아. 그렇게 말하며 싸우는 걸 몇 번이고 들었다.

그러던 아버지가 자살을 했다. 아버지는 배를 잃고, 사람을 잃고, 가족의 신뢰도 잃고. 그렇게 아무것도 없이 세상을 떠났다.

윤태가 내일 바로 나갈 수 있게 시계까지 매치한 청아가 돌아섰다.

"자. 다 됐……."

윤태는 청아가 제 표정을 볼 수 없도록 그녀 뒤의 벽장을 한 손으로 짚고, 다른 손으로 청아의 턱을 잡아 입을 맞췄다.

그의 갑작스러운 행동에 청아가 놀라서 두 손으로 윤태의 셔츠를 쥐었다. 허리를 안았던 그의 손이, 청아의 연약한 피부를 할퀴듯 움켜쥐었다.

처음엔 너무 놀라 어깨가 떨릴 정도였지만 곧 떨림이 멈췄다. 처음엔 거칠게 다가오던 그의 입맞춤은 이내 청아를 유혹하듯이 달콤해졌다. 그의 입술이며 혀가 너무도 좋아하는 디저트처럼 청아와의 입맞춤을 즐겼다.

그의 두 손은 청아의 얼굴이며 목덜미, 어깨와 허리를 사랑스럽다는 듯 쉼 없이 어루만졌다. 잠깐 입술이 떨어지자 청아가 조심스레 손을 들어 그의 얼굴을 쓰다듬었다.

청아가 좀 더 해 달라는 듯이 손가락으로 윤태의 턱을 당기자 그가 순순히 끌려가며 중얼거렸다.

"당신은 왜 이렇게 다정할까."

"내가요?"

"응. 당신이."

윤태가 그녀의 콧잔등과 입술에 한 번씩 입을 맞추고 중얼거렸다.

"당신을 잃고 싶지 않아."

아버지가 자살하신 것을 눈앞에서 본 이후 윤태는 제 속이 완전히 비어 버린 것 같다는 생각을 했었다.

그런데 지금은 오히려 무언가로 꽉 차서 넘쳐흐를 것 같았다. 이 자리에서 이 여자를 망가뜨리고 싶다는 독기와 달콤하게 안고 어르고 싶은 욕구가 섞였다.

그녀의 아버지 때문에 며칠 동안 술을 마셨다. 중간에 무슨 일이 일어나도 술에서 깨기 싫었다.

그런데 아까 전에 눈을 떴을 때. 그 앞에 청아가 있는 순간 윤태는 마음속에 있던 분노가 순식간에 사라지는 것을 느꼈다.

잠시만이라도.

반해서 그러는 게 아니라, 정말 외로워서. 그녀의 몸에서 느껴지는 향이 너무 사랑스러워서, 그래서 오늘 하루만이라도.

그녀의 곁에서 잠들고, 그녀의 곁에서 눈 뜨고 싶었다.

옷을 갈아입고 두 사람이 침대에 누웠다. 윤태는 술기운 때문인지 청아의 손을 쥐고 눈을 감자마자 반쯤 잠이 들었다.

윤태가 잠결에 입을 열었다.

"청아야. 나는 이게 꿈이면 좋겠어."

"네?"

"꿈이면 그냥 거기서 영원히 깨지 않고, 당신에게 사랑한다고 말할 텐데……."

그가 중얼거리다가 그대로 잠이 들었다.

얼굴이 확 붉어진 청아가 윤태의 머리칼을 쓸어 넘겼다.

"……왜 그 말을 꼭 꿈에서 하려고 한데, 이 아저씨는."

청아가 눈을 떴을 때에도 윤태는 여전히 잠들어 있었다.

잠시 누워 있다가 혹시 아침거리가 있나 싶어 방을 나가다가 1층의 넓은 거실에서 모르는 여자와 마주쳤다.

세인이 입을 열었다.

"……헐."

순식간에 얼굴이 새빨개진 청아가 두 손으로 제 입을 틀어막았다. 세인이 캐물었다.

"저는 일단 안 닮았지만 윤태 오빠랑 남매니까 이상한 오해는 마시구요. 그보다 누구예요? 오빠 여친? 저 오빠가 여친도 아닌 여자를 집에다 재울 리가 없겠죠? 게다가 그 옷 혹시 오빠 거예요? 엄청 귀엽네. 달라고 해야겠다."

청아가 어찌할 바를 몰라 도망쳐야 하나, 생각하는데 이 소란이 들렸는지 침실에서 윤태가 걸어 나왔다. 그가 하품을 하며 청아의 손목을 끌어 제 품으로 당기며 세인에게 말했다.

"남의 집에 불쑥불쑥 오지 마, 박세인."

"와, 꼭 이러더라. 내가 어떻게 남이니? 오빠의 하나뿐인 여동생인데."

윤태가 한숨을 푹 쉬고 청아에게 말했다.

"내가 이런 여동생과 형 사이에서 자랐어. 불쌍하지?"

141

청아는 순간 그렇다고 대답하려다가 일단은 세인을 생각해 고개를 저었다. 세인이 청아에게 물었다.

"무슨 일 해요?"

"한복 디자인……."

청아가 순순히 실토하는데 윤태가 다급하게 손으로 그녀의 입을 막았다. 하지만 이미 늦었는지 세인의 눈이 반짝거렸다.

"디자인? 나 고용해요. 어시스트. 월급은 윤태 오빠가 줄 거고, 난 디자인 전공했어요."

"학사경고 받고 졸업도 못 했지."

윤태의 냉정한 말에 세인이 울상이 되었다.

고가의 가정교사를 붙여서 유학을 보냈는데 결국 졸업도 못 했다. 어떻게든 친자식에게서 자랑스러운 구석을 찾던 양부가 그냥 다 포기하고 윤태를 일생의 자랑거리로 바꿔 버린 건 그때부터였다.

세인이 손을 흔들며 말했다.

"아무튼 오늘은 타이밍이 틀렸네. 내 취업 좀 부탁해, 오빠."

"안 돼."

"여자 친구분도 들으셨거든? 능력을 발휘해 줘야지?"

세인이 애교 섞인 목소리로 말하고 다시 집을 나갔다. 그리고 침묵이 흘렀다.

윤태가 한숨을 푹 쉬는데 얼굴이 붉어진 청아가 말했다.

"어떡해요. 저 자고 가는 거 아셔도 돼요?"

"박세인은 이런 거 전혀 신경 안 써. 처음 봐서 신기해할 수는 있겠지만."

아까 세인의 반응과 지금 윤태의 말을 들어 보니 자고 가라고 붙잡는 게 흔한 일은 아닌 모양이었다.

마음이 한결 놓인 청아가 조금 미소를 지었다.

"형제가 있어서 부러워요. 되게 친하네요."

"나의 일방적인 희생으로 유지되는 거지."

농담조로 대답하고 다시 침묵이 흘렀다. 잠시 후 윤태가 입을
열었다.

"눈 떴는데 없어서 난 또 당신이 어디로 도망간 줄 알았잖아.
내가 술 마시고 귀찮게 해서."

그러자 청아가 윤태를 올려다보며 말했다.

"윤태 씨는 보통 사람들보다 훨씬 불쌍하게 생겼거든요. 그래
서 도망 못 가요."

"……내가 불쌍해?"

"당신이 불쌍한 게 아니라 당신 표정이랑 목소리가 가끔, 불
쌍해요."

윤태가 실소하며 중얼거리듯 말했다.

"맞아, 나 불쌍해. 그러니까 유청아가 내 거였으면 좋겠네.
안 불쌍해질 텐데."

그의 말에 청아가 조금 당황하며 혼잣말했다.

"……난 왜 이렇게 불쌍한 사람한테 약한지 몰라."

청아의 말에 윤태가 웃으며 그녀의 손에 깍지를 껴잡았다.

"아침 해 줄게, 쉬고 있어."

"만들어 주게요?"

"응."

행복한 얼굴을 하던 청아가 멈춰 섰다.

"근데 윤태 씨."

"응?"

윤태가 돌아보자 청아가 웃으며 고개를 저었다.

"아니에요."

말해야 할 거라고 생각했다. 제 아버지가 어떤 사람인지. 그러고 나면 그는 자신을 떠날지도 모른다.

아버지의 죄를 알게 된 이후 청아는 가급적 아무것도 가지지 않으려 했다. 누구의 눈에도 띄기 싫다고 생각했다.

그런데 이 남자에게는 잠시만이라도 사랑을 주고 싶은 욕심이 들었다. 가진 걸 전부 퍼 주면서 사랑하고 싶었다.

마음이 전부 닳아 버리도록 그를 사랑해 줘야지. 나중에 후회하지 않게. 청아는 마음먹었다.

4. 첫눈이 내린다면

작은오빠인 윤태의 집에서 나온 세인은 곧장 집으로 향했다.

그녀는 집으로 돌아오자마자 화병에 꽃꽂이를 하고 있는 경화에게 달려갔다.

"엄마! 작은오빠한테 말 좀 해 봐. 나 일 구해 주라고."

세인이 경화의 뒤에 착 달라붙어 징징거리자 그녀가 핀잔했다.

"얘는 필요한 것만 있으면 윤태한테 사 달라고 하더니 직업도 그 애 덕을 보려고 하니?"

"아니, 나만 그래? 큰오빠도 그러잖아."

"자랑이다."

경화가 흘기고는 본인도 답답해하며 말했다.

"나도 윤태한테 선보라고 하고 싶은데 눈치 보느라 못 하고 있어."

"선? 오빠 여친 있던데?"

"뭐, 뭐어? 어떻게 알아?"

"좀 아까 오빠 집에서 봤어."

"유, 윤태가 자기 집에서 여자 친구를 재웠어?"

경화가 깜짝 놀라 돌아섰다.

"어떤 사람인데?"

"한복 디자인하는 사람이래. 난 오빠가 그런 취향인지 몰랐어. 완전 권력이나 유명세만 보고 여자 만날 것 같았거든. 작은오빠가 사실 좀 냉혈한이잖아."

"얘는 오빠한테 냉혈한이 뭐니……."

경화는 반박하고 싶었지만 틀린 말이 아니라고 생각했기에 말끝을 흐렸다. 세인이 괘념치 않고 말을 이었다.

"여자 친구는 단아하고 왠지 부잣집 아가씨일 것 같은 분위기더라?"

"그래? 걔가 좀 진득하게 연애를 못 하잖아. 어떨 것 같아 보였어?"

세인이 확신에 찬 목소리로 말했다.

"딱 봐도 평소랑 달라."

"그래? 왜?"

"작은오빠 어디 가서 절대 약한 소리 안 하잖아. 근데 여친한텐 약한 소리도 하고 불쌍한 척도 하고 그래. 평소랑 완전 달라. 누가 봐도 사랑에 푹 빠진 눈빛이야."

"그, 그래? 웬일이니. 그 애가."

윤태는 제 아들임에도 간혹 경화를 낯설게 할 때가 있었다. 그만큼 아들에게는 쉽게 허물기 어려운 감정의 벽이 있었다. 그

146

런 윤태가 사랑에 빠져 있다니, 이보다 반가운 소식은 없었다.

경화가 안심한 표정을 짓는데 세인이 다시 입을 열었다.

"그건 포기했나 봐. 복수하려던 거."

"……복수?"

"아, 이거 엄마도 알아야겠다. 작은오빠가 자기네 친아빠 복수할 거라고, 그 사기꾼 딸한테 접근하겠다고 했었거든."

그래도 동생이라고 오빠를 걱정하는 세인의 말에 경화의 얼굴에서 순식간에 핏기가 가셨다.

"그…… 그 아가씨는 그 여자 아닌 거 확실하고?"

"어휴, 절대 아냐. 완전 사랑에 폭 빠져 있었다니까? 눈에서 꿀 떨어지겠더라."

"그렇지? 그렇겠지?"

경화는 그렇게 믿으려 했지만 덜컥 삼킨 불안감은 쉽게 가시지 않았다.

아들은 원래 다정한 아이였다. 낙천적이고 잘 웃었다. 제 아버지와 배에 누워 별자리를 배우는 것만으로도 행복해서 어찌할 바를 모르던 아이였다.

그러나 아버지의 자살을 목도한 이후에는 세상 어떤 것에도 행복을 느끼지 못하는 듯했다. 주변의 권유로 윤태를 정신과 상담을 받게 했을 때 자살자의 가족들은 자살을 선택할 확률이 수십 배가 높아진다고 들었다. 열 살의 윤태 역시 매우 위험한 상태였다.

경화는 이제 더는 이 사건이 자신과 윤태의 인생에 영향을 미치지 않기를 바랐다. 그녀도 미칠 만큼 억울했고 서글펐지만 복수를 한다고 해 봤자 윤태의 인생이 나아질 것 같지가 않았기 때문이었다.

"세인아, 그럼 가서 윤태 여자 친구 어떤 사람인지 알아보고 와. 나도 가서 너 일 꼭 알아보라고 할게."

"그럴까? 상부상조할까?"

세인이 고개를 끄덕이며 동의했다.

❋ ❋ ❋

윤태가 아침 식사로 제안한 몇 가지 음식 중에 청아는 피자를 골랐다. 윤태의 해장에 좋을 것 같았기 때문이었다.

윤태가 머그 컵에 모닝커피를 내려 청아에게 쥐여 주었다.

"식사 준비하는 동안 집 구경해. 어제 나 돌봐 주느라 못 봤잖아."

"아, 그래야겠다."

머그 컵을 든 청아는 여기저기 기웃거리며 집 구경을 했다. 누가 정리를 한 건지 어제 행사를 한 거실은 먼지 하나 없이 깨끗했다.

그녀가 유리 벽 너머를 바라보며 입을 열었다.

"저도 이 동네 살았었는데."

윤태는 유한석이 이 동네 살고 있다는 것을 알고 자신도 자리를 잡았음에도 모른 척 물었다.

"그랬어?"

"네. 저기 보이는 고등학교 나왔어요. 지금은 독립해서 따로 부모님과 살지만."

"지금은 어디 살아?"

부모와 사는 게 아니었구나.

윤태는 지금껏 당연히 청아가 제 부모와 살고 있으리라 생각하고 있었다. 청아가 웃으며 대답했다.

"제가 말 안 했구나……. 저 공방 있는 곳에 살아요."

"그랬어?"

"네. 공방 뒤에 방이 있어요."

"아."

어쩐지 데려다줄 때 늘 공방에 있던 이유가 거기 살고 있기 때문이었던 모양이다. 좋아한다고 해 놓고 여태 그녀가 어디에 사는지도 모르고 있었다. 이런 자신에게 속아 넘어가는 청아가 신기할 지경이었다.

윤태가 반죽한 피자를 오븐에 넣었다. 금방 집 안에 맛있는 냄새가 퍼지자 청아가 거기 이끌려 오븐 앞에 섰다.

"빨리 됐으면 좋겠다."

청아가 출출한지 오븐 속을 기웃거리자 윤태가 어깨를 들썩이며 웃더니 그녀의 허리를 안아 뒤에 있는 아일랜드에 앉히고 말했다.

"키스하면 시간 빨리 갈 텐데."

윤태가 짓궂게 말하자 청아가 한 손으로 멈추란 표시를 하더니 말했다.

"잠깐만요."

그러더니 가까이에 놓여 있던 핸드폰을 집어 음악을 골라 틀었다. 그리고 핸드폰을 내려놓은 후 눈을 꼭 감았다.

"이제 해도 돼요."

달달한 사랑 노래까지 틀어 둔 청아의 정성에 윤태는 웃음이 나왔다. 솔직히 이건 좀 귀여웠다.

살짝 긴장한 청아의 허리를 안아 입을 맞췄다. 커피 향이 감도는 청아의 입술을 맛보자, 윤태는 가볍게 끝내려던 초기의 계획과 달리 점점 탐욕적으로 변했다. 거칠어지는 입맞춤에 청아의 몸이 뒤로 넘어가기 시작했지만 윤태의 팔이 안정적으로 지탱하고 있었다.

서로의 숨이 서로의 더운 입속에서 녹아 뒤섞였다. 청아가 손가락을 움찔거리며 윤태의 목을 감싸 안았다.

한참 후에야 두 사람의 입술이 떨어졌다. 청아가 제 가까이에서 호흡을 고르는 윤태의 뺨을 두 손으로 감쌌다. 그녀가 기쁜 듯이 웃었다.

"키스가 이렇게 좋은 건 줄 알았으면 진작 좀 해 볼걸."

윤태는 울지도 웃지도 못하는 상황에 빠졌다.

청아가 명확한 표정을 짓지 못하는 윤태의 눈을 두 손을 올려 가렸다. 그러더니 다시 그의 입술에 입을 맞추고 말했다.

"당신이 너무 좋아요. 당신과 하는 모든 게 좋아서 어떻게 해야 할지 모르겠어요. 사실은 처음 봤을 때부터…….."

"처음?"

"우리 처음 만났을 때 당신이 나 병원에 데려다줬잖아요. 그때부터…… 첫눈에 반했나 봐요. 그날 본 눈이 제가 작년에 본 첫눈이었는데. 그 눈을 당신과 함께 봐서 기뻤어요."

그녀가 제 눈을 가려 다행이었다. 윤태는 지금 청아의 목소리를 들으며, 그녀가 짓고 있는 표정까지 보았다면 정말로 사랑에 빠질지도 모르겠다는 두려움을 느꼈다.

무너뜨리겠다고 다가섰던 여자에게 사랑에 빠지는 그런 어리석은 놈은 되고 싶지 않았다. 그걸 제 정신이 견딜 수 있을 것 같지 않았다.

그때 다행히 오븐에서 끝을 알리는 소리가 들렸다. 윤태가 곧바로 몸을 돌려 오븐으로 향했다.

치즈가 넘치도록 올라간 피자를 테이블에 올리자 아까 말한 것이 부끄러웠는지 여전히 얼굴이 빨간 청아가 그 앞에 앉았다.

"맛있겠다……."

"엄청 뜨거워, 천천히 먹어."

청아는 핸드폰으로 피자와 얼음을 넣은 콜라를 여러 장 찍고 나서야 피자를 손에 들었다.

피자를 크게 한 입 물자 치즈와 페퍼로니가 주르륵 흘렀다. 청아가 우물거리며 감탄했다.

"맛있다……."

윤태가 턱을 괴고 그녀가 먹는 모습을 바라보며 중얼거렸다.

"되게 맛있어 보이게 먹네."

"윤태 씨는 안 먹어요?"

"먹어야지."

윤태가 뒤늦게 피자를 집어 들었다. 그러나 시선은 자꾸만 청아에게로 향했다. 그러다 눈이 마주쳐 그만 쳐다보라는 눈빛을 받고서야 윤태도 식사를 시작했다.

식사를 마치고 느지막이 청아가 집에 갈까, 하고 일어서는데 아까 나갔던 세인이 집으로 되돌아왔다. 그녀가 청아에게 쪼르르 달려와 사교적으로 웃었다.

"뭐야, 아직도 있어요? 여자 친구 맞구나?"

그녀가 돌아오자 윤태가 한숨을 쉬었다.

"왜 또 왔어?"

"지금쯤 둘 다 나간 줄 알았지."

엄마의 부탁으로 청아에 대해 알아보러 온 세인이 윤태의 관심을 적당히 넘기며 청아에게 물었다.

"몇 살이에요?"

"스물여섯 살이요."

"나랑 동갑이네?"

청아가 난처해하거나 말거나 세인이 그녀의 팔을 당겼다.

"가지 말고 나 브이로그 찍는 것 좀 도와줘요. 얼굴 안 나와요."

"그래요?"

의외로 청아가 순순히 대답하자 윤태가 앓는 소리를 내며 말했다.

"못 들은 척해도 돼. 박세인이랑 잘 지낼 필요 없어."

그러자 세인이 정색하며 말했다.

"왜 없어? 오빠의 유일한 동생인데."

"그러니까요. 윤태 씨 동생인데."

청아까지 합세하자 윤태는 할 말이 없어졌다. 세인이 청아의 팔을 잡아 2층 수영장으로 향하며 윤태에게 말했다.

"마실 거랑 디저트 부탁해."

"웃기지 마."

"내가 아니고, 청아 씨가 필요하대."

세인이 핑계를 대자 윤태가 진짜 필요하냐는 듯이 청아를 보았다. 청아가 고개를 끄덕이며 장난스럽게 웃자 윤태가 어처구니없다는 듯 따라 웃으며 주방으로 향했다.

세인은 어색해하면서도 무작정 자신을 따라온 청아에게 앉을 자리를 지정해 주고 카메라를 설치하며 말했다.

"친구한테 화장해 주는 콘셉트예요."

"그렇구나. 신기하네요."

"발만 수영장에 담글래요?"

"이 수영장 진짜 써도 되는 거예요?"

"당연히 되죠. 난 맨날 쓰는데."

"집에 수영장이 있다니……."

청아가 여전히 적응하지 못하며 양말을 벗어 두고 수영장에 발을 담갔다. 세인 덕분에 발도 담가 보고 나쁘지 않았다.

세인은 화장품을 쭉 늘어놓고 영상을 찍더니 청아의 얼굴을 살폈다.

"센 화장 해 볼래요?"

"네."

"말을 잘 듣는 거예요, 도전 정신이 있는 거예요?"

"아마 전자일 거예요."

청아가 자조적으로 말했다.

세인이 색조가 강한 화장품을 사용한 화장을 시작했다. 그녀가 이제 와서 통성명을 했다.

"난 박세인이에요."

"유청아예요."

"우리 오빠랑은 어떻게 만났어요?"

"이번 영화에서 한복 담당하시는 분이 저희 스승님이셔서요. 오가다 보니."

"신기하다. 저 오빠가 경계를 엄청 두는 사람이라. 희성 오빠나 김 비서님처럼 오래 두고 사귄 사람 아니면 잘 안 믿거든요. 근데 청아 씨는 논외인 것 같아요."

그녀가 말하며 펄이 들어간 아이섀도로 청아의 눈 화장을 했다. 마스카라로 속눈썹을 바짝 세워 당장 클럽에라도 놀러 갈 것 같은 화장을 하고 있는데 도중에 윤태가 올라왔다.

그가 가져온 음료를 수영장에 내려놓자 청아가 뒤를 돌아보았다. 처음 보는 강한 화장을 한 청아를 본 윤태가 멈칫했다.

그가 눈을 못 떼자 청아가 물었다.

"어때요?"

윤태는 가만히 청아를 바라보기만 했다. 세인이 음료를 촬영하는 사이 청아가 자리에서 일어섰다. 그녀가 음료 한 잔을 들고 윤태를 따라 걸어가며 물었다.

"왜 대답이 없어요? 저랑 안 어울려요?"

"아냐. 예뻐."

진심이었다. 자신에게 전혀 어울리지 않을 것 같은 화장을 한 청아가 윤태의 눈에는 마냥 예뻤다. 윤태는 제가 혹시 청아처럼 단아한 스타일을 좋아하는 건가, 생각했었다. 그런 스타일을 좋아하는 남자는 많으니까.

그런데 지금 이렇게 화려한 화장을 한 청아를 보고 있으니 제가 딱히 단아함을 좋아하는 것도 아닌 것 같았다. 언제나처럼 지금 당장 그녀를 끌어안아 입 맞추고 싶었다. 제 욕정만 같아서는 곧바로 세인을 쫓아내고 침대로 데려가 눕히고 싶었다.

그러니까 자신은 그녀가 어떤 스타일의 복장을 하든 상관이 없는 것이다. 이건 좀, 윤태에게 곤란하게 느껴졌다.

청아는 세인의 촬영을 흥미로워하며 조금 더 그녀를 도와주었다.

짤막한 촬영이 끝나자 윤태는 출근을 해야 한다며 청아와 함께 집을 나갔다.

두 사람이 나가자 빈집에 혼자 남은 세인이 어머니에게 전화를 걸었다.

"아, 엄마. 나 방금 작은오빠 여자 친구랑 얘기 좀 해 봤어. 사람 좋더라."

— 윤태…… 여자 친구가 유 씨니?

"응. 아, 진짜 그 사기꾼 딸인가? 아니겠지?"

세인이 한숨을 푹 쉬었다.

"그런 거면 진짜 큰일이야."

— 정말. 윤태가 여자 친구를 많이 좋아하는 것 같니?

"아니, 청아 씨는 지금 그냥 아예 사랑에 푹 빠진 사람 같은데 작은오빠도…… 청아 씨가 화장을 하고 있든, 안 하고 있든 그냥 계속 눈을 못 떼. 나 작은오빠가 저러는 거 처음 본다니까?"

— 저, 정말 그 사람 딸이면 어떡하니……. 세상에…….

경화의 목소리가 떨렸다. 세인이 걱정스레 말했다.

"아직은 뭐 사귄 지 얼마 안 됐나 봐. 일단은 그냥 놔두는 게 낫지 않아?"

— 그래. 그렇지. 그 말이 맞지…….

경화는 일단 받아들이는 듯했지만 목소리에 울음이 섞여 있었다. 세인이 말했다.

"내가 옆에서 오빠가 감시할게. 낌새 이상하면 말할 테니까 너무 걱정하지 마, 엄마. 아직 성이 같다는 것밖에 모르잖아. 상관없는 사람일지도 모르지."

155

– 그래. 고마워, 우리 딸…….

전화를 끊고 세인이 한숨을 푹 쉬며 중얼거렸다.

"아, 제발 아니었으면 좋겠다."

모르는 감정을 연기할 수 있을 정도로 윤태가 거짓말에 능숙한 건 아니었다.

그는 진심일 것이다. 그러니 청아가 그 여자가 아니어야 했다. 세인은 모처럼 간절한 마음이 들었다.

＊　＊　＊

영화 일정이 빠듯했던지라, 정연자 한복의 직원들은 촬영이 시작된 후에도 바쁘게 옷을 수정하고 있었다.

청아의 공방에 놀러 온 연화는 치마에 자수를 놓는 청아의 손을 구경하며 중얼거렸다.

"네가 확실히 자수는 우리 할머니보다 잘하는 것 같아."

"안 도와주려고 그런 소리 하는 거지? 선생님 닮아서 손재주도 좋으면서."

"나는 애초에 한복집을 할 생각이 없어요. 그냥 우리 할머니가 벌어들이는 막대한 수익으로 놀고먹을 거라니까?"

"어이구, 자랑이다."

"돈 잘 버는 할머니가 자랑이지, 그럼. 누구에게나 있는 게 아니거든."

연화가 어깨를 으쓱였다. 5월부터 그렇게 덥더니 영화 촬영이 한창인 7월은 폭염이었다. 청아가 빠르고 정확하게 손을 움직이며 말했다.

"가을이나 돼야 한가하겠다."

"그때 데이트할 거지?"

"응. 많이."

"간질간질하네. 가을에 단풍 구경 실컷 해."

연화가 웃음이 사라지지 않는 청아의 얼굴을 보고 까르륵 웃었다.

"야, 그렇게 좋아?"

"응. 그렇게 좋아."

청아가 부끄러워하며 대꾸했다. 연화가 흐뭇한 표정을 지었다.

"이야, 네가 이렇게 푹 빠져서 연애를 할 줄이야. 진짜 몰랐어. 그래도 밀당도 좀 하고 그래. 내가 보기엔 지금 네가 그 남자를 너무 좋아해."

"나도 그러고 싶은데. 방법도 모르겠고, 밀기도 무서워."

"나한테 물어봐. 내가 있잖아."

"그러네. 네 연애 경력 정도면 믿을 만하지."

연화는 모처럼 연애 얘기가 신나는지, 한참 청아와 수다를 떨다가 공방 닫을 때가 되어서야 집으로 돌아갔다. 시간이 되어 청아가 공방 문을 닫으려는데 문 앞에 윤태가 서 있었다.

그의 집에 다녀온 이후 사적으로는 윤태를 만나지 못했기 때문에, 그를 보니 반가워 저도 모르게 빨리 문을 열었다.

"윤태 씨?"

"옷 바로 촬영장 가져갈 거지? 같이 가자."

"같이요?"

청아가 동그란 눈으로 바라보자 윤태가 안으로 들어서며 말했다.

"이렇게라도 안 하면 데이트할 틈이 없잖아."

그의 말에 청아가 부끄러워하며 고개를 끄덕였다.

"한복들 상자에 담으려면 좀 걸려요. 기다리는 동안 차라도 마실래요?"

"그냥 당신 구경할래."

청아가 잠시 망설이더니 말했다.

"대신 갑자기 끌어안거나 하면 바로 쫓아낼 거예요."

"갑자기가 아니면 돼?"

"안 돼요. 우리 바로 출발해야 하니까 분위기 이상하게 만들지 말아요."

청아가 미리 잔소리해 두고 마네킹에서 한복을 끌러 평상에 두고 하나씩 반듯하게 맵시를 살려 접었다. 접은 한복은 상자에 조심조심 담고 또다시 접는 일을 반복했다. 그 모습이 재미있어 윤태는 자리에 서서 한동안 말없이 그녀를 바라보았다.

그렇게 세 벌을 접자 마네킹 하나가 남았다. 윤태가 그것을 턱짓했다.

"저건?"

"아, 그건 윤태 씨 거예요."

"내 거?"

청아가 고개를 끄덕였다.

"당신에게 선물을 하고 싶은데 뭘 주면 좋을까 하다가. 내가 한복을 좀 짓지, 싶어서."

그녀가 어깨를 으쓱이며 농담을 하더니 마네킹에게서 두루마기를 벗기며 물었다.

"사이즈만 한번 확인해 볼래요?"

"양장 위여도 괜찮아?"

"네."

윤태가 하얀 셔츠 위에 청아가 내준, 남색 명주로 겉감을 지은 두루마기를 걸쳤다. 청아가 발을 들어 두루마기 태를 잡아 주다가 그대로 놓고 뒤로 물러났다.

몸에 딱 맞는 정장 위에 큼지막한 두루마기를 걸치고 껄렁하게 서 있는 남자를 보니 어울리지 않는 듯 어울리는 듯 묘한 느낌을 주었다.

"……저 길이가 맞네."

"어때?"

"야한 것 같아요."

청아의 대답에 윤태가 헛웃음을 지었다.

"무슨 그런 말을 그렇게 담담하게 해."

"그럼 야한 걸 야하다고 하지, 뭐라고 해요? 뒤로 돌아 봐요. 그리고 똑바로 서요, 그렇게 짝다리 짚지 말고."

"잔소리하려고 입혔나."

윤태가 투덜거리면서도 돌아서서 자세를 바로 했다. 청아는 사무실에서 사느라 창백한 윤태의 목선을 바라보았다. 어느 한쪽이 처지지 않은 직선의 넓은 어깨로부터 내려오는 뒷길의 선이 곧았다.

청아가 옷태를 정리하고 그의 등허리를 손으로 쓸어 주름을 폈다. 그녀의 행동에 윤태가 저도 모르게 신음을 내뱉고 돌아서서 물었다.

"일부러 그러는 거지?"

"뭘요?"

"나보고는 끌어안지도 말라며."

윤태가 추궁하는 듯한 눈빛을 하자 청아가 솔직하게 말했다.

"……허리선이 보고 싶었어요. 예뻐서."

"자랑이네. 난 마네킹이 아니야. 만지작거리지 마."

"싫었다면 미안해요."

"싫은 게 문제가 아니잖아."

"싫은 게 문제가 아니면 그것도 미안하고."

청아가 사과하며 그가 입은 두루마기를 벗겨 다시 마네킹에 걸쳤다. 말끔히 정리해 자투리 천으로 만든 리본으로 상자를 묶은 후 허리를 일으키는데 윤태가 그녀를 불렀다.

"유청아."

"네?"

"놀란 얼굴이 보고 싶은데 키스해도 돼?"

"……네?"

아무래도 방금 허리선이 보고 싶어서 좀 만졌다고 복수하는 것 같았다. 윤태의 손에 상자들을 모두 뺏긴 청아가 시선을 피하며 말했다.

"놀란 표정 안 지을 건데요. 키스 좀 한다고."

"지금 놀랐는데."

"아, 그럼 놀란 표정 봤으니까 안 해도 되겠……."

물러서던 그녀의 허리가 윤태의 한 팔에 끌려 들어갔다. 청아는 그가 그대로 키스할 거라 생각해 그의 팔 안에서 몸을 확 돌려 버렸다.

윤태는 한 팔로 그녀의 몸을 단단히 가두고 다른 한 손으로 블라인드를 내렸다. 그리고 청아의 머리칼을 한쪽으로 쓸어 넘기더니 그녀의 목덜미에 입을 맞췄다. 그런 행동에 청아의 온몸이 흠칫 떨렸다.

윤태가 한 손으로 그녀가 입은 블라우스 단추를 하나씩 풀자 청아가 저도 모르게 치마를 두 손으로 꽉 쥐었다. 그래도 싫다는 말은 하지 않았다. 싫지가 않았으니까.

가슴 중간까지 단추를 푼 윤태가 그녀의 블라우스를 한쪽 어깨가 드러나게 내렸다.

바짝 긴장해 있음에도 꼼짝도 않던 청아는 윤태의 손이 블라우스 안으로 들어가 가슴에 닿자 놀라서 그를 밀어냈다. 말문이 막힌 청아가 소리도 못 내고 입술만 뻐끔뻐끔 움직였다.

그녀와 눈이 마주치자마자 윤태가 몸을 돌려 상자를 챙겼다.

"놀란 표정 봤으니까 됐다. 가자."

"그…… 아, 그러니까……."

"정리하고 와. 먼저 나가 있을게."

윤태가 아무렇지도 않다는 듯이 말하며 청아를 두고 빠르게 그곳을 나왔다.

그리고 공방 밖으로 나오자마자 부족한 숨을 크게 들이켰다. 상자를 든 윤태의 손끝이 달달 떨렸다.

입술에 닿는 살결이 부드러웠다. 손에 잠깐 닿은 가슴의 보드라운 감촉도 미칠 것 같았다.

그리고 돌아선 청아의 표정. 부끄러움과 원망, 거기에 애정마저 담긴 그녀와 눈이 마주쳤을 땐 그 자리에 주저앉을 것만 같았다.

그녀는 온전히 사랑스러웠다. 그러면 안 되는데, 그 순간엔 그 생각밖에 들지 않았다. 윤태는 방금 제가 느낀 감정들을 전부 잊어버리려 필사적으로 애썼으나 심장이나 머리 어딘가에 각인이라도 된 것처럼 쉽게 사라지지 않았다.

잠시 후 청아가 단추를 잠그고 공방 문도 단속한 후 밖으로 나와 윤태의 팔을 톡톡 건드렸다.

"가, 가요."

윤태가 흠칫 놀라 돌아서자 그의 표정을 본 청아가 조금 웃었다.

"뭐예요, 윤태 씨가 더 놀란 표정이네."

"놀란 게 아니라…… 당황한 거지."

그가 긴장이 풀리지 않은 목소리로 대꾸하자 청아가 이제는 소리까지 내어 웃었다. 아마 윤태가 자신 이상으로 당황하고 있다는 사실에 마음이 편안해진 모양이었다.

청아가 제 가슴과 윤태의 가슴에 손을 올렸다. 제 가슴이 너무 뛰어서 망가진 건가, 싶었는데 윤태의 박동에는 댈 것도 아니었다.

청아가 햇살처럼 웃었다.

"나보다 심장이 더 많이 뛰어요."

"……놀릴 때가 아니야."

"엄청 능글능글 할 것같이 굴어 놓고."

"나도 내가 그럴 줄 알았어."

청아는 손을 떼고 앞장서서 살랑살랑 걸었다. 그녀의 행복한 뒷모습을 보니 윤태의 머릿속이 복잡해졌다. 그가 잠시 상자를 한 팔로 들고 다른 한 손을 제 심장 위로 가져갔다.

청아의 말대로였다. 심하게 뛰고 있었다.

유청아는 여자이고, 여자와 그렇게 좁은 공간에 붙어 있었으

162

니 성욕이 드는 건 당연하다고 생각했다.

그런데 그 성욕이 원래 이러기도 하나. 이렇게 온몸에 열이 오르고 심장이 뛰고 그녀의 웃는 얼굴만 바라보게 싶도록 만들기도 하는 건지…….

촬영장에 도착해 보니 야간 촬영이 한창이었다. 여자 주인공과 남자 주인공이 정연자 한복에서 만든 한복을 입고 옥천교 위에 서서 촬영 중이었다.

청아가 가까스로 일정을 맞춰 완성한 한복들을 배우들에게 건넸다. 다들 너무나 마음에 들어 해 청아도 마음이 놓였다.

그때 선비의 복장을 한 남자 조연 배우 서환이 청아에게 걸어왔다.

"누나, 어떻게 이렇게 촬영장에 한 번을 안 와요?"

"워드로브(wardrobe)팀 따로 있으니까, 나는 현장에 필요 없잖아요."

"왜 없어요? 지금도 그렇게 뭔가 하고 있으면서."

청아는 습관적으로 옷맵시가 생기도록 조연 배우들의 저고리 진동을 당겨 주고 있었다. 패션쇼에 서는 모델들에게 하던 버릇이었다.

멀리 있던 채란도 반가워하며 달려왔다.

"그날 청아 씨 말 듣고 나니까 왠지 옷 받을 때마다 기분이 좋은 거 있죠? 내 옷이 제일 비싸다고 생각하니까."

청아 역시 반가워하더니 그녀에게 물었다.

"옷은 편해요?"

"생각보다 되게 편해요. 근데 너무 덥다."

오늘만 해도 최고 기온이 35도였다. 청아가 안쓰러워하며 힘을 북돋아 주려 칭찬을 건넸다.

"그래도 어깨선이 되게 예뻐요."

"그렇죠? 내가 청아 씨 말 듣고 어깨 똑바로 하는 연습 되게 많이 했거든. 감독님한테도 선 예쁘다고 칭찬받았어요."

그녀의 자랑에 청아가 평소 같지 않게 호들갑까지 떨어 가며 채란을 칭찬했다.

문득 연자가 청아에게 하던 말이 떠올랐다

'한복은 옷이 몸에 맞아야지. 몸을 옷에 맞추는 옷이 아니야.'

옷을 짓고, 배우들이 입은 상태로 보고 또 보고 나니 정 선생님의 말이 점점 더 실감이 났다. 제가 사람이 입을 옷을 짓고 있구나, 다시 한 번 알게 되었다.

배우들이 다들 자리로 돌아간 후, 청아가 고개를 돌려 윤태를 찾았다.

그는 이야기가 들리지 않을 정도의 거리에 서 있었는데, 자꾸 청아 주변을 얼쩡거리는 서환에게 꺼지라는 듯이 손짓을 하고 있었다. 그리고 다시 감독과 이야기를 이어 갔다. 그의 곁에 희성까지 와 있는 걸 보면 꽤 중요한 이야기를 나누고 있지 싶었다.

대부분의 이야기는 희성이 하고 윤태는 그저 친절해 보이는 미소를 지으며 서 있었다. 이야기가 잘 안 풀리는지 희성이 약간 인상을 쓰며 언성을 높였다. 그래도 윤태가 어깨를 토닥거리자 희성이 한 걸음 물러났다.

이야기가 끝나고 촬영이 재개되자 윤태도 청아가 있는 방향으로 돌아왔다. 청아가 먼저 물었다.

"무슨 얘기 했어요?"

"갑자기 엄청나게 비싼 음원을 삽입하고 싶다네."

"그렇구나."

"돈은 상관없는데 이제 와서 음원 사용 허락받고 뭐 하고 이러면 일정이 늦어지니까 안 된다고 했어."

"희성 씨가 겁주시는 것 같던데."

"원래 쉽게 욱하는 성격에 양아치라."

윤태가 진심으로 말하고 청아에게 손을 내밀었다.

"우린 일 다 했으니까 데이트나 하자."

"으응."

청아가 고개를 끄덕이고도 자꾸 뒤를 돌아보았다.

"더운 날 정말 힘들겠네요. 저녁도 더운데."

"그러게. 몇 겹씩 입기도 하니까."

두 사람은 모처럼 생긴 여유를 즐기며, 천천히 밤의 창경궁을 걸었다. 분위기에 취해 시간 가는 줄 모르고 산책하는데 갑자기 소나기가 후두둑 쏟아지기 시작했다. 윤태가 서둘러 재킷을 벗어 청아의 머리 위에 씌워 주고 가까운 처마 아래 섰다.

"우산 가져올게. 여기 있어."

"네? 가, 같이 가요."

"됐어."

윤태가 서둘러 먼 길을 달려 주차장으로 향하더니 주차한 제 차에서 우산을 꺼내 돌아왔다. 그의 옷이며 머리며 구두며 물에 담갔다 뺀 것처럼 젖어 있었다.

청아가 걱정스레 말했다.

"비 이렇게 많이 맞아서 어떡해요."

"나 비 맞는 거 좋아해."

"거짓말…… 여기서 윤태 씨 집 머니까, 우리 집 가요. 이러다 감기 걸리겠어요."

"이 더운 날 웬 감기 걱정이야."

윤태가 말하면서도 청아가 이끄는 대로 그녀를 따라 걸었다.

윤태는 빗물이 뚝뚝 흐르는 상태로 공방 안에 들어서기가 미안해져 입구에 잠시 서 있었다. 그러자 청아가 손짓했다.

"빨리 들어와요. 감기 걸려요."

"공방 젖을 것 같은데."

"그런 거 따질 때가 아니잖아요. 어떡해요."

청아가 걱정하며 윤태의 손목을 붙잡아 평상 뒤 커튼 안으로 들어갔다.

그 뒤에 작은 문이 있어 열고 들어가니 쪽방이 나왔다. 맞은편 길로 난 창이 있고 작은 옷장 하나, 이불 한 채가 전부였다.

윤태는 입매가 서서히 굳었다. 희성이 알아낸 유한석의 건물 두어 개만 계산해도 하나뿐인 딸에게 이 동네 아파트 한 채 정도는 해 줄 수 있는 정도가 되었다. 이건, 그에게 있어서 너무 심각한 작전 오류였다.

청아가 그의 등을 욕실로 떠밀었다.

"빨리 씻어요."

"당신도 비 맞았잖아. 먼저 씻어."

"난 거의 안 맞았어요. 윤태 씨는 빗속을 뛰어다녔잖아요. 옷

166

에서 물 떨어져요, 빨리요."

청아가 성화를 해 별수 없이 윤태가 욕실로 들어갔다. 그의 체격으로는 서 있는 것도 힘들게 좁은 공간이었다.

그 틈에 김 비서가 옷을 가져다주어 청아의 손에 넘겨받아 옷을 갈아입었다.

이어서 청아가 욕실에 들어간 후 윤태는 다시 한 번 방을 둘러보았다.

둘러볼 것이 없었다. 대부분의 짐들은 공방에 있고 아까 제가 본 것이 전부였으므로.

잠시 후 목욕을 마친 청아가 가만히 서 있는 윤태의 옷소매를 당기며 말했다.

"왜 서 있어요?"

"정신없이 집 구경 중이야."

윤태의 농담에 청아가 그의 팔을 톡 때리고 흘겼다.

"윤태 씨가 크니까 더 좁아 보여요."

"원래 좁아."

"할 수 없잖아요. 대출이 너무 많아도 부담스럽고……. 방은 좀 좁아도 대신 공방이 좋잖아요. 그렇죠?"

"그건 그렇지."

윤태가 지나가는 말처럼 물었다.

"그래도 부모님께 조금만 도와 달라고 하면 안 되나."

그의 말에 청아가 멈칫했다. 그러나 곧 단호한 목소리로 말했다.

"전 스무 살 여름 이후로 부모님 도움 받아 본 적 없어요. 앞으로도 절대 안 받을 거예요. 윤태 씨처럼 대단한 성공을 한 건 아니지만 여기만큼은 제 힘으로 얻은 거예요."

청아는 스스로가 이기적이라 생각하면서도 이것만큼은 확실히 해 두고자 했다. 그래서 이것이, 제가 제 아버지 이야기를 하고 난 후 윤태가 마음을 정할 때 조금이라도 고려할 사유가 되었으면 했다.

그만큼 그를 붙잡고 싶었다.

윤태는 쉽게 읽을 수 없는 표정으로 청아를 바라보았다.

제 몸이 조각조각 바닥으로 떨어져 내리는 기분을 느꼈다.

이렇게 지독할 정도로 제 부모와 자신을 분리하는 사람이, 아무 이유도 없고 오로지 독립심이 강하기 때문인 경우가 얼마나 될까.

그녀는 제 부모의 죄 때문에 자신을 이렇게 완벽하게 분리해 버린 것이다. 틀림없이.

머릿속이 복잡해진 윤태가 말했다.

"가야겠다. 늦었네."

가겠다는 소리에 청아가 서둘러 그의 팔을 붙잡았다.

"······자고 갈래요?"

그 말에 윤태가 말없이 청아를 바라보자, 그녀가 말을 이었다.

"아직 비도 많이 오고······ 절대 안 건드릴게요."

청아는 윤태가 술김에 자신을 붙잡을 때 한 말을 놀리듯 따라 했다.

그가 대답이 없자 청아가 난처한 얼굴로 물었다.

"집이 좁아서 그래요?"

"아냐."

"그럼 왜 가려고 해요? 난 만취한 사람이 잡아도 남았는데."

청아가 서운한 표정을 짓자 제 심장이 쿵 떨어지는 것을 느낀 윤태가 서둘러 대답했다.

"알았어, 자고 갈게."

"난 또…… 내가 뭐 말실수했나, 했어요."

"그럴 리가. 당신의 강한 독립심에 감동하고 있었는데."

"……칭찬 들을 줄은 몰랐는데."

청아가 민망해서 중얼거리며 잠자리 정리를 했다.

도와줄 정신도 없이 멍한 표정을 짓고 있던 윤태가 확인하듯 물었다.

"그러고 보니 전에 디자인 스쿨도 다니다가 그만뒀다고 했지?"

"네."

"수업을 못 따라갔다는 게…….."

"아르바이트랑 병행하다 보니까요. 못 따라가겠더라고요."

청아가 대답하자 윤태가 여전히 알 수 없는 표정으로 물었다.

"무슨 일 있어?"

"네?"

"아니, 학교까지 그만둘 정도로 독립하려 든 건 좀. 무리한 게 아닌가, 싶어서."

"그냥 뭐…… 그러고 싶었어요. 그때는."

청아가 얼버무렸다.

잠시 후 두 사람이 한 이불 위에 누웠다.

뒤늦게 정신을 차린 윤태가 중얼거렸다.

"이 이불 진짜 좋다."

"그렇죠?"

청아가 반가워하며 자랑스레 말했다.

"선생님이 저 독립한다고 여름, 겨울 이불 한 채씩 선물해 주셨어요. 겨울 이불은 더 좋아요. 목화 기르시는 선생님 친구 분 댁에서 만든 이불이거든요."

"제자 이상이네."

"그렇죠? 정 선생님이랑 연화를 만난 건 정말 큰 행운이에요. 그리고…… 당신을 만난 것도."

청아가 말하고 부끄러운지 배시시 웃었다.

윤태는 그런 그녀의 간질간질한 목소리를 가만히 듣고 있다가, 청아를 휙 제 몸 위에 올려놓았다. 그 바람에 놀란 청아의 눈빛과 윤태의 눈빛이 마주쳤다.

"여기서 자."

"여, 여기서 어떻게 자요?"

"왜 못 자. 너무 좁아."

청아가 상체를 일으키려다 윤태의 가슴팍을 누르고는 화들짝 놀라 손을 뗐다. 그러나 곧 다시 손을 내려 이번엔 윤태의 가슴 위를 한 번 부드럽게 쓰다듬었다. 그러더니 얼마나 단단한지 궁금해 판판한 가슴을 손가락으로 꾹 눌러 보았다. 그러자 윤태가 신음하며 상체를 일으켰다.

"이 여자 생각보다 되게 야한 여자네."

"당신도 아까 만졌잖아요."

"이렇게 많이는 안 만졌어."

"내 가슴이 더 느낌이 좋잖아요. 말랑말랑하니까."

"거기에 대해선 할 말이 없는데, 당신이 자꾸 괴롭혀서 등 돌리고 잘 거야."

"등 돌리고 자지 마요."

"당신이 말랑말랑해서 내 몸에 닿으면 돌아 버릴 것 같아. 지금도 이미 돌겠지만."

"……난 괜찮은데."

"…….."

"여, 연화가 혹시 모른다고 놀려서 그, 그것도 사 놨고……."

청아가 혼잣말처럼 중얼거리자 윤태가 진지한 얼굴로 말했다.

"내가 당신 집을 무시하는 게 아니라. 이왕 우리가 처음으로 밤을 보낼 거면 내 집에서 하는 게 좋겠어."

"내 집 무시하지 마요."

"아니, 그러니까 무시하는 게 아니라니까?"

윤태가 어쩐지 청아에게 쩔쩔매며 달래듯이 말했다.

"정 선생님이 마련해 주신 이불이라 왠지 좀 그래. 나중에 혼날 것 같아."

"그건 그래요."

"자, 키스해 주면 등 안 돌리고 잘게."

윤태가 타협안을 말하더니 몸을 돌려 청아를 바닥에 눕히고 그 위를 제 몸으로 덮었다. 두 사람의 입술이 닿고, 빗소리에 섞여 입 맞추는 소리가 잘게 흩어졌다.

빗소리가 들리지 않았다면 입 맞추는 것이 더 야하게 느껴질 것 같다고, 청아는 생각했다.

둘 다 막 샤워하고 나왔을 때처럼 몸이 따끈해져서야 입술이 떨어졌다.

윤태가 몸을 일으키려 하자 청아가 팔을 붙잡았다.

"어디 가요?"

"샤워해야겠어. 찬물로."

고통이 느껴지는 그의 목소리에 청아가 조금 소리 내어 웃더니 그의 팔을 힘주어 당겼다.

"난 윤태 씨 집보다 여기가 더 좋아요."

"……."

"거긴 너무 넓어서…… 더 부끄러울 것 같아요."

그녀의 말에 윤태가 괴로운 듯 신음했다. 그가 입을 열었다.

"청아야. 나 사실 당신에게 말 못 한 게 있는데."

"나 안 좋아해요?"

"그거야 당연히 아니지."

"그럼 괜찮아요."

그녀가 씁쓸한 목소리로 말을 이었다.

"나도 숨기고 있는 게 있거든요."

"나 안 좋아해?"

윤태가 똑같이 되묻자 청아가 고개를 세차게 저었다.

"절대 아니에요."

"다행이네."

"그럼 됐죠? 우리 둘 다 서로가 좋으면, 문제 될 게 없잖아요."

"……그러네."

윤태가 일어서기를 포기하고, 청아의 머리 곁을 손으로 짚으며 말했다.

"이불 더러워질 텐데."

"밤에 비 그친대요. 내일 이불 빨래하죠, 뭐."

"응. 나랑 같이 하자."

"든든하네요."

청아의 웃음은 꼭, 모래사장에 치는 잔잔한 파도 같았다. 윤태가 그녀의 뺨을 부드럽게 쓰다듬고 제가 먼저 상의를 벗은 후, 조심스레 청아의 잠옷 상의도 벗겼다.

그리고 그녀의 몸을 부드럽게 입술로 훑었다. 조금도 놀라지 않게 하려는 듯 매우 느긋하고 부드러웠다.

처음엔 윤태의 입술이 닿을 때마다 흠칫흠칫 놀라던 청아가 어느 순간 가느다란 신음을 흘렸다.

윤태는 어깨에서 가슴으로 입술을 움직이며 그가 만지지 않아도 조금씩 단단해져 가는 유두를 손바닥으로 감싸 눌렀다.

청아의 호흡이 자꾸만 빨라지자 윤태가 그녀의 귀에 속삭였다.

"긴장하지 마, 청아야. 나랑 있잖아."

청아의 손이 윤태의 어깨를 꼭 쥐었다.

어느새 가슴에 가까워진 그의 입술이 예민한 제 가슴을 물까 봐 오히려 더 긴장이 커졌다.

이 남자는 처음부터 자꾸만 제 가슴을 노리지 않았나. 가슴을 엄청 좋아하는 게 틀림없다고 생각했다.

윤태는 청아의 다리 사이를 제 무릎으로 벌려 오므리지 못하게 하고, 허리를 두 손으로 붙잡아 납작한 배 위에 입을 맞췄다. 청아가 두 다리를 바동거리는데 윤태가 그녀의 유두를 이로 아프지 않게 살짝 눌렀다.

청아가 손가락으로 이불을 움켜쥐었다. 그러지 않으려고 해도 온몸이 긴장해서 움찔움찔거렸다. 그의 손이 자신을 극도로 예민하게 만들었다.

윤태가 혀를 내밀어 유두를 핥자 청아가 가늘게 울음소리를

173

냈다.

윤태는 청아의 예상대로 가슴을 좋아하는지 한쪽을 붙잡고 여기저기를 핥고 유두를 입으로 감싸 빨아 댔다.

"흐, 흐읏……. 아아!"

청아가 교성을 흘리며 온몸을 들썩이게 하는 자극을 못 견뎌 눈물을 글썽일 즈음에는 다른 쪽 가슴을 공략해 똑같은 행동을 반복했다.

그녀가 도저히 못 참고 윤태의 얼굴을 밀어내자 그가 한 손으로 청아의 양 손목을 붙잡아 그녀의 머리 위에 눌렀다.

청아의 달아오른 눈과 마주치자 윤태가 중얼거렸다.

"예쁘다."

"놔줘요……."

"내가 놔주고 싶을 때 놔줄게."

"못됐어……."

"알아."

윤태가 말하더니 손가락을 들어 그녀의 입술 안으로 넣었다. 청아가 무심코 그 손가락을 혀로 핥자 윤태가 귀여워 죽겠는지 실소하며 그녀의 뺨에 입을 맞췄다.

"잘하고 있어. 덜 아플 테니까."

그가 젖은 손가락을 빼내더니 청아의 다리 사이로 내렸다. 그러고는 그녀의 은밀한 공간에 제 매끈하고 긴 손가락을 가져갔다. 그곳은 타액으로 적실 필요도 없이 이미 충분히 젖어 있었다.

손목을 붙잡길 잘했는지 윤태의 손이 그곳에 닿자마자 청아가 팔을 빼내려고 몸부림을 쳤다. 힘이 절대적으로 부족하니 이번엔 허벅지를 오므리려 든다.

윤태가 손을 떼고 청아의 한쪽 허벅지를 움켜쥐며 말했다.

"아직 안 넣었잖아. 바동거리지 마."

"그냥…… 그냥 한 번에 해 버려요. 긴장되니까……."

"알았어."

윤태가 얌전히 대답하고는 그녀의 입술에 키스를 했다.

그리고 청아가 키스에 정신이 팔려 있는 사이에 부드럽게 그녀의 안으로 파고들었다. 갑작스럽고 묵직한 이물감에 청아의 눈이 커졌다.

윤태가 입술을 떼고 손목까지 놓아주자 청아가 할 바를 몰라하며 다급하게 그의 목을 끌어안았다.

말문이 막힌 것처럼 아무 소리도 낼 수 없었다.

이번엔 윤태의 숨이 거칠어졌다. 그는 청아를 짓이기지 않으려 애썼고, 그의 목을 안은 청아도 윤태의 거칠어진 호흡을 느낄 정도였다.

청아는 윤태의 몸이 정말로 야하다고 생각했다. 늘 사냥하는 짐승처럼 근육이 단단하고 모든 비율이 이상적이었다.

그런 그가 아주 느리게 움직이기 시작하자 그녀의 자제력이 무너졌다. 닿아 있는 곳은 허리 아래인데 가슴이며 머릿속까지 이 남자로 가득 채워지는 듯했다.

"제발……."

청아가 애원했다. 그 소리가 무슨 의미인지 청아 본인도 몰랐지만 결과적으로는 윤태의 행동을 강하고, 빠르게 바꾸었다. 청아는 천천히 올라오던 쾌감이 단숨에 배로 강해지자 결국 못 참고 비명을 질렀다.

윤태는 제 스스로도 자제가 안 되면서도 필사적으로 청아를 달래려 입을 맞췄다. 청아는 절정에 휩싸여 윤태를 때리기도 하고 울기도 하고 몸을 비틀기도 했다. 윤태는 그런 것들을 전혀 느끼지 못했다.

그녀의 좁은 공간이 만드는 비현실적인 쾌감에 미쳐 버리는 기분이었다. 그리고 그 쾌감 이상의 소유욕이 윤태의 목을 조여 왔다. 왜 유청아가 제 것이면 안 되는지, 이제 와서는 납득이 가지 않았다.

정사가 끝나고 두 사람은 노곤하게 다시 한 이불 속에 누워 있었다. 청아가 자신을 꼭 안은 윤태에게 말했다.

"……이럴 거면 왜 집에 간다고 우겼어요?"

"……."

윤태가 할 말이 없어 헛기침하더니 청아의 허리를 손으로 주물러 주며 물었다.

"미안. 아팠어?"

그러자 청아가 억울한 표정으로 고개를 끄덕인다.

윤태가 달래듯이 손가락으로 머리칼을 쓰다듬는데 그녀가 작게 중얼거렸다.

"다음번엔 좀 덜 아프려나……."

"그래도 다음번 얘기가 나오네."

그의 놀림에 속을 들킨 청아가 흠칫했다. 윤태가 웃으며 땀에 젖은 청아의 머리칼을 쓰다듬었다.

"바닥이라 더 힘들었겠다. 그러게 우리 집에 가서 하자니까 왜 사람을 유혹해서."

"불안해서…….”

"응?"

청아가 잘 들리지 않을 정도로 작은 목소리로 말을 이었다.

"지금 보내면 이상하게…… 당신이 사라질 것 같아서 불안해서…….”

"뭐가 불안해.”

"나도 모르겠어요. 바보 같아요. 도대체 뭐가 불안해서 이러는 건지.”

청아가 나지막이 물었다.

"서툴러서 그렇다고 생각해 주면 안 돼요?”

"이미 그렇게 생각하고 있어.”

"다행이다.”

청아가 다시 그의 품에 얼굴을 묻었다. 그의 품이라 그런지 마음이 놓여 금방 잠이 왔다.

반대로 윤태는 뜬눈으로 밤을 지새웠다.

그는 상체를 일으키고 청아의 잠든 얼굴을 물끄러미 바라보았다. 윤태는 무심코 손을 뻗어 그녀의 뺨을 감싸려다 깰까 싶어 손을 뗐다.

이불 너머로 보이는 하얗고 동그란 어깨만으로도 몸이 동해 윤태가 조심스럽게 이불을 당겨 덮어 주었다.

그는 청아에게 아침을 사다 주기 위해 옷을 챙겨 입었다. 그리고 조용히 나서려는데 갑자기 밖에서 개 짖는 소리가 들렸다. 윤태가 표정을 찌푸리는데 청아가 잠결에 이불을 머리 위로 덮으며 중얼거렸다.

"응, 나도 잘 잤어…….."

그녀의 말에 웃음이 터진 윤태가 손으로 입을 틀어막았지만 웃음소리가 비집고 튀어 나갔다. 그 덕에 깜짝 놀란 청아가 눈을 뜨고 이불을 획 걷었다.

그녀는 뒤늦게 제 알몸과 자신을 보고 있는 윤태를 발견하고 얼굴이 새빨개져서 정신없이 이불로 몸을 감쌌다.

윤태가 다시 자리에 앉으며 놀렸다.

"개랑도 말이 잘 통하나 봐? 유학파라 그래?"

"……놀리지 마요."

청아가 흘기고는 이불 밖으로 손을 내밀어 속옷을 찾아 들며 말했다.

"건너편 집 강아지인데 너무 말랐어요. 목줄을 했는데 멀리서 봐도 목에 피부병이 있는 것 같아요. 제가 한 번만 동물병원 데려가면 안 되냐고 했는데 참견 말라고 혼만 났어요."

청아가 이불 속에 숨어 속옷을 챙겨 입으며 물었다.

"잠자리 불편해서 깼어요?"

"아니, 난 원래 아무 곳에서나 잘 자. 당신이 알몸으로 내 옆에 있어서 못 잔 거지."

"옷 입을 체력이 없었단 말이에요. 누구 때문인데?"

"싫지 않았어. 잠이 안 온 거지."

윤태가 청아를 이불에 감싸인 상태로 들어 제 무릎에 앉혔다.

"당신은 잘 잤어?"

"잘 잤어요."

"아침 사 올게. 뭐 먹고 싶어?"

"안 먹어도 되니까 어디 가지 마요."

청아가 이불 밖으로 손을 내밀어 윤태의 셔츠를 꽉 쥐었다. 그러자 윤태가 웃으며 몸을 숙여 그녀의 손등에 입을 맞췄다.

"나도 굶길 거야?"

"네. 내가 허락해 줄 때까지 밥 못 먹어요."

"알았어. 네가 허락 안 해 주면 그냥 굶어 죽을게."

윤태의 말에 청아가 즐겁게 웃더니 그의 품에 머리를 기댔다.

"조금만 더 이러고 있다가 같이 나가요. 꼭 세상에 우리 둘만 있는 기분이라 너무 좋아요."

"……정말로 그랬으면 좋겠다."

"으응?"

"정말로 세상에 우리 둘만 있었으면 좋겠어."

윤태의 말에 청아가 웃으며 고개를 끄덕였다. 그녀가 다시 고개를 들고 말했다.

"윤태 씨, 우리 올해도 첫눈 같이 봐요. 작년에도 같이 봤잖아요."

"그럴까?"

"응. 어디에 있든 첫눈이 오면 곧바로 만나는 거예요. 하던 일 다 내려놓고."

"로맨틱하네."

"그렇죠?"

"내년에도 그러자. 다음 해에도. 혹시 당신에게 다른 남자가 생기더라도."

그의 말에 청아가 질색하며 윤태를 흘겼다. 윤태가 어깨를 으쓱이며 말을 이었다.

"미래는 모르는 거잖아. 혹시 우리가 헤어져 있더라도 첫눈이 오면 나를 만나 주는 거야."

"로맨틱한 건지 안 로맨틱한 건지 모르겠어요."

"혹시 내가 중간에 뭘 잘못해도 기회를 얻겠다는 꼼수지."

"역시 못됐어……."

청아는 중얼거리면서도 봐줬다는 듯 고개를 끄덕였다.

"알았어요. 그럴게요."

"장소는?"

"음. 우리 처음 만난 벤치."

"그래. 벤치."

약속을 하는 동시에 윤태는 안도감을 느꼈다. 그러나 그 안도감은 오래가지 않았고 이내 미래에 대한 불안감이 몰려왔다.

그는 한동안 바로 다음 걸음만을 생각하며 달려왔었다. 미래를 불안해하는 것은 아주 오랜만의 일이었다.

❋ ❋ ❋

윤태가 동섭이 근무하는 회사 앞에 나타나자 동섭이 정신없이 달려 나왔다.

회사 앞에서 윤태와 마주친 동섭이 스트레스가 역력한 얼굴로 물었다.

"여긴 왜 오셨습니까?"

"궁금한 게 많아서."

"듣자 듣자 하니까 계속 반말이네. 우리 중에 당신이 더 잃을 거 많은 거 아니에요?"

"딱 봐도 내가 더 나이가 많은데, 참 꼬장꼬장하네."

"저기요, 박 대표님. 유청아 때문에 이러시나 본데."

동섭이 답답하다는 듯이 혀를 차며 말을 이었다.

"나도 처음에는 얼굴도 반반하고 그러니까 좀 관심이 갔는데. 걔요, 박 대표님 같은 사람이랑 만날 만한 계집애가 아니에요."

"뭐?"

"박 대표님이 뭘 몰라서 그래요. 알면 걔를 좋아할 수가 없어요."

동섭이 운을 떼자 윤태의 얼굴 위로 어두운 그늘이 쏟아졌다.

제발 유청아가 사기꾼 딸이어서 따돌렸단 말만 하지 마. 제발.

윤태가 바랐으나 동섭이 제 머리칼을 마구 헝클며 말했다.

"유청아요. 걔네 아버지 사기꾼이에요. 그것도 동네 하나 망하게 만들고 도망친 새끼예요. 그런 돈으로 잘 먹고 잘 살아서 그렇게 지가 뭐 잘난 줄 알고 뻗대는 거라니까요?"

"……."

"박 대표님 생각해서 하는 말이에요. 예?"

"그러니까……."

윤태는 어이가 없어 일그러진 얼굴로 웃었다. 그가 갑자기 웃어 버리자 동섭이 황당해하며 물었다.

"왜, 왜 웃어요?"

"그쪽 논리가 황당하잖아."

윤태가 동섭의 어깨를 툭툭 밀치자 동섭이 서둘러 윤태의 손을 쳐 냈다. 그러나 윤태가 확 손을 올려 때리는 시늉을 하자 흠칫 놀라 팔로 제 머리를 감쌌다.

윤태가 뒤처리할 희성을 생각해 손을 내리며 물었다.

"네가 사기당했어? 그 기분은 알아?"

181

"그, 그거야……."

"아니면 유청아가 뭐 네 물건 하나라도 건드렸어?"

"……."

"네가 개새끼인 걸 왜 유청아를 탓해. 구질구질하게. 애초에 사기당한 사람들은 따로 있는데 네가 뭐라고, 이……."

윤태가 못 견뎌 욕설을 내뱉으려는데 다급하게 달려온 희성이 그의 입을 손으로 틀어막고 뒤로 끌어당겼다.

"아이고, 우리 대표님 고등학생 때 버릇 나오시네. 한동안 안 이러더니."

희성이 자신보다 훌쩍 큰 윤태를 달래느라 진을 빼며 두 사람 사이를 갈라놓았다. 그리고 윤태의 등을 떠밀어 차로 보내고 동섭도 돌려세우며 오래 알고 지낸 사이처럼 다독였다.

"회사는 알아서 그만둬, 동섭아. 어차피 다니기 힘들 거야."

"예, 예?"

"그렇잖아. 어디 고개 들고 다니겠어? 너 고등학생 때 괴롭히던 애한테 삥 뜯으러 온 거 다 알렸는데?"

"무, 무슨…… 아, 젠장!"

사색이 된 동섭이 회사로 달려 들어갔다.

희성이 쯧쯧 혀를 차며 차로 돌아갔다. 그는 윤태의 집 방향으로 차를 몰며, 뒷좌석에 앉아 있는 윤태에게 핀잔했다.

"이런 건 나한테 시키라고."

"미안해."

"하여튼 너 요즘 진짜 이상해."

윤태만 대충 끄덕였다. 집이 가까워지자 윤태가 말했다.

"나 내려 줘. 바람 좀 쐬게."

"알았어. 적당히 있다가 들어가."

희성이 말하며 윤태를 내려 주었다. 차에서 내린 윤태가 중얼 거렸다.

"이번엔 좀 심한데."

아버지 돌아가시고 상담을 잘 받았어야 했다. 그때 괜찮다며 어영부영 지나갔더니 아직까지도 불시에 감당할 수 없는 우울 감이 올라오곤 했다.

지금, 청아가 제 아버지 때문에 따돌림을 당했다는 걸 알고 나니 그 우울감이 자신을 조금씩 갉아먹는 것 같은 기분이 들었 다. 온몸이 바닥이 패일 듯이 무겁게 느껴졌다.

혼자 집에 들어가면 이게 더 심해질 것 같아 집 근처를 한 바 퀴 산책했다.

가까운 공원을 지나던 그는 편의점 안에 있는 청아를 발견했 다. 윤태가 안으로 들어서며 막 나오려던 청아와 마주쳤다. 그 녀가 반가운 표정을 지었다.

"윤태 씨?"

"여기서 뭐 해?"

"아, 본가가 근처라. 잠깐 들르려고요. 어디 다녀와요?"

"그냥. 퇴근하고 산책 중이야."

청아가 알았다는 듯이 고개를 끄덕이며 편의점을 나섰다. 그 녀가 들고 있는 캔 음료를 내밀며 물었다.

"마실래요? 갑자기 마시고 싶어서."

"입맛 참 독특해."

윤태가 청아가 사 온 배로 만든 음료를 확인하며 중얼거렸다. 청아가 그의 손에서 음료를 뺏으며 말했다.

"먹지 마요, 그럼."

"한 모금 줘."

"안 줄래요. 마시고 놀릴 거잖아요."

청아는 그렇게 말하면서도 캔을 열어 윤태에게 내밀었다. 윤태가 음료를 한 모금 마시고 저도 모르게 고개를 떨궜다.

"이 맛 기억난다."

"그래요?"

"응. 친아버지가 종종 드시던 게 기억나. 맛으로 알겠네."

갑자기 몸이 노곤해졌다. 익숙하고 그리운 한 모금에 긴장이 풀어진다. 청아가 중얼거렸다.

"다시 달라고 말을 못 하겠네."

"미안해. 새로 사 줄게."

"그러지 말고. 보조개 한 번만 눌러 보면 안 돼요?"

"뭐?"

"난 보조개가 없어서 만지면 어떤 느낌인지 궁금해요."

"살면서 정말 보조개에 대해서 신경 써 본 적이 없었는데. 갑자기 신경 쓰이네. 이상해?"

"아뇨. 좋아 보여요."

윤태가 허리를 숙여 만지는 게 긴장된다는 듯 눈을 질끈 감자 청아의 웃음 섞인 목소리가 들렸다.

"웃어야죠."

"응?"

"웃어야 보조개가 나오죠."

"어쩌지. 오늘 웃을 기분이 아닌데."

웃음이 나오질 않는다.

나 어디 고장 난 것 같아, 유청아.

당신이 이제 곧 만나러 갈 당신 아버지 때문일 거야, 아마.

그러니까 당신도 조금은 나를 고쳐 줄 책임이 있지 않냐고 묻고 싶어졌다. 나도 앞으로 무너질 당신의 인생을 조금, 책임져 줄 테니까.

잠시 생각하던 청아가 말했다.

"미안해요. 안 웃어도 돼요. 내가 나빴어."

"……."

돌아가신 아버지 생각을 하는 거라고 생각했다. 미안해진 청아가 조심스럽게 제게 숙여 준 윤태의 뺨을 손바닥으로 감싸 보더니 기분 풀라는 듯이 사랑스러운 웃음을 지었다.

"만져 본 걸로 할게요. 기분 풀어요."

윤태가 제 손으로 청아의 손을 감싸며 물었다.

"배는 뭐에 좋아?"

"숙취."

그녀의 즉답에 윤태가 웃음이 터졌다. 그 틈에 청아가 손가락으로 그의 보조개를 꾹 눌러 보더니 뭐가 그렇게 재미있었는지 두 손으로 입을 가리고 웃었다. 윤태가 어이가 없어 핀잔했다.

"왜 웃어?"

"좀 귀여워요."

청아가 또 누르려 하자 윤태가 그녀의 팔을 붙잡았다. 그러나 그의 한 손에 캔이 들려 반대쪽 손이 와서 뺨을 누르는 걸 막지 못했다.

청아가 즐거워하더니 핸드폰을 꺼내며 그의 뺨을 꾹 누른 것을 찍었다. 윤태가 눈을 가늘게 뜨고 물었다.

"뭐가 그렇게 좋을까. 보조개가 좋은 거야, 날 괴롭히는 게 좋은 거야?"

"음. 보조개를 괴롭히는 게 좋아요."

청아가 즐거워하니 윤태는 별수 없이 그녀가 좀 더 제 사진 찍는 것을 놔두었다.

그냥 헤어지기 아쉬워 둘이 공원 한 바퀴를 돌고, 그래도 헤어지기가 왠지 섭섭해 배가 소화가 잘되는지 배가 고프다고 실없는 농담을 하며 청아와 밥을 먹었다.

그리고 본가 근처에 청아를 데려다주고 서로 먼저 안 가겠다고 버티다가 결국 청아가 집 안으로 들어가는 것을 확인한 후에야 윤태도 돌아섰다.

그녀를 만나고 오니 긴장이 확 풀어졌다. 실체 없는 우울감도 눈 녹듯이 사라진다.

그냥 맛있는 거 먹고 나면 사라지는 게 우울증이라고, 윤태는 생각했다.

❋　❋　❋

청아는 제 핸드폰에 남은 윤태의 사진들을 보며 연신 즐거운 표정을 지었다. 기은이 옆에 앉으며 물었다.

"뭘 그렇게 재미있게 봐?"

"아, 방금 우연히 윤태 씨 만나서. 사진 봐요."

청아가 말하며 아주 살짝 핸드폰을 들어 보였다가 다시 내렸다. 기은이 손을 뻗으며 말했다.

"얼굴 좀 자세히 보자."

"자세히 봐서 뭐해요……."

"언제 집에 데려와. 밥 한번 먹게."

"물어볼게요."

"너희 아버지는 따로 얼굴도 봤다던데."

기은의 말에 청아가 눈이 동그래져서 한석에게 물었다.

"윤태 씨 따로 봤어요?"

"아니, 본 건 아니고……. 사업차 만난 사람들이 자꾸 박 대표 목소리 한번 듣자고 하잖아. 그래서 전화했더니 자기가 곧장 달려오더라고."

"아빠!"

청아가 경악해 소리치자 한석이 적반하장으로 말했다.

"너나 너희 엄마는 사업을 안 해 봐서 날 이해를 못 하잖아. 박 대표는 와서 얼마나 재미있게 말을 잘 들어 줬는지 몰라."

"그럼 나한테 말을 하든지……."

"남자들끼리의 비밀이야."

한석이 투덜거렸다.

"아니, 내가 딸밖에 없으니까. 사위 보면 너무 좋을 것 같아서 그러지. 박 대표랑 얘기하는데 아들 생긴 것 같고 좋더라."

"……나도 내 사업 하고 있는 건데, 나름."

"그거는 좀 다르지. 사업이라기보다는 창작 활동?"

한석의 투덜거림에 옆에서 기은이 말했다.

"그래도 네가 데려온 남자 친구가 마음에 드니 다행이지. 너희 아버지가 벌써 남의 집 아들들 다 확인하고 다녔어."

"그건 윤태 씨 만나기 전에도 그랬는데 뭐……. 아무튼 윤태 씨 따로 부르지 마요. 불편하게."

"벌써부터 박 대표 편드네. 억울하다, 억울해."

청아가 웃어 보이고는 곧 다시 윤태의 사진을 보며 속으로 한숨을 삼켰다.

아무래도 빨리 아버지 얘기를 해야겠다고 생각했다.

5. 친절에 보답하라

스트리밍 사이트 오픈 일정으로 블루윌은 연일 비상근무였다. 끊임없이 나타나는 버그를 잡느라 윤태는 물론 다른 직원들까지도 주 7일 근무와 잦은 숙식을 이어 가고 있었다.

오늘도 야근이라는 소식에 청아가 우는 이모티콘을 보냈다.

[불쌍한 우리 윤태 씨]

정신없던 와중에 윤태가 청아의 문자를 보며 미소를 지었다.

[구해 줘]

윤태가 답장하자 청아 역시 다시 문자를 보냈다.

[혹시 잠깐 나올 수 있어요?]

[응. 언제?]

[지금]

청아의 문자를 확인하자마자 윤태가 대표실을 뛰쳐나갔다. 서둘러 1층으로 내려가 밖으로 나가니 거기 청아가 서 있었다.

윤태가 놀라움과 반가움에 그녀에게 달려가 물었다.

"무슨 일이야?"

"안 그래도 오늘도 야근할 거 같아서."

청아가 케이크 상자를 내밀었다.

"오다 주웠어요. 간식이라도 먹어요."

"와, 길에서 이렇게 큰 생크림 케이크를 줍다니 운이 좋네."

윤태는 청아의 농담을 받아 주고 그녀를 한 팔로 와락 끌어안았다. 그러자 청아가 난처해하며 그의 팔을 톡톡 때렸다.

"이보세요, 여기 윤태 씨네 회사 앞이에요. 누가 보면 어쩌려고?"

"누가 보면 뭐 어때. 날 자를 사람이 없는데."

"그래도 사회적 지위를 생각해서."

"우리 회사는 원래 모로 가도 일만 잘하면 돼. 난 지금 일 잘하려고 이러고 있는 거고. 내가 내 상사라면 효율적이라고 칭찬해 주고 10박 11일 휴가를 줄 텐데."

윤태의 진심 가득한 농담에 청아가 눈꼬리를 휘며 경쾌하게 웃었다. 청아가 윤태의 뺨을 어루만지며 말했다.

"다시 들어가요."

"어떻게 이렇게 얼굴만 보고 보내, 미안하게. 데려다줄게."

"안 돼요. 일하는 중이잖아요. 그보다 당신 집에 가 있어도 돼요?"

"우리 집 오는 거 물어보지 말라니까. 내 집이 당신 집이야."

윤태가 중얼거리다가 가까스로 청아를 놓아주었다.

"그래도 우리 집 가 있을 거라니까 일할 마음이 생기네. 일 빨리 하고 갈게, 같이 야식 먹자."

"좋아요."

둘은 그렇게 말하고도 서로의 손을 쉽게 놓지 못했다. 한참 후 윤태를 위해 청아가 먼저 손을 놓았다. 그리고 주변을 두리번거리더니 발을 들어 그에게 쪽 입을 맞추고 떨어졌다.

"이래도 안 잘리는 거 맞죠?"

"한 번 더 해 줘."

"집에 오면."

"응. 집에 가서."

윤태가 대답하며 자신에게 손을 흔들고 멀어지는 청아를 가만히 바라보았다. 중간에 청아가 한 번 돌아보곤 아직도 자신을 보고 있는 윤태를 보고 웃으며 들어가라고 손짓했지만 윤태는 청아가 완전히 보이지 않을 때까지 그 자리에 서 있었다.

케이크를 들고 돌아서던 윤태가 행복한 목소리로 중얼거렸다.

"아, 빨리 집에 가고 싶다."

그러나 그는 곧 제가 혼잣말을 했다는 사실을 알고 자리에 멈춰 섰다.

청아에게 말한 것도, 다른 누구에게 말한 것도 아니었다. 그저 혼잣말이었다. 빨리 집에 가서 청아와 있고 싶었다. 그녀의 곁에서 별것 아닌 이야기를 하고 웃고, 야식을 먹으면서 맛있느니 없느니 영양가 없는 소리만 하다가 거실에서든 방에서든 잠든 그녀 곁에서 잠들고 싶었다.

윤태가 멈춰 서서 한동안 꼼짝도 하지 못하다가 27층으로 향했다. 막 대표실로 들어선 윤태는 안에 있던 희성의 얼굴을 보자마자 입을 열었다.

"당장 헤어져야겠어."

그의 갑작스러운 말에 희성이 미간을 좁히며 물었다.

"뭐라고?"

"유청아랑 헤어진다고."

"갑자기 왜? 지금 유한석 한참 사업 확장하려고 투자금 모으고 있어. 조금 더 기다리면 그 새끼 완전 회생 불가……. 잠깐만. 왜 헤어져야 할 것 같은데?"

희성이 묻자 윤태가 대답했다.

"방금 유청아가 와서 케이크 주고 우리 집에 가 있겠다고 했는데."

"응."

"빨리 집에 가서 그 사람이랑 있고 싶어."

"……야, 당장 헤어져. 지금 문자 보내."

"지금?"

"어! 지금!"

갑자기 온도가 영하로 뚝 떨어져 버린 것처럼 얼어 창백해진 윤태가 기묘한 웃음을 억지로 지어내며 말했다.

"지금은 좀 그렇지. 어쨌든 기사 나가면 엄청 상처받을 텐데. 최소한…… 미안한 표시는 해야 하지 않겠어?"

"뭐 하려고?"

"그냥 일거리 몇 개 찾아 주고 그러려고."

매사 정확하던 박윤태가 얼버무리자 희성이 재촉했다.

"날짜를 정해. 정확하게. 애매하게 굴지 말고."

"9월 20일이 청아 생일이야. 그것만 지나고."

"좋아. 그럼 9월 21일."

"응. 그때 확실히 헤어질게."

희성이 고개를 끄덕였다. 그리고 윤태의 등을 툭 치며 말했다.

"헤어지면 맛있는 거 사 줄게. 월급 받았으니까 내가 산다. 너한테 받은 거지만."

"드디어 너한테 얻어먹네."

"야, 그래도 어릴 땐 내가 주로 샀잖아."

"그래서 성인 된 이후에 내내 사 줬잖아."

윤태의 말에 희성이 지나칠 정도로 호들갑스럽게 웃었다. 윤태의 표정이 마치 당장 죽을 사람 같아서 불안했기 때문이었다.

✳ ✳ ✳

청아의 연애는 생각보다도 순조로웠다. 자주 만날 수 있는 건 아니었지만 그건 두 사람 다 바빠서였을 뿐이었다. 만나면 두 사람은 세상에 서로밖에 없는 것처럼 푹 빠져 시간을 보냈다.

윤태는 청아를 부지런히 끌고 다니며 이 사람 저 사람 소개를 해 주었고, 그 덕에 연예인 화보가 몇 개 잡혔다.

요즘 윤태는 마치 청아를 성공시키는 것이 인생의 목표인 사람 같았다. 청아는 그게 부담스러우면서도 좋은 마음으로 하는 걸 말릴 수도 없어 순순히 따라다니며 일거리를 늘려 가는 중이었다.

여름이 영원히 끝나지 않을 것 같더니, 8월 말이 되자 무더위가 꺾이고 9월이 되어서는 언제 그렇게 끔찍했었냐는 듯이 적절한 날씨가 이어지고 있었다. 그즈음 영화 촬영이 모두 끝나고 개봉일이 12월 초로 잡혔다.

윤태의 손을 쥐고 마로니에공원에서 공방 쪽으로 천천히 걷던 청아가 물었다.

"윤태 씨는 슬픔 하면 무슨 색이 생각나요?"

"갑자기 왜?"

"강제화 실장님 바로 다음 영화 들어가시잖아요. 자수 좀 도와 달라고 해서요."

"그분은 정말 어떻게든 당신을 자기 팀 데려가고 말 것 같아."

"이미 일거리 엄청 주셨어요. 데이트해야 되는데…….

청아의 울적한 말에 윤태가 미소를 짓고 새파란 가을 하늘을 올려다보며 중얼거렸다.

"파란색."

"파란색? 윤태 씨 파란색 좋아하잖아요."

"그런 말 한 적 없는데?"

"안 했나……. 착각했나 봐요. 윤태 씨네 회사 이름도 블루월이고, 하늘 보는 것도 좋아하고. 그 왜, 아버님이 말씀하셨다는 거요. 금으로 만든 바다를 줘도 윤태 씨와 안 바꾼다는 말을 해주신 게 기억에 남는다고 해서. 하늘도 바다도 파란색이니까……. 아, 게다가 윤태 씨가 처음에 저한테 색깔 물어본 것도 쪽색이고."

"나에 대해서 자세히도 기억하네."

청아가 놀리는 윤태를 살짝 흘기며 물었다.

"그럼 사랑은 무슨 색깔 같아요?"

"음……. 파란색."

"뭐예요, 그게."

청아가 섭섭한 표정을 지었다.

"슬픔이랑 사랑의 색이 같아요?"

"그러면 안 되나?"

"안 되죠. 사랑이 생각날 때 슬픔도 같이 생각나는 것 같아서 별로잖아요."

"나는 그래. 사랑을 생각하면 왠지 슬퍼."

윤태가 말하며 청아가 잡아 준 손을 올려 그녀의 손등에 입을 맞췄다.

"당신은? 무슨 색 같아?"

"음. 윤태 씨가 떠오르니까 사랑은 파란색."

"슬픔은?"

"지금은…… 마냥 행복해서 모르겠어요."

그녀의 대답을 끝으로 윤태는 더 이상 이 화제에 대해 말이 없었다.

공방에 다 와서 청아가 심호흡을 하더니 윤태를 보았다.

"윤태 씨."

"응?"

"저…… 윤태 씨에게 할 말이 있어요."

"무슨 말?"

"저희 아버지 얘긴데요. 좀…… 긴 얘긴데."

"미안한데 긴 얘기면 나중에 할까? 양 실장이 급한 일 있다고 바로 회사로 오래."

윤태의 말에 청아가 별수 없다는 듯 고개를 끄덕였다.

"네. 그럼 다음에."

"조심해서 들어가."

"여기가 바로 공방인데 조심해요?"

청아가 웃음이 터져 제 바로 뒤에 있는 공방을 손짓하자 윤태 역시 웃음이 터졌다.

그가 청아의 입술에 가볍게 입을 맞췄다. 그러더니 못 참고 그녀의 허리를 당겨 조금 더 진하게 입을 맞추며 그녀의 손에 들린 카드키를 뺏어 문을 열고 들어갔다. 청아가 핀잔했다.

"급한 일은?"

"키스만."

윤태가 문을 닫고 말하더니 한 손으로 그녀의 허리를 안고 다른 손으로 턱을 당겨 다시 입을 맞추기 시작했다. 키 차이가 많이 나서 윤태가 고개를 숙이고 청아는 고개를 완전히 들어야 했다. 청아는 윤태에게 안겨 뒤로 끌려가 탁자 위에 올라 앉혀졌다.

이제야 키스하기 좋은 자세를 찾은 윤태가 탁자를 짚고 입을 맞춰 오는 바람에 균형을 잃은 청아의 몸이 탁자 위로 쓰러졌다. 다행히 윤태가 그녀의 몸을 지탱했고 청아가 그의 목을 팔로 감고 있어 아주 느리게 탁자 위에 누웠다.

윤태가 떨어지자 청아가 숨을 할딱이며 그의 어깨를 때렸다.

"하나도 안 바쁘네."

"바빠. 진짜로 바빠."

"근데 왜 안 가요?"

"당신 두고 어떻게 가. 아, 진짜 못 가겠다."

윤태가 청아의 품에 얼굴을 묻으며 어린애처럼 우는 소리를 냈다. 그러자 웃음이 터진 청아가 그의 등을 다독이는 시늉을 해 주고 상체를 일으켰다.

"빨리 가요."

그녀의 웃음 섞인 목소리에 윤태가 제 왼뺨을 들이밀며 손가락으로 톡톡 건드렸다. 청아가 거기 입을 맞춰 주자 심호흡을 하고 청아의 손등에 입을 맞춘 후 물러나 손을 흔들었다. 청아 역시 손을 살며시 흔들었다.

윤태가 온몸으로 가기 싫은 티를 내며 떠나가자 청아가 푹 한숨을 쉬었다.

오늘도 말을 못 했다. 요즈음 너무 행복해서 말 꺼내는 게 무서웠는데, 윤태가 나중에 듣겠다며 떠나 버리니 아쉬움 반, 안도감 반이었다.

"다음번에 만났을 땐 꼭……."

꼭 이야기해야지, 그렇게 결심했다.

그녀가 이제야 카디건을 벗어 정리하고 제화가 부탁한 자수를 시작하는데 공방 안으로 누군가가 들어왔다.

"어서 오세요."

청아가 몸을 일으켰다. 그리고 앞에 서 있는 상당한 미인의 중년 여성에게 미소를 지어 보였다.

"찾으시는 거 있으세요? 아니면 클래스 예약하러 오셨나요?"

"유청아 씨?"

"아, 네."

"나 윤태 엄마예요."

그녀의 말에 청아가 멈칫했다. 경화가 어색하게 웃으며 말을 이었다.

"갑자기 찾아와서 미안해요. 양 실장이 위치 알려 줘서 왔어요."

"아⋯⋯. 우선 차부터 드릴까요?"

"아니. 길게 할 얘기가 아니라서."

경화의 목소리도 숨도 떨렸다. 그녀가 힘겹게 말을 이었다.

"바로 말할게요. 우리 아들이랑 헤어져 주면 좋겠어요."

"⋯⋯네?"

"나는⋯⋯ 안정적인 직장의 며느리를 원하거든. 그러니까⋯⋯. 우리 아들이랑 헤어져 줘요."

청아는 경화의 떨리는 손을 바라보고 있었다.

윤태의 어머니라는 말을 듣고 보니, 청아는 그녀가 정말로 윤태와 닮았다는 생각을 했다. 얼굴이 아니라 표정이 닮았다. 윤태가 그렇듯 어쩐지 씁쓸한 표정이라 마음이 쓰인다.

다짜고짜 아들과 헤어지라는 말을 듣고 나니 머릿속이 하얘지는데도 동시에 왠지, 그런 기분이 들었다.

경화는 조금 전에 세인의 전화를 받았다. 제 오빠를 걱정해 희성에게 캐물었더니 정말로 윤태가 만나는 것이 유한석의 딸이라는 것이다

희성에게 전화해 공방 위치를 받아내자마자 여기로 달려왔을 때, 경화는 조용히 제 삶에 집중하던 청아와 마주쳤다.

청아의 반듯한 자세가 참 좋아 보였다. 한복을 하는 사람이라 그런가, 누가 보지 않아도 다리를 꼬지 않고 척추를 바로 세우고

있었다. 예의가 바르면서 그 태도가 누추하지 않았다.

그녀가 제 가족을 극단적인 빈곤 속에 몰아넣은 유한석의 딸이 아니라면 당장에 두 손을 꼭 잡고 아들을 잘 부탁한다고 말했을 것이라고, 경화는 생각했다.

청아가 어떤 사람이든지. 좋은 사람이든 나쁜 사람이든 경화는 두 사람을 갈라놓아야 했다. 제 아들을 위해서였고, 청아를 위해서이기도 했다

청아가 의자를 빼며 물었다.

"저…… 잠시 앉으시겠어요?"

경화는 그녀가 물어 주어 다행이라고 생각했다. 서 있는 것이 힘겨웠다. 일단 자리에 앉자 경화는 울컥 눈물이 날 것 같았다.

윤태가 누구도 함부로 할 수 없는 사람이 되었으니, 더 이상은 그 사기꾼이 제 가족을 괴롭힐 수 없을 것 같았다. 그런데 알고 보니 윤태의 상처는 단 한 번도 나아진 적이 없었다.

경화가 자리에 앉아서야 좀 편안해졌는지 뒤늦게 당당한 어조로 말했다.

"청아 씨가 얼마나 알고 있는지 모르겠지만 우리 아들이 운영하는 회사, 엄청난 규모예요. 청아 씨보다 나은 사람 만날 수 있다고 생각해. 그래서 반대하는 거예요."

"저……."

"듣고 싶지 않아요. 무슨 말을 해도 유청아 씨 절대 허락 못 해. 그러니까 설득할 생각도 하지 말고, 그냥 지금 당장 헤어져 줘요."

열심히 준비한 말을 빠르게 늘어놓은 경화가 떨리는 숨을 내뱉었다. 그리고 혹시 청아가 무언가 질문할까 봐 빠르게 일어섰다.

"아무튼 난 내가 할 말 다 했으니까 가 볼게요."

"자, 잠시만요, 어머님!"

청아가 불렀지만 경화는 이미 공방을 빠져나가고 있었다. 그녀가 부르면 그 자리에 쓰러질 것처럼 위태로웠다.

공방에 혼자 남은 청아는 한동안 꼼짝도 못하다가 어느 정도 시간이 지나서야 힘겹게 의자에 앉았다.

＊　＊　＊

윤태의 집에 들어서던 희성은 자신을 보자마자 경계하며 짖는 커다란 개를 보며 억울하다는 듯이 말했다.

"저건 갑자기 왜 데려온 거야?"

"유청아가 걱정해서."

"미안함의 표시야?"

"응."

"근데 쟤는 내가 뭘 했다고 이렇게 날 싫어하냐?"

"너만 싫어하는 거 아니야. 나 빼곤 다 싫어해."

윤태가 희성을 보자마자 으르렁거리는 커다란 개를 달래며 발코니로 내보냈다.

"병원 데려갔더니 오래도 못 산대. 그냥 잠깐 돌봐 주지, 뭐."

며칠 전 윤태는 결국 청아의 공방 건너편 집에 살던, 아침마다 청아의 잠을 깨우던 녀석에게 '바다'라고 이름을 지어 주고 집으로 데려왔다.

바다는 제 밥값을 하려는 건지 낯선 사람을 보면 짖었다. 특히 엊그제는 이 집에 꿀 발라 놓은 것처럼 드나드는 윤태의 남매도 막아 세웠다. 그 늠름함에 윤태는 내심 자랑스러움마저 느끼는 중이었다.

희성이 혀를 찼다.

"뭐…… 아무튼 내가 조사해 보니까 유한석이 나름 범죄 안 저지르고 열심히 살았더라고. 월세를 언제나 남들보다 한 발 앞서 올리긴 하는데 그게 불법은 아니잖아."

"그렇지."

"그런데 이번에 네가 의류 회사 명함 가져왔잖아. 유한석이 하는 거. 거기서 다루는 가방 디자인 좀 볼래?"

희성이 캐리어에 가져온 가방 두 개를 꺼냈다.

"이쪽이 유한석이 파는 거, 이쪽이 개인 디자이너 숍에서 파는 거. 물론 디자이너가 먼저. 참고도 아니고, 아예 디테일까지 똑같아."

"……그러네."

"유한석이 지금 너 사위로 들일 거라면서 사람들한테 투자시키고 있잖아? 그걸로 벌써 공장 부지도 사 놨대. 지금 기사 터트려도 유한석 망하게 하는 건 문제없어."

"일단 그 디자이너에게 전화해. 소송비는 이쪽에서 하나부터 열까지 책임질 테니까 맡겨 두라고."

"누구신지 모르지만 땡잡았네. 아무튼 더 털어 볼게."

윤태가 고개를 끄덕이는데 그의 핸드폰이 울렸다. 그의 아버지 주섭이었다.

─ 어, 윤태야. 너 이번 주말에 선봐라.

"저 선 당분간 안 본다니까요."

─ 이번엔 진짜야. 진짜 중요한 선 자리라니까?

"죄송해요. 정말 바쁘거든요. 나중에 할게요. 미뤄 주세요."

– 하긴. 성공한 우리 아들 바쁘겠지……. 알았다. 내가 한번 미뤄 보마.

주섭이 전화를 끊었다. 그러자 옆에서 희성이 참견했다.

"그냥 선보지 그래? 어차피 이제 곧 청아 씨랑 헤어질 거잖아. 그다음엔 너도 진짜 연애해야지."

진짜 연애라는 말에 윤태의 말문이 막혔다. 그러나 곧 아무렇지도 않다는 듯이 대답했다.

"아무리 가짜 연애여도 최소한의 예의는 있어야지. 유청아랑 헤어지기 전까지는 선 안 봐."

"왜? 무슨 상관인데?"

"선 상대에게 미안하잖아. 만나는 여자 있는 거."

"그거야…… 그렇긴 하네."

희성이 납득했는지 고개를 끄덕였지만 윤태의 머릿속에는 자꾸만 '진짜 연애'라는 말이 맴돌았다.

청아와 헤어지고 진짜 연애를 하게 되면, 그래서 진짜로 사랑에 빠진다면 그건 어떤 느낌일까. 지금 청아에게 느끼는 것보다 더 강렬하려나. 그런 감정이 존재할 수나 있는 건가.

윤태가 혼란에 빠져 있는데 인터폰이 울렸다. 보나 마나 또 남매들이려니 하고 확인하니 청아였다. 윤태가 뜨끔해서 희성에게 말했다.

"캐리어부터 치워야겠다."

"어, 어!"

희성이 재빨리 캐리어를 정리해 닫는 사이 청아가 윤태의 집으로 들어섰다. 윤태가 그녀에게 달려가 물었다.

"무슨 일이야?"

"아, 그냥…… 혹시나 윤태 씨 있나 해서 와 본 건데……."

"안 그래도 지금 막 끝나서 양 실장도 가려던 참이야."

그러자 옆에 서 있던 희성이 재빨리 말했다.

"맞아요, 지금 딱 짐 챙겨서 나가려던 차였습니다."

희성이 다급하게 인사하고 도망치듯 달려 나갔다.

집 안에 둘만 남게 되자 윤태가 눈에 보일 정도로 새하얀 청아의 입술을 살피며 미간을 좁혔다.

"무슨 일 있어? 표정 왜 그래?"

"갑자기 찾아와서 미안해요. 그게……."

경화가 너무나 불안해 보여, 자신은 담담한 척했지만 속이 그렇지 않았다. 그 자리에 앉아 울고 싶은 걸 참고 견디다가, 결국은 못 참아서 윤태의 집으로 찾아왔다.

오는 길이 슬프고 불안했는데, 윤태의 얼굴을 보니 이제야 마음이 놓였다. 청아가 말을 이었다.

"윤태 씨 어머님이 찾아오셨어요."

"……어머니가?"

"저랑 윤태 씨가 헤어졌으면 하세요. 제 직업이…… 안정적이지 않아 보이신다고."

"갑자기 그게 무슨 말도 안 되는 소리야."

"그런데 어쩐지…… 많이 불안해 보이셨어요."

청아의 말에 윤태의 말문이 막혔다.

청아는 처음부터 윤태가 몹시 불안한 상태라는 것을 눈치챈 사람이었다. 그러니 제 어머니처럼 속이 다 비치는 사람이야 말할 것도 없으리라.

윤태가 말이 없자 청아가 조심스럽게 물었다.

"윤태 씨, 혹시."

청아가 입술을 꾹 물었다가 윤태를 올려다보며 물었다.

"저희 아버지에 대해서 아세요?"

"……."

윤태는 순간 아무런 대답도 하지 못했다. 그가 대답할 타이밍을 놓치자 그 의미를 눈치챈 청아가 힘없이 중얼거렸다.

"……알고 있었구나."

"청아야, 그게……."

"하긴. 고등학생도 알아내는데, 윤태 씨야 마음만 먹으면 금방 알겠죠."

"……."

"숨겨서 미안해요. 무서워서…… 말을 못 했어요. 윤태 씨가 떠날까 봐……."

이제야 겨우 청아의 눈에서 툭툭 눈물이 떨어졌다. 윤태는 숨을 가까스로 고르며 그녀를 끌어안았다.

청아가 우니까 대책이 서지 않았다. 아무 말도 떠오르지 않았다. 품에서 떨려 오는 청아의 어깨에 윤태도 같이 울 것 같았다.

"당신 탓 아니잖아."

윤태가 가까스로 한 말에 청아가 호흡을 애써 가다듬고 고개를 들었다.

"나도 바보네요. 윤태 씨 마음만 걱정했지, 윤태 씨 부모님 생각을 못 했어요……."

"……."

"나랑…… 헤어질 거예요?"

"지금은 아니야."

지금은 아니라는 말 자체는 거짓말이 아니었지만, 청아를 기만하는 말이기는 했다. 죄책감이 심장을 수도 없이 찔러 대는 기분이었다. 청아가 서러운 눈으로 그를 올려다보았다.

"정말요?"

"응."

"다행이다……."

청아가 가슴을 쓸어내렸다.

헤어지지 않을 거라는 윤태의 대답을 듣고 나니 마음이 놓여, 결국 울음이 터지고 말았다.

그녀가 너무 심하게 울어 윤태가 안절부절못하며 그녀를 달랬다. 지금까지 힘들었던 것이 쏟아지는지 청아는 울음을 그치지 못했다. 윤태는 자신을 완전히 믿고 안겨 있는 청아를 속이고 있다는 죄책감 때문에 정신을 차릴 수가 없었다.

일단 청아를 달랠 방법만 필사적으로 생각하던 윤태가 그녀를 잠시 두고 발코니로 향했다. 가까스로 고개를 든 청아는 발코니 밖으로 나온 윤태를 발견하고 정신없이 달려오는 커다란 개를 발견했다.

"당신 아침에 깨우던 개를 데려왔어. 이름은 바다야."

"바다……요?"

갑작스러운 상황 때문인지, 청아가 얼떨떨해하며 서서히 울음을 그쳤다. 그녀가 발코니로 다가오자 윤태가 말했다.

"바다가 밥값 하느라고 모르는 사람 보면 짖어."

"네? 꼬리…… 엄청 흔드는데요?"

청아의 하얀 손가락을 따라 윤태가 시선을 옮겨 보니 정말로 바다가 꼬리를 마구 흔들며 그녀에게 가고 싶어 유리 벽을 앞발

로 딛고 서 있었다. 청아가 두 손으로 눈물을 훑어 내며 떨림이
남은 목소리로 말했다.

"저 가끔 인사해서 친해요."

"아, 그렇구나."

윤태는 안심했지만 그래도 좀 불안한 표정이었다. 청아가 가
까이 오자 바다가 정신없이 꼬리를 흔들며 청아의 앞에 배를 내
밀고 드러누웠다.

청아의 울음이 그치자 윤태는 안도의 한숨을 쉬었다. 청아가
쪼그리고 앉아서 바다의 목을 살피니 상처도 많이 가라앉아 있
었다. 청아가 물었다.

"어떻게…… 된 거예요?"

"개 주인한테 사 왔어. 의외로 엄청 쉽게 팔더라."

윤태의 말에 청아의 얼굴이 서서히 밝아졌다. 그녀가 자신이
좋아 어쩔 줄 몰라 하는 바다의 머리를 쓰다듬어 주며 물었다.

"정말 건강해 보여요. 산책도 시켜 줬어요?"

"안 돼!"

"네?"

"……이미 늦었다."

청아의 입에서 산책이라는 말이 들리자마자 바다가 재빨리
달려가 가슴 줄을 물고 되돌아왔다. 윤태는 바다를 실망시킬 수
없어 별수 없이 가슴 줄을 채우며 말했다.

"연륜이 있으셔서 그런지 눈치가 엄청 빨라. 산책이랑 간식
두 단어는 확실히 알아듣…… 아."

간식 이야기를 듣자 바다가 얼른 간식 달라고 바닥에 엉덩이
를 붙이고 앉았다. 청아가 옆에서 금방 웃음이 터지자 윤태가

어이없어하며 핀잔했다.

"그렇게 울더니 또 웃어?"

"바다랑 윤태 씨가 너무 잘 어울려요."

청아가 훌쩍이며 웃었다. 윤태가 한숨을 쉬며 간식을 가져와 바다에게 준 후 몸을 일으켰다.

"요 앞에 잠깐 산책시켜 주고 올게. 당신은 좀 앉아서 쉬어."

"같이 가요."

"눈가가 빨간데."

"이상해요?"

"아니, 그냥 내가 마음이 아파서 그래."

윤태가 말하며 청아의 눈가에 부드럽게 입을 맞췄다. 청아가 속이 후련해 배시시 웃고, 자기도 발꿈치를 들어 윤태의 입술에 가볍게 입을 맞췄다.

두 사람은 산책을 하기 위해 밖으로 나왔다. 청아는 윤태의 손을 쥐고 그는 바다의 리드 줄을 쥐었다. 바다는 종종 자신에게 말을 걸어 주던 청아와 열악한 환경에서 구해 준 새 주인 윤태와의 동반 산책에 무척 들떠 있었다.

느긋하게 동네를 산책하며, 청아가 나지막이 말했다.

"나 안 그래 보여도 어릴 땐 진짜 공주 같았어요."

"왜 안 그래 보인다고 생각해?"

윤태의 말에 청아가 그를 흘겼다. 그러자 윤태가 실소하며 물었다.

"아무튼, 공주 같아서?"

"그래서…… 가지고 싶은 거 많이 가지고. 옷도 책가방도 툭

하면 새로 사고…… 그랬는데. 고 1때 우리 반 애 아버지가 그랬다는 거예요. 우리 아버지가 사기꾼이라 구속됐었다고."

"……."

"그날부터 다들 나보고 사기꾼이라고 하고, 내가 말만 하면 그걸 다 거짓말이라고 해서 한동안 학교에선 한 마디도 못 했어요. 다들 나한테 쌓인 게 많았나 봐요. 그리고 나도…… 여태 내가 그런 돈으로 자란 건 사실이니 할 말도 없고. 아, 말하니까 후련하다."

청아의 목소리는 서글펐지만 그 속에서 단단한 자존감도 느껴졌다.

"그렇게 도망쳐서 나 혼자서도 살 수 있겠다, 싶을 때 독립했어요. 스무 살 여름에."

윤태는 아무 말도 없이 기계적으로 걸음을 옮기고 있었다. 청아의 말 한 마디, 한 마디가 그를 주저앉히려 들었다.

청아가 하늘을 바라보며 다시 입을 열었다.

"디자인 스쿨도…… 뭐 솔직히 어떻게든 다니자면 다녔을 거예요. 전액장학금 받았으니까. 근데 나중에 피해 입은 분들 만나게 되면 변명거리를 만들고 싶어서 그만뒀어요. 나 포기도 할 줄 알고, 열심히 살았다고 나중에 위선 떨려고. 그러니까 용서해 달라고 하려고."

"……."

"나 진짜 못됐죠?"

윤태는 제가 간절히 기도하는 것들은 아마, 아무것도 이루어지지 않는 법이리라 생각했다. 아버지가 그토록 기다리던 유한석이 돌아오는 것도, 유청아가 아버지의 목숨값으로 만든 천국

208

에서 살아온 것도 아니었으므로.

제 아버지의 잘못으로 인해 다치고, 그럼에도 편안한 삶을 거부하고 제 힘으로 맞는 길을 찾아 필사적으로 살아온 그녀의 삶을, 그녀의 사랑을 담뿍 받은 제가 망치려 들고 있었다.

윤태가 청아의 말간 눈을 바라보며 진심으로 말했다.

"당신은 당신이 할 수 있는 건 다 했잖아. 내가 피해자라면 아마 당신만큼은 용서했을 거야."

그녀가 쓸쓸히 웃었다.

"정말 그렇게 생각해 주시면 좋을 텐데."

그래도 윤태의 말에 힘이 난 청아가 크게 심호흡하고 보는 사람도 같이 산뜻해지는 표정을 지으며 물었다.

"윤태 씨 비밀은 뭐예요?"

"응?"

"전에 그랬잖아요. 윤태 씨도 숨기고 있는 게 있다고."

그녀가 진심으로 홀가분한지 경쾌해진 눈으로 윤태를 보았다. 그러자 윤태가 고개를 저었다.

"나중에 말해 줄게."

"뭔데 그렇게 뜸을 들여요. 나쁜 거예요?"

"신나는 얘기는 아니지."

그때 바다가 바람에 몰려오는 낙엽에 신이 나서 껑충껑충 뛰었다. 청아가 그 모습을 바라보며 미소를 지었다.

"고마워요."

"뭐가?"

"날 위해서 바다 데려와 줬잖아요."

그녀가 윤태의 손을 꼭 쥐고 그를 바라보았다.

"박윤태 씨."

"응?"

"사랑해요."

"……."

순간 윤태의 말문이 막혔다. 청아가 그의 놀란 얼굴을 주시하며 한 걸음 더 다가섰다.

"정말로 많이."

"……."

"금으로 된 바다를 준다고 해도 당신과는 안 바꿀 거예요."

윤태가 한 팔로 꽉 그녀를 끌어안았다.

온 감정이 모두 실린 그의 포옹에 청아는 조금 놀랐다가, 곧 그의 두근거리는 박동을 느끼며 웃음을 터트렸다.

"항상 당신이 더 많이 놀란다니까……."

"당신이 자꾸 날 놀라게 하니까."

윤태가 도저히 뺏기지 못하겠다는 듯이 그녀를 안았다.

❋ ❋ ❋

갓 도배를 마친 건물에 들어선 세인이 윤태에게 물었다.

"이 집을 청아 씨 주겠다고?"

"응."

세인이 이해가 되지 않아 윤태를 돌아보았다.

"유청아 씨, 사기꾼 딸이잖아."

"네가 양희성한테 불라고 해서 어머니한테 이른 거냐?"

"그럼 가만히 있어? 내가 그래도 오빠의 하나뿐인 동생인데."

"너한테 돈 나가는 거 생각하면 동생이 하나라서 얼마나 다행인지 몰라."

"농담할 때야, 지금?"

걱정으로 세인의 미간이 좁아졌다. 윤태가 별일 아니라는 듯이 희미한 미소를 지으며 말을 돌렸다.

"부탁한 대로 인테리어나 해 줘. 네가 하도 일자리 타령해서 일거리 준 거잖아."

"이런 거 말고. 정규직."

"……양심도 없네."

세인이 하도 직업을 구해 달라고 졸라서 윤태가 일시적으로 고용한 일은 이곳을 청아의 공방과 비슷한 분위기로 꾸미는 일이었다. 세인이 청아의 공방 사진들을 넘겨 보며 말했다.

"동생을 좀 이렇게 챙겨 봐라."

세인의 핀잔에 윤태가 네가 감히 할 말이 있냐는 듯한 눈빛으로 그녀를 보았다. 양심의 가책을 느낀 세인이 헛기침하더니 윤태의 등을 떠밀었다.

"내가 알아서 비슷하게 꾸며 놓을게, 나가. 바다 산책이나 시켜 줘."

"아, 괜히 개는 데려와서."

"오빠. 아까 퍼스널 쇼퍼가 추천해 줘서 고민도 없이 저에게 하사하신 코트 가격이면 펫시터 두 달 월급이랍니다?"

"……."

"아주 애견인 다 되셨어?"

놀림을 들으며 윤태가 집을 나서려는데, 세인이 말했다.

"근데 진짜 무슨 생각으로 집을 주겠다는 거야?"

세인이 쉽게 포기할 것 같지 않았는지, 윤태가 마지못해 입을 열었다.

"마음 가지고 장난친 건 미안하니까 사과의 의미."

"잠깐만. 제정신이야? 그러니까 지금까지 좋아하지도 않는데 좋아한 척한 게 미안해서…… 주는 거라고?"

"응."

세인이 말로 형용할 수 없는 표정을 지었다.

늘 제 가족 중에 가장 이성적이라고 생각하던 것은 작은오빠인 윤태였다. 그런데 가장 정신 나간 짓을 저지를 수 있는 것도 그였다는 것을 세인은 이제야 알았다.

윤태가 너무나 아무렇지도 않은 표정이라 세인이 떠보듯이 말했다.

"그래도 바다 데려와서 다행이네. 오빠 청아 씨랑 헤어지면 당분간 엄청 힘들 텐데."

"나? 왜?"

"왜는. 나 오빠가 누굴 이렇게 좋아하는 거 처음 봐."

그녀의 말에 윤태가 단호하게 대답했다.

"그 사람을 만나고 있는 게 훨씬 더 힘들 거야."

아무것도 모르고 하는 그의 말에 세인이 한숨을 쉬었다.

"그래, 오빠는 부정한다고 쳐. 하지만 청아 씨는 정말 힘들 거야. 사랑에 빠져서 어쩔 줄 모르고 있는 사람이잖아."

"……원래대로 돌려놓으려는 것뿐이고, 어차피 내가 뭘 한다고 해서 이제 와서 유한석이 실형을 살지도 않을 거야. 그리고 그 사람은."

윤태가 가슴이 답답해서 심호흡을 하고 말을 이었다.

"어차피 유청아는 내가 사라지기 전과 그리 다를 바 없는 삶을 살 거야. 나 같은 건 금방 잊을 거야. 나도 그럴 거고."

"오빠."

"응."

"청아 씨를 잊을 거라는 건 아무튼 지금 뭔가 감정이 있다는 거잖아."

세인의 말이 맞았다. 지금 이 말은, 자신이 그녀에게 분명 어떠한 감정을 가지고 있음을 전제로 하고 있는 말이었다. 윤태가 혼잣말처럼 중얼거렸다.

"그래……. 아예 마음 없다고는 못 하지. 인정해. 그런데 내가 연애를 처음 하는 것도 아니잖아. 술 좀 마시고 다른 여자 만나면 금방 이름도 기억하지 못할 거야."

"왜 그렇게까지 하는지 모르겠어. 복수가 끝나면, 오빠한테 뭐가 남아? 그거 꼭 해야 돼?"

"나는 오늘까지도, 유한석에게 복수하겠다는 생각. 딱 그거 하나만 하면서 살았어."

"……."

"응. 해야 돼. 열 살 이후로 나에게 목표라고 부를 만한 건, 그거 하나였거든."

윤태의 목소리에서 듣는 사람조차 견디기 힘들 정도의 공허함이 느껴졌다.

그가 떠난 후, 세인은 그가 사 놓은 2층짜리 건물을 둘러보았다. 1층은 넓은 쇼윈도가 있는 상가였고 2층이 가정집이라고 들었다. 윤태는 2층을 작업실로 꾸며 달라고 했다.

나중에 청아의 화가 가라앉을 즈음 줄 거라고 했다. 박윤태는 돈으로밖에 보상하는 법을 몰랐으니까, 아주 정확히 그가 할 만한 선택이었다. 그러나 희성에게서 들은 것들을 조합했을 때, 세인이 보기에 청아가 이 선물을 받아들일 가능성은 없었다.

"……사기꾼 돈은 아버지 돈이어도 안 받는 사람이 이걸 받고 좋아하겠냐, 바보야. 하여튼 인간에 대한 기본적인 이해가 없어, 저 인간은."

세인이 빈 쇼윈도를 보며 투덜거렸다.

✽ ✽ ✽

며칠 뒤 비공개로 영화의 가편집본 시사회가 있었다.

청아가 강 실장이 있는 곳을 찾으려는데 윤태가 붙잡아 맨 뒷좌석의 제 옆자리에 앉혔다.

"여기서 조용히 보고 나가자."

청아는 잠시 망설였지만 이내 고개를 끄덕이고 그의 곁에 앉았다. 어차피 맨 뒤라서 영화 끝나고 곧바로 나가면 될 것 같았다. 청아가 소곤거렸다.

"선생님은 VIP 시사회만 오신대요."

"조심해서 모셔 와야겠네. 그쯤엔 추울 텐데."

"그러게요. 원래 선생님 그런 날씨에 정말 안 나오시는데."

두 사람이 소곤거리는 사이 영화가 시작되었다.

청아는 영화가 진행되는 것이 신기해 입을 다물지 못했다.

클라이맥스에 다다랐을 때, 윤태가 청아의 손을 꼭 잡았다.

"이제 당신이 디자인한 옷 나온다."

시나리오를 수도 없이 봤으니 청아도 알고 있긴 했다. 그래도 윤태까지 이렇게 알고 있는 줄은 몰랐다.

장면이 바뀌고 윤태의 말대로 청아의 한복을 입은 여주인공이 등장했다.

새하얀 풀꽃들이 흐드러진 언덕에서 여주인공이 춤을 추는 장면이었다. 미색 저고리에 살구색 치마가 움직일 때마다 하늘하늘 바람에 날렸다. 바람이 언덕을 쓰다듬는 소리만 조용히 깔린 화면에 여주인공의 콧노래 소리가 은은히 섞였다. 원래 한국무용을 전공했다는 배우의 동작이 몹시 자유로웠다.

스크린을 바라보는 청아의 눈동자가 빛으로 가득 찼다.

저 옷 하나에만 한 달이 걸렸다. '은은하지만 화려한 느낌'의 자수를 놓아 달라는 감독의 요구에 몇 번이나 도안을 바꿨다. 은은한 느낌과 화려한 느낌이 같이 들게 하라니 도대체 뭘 어쩌란 말인가. 의사소통에 어려움을 느끼며 밤에 잠도 못 자고 제가 할 수 있는 모든 디자인을 쥐어짰다. 다행히 그 결과물은 정말로 마음에 들었다.

그때 윤태가 어느 한쪽을 가리켰다. 고개를 돌려 보니 감독이 두 엄지를 머리 위로 올려 흔들고 있었다. 윤태가 청아의 귀에 소곤거렸다.

"……산적같이 생겨서 참 고운 거 좋아해."

그의 말에 살짝 웃음이 터진 청아가 입을 틀어막고 그를 흘겼다. 정 선생님이 저 이야기를 한 게 입을 타고, 타고 윤태의 귀까지 들어간 모양이었다.

청아가 윤태의 어깨에 머리를 기대며 말했다.

"우리도 저기 가 볼래요?"

"가자."

윤태가 대답하며 그녀의 손을 감싸 쥐었다. 청아는 차오르는 감동이 사라지지 않아 연신 호흡을 가다듬었다.

윤태를 만나기 전까지는 아무도 자신을 발견하지 못한다면 좋겠다고 생각했었다. 누구의 눈에도 띄지 않고 살아야겠다고, 자신은 그런 사람이라고 생각했는데.

지금 이 순간은 제 지난 모든 각오가 지워질 정도로 황홀했다. 제 한복이 이렇게 큰 화면에 한가득 채워지고 있다는 것이, 그 의상이 배우를 영화 속 주인공으로 만든다는 사실이 행복했다.

"이 일…… 계속하고 싶어지네요."

청아의 말에 윤태가 안심한 듯 웃으며 그녀의 머리에 부드럽게 입을 맞췄다.

"내가 도와줄게."

"와, 제작사 대표가 뒷배라니."

"심지어 남자 친구라니."

윤태의 말에 청아는 다시 웃음이 터질까 봐 손으로 입을 꼭 틀어막았다.

시사회가 끝나고 두 사람은 자주 가는 작고 분위기 좋은 식당에서 저녁 식사를 하기로 했다. 작은 아틀리에들이 여기저기 있는 골목에, 그런 아틀리에들과 잘 어우러지는 분위기를 가진 소담한 식당이었다.

청아도 윤태도 이곳에 처음 왔을 때부터 자신들이 이곳의 단골이 되리라는 것을 알고 있었다. 사람들의 시선을 불편해하는 두 사람은 항상 식당에서 가장 구석 자리에 앉았다. 그 자리에는 벌새 모양의 작은 장식이 있고 빛이 청아의 공방과 비슷한 정도로 들어왔다.

자리에 앉은 두 사람은 메뉴를 고르는 중에도 즐겁게 웃으며 이야기를 나눴다. 메뉴를 주문하고 음식이 나오기 전에 윤태가 그녀에게 작은 상자를 내밀었다.

"이건 생일 선물."

"무슨 생일 선물을 벌써 줘요? 생일 다음 주인데."

"그땐 또 주려고."

상자를 열어 보니 다이아몬드 세공이 되어 있는 진주 목걸이가 있었다. 청아가 상자를 두 손으로 들고 목걸이를 가만히 바라보았다.

"예쁘다……."

"다행이네."

윤태가 말하며 자리에서 일어나 목걸이를 들어 청아에게 걸어 주었다. 그는 저도 모르게 스며드는 애틋함을 지우려 짓궂게 말했다.

"솔직히 마음에 안 들면 거기 품질보증서 같이 들어 있으니까 나 모르게 슬쩍 바꿔 버려."

그의 말에 청아가 즐겁게 웃더니 고개를 저었다.

"정말 좋아요. 너무 예뻐요."

"아, 다행이다. 은근히 긴장했어."

청아가 행복한 얼굴로 제 목걸이를 만지작거리다가 잠시 자리에서 일어났다.

"거울 보고 올래요."

"그래."

그녀가 거울을 찾아 떠났을 때 윤태의 핸드폰으로 문자가 도착했다.

[박 대표님, 다음 주 수요일에 유한석 기사 올라갑니다.]

윤태가 한숨을 쉬며 두 손으로 제 얼굴을 감쌌다. 잠시 후 청아가 자리로 돌아왔다.

"정말 예뻐요."

생각보다도 더 잘 어울려서, 청아 역시 무척 마음에 든 모양이었다. 윤태가 아무렇지 않은 척 미소를 지으며 말했다.

"왠지 당신이랑은 진주가 잘 어울릴 것 같더라."

"그래요?"

"응. 내 눈엔 그래. 다른 게 좋으면 말해. 주구장창 진주만 사오지 않게."

두 사람이 이야기하는 사이 음식들이 나왔다. 오늘따라 윤태는 수시로 농담을 하며 분위기를 가볍게 하려 애썼다.

그런데도 그의 얼굴이 좀 어두워서, 청아는 걱정스러웠지만 아마 지쳐서 그러려니 하고 생각했다.

❊ ❊ ❊

아내와 부부 동반 모임을 하고 집으로 돌아가던 한석이 잠깐 차를 세웠다. 집 앞에 익숙한 남자가 보였기 때문이었다.

멀리서도 알아볼 수밖에 없는 존재감의 남자였다.

"박 대표 아냐?"

"어머? 그래?"

기은이 같이 윤태 쪽을 보았다.

"우리 집은 무슨 일인가?"

그러자 한석이 흐뭇하게 말했다.

"결혼 허락이라도 받으려는 거 아냐? 우리 진짜로 재벌 사위 얻겠네."

"만난 지 얼마나 됐다고 결혼은. 우리 청아 이제 겨우 스물여섯이야."

"둘이 아주 좋아 죽더구만 뭐. 자기들이 좋으면 하는 거지."

한석은 요즘 제 사업을 확장하는 중이었다. 윤태가 청아와 사귀게 된 것을 온 사방에 말하고 다닌 이후 사람들의 지갑이 쉽게 열렸다. 그는 이 기세에 힘입어 얼마 전부터 공장 하나를 더 짓기 시작했다.

모든 것이 순조로웠다. 역시 최고의 사업은 결혼 사업이었다. 제 딸이 영 아버지 마음을 몰라주더니 이제야 좀 키워 준 보답을 하고 있었다.

이런저런 생각에 빠져 있던 한석이 잠시 고개를 기우뚱하더니 기은에게 말했다.

"좀 떨어져서 보니까 박 대표…… 누구 닮지 않았어?"

"누구?"

"어쩐지 낯이 익은데……."

두 사람이 주차장에 차를 대고 내렸다. 기은이 먼저 집으로 들어가고 한석이 문 앞에서 기다리는 윤태에게로 향했다.

"박 대표님 아닙니까. 우리 집은 무슨 일로?"

"아, 드릴 말씀이 있어서요."

한 번 의문이 생기니 그 답이 궁금해 못 견딜 지경이었다. 한
석이 윤태의 얼굴을 뚫어져라 바라보았다. 분명 누군가를 닮았
다. 그리고 그 사실이 묘하게 내키지 않았다.

한석의 시선이 윤태의 얼굴에서 떨어지지 않자 그가 부드럽
게 물었다.

"혹시 아버님께서도 하실 말씀 있으십니까?"

"아니, 그게 아니라……."

그리고 한참이 지나서야 한석이 중얼거렸다.

"이렇게 보니 내가 아는 형님과 많이 닮았네."

그의 말에 윤태가 미소를 지었다.

"그렇군요."

"혹시 아버지가 뭐 하는 분이신가?"

"작게 사업하십니다. 박 주 자, 섭 자 쓰십니다."

"어이구, 전혀 모르는 이름이네. 내가 착각했나 보구만."

한석이 말하면서도 왠지 의구심이 가시지 않아 윤태를 살피
는데 그가 말을 이었다.

"그리고 돌아가신 친아버지는 강 재 자, 용 자 쓰십니다."

그의 말에 한석이 멈춰 섰다. 윤태의 한쪽 입꼬리가 끌려 올
라갔다.

이 순간을 생각하며 현실을 견뎠다. 그는 지금 자신의 인생
대부분을 차지하던, 가장 중요한 목표를 착실히 달성 중이었다.

한석이 긴장해서 침을 꿀꺽 삼키고 물었다.

"친아버지가 무슨 일을……."

"어부셨습니다."

"으아악!"

한석이 비명을 지르며 힘이 풀려 자리에 주저앉았다.

한석은 뒤늦게, 재용의 집에 있던 어린아이를 떠올렸다. 그 아이의 존재를 완전히 잊었던 건 아니지만 지금 눈앞에 서 있는 저 남자처럼 대단한 성공을 거둘 거라고는 상상도 하지 못했다.

자신을 서늘하게 내려다보는 성인 남자의 눈빛에 한석의 머릿속이 새하얘졌다. 그가 다급하게 일어나 윤태에게 사정했다.

"그래. 네가 그 아이구나. 내가 그래도 재용 형님 돈은 꼭 갚으려고 했다. 그랬는데…….'

한석이 윤태의 팔을 붙잡으려 하자 그가 불쾌하다는 듯이 뒤로 물러섰다.

"아버지께서 아저씨를 많이 기다리셨습니다."

윤태는 그에게 주먹을 날리지 않으려 애쓰며 말을 이었다.

"온 동네 사람들이 사기당한 거라고 멱살을 잡고 흔들어도, 아버지는 그럴 사람 아니라고 하셨어요. 어머니가 울면서 소리를 질러도 돌아올 거라고. 그렇게 말씀하셨어요. 원래 사기당한 사람들이 현실을 부정할 때가 있잖습니까."

"……."

"저도…… 많이 기다렸습니다. 아저씨만 돌아오면 우리가 다시 행복해질 것 같아서."

그가 잠시 끊었다가, 말을 이었다.

"우리 아버지가 그렇게 될 거란 걸 알고 계셨잖습니까. 아버지 성격 아시잖아요. 고지식하고, 자존심 강하고, 허세 부리고, 사람 좋아하고."

"우, 우리 딸이 아팠어!"

"……."

221

"우리 청아가 너무 아팠어……."

한석이 청아의 이름을 꺼내자 윤태는 이성이 끊어지는 것을 느꼈다. 온몸이 저릴 정도의 분노였다. 죽는 게 나을 것 같을 만큼 전신이 고통스러웠다.

고향 사람들이 유한석을 찾아 서울에 갔을 때, 실제로 그가 사기를 친 돈으로 가장 먼저 지불한 것은 청아의 병원비였다. 제 발로 경찰서에 걸어간 그의 감형 사유도 이것이었다.

그 아이가 건강해지는 일에 너무 많은 것이 희생되었으므로, 윤태는 그녀에 대한 막연한 분노가 있었다.

그러나 이제 와서 청아의 편에서 생각해 보니 그녀가 아팠던 것이 온 마을을 풍비박산 낼 정도의 병원비를 필요로 했을 것 같지는 않았다. 아마 유한석이 돈이 없어서 아픈 딸을 보고 있을 때의 심정과, 돈이 없어서 제대로 공부를 시킬 수 없는 아들을 바라보던 아버지의 마음은 같았을 것이다.

돈이 많아야겠다고 생각했을 것이다. 그때 유한석은 범죄를 저질렀고, 아버지는 타인을 믿었다.

유한석에게 복수하기 위해 유청아에게 남자로 접근해야겠다고 마음먹었을 즈음에 윤태는 전혀 죄책감을 느끼지 못했다. 그게 뭐 어떻다는 건가.

윤태가 무덤덤한 눈으로 한석을 주시하며 말했다.

"그러니까. 유청아는 내 가족에게 목숨을 빚진 거니까. 좀 괴로워도 괜찮은 거 아닌가?"

그의 말에 한석의 얼굴이 더욱 창백해졌다.

"내, 내 딸은 아무 죄가 없어!"

"그 여자는 건강하게 지금까지 살아 있고, 우리 아버지는 그걸 위해 죽었는데 그게 어떻게 죄가 아닐 수가 있습니까?"

유청아가 나빴다면 좋았을 텐데.

그녀가 끔찍하게 나쁜 사람이었다면, 나는 행복해졌을까.

윤태가 청아를 떠올리는 사이 한석이 그의 앞에 무릎을 꿇었다.

"그 애는 건드리지 마. 너도 봐서 알잖아. 그 애는 노력했어!"

"……"

"그래, 갚을게. 내가 빌린 돈 전부 다 갚아 드릴게! 우리 딸한테 해코지만 하지 않으면 그 돈 다 갚아 주마!"

한석의 목소리와 손이 덜덜 떨리고 있었다. 하나뿐인 딸이 괴물에게 붙잡혀 있었다는 것을 상상도 못 했던 모양이다.

그동안 얼마나 편하게 살았으면 나름 경찰 출신인 그가 이렇게 무뎌진 걸까. 윤태는 실소가 터져 나왔다. 제 손으로 박살을 내 놓았으니 어느 누구도 찾아와 보복하지 못하리라 안일하게 생각했던 것인가. 그랬다면 더더욱, 가관이었다.

윤태가 입을 열었다.

"그러실 필요 없는데. 어차피 제가 어떻게든 받아 낼 거라. 특히 제 아버지 목숨값은 확실하게 받아 낼 겁니다."

윤태의 말을 넋이 나간 채로 듣던 한석의 얼굴이 분노와 두려움이 뒤섞여 가관이었다. 윤태가 중얼거렸다.

"제가 아는 기자님이 작년 말부터 계속 자료를 모으고 계셔서요. 내일 기사가 올라올 겁니다."

"뭐, 뭐?"

윤태가 생각해 보니 좀 즐거운지 미소를 지었다.

"공장을 더 지으셨다면서요? 조만간 전부 투자금 회수하실 텐데. 힘들어지시겠네요."

"바, 박 대표!"

"그때가 되면 아마, 오히려 유청아에게 절 잡으라고 부탁하게 되실 겁니다. 그것밖에 방법이 없을 테니까."

이제는 정말로 돌이킬 수 없게 되었다고, 그는 생각했다.

❋ ❋ ❋

그날 밤, 청아는 먹을 것을 한 아름 사 들고 윤태의 집에 들어서고 있었다. 며칠 전 자신에게 목걸이를 선물하던 윤태의 표정이 안 좋아 걱정이 되었기 때문이었다. 맛있는 걸 해 주고 싶다고 생각했다.

"바다야."

청아가 부르기도 전부터 신나게 달려온 바다가 그녀의 뒤를 졸졸 따라다녔다. 청아가 식재료를 주방에 내려놓으며 말했다.

"내가 요리를 못해서 윤태 씨가 해 주는 밥을 얻어먹는 게 아냐. 사실 난 요리 실력을 감추고 있었어, 바다야."

청아가 바다에게 농담을 하며 핸드폰을 찾아 문자를 보냈다.

[오늘 윤태 씨 집에서 저녁 만들어 줄게요. 퇴근하면 일찍 와요.]

요즘 윤태는 좀 심하다 싶을 정도로 말라 갔다. 밥 먹었냐고 물어보면 제가 먹었는지, 안 먹었는지를 기억하지 못했다.

윤태처럼 요리를 잘하진 않지만 청아도 제가 먹고살 정도로 그럭저럭은 했으므로, 오늘은 좀 칼로리 높은 음식들을 만들어 줄 생각이었다.

바다가 놀아 줬으면, 하는 몸짓이라 청아가 미안한 표정을 지었다.

"미안해. 요리 실력은 거짓말이었어. 오래 걸릴 것 같아서 아직은 못 놀아 줘. 이따가 놀아 줄게."

그녀가 고기를 꺼내며 말을 이었다.

"이래서 사람이 거짓말을 하면 안 돼. 금방 들킨다니까."

윤태와 유명한 셰프들이 운영하는 레스토랑에 종종 갔었다. 그는 그런 곳을 많이 알고 있었지만 언뜻 보기에도 즐겨 하지는 않았다. 청아가 보기에 윤태가 가장 좋아하는 음식은 커틀릿이었다. 거기에 반찬도 여러 개 늘어놓고 먹는 걸 좋아했고, 하얀 쌀밥이 없으면 식사를 그리 많이 하지 않았다.

청아가 커틀릿을 튀기기 직전까지 전부 준비를 해 놓았을 때 윤태에게서 답장이 왔다.

[출발했어. 당신이 너무 보고 싶어.]

그의 문자에 청아가 말갛게 웃었다.

그녀가 특별히 사 온 좋은 쌀을 좋은 물로 씻어 밥을 안쳤다. 맛있는 밥 냄새가 가득 퍼졌다. 스프와 치즈를 듬뿍 얹은 샐러드를 준비한 후, 마지막으로 커틀릿을 튀겨서 꺼내고 있는데 정확한 타이밍에 윤태가 들어왔다.

"아, 맛있는 냄새……."

"잘 다녀왔어요?"

"응."

그가 청아를 한 번 와락 끌어안고 말했다.

"앞치마 귀여워. 벗지 마."

"와……. 당신이 벗지 말란 말도 다 하네요?"

"그렇게 야한 소리 하지 마. 나 밥 먹어야 돼."

윤태가 말하며 청아의 살 냄새를 실컷 들이켰다. 온몸이 따뜻해지는 기분이었다.

그가 겨우 청아를 놓고 그녀가 만든 커틀릿을 보았다.

"이걸 당신이 했어?"

"네. 근데 이제부터는 사 먹어요, 우리."

청아의 투정에 윤태가 유쾌하게 웃었다. 청아가 말했다.

"가서 옷 편한 거 입고 와요."

"그냥 먹자. 너무 배고파."

"안 돼요. 오늘부터 당신 살찌우기 프로젝트에 들어갈 거거든요. 편한 옷 입고 엄청 많이 먹어야 돼요."

"좋은 프로젝트네. 옷 갈아입고 올게."

윤태가 말하며 2층 드레스룸으로 향했다.

그가 떠난 후 음식들을 담아서 테이블로 하나씩 옮기는 청아의 핸드폰에 전화가 걸려 왔다. 어머니였다.

청아가 전화를 받자 기은이 물었다.

─ 청아야, 어디니?

"나 지금…… 친구네 집이에요."

남자 친구 집이라고 할 수 없어 청아가 얼버무리자 기은의 울음소리가 들렸다.

─ 너 만나는 그 사람 집이지?

"아, 그, 그게. 그냥 저녁만 먹으려고……."

─ 내가 이럴 줄 알았지……. 청아야. 너 만나는 박 대표 그 사람, 예전에 너희 아빠가 사기 친 사람 아들이래…….

"……그게, 무슨 소리예요?"

─ 박윤태 그 사람, 자기 아버지 자살하고 제정신이 아니었던 거야. 그래서 너한테 접근한 거야! 아까 우리 집 찾아왔었어. 너한테도 해코지할 거야. 그러니까 일단 집으로 와, 청아야…….

갑자기 핸드폰이 무거워지기라도 한 듯, 청아의 손이 아래로 축 늘어졌다. 계단에서 내려오던 윤태가 물었다.

"무슨 전화야?"

"엄마 전화……예요."

윤태의 목소리가 들렸는지 전화 속에서 비명 소리가 들렸다. 기은이 정신이 나가 청아를 불렀다.

윤태가 저도 모르게 그녀의 손에서 전화를 뺏어 통화를 끊었다. 두 사람 사이에 무거운 침묵이 놓였다.

청아가 넋이 나간 듯한 눈으로 그를 보았다. 윤태는 한참 후에야 지금까지 청아가 한 번도 들어 본 적 없는 냉정한 목소리로 말했다.

"어디까지 들었어?"

"모르겠어요. 지금 내가…… 당신에 대해 제대로 아는 게 없어서."

윤태가 입을 다물었다. 청아가 그에게 한 걸음 다가가 떨리는 목소리로 물었다.

"엄마가 한 말들 다…… 사실이에요?"

"응."

청아가 그를 멍하니 바라보다가 정신을 차려야겠는지 두 손으로 제 뺨을 짝짝 때리고 다시 입을 열었다.

"정확하게 말해 줘요. 정말이에요? 우리 아버지 때문에 당신 아버님이 돌아가신 거예요?"

"응."

"어떻게……요?"

윤태는 입술이 바짝 말라서, 물을 한 잔 따라서 한 모금을 마시고 입을 열었다.

"당신 아버지가 어느 날 서울에서 사업에 성공했다면서 좋은 차에 좋은 옷을 입고 왔어. 아버지는 어부셨는데 그즈음 무척 곤궁하셨던 모양이야. 사업에 투자하라는 유한석을 믿고 배를 파셨지."

"……."

"우리 아버지가 믿고 맡기니까 동네 사람들도 다 같이 돈을 맡겼어. 사기를 당했다는 걸 알고 난 이후부터…… 1년쯤 지났나. 학교에서 돌아오니 아버지가 스스로 목숨을 끊으셨더라."

윤태는 오히려 헤어지기 전에 그녀가 모든 것을 알게 되어 잘됐다고 생각했다. 이제 청아는 돌아보지 않고 떠날 만큼 자신을 미워하게 될 테니까. 자신에게 남은 마지막 애정 한 조각까지 부수고 떠날 테니까.

"처음엔 못 믿고, 한참 동안 아버지 얼굴을 살폈어. 그러다가 도중에 아버지가 숨을 쉬지 않는 걸 알았지."

"……."

"나는 그때 소리를 질렀어. 바닥에 엎드려서. 몸을 일으킬 수도 없었지."

윤태는 청아의 얼굴을 보지 않으려고 애쓰며 말을 이었다.

"내가 보통 열 살짜리 꼬맹이였다면 그냥, 처절하게 울었겠지. 그런데 아니었어. 난 남들보다 똑똑한 열 살이었지. 재수 없게도."

"……그래서요?"

청아가 올 것 같아서, 윤태는 한 마디 한 마디 내뱉은 것에 고통을 느꼈다.

"인과를 생각해 보니. 아버지가 유난히 예뻐하는 유한석이란 새끼는 빨간 스포츠카를 몰 돈이 없고. 그걸 사느라 진 빚은 우리 아버지가 배를 판 돈으로 갚았다는 것과. 그 짓을 한 이유가, 그 새끼네 똘망똘망하고 귀여운 여자애 때문이라는 것도 알게 되더라."

"……."

"유청아, 너."

사흘 뒤가 그녀의 생일이었다. 그만큼은 더 그녀와 있어도 될 거라고 생각했다.

하기야 이제 와서 생각해 보니 거기에 무슨 의미가 있나, 싶기도 했다. 다만 자신에게만 그 하루하루가 절실했던 것뿐이다.

윤태의 말을 받아들이려 한참을 애쓰던 청아가 입을 열었다.

"그래서 나한테 접근한 거예요? 내가 아파서, 당신 아버지가 돌아가셔서, 그래서 내가 미워서……."

"응."

"그럼…… 날 사랑하지 않아요?"

그는 아무런 대답이 없었다.

기대감을 완전히 놓지 못하고 그의 대답을 기다리던 청아가 결국은 체념하며 중얼거렸다.

"그렇구나. 어쩐지."

청아가 힘없이 웃었다.

"나한테 이렇게 좋은 일이 일어날 리 없지."

윤태는 그녀의 담담함이 꼭, 아버지가 돌아가신 걸 믿지 못하고 잠시 동안 살피고 바라만 보던 열 살의 자신 같다고 생각했다.

청아가 걸음을 옮겨 소파에 걸어 두었던 겉옷을 찾아 들며 중얼거렸다.

"나에게 공소시효가 있다고 착각했어요."

"……."

"그냥 내가 살아가는 게, 그게 나쁜 거였네요."

윤태가 쓰러지려는 청아의 팔을 움켜쥐었다.

"정신 차려. 유청아."

그런 의미가 아니야. 그런 말이 아니었어.

그렇게 말하고 그녀를 끌어안고 싶다는 생각을 했다. 고개를 든 청아의 아픈 눈을 마주하는 순간 윤태의 손에서 힘이 풀렸다.

"정말 미안해요. 정말. 정말 많이 미안해요."

"……."

"그런데 당신도……."

청아가 힘이 풀린 윤태에게서 제 팔을 빼내며 중얼거렸다.

"당신도 내게…… 사랑한다고 거짓말할 필요는 없었을 텐데."

"……."

"그러지 말지……."

윤태가 무심코 다시 손을 뻗자 청아가 그의 손을 쳐 내고 그 자리에서 도망치듯 달려 나갔다.

그녀가 떠나고, 윤태는 한동안 자리에서 꼼짝도 하지 못했다.

230

그러다 겨우 기억을 지우는 일부터 해야겠다는 판단이 들어 독한 술을 한 병 꺼내 벌컥벌컥 들이켰다. 그 자리에서 쓰러질 정도로 술을 들이켜고 난 윤태가 중얼거렸다.

"생각보다 금방 끝났네."

그리고 희성에게 술을 마시자고 전화하기 위해 핸드폰을 들었다가 무심코 최근 통화 목록에서 청아의 번호 위로 손가락을 움직였다.

윤태가 빠르게 고개를 흔들고 희성의 번호를 찾아 눌렀다.

청아는 정신없이 집을 향해 달렸다. 택시도 버스도 타지 않고 그냥 비와 함께 낙엽이 떨어져 내린 길을 달려갔다.

지금 이 순간까지도 상황이 받아들여지지 않았다. 자신과 함께하던 그 남자가 처음부터 끝까지 거짓말이었던 것이다. 작년에 첫눈을 함께 보았던 그 남자도, 오늘 자신에게 과거를 이야기하던 그 남자도 전부.

그래서 그가 말했던 걸까. 친절한 사람을 믿지 말라고.

청아가 자리에 멈춰 섰다. 이제 더 달릴 힘이 없었다.

우산도 없이 빗속을 달리며 쓰러질 듯이 우는 그녀를 행인들이 힐끔거렸다. 청아는 그들의 얼굴을 살폈지만 전부 얼굴을 모르는 타인들뿐이었다.

바보 같았다. 그가 자신을 사랑하지 않았다면 자신도 눈치챘어야 하는 것 아닌가. 어떻게 그렇게 바보 천치처럼 속는단 말인가. 어떻게 그 남자가 자신을 사랑한다고 믿었을까.

원래 사람은, 친절에 쉽게 속기 마련이지만…….

6. 일주일 간의 유예

　공방으로 돌아온 청아는 좁은 방에 앉아서 벽만 바라보며 밤을 보냈다. 그대로 쓰러져 잠들었다가 새벽녘에 일어났다.

　기계적으로 씻고 손에 집히는 옷을 꺼냈다. 쪽방에 난 창문으로 밖을 내다보니 비가 계속 내리고 있었다.

　악몽 같은 하루가 끝나 갈 즈음 청아는 마음을 정했다. 그녀는 핸드폰을 들어 윤태의 번호를 눌렀다.

　생각해 보니 그를 이해하자면 못할 것도 없었다. 아버지가 스스로 목숨을 끊은 것을 발견했다고 했다. 겨우 열 살에. 그러니 사람이 미쳐 버리지 않는 편이 이상했다. 접근한 의도야 어찌 되었든, 그녀에게는 지금이 중요했다.

　지금은 정말로 당신을 사랑한다는 말, 윤태가 한마디만 해 주면 청아는 그에게 바로 달려갈 생각이었다.

　제 아버지 일을 사과할 생각이었다. 그리고 그에 따르는 미래가 어떠하든 받아들이리라.

그렇게 마음먹고 전화를 걸었지만 그가 한동안 받지 않았다. 늦잠을 자는 건가, 싶어 끊으려는데 윤태가 전화를 받았다.

– 응.

술이 덜 깬 윤태의 목소리가 쉬어 있었다. 청아가 울지 않으려 애쓰며 물었다.

"어제, 잘 잤어요?"

– 잘 잤어.

"음식은…… 먹었어요? 내가 한 거."

– …….

"맛있었나, 해서."

– 안 먹었어. 그대로 있어.

그의 담담한 대답에 청아의 말문이 막혔다.

제가 한 음식을 하루가 되도록 놔둔 사람에게 나를 사랑하느냐고 묻는 것이 의미가 있을까.

그녀가 말이 없자 윤태가 말했다.

– 그리고 당신에게 줄 게 있어. 당신을 속인 걸 보상하고 싶어서 준비해 둔 거니까 기분이 좀 나아지면 말해 줘.

"보상……."

청아가 힘없이 자리에 주저앉았다.

보상이라.

그 말을 듣고 나니 제 스스로가 말할 수 없이 구차하게 느껴졌다. 이 감정의 대가를 보상하겠다는 남자에게, 사랑만 해 주면 그를 위해 무엇이든 할 수 있다고. 하루를 꼬박 걸려 생각하고도 기대를 버리지 못했던 것이다. 애초에 제 자존심 같은 건 고려도 하지 않았다. 그저 그의 곁에 있고 싶다고 생각했었다.

그러나 그는 제가 곁에 있는 것을 원하지 않을 것이다.

사랑하는 남자가 곁에 있다는 것이 꿈처럼 행복했다. 제게 따듯했던 그 모든 순간에 그는 불행했고, 차가웠고, 복수심에 불타고 있었을까.

"정확히 뭘…… 보상하겠다는 거예요?"

– 당신을 속인 거.

"감정을?"

– ……응.

감정을 속인 것에 대한 보상.

그것이 명확해지자 청아는 이제야 드디어 체념이 되었다. 그는 자신을 사랑한 적이 없었다. 지금까지도 그랬고, 앞으로도 그럴 것이다. 자신은 그저 거짓으로 된 감정에 빠져서 허우적거렸던 것이다.

청아가 힘없이 입을 열었다.

"윤태 씨, VIP 시사회는 당신이 정 선생님 모시고 가 줘요."

– 그럴게. 아, 그리고.

윤태가 빠르게 말을 이었다.

– 신문사와 인터뷰를 했어. 당신 아버지와 우리 집 이야기.

"아."

– 그쪽에서 그 얘기를 책으로 만들자고 해서 기획하고 있어. 조만간 책이 나올 거야. 중간에 혹시 당신에게 피해가 가면 나한테 말해. 어떻게든 당신에게는 피해가 가지 않게…….

윤태는 계속 말했지만 더 듣고 있을 힘이 없어 청아가 핸드폰을 내려놓았다.

그는 참 이성적이었다.

하기야 그는 자신에게 마음을 준 적이 없으니 아플 일도 없을 것이다. 그렇게 생각하니 좀 억울해진다.

─ ……청아야. 내 말 듣고 있어?

청아가 그대로 전화를 끊었다.

어제저녁까지도 청아가 가장 기다려 왔던 건 첫눈이었다. 눈이 오면 윤태가 나타났으므로, 사랑을 할 때는 마치 눈이 자신만을 위해 내리는 것처럼 느껴졌다. 첫눈이 오는 밤 그와 함께 잠이 들고 싶었다. 그러다 아침이 되면 윤태를 깨워 바다를 데리고 산책을 가자고 할 생각이었다.

이제 와 생각해 보니 그는 반대였을지도 모른다. 끔찍한 원수의 딸과 눈이 오는 날마다 만나게 되어, 세상에서 제일 싫은 게 눈 오는 날이 되었을지도 모르는 일이다.

❋   ❋   ❋

청아의 생일 즈음 기사가 올라오기 시작했다. 그 뒤부터 윤태는 더 이상 조심하는 법이 없었다. 그의 행보는 미디어의 관심을 자극했다. 온갖 매체에서 박윤태가 어떻게 성공했고, 그 과정에서 무슨 일이 있었는지를 상세히 이야기했다.

그에 힘입어 12월에 개봉할 영화는 벌써 엄청난 주목을 받고 있었다.

기사가 올라오던 그 순간부터 한석의 사업에 투자했던 사람들이 전부 투자금 회수에 들어갔다. 게다가 기회를 틈타 그의 고향 사람들도 빌려준 돈을 갚으라며 시위를 벌였다.

한석의 이름이 미디어에 거론됨과 동시에 청아의 이름과 공방도 인터넷에 올라왔다. 고등학생 때 청아와 같은 학교였다는 사람의 글이 시작이었다.

가장 저열하게 비난당하는 것은 고등학생 때나 지금이나 청아였다. 그 딸을 어떻게 하겠다느니 하는 댓글들이 즐비했다.

그걸 알게 된 건물 주인은 청아에게 사람들이 더 알기 전에 빨리 나가 달라고 부탁했다.

차라리 아버지가 감옥에라도 들어갔으면 좋겠다는 생각을 했다. 그럼 사람들의 관심도 줄어들 테니까.

청아가 그렇게 생각하며 공방에 앉아 강 실장이 맡긴 디자인 스케치를 하는데 쨍! 하는 소리가 들렸다. 그녀가 놀라서 고개를 들어 보니 누가 쇼윈도에 돌을 던져 금이 가 있었다.

청아가 겁먹은 눈으로 금이 간 유리를 바라보았다.

밖을 보니 사람들이 웅성거리며 사진을 찍고 있었다. 청아가 서둘러 달려가 블라인드를 내렸다.

밖에서 욕설이 들려 몸이 더욱 움츠러들었다.

그저 밖이 조용해지기만을 기다리는데 쇼윈도를 쾅쾅 두드리는 소리가 들렸다.

겁에 질린 청아의 어깨가 바들바들 떨렸다. 그런데 다행히 곧 반가운 목소리가 들렸다.

"유청아! 문 열어!"

"연화야?"

청아가 그제야 일어나 블라인드를 올려 보니 그 앞에 연화가 있었다. 문을 열자마자 그녀가 버럭 소리를 쳤다.

"야! 너 여기서 뭐 하고 있어? 돌을 던졌으면 경찰을 부르든지, 날 부르든지 해야지!"

"아니, 사람들이 보고 있으니 일단 숨어야 할 것 같아서⋯⋯."

무인도에 고립된 기분이었는데, 연화의 걱정 가득한 얼굴을 보니 너무 반가워 눈물이 날 것 같았다.

공방 구조를 청아만큼이나 잘 아는 연화가 익숙하게 청아의 캐리어를 찾아 꺼내며 말했다.

"할머니가 너 데려오래. 일단 할머니네 가 있자."

"나 때문에 선생님까지 말 나오니까 죄송해서 못 뵙겠어⋯⋯."

"웃기지 마. 노이즈마케팅 때문에 사람이 더 늘었어, 요즘. 게다가 우리 할머니 툭하면 나가서 빚져 오는 할아버지랑 사신 분이야. 이 정도로 스트레스 안 받고 애초에 인터넷도 못 해."

연화가 핀잔했다.

청아는 얼마 되지도 않는 그녀의 짐을 마구 구겨 꽉꽉 눌러 넣는 연화의 뒷모습을 바라보다가 뒤에서 그녀를 와락 끌어안았다. 그리고 그녀의 등에 얼굴을 묻고 훌쩍거리기 시작했다.

그러자 연화가 돌아서더니 청아의 팔을 때리며 같이 훌쩍거렸다.

"야, 왜 울고 난리야! 나까지 서럽게!"

"네가 온 게 너무 좋아서. 이제 좀 살 것 같아⋯⋯."

"어휴, 이걸 긍정적이라고 해야 돼, 멍청하다고 해야 돼?"

연화가 마구잡이로 효율 없이 챙겼는데도 청아의 짐이 전부 캐리어에 들어갔다. 청아는 제 가장 소중한 보물인 연자의 이불을 챙겼다.

청아는 이불을 연화의 차에 실어 놓고 문을 잠그기 위해 공방으로 돌아왔다.

그녀는 미련 가득한 눈으로 공방을 돌아본 후 문을 잠그고 연화의 차로 돌아갔다.

✽　✽　✽

차에서 내린 윤태가 그냥 미팅 장소로 들어가려 하자 김 비서가 정신없이 달려와 윤태를 붙잡았다.

"아, 대표님!"

"왜?"

"넥타이 안 하고 오셨어요?"

"어?"

중요한 미팅에 들어가야 하는데 넥타이가 없었다. 윤태가 중얼거렸다

"잊어버렸네."

"대표님 요즘 실수가 너무 많으신 거 아니에요? 식사하는 것도 매번 잊어버리시잖아요. 아니, 얼마나 정신이 없으시면 식사하는 걸 잊어버릴 수가 있어요?"

"……그러게. 요즘 정신이 없네."

윤태가 중얼거리는 동안 김 비서가 임시방편으로 자기 넥타이를 풀어 빌려주었다. 윤태가 기계적으로 그것을 받아 들었다.

그가 넥타이를 매고도 우두커니 멈춰 서 있자 김 비서가 재촉했다.

"대표님! 늦었다니까요!"

"아. 미안."

윤태가 다시 정신을 차리려 애쓰며 창석을 따라 걸었다.

이상했다. 요즘 뭔가 완전히 제 머릿속이 망가져 버린 것 같았다. 최근에 있었던 변화라고는 청아와 헤어진 것뿐이었다. 그것 외에는 특별히 문제가 없었다. 사업은 여느 때와 다름없이 번창하고 있고, 요즘은 날씨도 그럭저럭 괜찮고.

그런데도 죽을 것만 같았다. 가슴속에 뭔가 이상한 것이 들어차서 제 정신을 삼키고 있는 기분이었다. 정신뿐만 아니라 가슴속에 있는 것들을 이로 뜯어 먹고 있는 듯했다.

그게 아팠다. 아파서 죽을 것 같았다.

"요즘 좀 이상해."

윤태가 중얼거리며 자신보다 훨씬 보폭이 좁은 창석을 놓치지 않기 위해 서둘러 걸었다.

미팅이 끝나고 대표실에 돌아와 앉았는데 아무래도 견딜 수가 없었다.

그가 핸드폰을 찾아 쥐고 청아의 번호를 찾았다. 그녀의 공방 유리가 깨졌다는 기사를 봤다고 말하고 싶었다. 다친 곳 없냐고 묻고 싶었다. 많이 놀랐을 텐데. 잠깐만 곁에 있어도 될까…….

그러나 이내 제게 속았다는 것을 알게 된 청아의 얼굴이 떠오르자 그는 핸드폰을 내려놓고 등받이에 몸을 기댔다.

제가 이렇게 염치없는 사람인 줄 이제야 알았다.

❊　❊　❊

마음먹으니 청아의 이사는 하루면 충분했다.

하루라도 빨리 그녀가 나가길 바라던 집주인은 그녀가 말을 꺼내자마자 곧바로 보증금을 돌려주었다. 클래스를 듣던 사람들도 다들 청아의 상황을 이해하며 환불을 받아 갔다. 공방의 짐들도 한 트럭에 다 들어갔다.

연자의 집에 들어오니 한결 나았다. 한복집 직원들이 연신 들락거리니 우울할 틈이 없었다. 강 실장이 준 일과 공방에 들어왔던 남은 주문들뿐만 아니라, 원단 염색과 연자의 텃밭까지 돌보느라 청아는 종일 바빴다. 그러다 보니 윤태에 대한 생각도 조금은 잊히고, 마음이 편안해졌다.

온종일 허리가 아프게 일하고 연자가 내준 방에 들어오니 연화가 먼저 와서 뒹굴뒹굴거리며 TV를 보고 있었다.

"유청아, 넌 도대체 하루 종일 뭐 하느라 이렇게 바빠? 이럴 땐 좀 놀면 안 돼?"

"스무 살 때부터 계속 일했더니 쉬면 어색해."

연화가 입술을 삐죽거리며 채널을 돌리는데 뉴스에서 윤태가 나왔다. 그녀가 화딱지가 나서 다시 돌려 버리려는데 청아가 말했다.

"좀만 보자."

"봐서 뭐하게?"

"그냥. 뭐라고 얘기하는지 궁금해."

연화가 불만스러운 표정으로 리모컨을 내려놓았다.

윤태의 모습과 자막이 지나갔다. 청아의 공방 이야기와 함께 앞으로 정연자 한복과 청아에 대한 과도한 관심 자제를 부탁하며, 악성 댓글과 공방에 돌을 던진 사람, 그리고 청아의 신상에 대해 유포한 사람들에게 법적 조치를 취하겠다는 내용이었다.

연화가 입술을 삐죽거렸다.

"그래도 수습은 하네. 하긴, 자기 때문에 너만 고생인데."

청아는 말없이 화면을 바라보았다.

사랑이 갑자기 식지는 않는 모양이었다. 그의 얼굴을 보니 또 마음이 저렸다.

연화가 화제를 돌리려고 재촉하듯 물었다.

"그보다 너 그거 어떻게 됐어? 디자인 스쿨 교수한테 메일 보 낸 거."

"응? 아, 생각난 김에 메일 확인해 봐야겠다."

청아도 때마침 잘됐다는 듯이 핸드폰을 집어 들었다. 그리고 메일함을 확인하는데 정말로 메일이 와 있었다.

청아의 눈이 동그래졌다.

"······진짜로 메일이 왔어."

청아의 말에 연화가 후다닥 일어나 핸드폰 옆에 붙었다. 그녀가 영어로 주르륵 적힌 메일을 유심히 보더니 괜히 청아의 팔을 때리며 말했다.

"뭐라고 쓰여 있는지 알려 줘야지."

"아, 다음 달부터 인턴 시작하래!"

"어? 지, 진짜?"

"응, 진짜로. 여기 인턴이라고 쓰여 있는 거 보이지?"

"야, 인턴은 읽을 수 있거든?"

두 사람은 순간 들떠서 표정이 밝아졌다가 금방 한숨을 쉬었다. 연화가 울상이 되어 물었다.

"그럼 너 진짜 미국 가?"

"인턴 기간 동안만."

"계속 일하라고 하면 어떡해?"

"하지 뭐."

"그럼 나는?"

"너도 미국 와."

"뭐……. 하긴. 내가 돈은 많고 딱히 하는 건 없으니까."

연화의 진지한 대답에 청아가 웃음을 터트렸다.

모처럼 좋은 일이 생기자 그래도 숨통이 트였다. 죽으란 법은 없나 보다, 싶었다.

❊   ❊   ❊

윤태의 인터뷰는 효과적이었다. 사람들은 청아를 조금씩 안쓰러워하기 시작했고, 이래저래 확실하게 마케팅이 된 정연자 한복은 더더욱 예약이 어려워졌다.

심지어 영화 의상 부탁도 쏟아졌다. 강 실장은 요즘 정 선생님과 청아에게 같이 일하자고 매일같이 찾아와 성화였다.

12월이 시작되고도 청아는 무미건조하게 지냈다. 맛이 느껴지지 않고, 집 안에만 있으니 더위나 추위도 그저 그렇고, 세상의 무엇도 아름답지 않았다. 아무것도 변화하지 않는데 시간만은 멈추지 않았다.

청아는 창가에 앉아 여느 때와 다름없이 무덤덤한 얼굴로 먼 곳을 바라보았다.

며칠 전에 첫눈이 내렸다. 그때 청아는 정말로 오래 아팠다.

이렇게만 살 수는 없지 않나. 오히려 그를 하루라도 빨리 잊는 것이 상책이었다.

청아가 밖으로 나가 볼까 하고 욕실로 향했다.

목욕을 하고 나서 잠깐 거울을 보았다. 막 씻었는데도 초췌하게 느껴졌다.

머리라도 할까. 생각하던 그녀의 핸드폰이 울렸다. 전화를 받아 보니 어머니였다.

"응, 엄마."

─ 청아야. 진짜 미안한데……. 너 혹시 돈 좀 있니?

"돈? 얼마나요?"

─ 너희 아버지 사업 확장하려던 거. 투자금 다 회수해서. 지금 좀 어려워. 그래서 생활비 조금이라도…….

엄마의 말에 청아가 푹 한숨을 쉬었다. 그녀의 눈에 윤태가 준 목걸이 상자가 들어왔다.

청아가 상자를 열어 목걸이를 가만히 보다가, 그래도 돈 많은 사람이 준 거니까 혹시 돈이 될까 생각했다.

"조금이라도 마련해 볼게요."

─ 응. 미안해, 청아야.

"괜찮아요."

전화를 끊고 나서 목걸이를 집어 들었다. 그가 준 것을 팔아 버리겠다고 생각하니 왠지 살짝 신이 났다.

청아는 엉망이던 머리칼을 열로 구불구불 말고 꼼꼼하게 화장을 했다. 속눈썹을 바짝 세우고 입술은 밝은 다홍색으로 진하게 발랐다.

아직도 추워진 걸 모르고 재킷 한 벌 걸치고 나왔는데 밖을 보니 다들 코트 차림이었다.

청아는 윤태가 목걸이와 함께 준 품질보증서에 적힌, 지하철로 열두 정거장 정도 떨어져 있는 작은 부티크로 향했다.

그녀가 들어서자 부티크 직원이 달려왔다.

"오셨군요."

TV로 떠들썩했을 테니 올 걸 알았던 모양이다. 청아는 직원이 실망할까 봐 조심스럽게 말했다.

"저 그냥 목걸이 좀 팔까 하고요."

청아가 당혹감을 숨기지 못하며 가방에서 목걸이를 내밀었다. 직원이 흥분한 표정으로 물었다.

"정말로 파시는 건가요?"

"네? 아……."

곧 상대의 반응을 통해 무언가를 추론한 청아가 신음하며 말했다.

"그거 값이 좀 나가는 모양이네요."

"네."

직원이 말로 하기 그랬는지 종이에 숫자를 적어 내밀었다.

"이 정도 드릴 수 있습니다."

청아가 입술을 물었다. 설마 숫자에 억이 붙어 있을 거라고는 생각도 하지 못했다.

어지러워서 직원의 말이 잘 들리지 않았다. 직원이 부산하게 움직이며 말을 이었다.

"이거 경매에 나왔던 보석을 저희 쪽으로 가져오셔서 펜던트로 만든 거예요."

"……저 죄송한데."

청아가 복잡한 감정으로 인해 바르르 떨리는 손으로 목걸이를 다시 챙겼다.

"팔면 안 될 것 같아요. 죄송해요."

"네? 소, 손님!"

직원이 불렀지만 청아는 이미 도망치듯 그곳을 달려 나가고 있었다.

✻   ✻   ✻

오히려 영화 개봉이 가까워지고서야 윤태도 한가해졌다.

그는 오랜만에 집에서 하루 종일 잠을 잤다. 그러다가 오후 늦게 눈을 떴다.

"청아야……."

윤태는 무심코 침대 옆으로 손을 뻗었다가 완전히 잠에서 깼다. 그녀가 있을 리가 없는데, 꿈이라도 꾼 모양이다.

그가 침대에서 일어나 주방으로 향했다.

귀찮아서 시리얼과 우유만 꺼내 식탁 앞에 앉았다. 그리고 가만히 맞은편을 바라보았다.

저 자리에 청아가 있던 때, 자신이 얼마나 큰 안정을 느꼈는지를 떠올렸다. 따뜻한 차를 마시다가 힐끔 자신을 한 번 보고, 아무 말도 안 했는데 배시시 웃던 청아가 자신을 행복하게 했었다.

열 살 때 부모를 잃은 후 이미 어른이 되었다. 독기가 가득한 상태로, 복수만 생각하며 한순간도 쉬지 않고 달렸다.

그 상태로 달려왔으니 멈출 수도 없었다. 멈추라는 신호를 봤는데도 그러지 못했다.

청아가. 그녀가 서 있었는데. 지나쳐 버리고 말았다.

그녀가 자신을 사랑하도록 만들려고 애쓴 적은 있어도 자신이 그녀를 사랑하려고 애쓴 적은 없었다.

그런데 도대체 왜 이렇게 된 걸까.

죄책감만으로는 설명할 수 없는 끔찍한 감정에 빠져 곧 죽을 것처럼 허우적거리고 있었다.

그가 테이블 앞에 가만히 앉아 있는데 문이 열리고 김 비서와 양 실장이 들어왔다.

그들은 어느 순간부터인가 윤태의 허락 없이 멋대로 집에 들어오고 있었다. 그의 상태가 주변 사람들을 불안하게 한 탓이었다.

김 비서가 수선을 떨었다.

"내가 이러고 계실 줄 알았어. 모처럼 쉬는 날인데 맛있는 것 좀 드시지!"

그가 말하며 무심코 윤태의 냉동고를 열었다가 다시 닫았다. 청아가 해 놓은 음식들이 석 달째 그대로 들어 있었다.

"양 실장님, 이거 치우면 진짜 안 돼요?"

김 비서가 소곤거리자 희성이 큰일 날 소리 말라는 듯 표정을 구겼다.

"그거 버리면 진짜 박윤태 죽어. 그냥 못 본 척해."

"정신과 상담 예약을 해 놔도 대표님이 절대 안 가요."

"같이 끌고 가자. 아무리 박윤태여도 남자 둘이 붙으면 못 이기겠지."

희성이 말하더니 한숨을 쉬며 무표정으로 앉아 있는 윤태를 돌아보았다.

석 달이 지나도록 저 상태에서 조금도 나아지지 않았다. 저러다 어느 날 제 아버지처럼 극단적인 선택을 할까 봐 두려워질 정도였다.

희성이 테이블을 쾅 내려치며 윤태를 불렀다.

"야, 박윤태. 냉동고 비우자."

"내 냉동고야. 신경 꺼."

"아니면 연락이라도 해 보든지."

"내 전화 안 받아."

청아의 이야기에 모처럼 윤태의 얼굴에 씁쓸한 표정이 번졌다. 그가 의자 뒤로 기대며 입을 열었다.

"청아와 헤어지고 나서…… 그런 생각을 정말 많이 했어."

"무슨 생각?"

"만약에 유한석이 사기를 치지 않고, 우리 아버지가 돌아가시지 않았다면 어땠을까."

나와 청아는 아마 아주 친한 동네 오빠 동생으로 지냈을 거야. 아마 스무 살에 나는 서울로 대학을 갔겠지. 그리고 제대할 즈음에 나는 청아의 과외를 해 줬을지도 몰라.

그 애는 스무 살에 서울에 오고, 고향을 그리워하던 나는 아마 청아의 친오빠라도 되는 것처럼 그 애를 신경 썼을 거야. 술을 마시다 늦기라도 하면 걱정이 돼서 오지랖 넓게 데리러 가곤하겠지.

나는 늘 청아가 너무 어린 동생으로 느껴질 거고, 청아는 나를 친오빠와 다름없는 사람으로 느낄 거야.

그러다 어느 날에. 그 애가 나보다 나은 사람이란 걸 내가 눈치채는 날이 왔을 때, 나는 그 애를 한 사람의 성인으로 인정할 거고. 그 애는 내 대우가 달라졌다는 걸 알게 될 거야.

그때가 되면, 어쩌면. 우리는 서로를, 아무런 염려 없이 사랑하게 될지도 모르겠어.

윤태가 두 손으로 제 얼굴을 감쌌다.

세 달이 딱, 그가 생각하는 유청아를 그리워하리라 예상했던 시간이었다. 그런데 세 달이 지났는데도 오히려 그녀가 그리운 마음은 더더욱 커지기만 했다. 아직도 아침에 눈을 뜨면 그녀를 찾고, 핸드폰만 들면 그녀의 번호부터 누르려 했다.

희성이 덩달아 괴로운 표정으로 말했다.

"연락 받을 때까지 해 봐. 너 그 여자 주려고 집도 사 놨잖아."

"안 받는다니까."

"그래도 해 보기나 해. 계속 해 보는 거지, 일단."

희성의 재촉에 고민하던 윤태가 상체를 일으키더니 핸드폰을 찾아 들었다.

그가 청아의 번호를 찍어 놓고 통화를 누르지 못하고 있을 때, 그녀의 번호로 전화가 걸려 왔다.

놀란 윤태가 손을 덜덜 떨며 그녀의 전화를 받았다.

"처, 청아야?"

─ 나쁜 새끼…….

그녀의 떨리는 목소리에 윤태가 흠칫 놀라더니 쓰게 말했다.

"목걸이…… 팔았구나."

─ 안 팔았어요. 못 팔지. 그걸 어떻게 팔아? 나한테 이거 왜 줬어요? 미안해서?

"……응. 미안해서."

전화 너머에서 청아의 한숨 소리가 들렸다.

─ 돌려줄게요. 만나요.

"어?"

청아의 목소리가 차가웠음에도 윤태의 얼굴에는 단번에 생기

249

가 돌았다.

"마, 만나자고?"

ㅡ 돌려줘야 할 것 아니에요. 이걸 어떻게 가지고 있어요?

돌려받을 생각은 조금도 없었지만 청아를 만날 수 있다는 소식에 윤태가 떨리는 목소리로 물었다.

"어, 어디서 볼까? 공원 벤치?"

ㅡ 네. 거기서 봐요. 그리고…… 바다 데려와요. 보고 싶어요.

그녀의 말에 윤태가 고개를 끄덕이며 대답했다.

"데려갈게. 바다도 당신 많이 찾아."

ㅡ 내일 괜찮아요?

"내일 좋지."

그러자 옆에서 희성이 핀잔했다.

"야, 내일이 좋긴 뭐가 좋아? 내일 일정이 몇 갠데……. 안 좋지만 간다고 해야지."

희성 역시 윤태를 보내 주지 않으면 더 큰 사달이 날 거라 생각했기 때문에 차마 말리지 못했다.

❊　❊　❊

약속을 잡고 난 청아가 내일 윤태와 만날 때 입을 옷을 고르자 연화가 성질을 냈다.

"그 자식을 뭐하러 만나? 택배로 보내 버리지."

"그러기엔 너무 비싼 거라."

"그건 그렇지만……. 아, 몰라. 어차피 만날 거면 욕도 하고 뺨도 한 대 때리고 와."

연화의 말에 청아가 희미하게 웃으며 대답했다.

"반대로 잘해 주려고, 엄청."

그녀의 대답이 전혀 이해가 가지 않아 연화가 미간을 좁혔다.

"그게 무슨 소리야? 그런 놈한테 뭐하러 잘해 줘?"

"그냥…… 그 사람도 나한테 속아 보라고."

이게 무슨 말인가 싶어 연화가 고개를 갸우뚱했다. 그러다 곧 스스로 의미를 파악한 연화가 물었다.

"……그 자식한테 너 인턴 간다는 말 안 하려는 거지?"

"응. 안 해. 그냥 갑자기 사라지려고. 그 사람이 그런 것처럼."

출국까지 일주일이 남았다.

내일 하루만이라도, 아니면 이 일주일 사이에 그를 몇 번 더 볼 수 있다면 그날만큼. 실컷 그를 사랑해 주고 아무 말 없이 사라져 버릴 생각이었다. 남아 있는 사랑을 다 털어 놓고 가려고.

"그러니까 잘해 줄 거야. 내가 사라지기 전에 조금이라도 그 사람이 날 사랑했으면 좋겠어. 그래야 아플 테니까. 뭐…… 하긴, 그것도 그냥 내 희망 사항이지. 나를 어떻게 좋아하겠어."

그래도 그를 만난다는 사실이 기뻤다. 사랑은 구걸해서 될 것이 아니라는데, 아직까지도 그의 사랑을 구걸하는 자신이 한심해서 웃음이 나왔다.

❊ ❊ ❊

윤태는 두 사람이 처음으로 만난 벤치에 앉아 바다에게 간식을 주며 말했다.

"바다야, 너 청아 기억하지? 청아 보고 짖으면 일주일 동안 간식 없다."

주인의 표정을 읽었는지 바다가 그저 신이 나서 꼬리를 흔들었다.

온몸에 독기만 있었는데. 그 독기가 전부 빠져나가고 나니 이제는 정말로 텅 비어 버렸다.

그 빈 곳이 무엇으로도 채워지지 않았다. 이제야 빈 곳이 유청아로만 채워질 수 있다는 걸 알았다.

무릎을 꿇고 빌라면 그렇게 할 생각이었다. 그녀의 용서만 구할 수 있다면 무엇이라도 할 수 있었다.

자신을 다시 사랑해 주는 것은 바라지도 않았다. 혼자만 사랑할 수 있어도 충분했다.

멀리서 그녀를 바라볼 수 있고, 그녀가 살아가는 일에 조금이라도 도움을 줄 수 있다면. 그거면 충분히 살 것 같았다.

약속 시간이 되자 정말로 청아가 도착했다.

그녀는 데이트라도 하는 것처럼 크림색의 롱 원피스를 입고 있었다. 윤태는 그녀가 먼저 만나자곤 했지만, 그럼에도 올 거라 확신하지 못했던 터라 놀라서 그대로 굳어 있었다.

윤태보다도 먼저 바다가 그녀에게 달려들었다.

청아를 봐서 너무나 기쁜지 꼬리를 프로펠러처럼 돌리고 뒹굴고 난리도 아니었다. 심지어는 눈물까지 그렁거렸다.

"바다야. 오랜만이야."

청아가 바다의 머리를 쓰다듬어 주자, 바다가 그녀의 품에 정신없이 머리를 파묻었다.

"진짜로 와 줄 줄 몰랐어."

윤태가 뒤늦게 일어서서 말하자 청아가 퉁명스럽게 대답했다.

"왜 몰라요? 내가 만나자고 했잖아요."

그녀의 별것 아닌 말에 윤태가 웃었다.

청아가 말을 이었다.

"나야말로 당신이 바로 나와 줄 거라고 생각 못 했어요."

"나도 한 번 더 연락해 보려고 했어."

아주 오랜만에 본 것도 아닌데 지독한 어색함이 흘렀다. 청아가 먼저 입을 열었다.

"저……."

"가지 마. 얘기 좀 해."

그녀가 바로 가 버릴까, 눈동자에 두려움이 피어오른 윤태가 일단 청아의 팔을 붙잡자 그녀가 저도 모르게 확 팔을 빼내며 말했다.

"가겠다는 말 아니었어요. 누가 볼까 봐요, 어디 좀 들어갈까 하고."

"그럼 거기 다녀올까? 왜, 영화에 나온 촬영지. 가 보고 싶어 했잖아."

"……멀어요?"

"1시간 반이면 가."

윤태의 제안에 청아가 고개를 끄덕였다. 그녀 역시 함께 있을 구실을 찾던 터라 잘됐다고 생각했다.

영화 촬영지는 그리 멀지 않은 곳에 있었다.

차에서 내리려는데 영화가 흥행한 덕에 이미 사람이 너무 많

았다. 윤태 혼자 잠깐 내리니 사람들이 힐끔거리고 몇몇이 핸드
폰을 꺼내 들었다.

그는 별수 없이 간단히 먹을 식사거리만 사 들고 차로 돌아왔
다. 청아와 함께 있는 게 들켜서 좋을 게 없다는 건 둘 다 동의
했기에 결국 차에서 대충 식사를 하고 서울로 되돌아왔다.

차를 몰고 어딘가로 향하며 윤태가 민망한 표정을 지었다.

"평일에도 이렇게 사람이 많을 줄은 몰랐네."

"그러게요. 별수 없죠."

그 먼 거리를 갔다가 아무것도 못 하고 돌아왔다는 생각을 하
니 짜증이 났다. 그런데 동시에 어처구니가 없어서 두 사람이
동시에 실소가 터졌다.

웃고 나니 분위기가 좀 가벼워졌다.

윤태가 모르는 건물 앞에 차를 주차하자 청아가 의아해하며
물었다.

"여기 어디예요?"

"선물 주려고."

청아가 의아해하며 차에서 내렸다. 그리고 뒷문을 열어 보니
내내 자던 바다가 길게 하품을 했다. 그리고 차 아래로 풀쩍 뛰
어내렸다.

"바다 오래 자네."

그러자 윤태가 말했다.

"요즘 건강이 많이 안 좋은가 봐."

"안 그래 보였는데……."

청아가 안쓰러워하며 신나게 꼬리를 흔드는 바다를 보았다.

윤태를 따라 블라인드로 가려진 가게 안으로 들어간 청아가

멈춰 섰다.

안이 청아의 공방과 똑같이 꾸며져 있었다. 다만 공간은 그 세 배 정도 되어 보였다.

"전에 내가 말했잖아. 보상한다고."

윤태의 말에 청아가 어처구니가 없어 그를 돌아보며 물었다.

"이게 무슨 짓이에요?"

"마음에 안 들어?"

"그게 아니라 이걸 왜 나한테 줘요? 날 사랑하지도 않는데 연인 행세를 한 게 미안해서 주는 거예요?"

세인이 청아가 화낼 거라고 했을 땐 무슨 말인지 잘 못 알아들었다. 솔직히 한 귀로 흘려 버렸으니까.

그는 지금 청아에게 정리해서 듣고서야 제 행동에 문제가 있다는 걸 자각했다.

청아가 두 손을 말아 쥐자 윤태가 분위기를 풀어 보려 농담조로 말했다.

"많이 화났으면 한 대 때려도 돼."

"애초에 거기까진 왜 가자고 했어요? 날 보면 화가 나잖아요. 그런데 날 만나서 뭐가 하고 싶은 거예요?"

"……."

"좀 더 화내고 싶어요? 아니면 사과가 듣고 싶어서 그래요? 정확하게 말해요. 뭐든지 해 줄게."

청아의 목소리가 떨렸다. 그녀가 가방을 열어 목걸이가 담긴 상자를 내밀었다.

"목걸이 가져가요."

"당신 거잖아. 가져."

255

"싫어요."

"팔려고 가져갔던 거잖아. 돈 필요했던 거 아냐?"

"필요해요. 필요한데 당신 돈이 필요한 게 아니라서."

"나 때문에 당신 가족 어려워진 거 알아. 급한 돈 필요하면 처분해서 써."

"아, 진짜 열 받아."

청아가 짜증을 내는데 윤태가 조심스럽게 그녀를 품으로 당겼다.

다행히 청아가 밀어내지 않자, 윤태가 세상을 가진 얼굴로 그녀의 등을 쓰다듬으며 중얼거렸다.

"그리고 당신을 만나서 화가 날 리가 없잖아."

"……."

"난 지금도 계속 당신을 찾아. 하루 종일. 하다못해 꿈속에서도 당신을 찾아. 당신이 그리워."

"……당신 진짜 나빴다."

청아는 윤태가 안아 오며 느껴지는 무거움과 불편. 그리고 그와의 관계 속에 남아 있는 그런 모든 끔찍한 감정들이 증오스러웠다.

그런데도 그에 대한 사랑이. 다른 모든 감정이 불타고, 유일하게 하나 남은 물건처럼 덩그러니 느껴졌다.

아직도 하고 싶은 복수가 남은 건지, 아니면 자신에 대한 복잡한 감정 때문에 이러는 건지 청아는 정확히 알 수 없었다.

그의 행동의 의미가 명확하지 않아 청아는 오히려 더 고통스러웠다. 차라리 자신을 미워하고 냉대했다면 이것보다 편했으리라.

잠시 후 윤태가 그녀를 2층으로 데려갔다. 가정집이면서 작업실로 꾸며져 있는 하나의 넓은 공간이었다.

세인이 청아의 모든 취향을 고려해 꾸몄으니, 이 방은 그녀의 마음에 들 수밖에 없었다. 청아가 두리번거리며 중얼거렸다.

"여기서 살고 싶다……."

"지금 당장 살아, 이제 당신 거니까. 필요한 건 여기 다 있어."

그가 자랑할 것이 생긴 어린애처럼 청아를 데리고 다니며 집을 구경시켰다. 옷장에는 속옷을 포함한 모든 것이 있었고 욕실에도 용품이 가득했다.

한참 집 구경을 하던 청아가 입을 열었다.

"이렇게 될 줄 알았죠?"

"응?"

"당신처럼 얼굴 알려진 사람이 TV 나와서 인터뷰하고 책 내고 그러면. 결국은 나도 내 공방을 운영하지 못할 정도로 세상이 따돌릴 거란 거. 알아서 이렇게 준비한 거죠?"

"……."

"그러니까. 정말로 보상이네."

청아가 중얼거리더니 아무 말도 못 하는 윤태를 돌아보며 말했다.

"고마워요. 잘 쓸게요."

청아의 의외의 말에 윤태의 표정이 밝아졌다. 그가 물었다.

"필요한 거 있으면 다 사다 놓을게."

"없어요. 그냥…… 차를 너무 오래 탔더니 피곤하네. 그냥 좀 쉴래요."

그녀가 중얼거리며 샤워를 하기 위해 옷을 골랐다. 그녀가 옷을 꺼내 끌어안고 윤태에게 말했다.

"나 씻을 거예요. 나가요."

"저녁 사다 놓을게. 오늘 제대로 먹은 게 없잖아."

"나가라니까?"

"가기 싫어."

"뻔뻔해."

"알아. 그런데 지금 집에 가면 당신이 다시는 나 안 볼 것 같아."

"안 그래요."

"나 그냥 아무 곳에서나 잘게. 정 쫓아내고 싶으면 내 차에서 잘 테니까 가라고 하지 마."

"어떻게 그렇게 뻔뻔할까."

청아가 어이가 없어 욕실로 들어서며 말했다.

"나 씻고 나오는 사이에 나가요."

❋ ❋ ❋

청아가 느긋하게 씻고 욕실에서 나와 보니 예상대로 윤태가 있었다.

주방에는 급하게 사 온 식료품들이 놓여 있었다. 윤태는 소파에 누워 있고 바다는 침대 아래 잠들어 있었다. 그사이 밖에서는 눈이 내리고 있었다.

"하여튼 꼭 이렇게 눈이 오지."

청아가 중얼거리며 윤태에게 가 보니 새근새근 아이처럼 숨을 쉬며 잘도 자고 있었다.

"윤태 씨."

"……."

"박윤태."

청아가 부르자 그가 천천히 눈을 뜨며 부드럽게 웃었다.

"계속 말 걸어 줘."

"무슨 말을 해요."

"목소리. 계속 들려줘, 청아야……."

그가 기분 좋은 표정으로 다시 눈을 감았다. 얼굴이 빨갛다 싶어서, 청아가 그의 이마에 손을 올려 보니 열이 났다.

"……설마 운전 좀 했다고 아픈 건 아니겠죠?"

"아침부터 몸이 좀 무겁긴 했는데."

윤태가 중얼거리며 가까스로 상체를 일으켰다. 청아가 한숨을 쉬며 그의 뺨을 감싸고 얼굴을 살폈다.

"진짜 치사하다. 이 상황에서 아픈 게 어디 있어요?"

"일부러 아픈 건 아냐."

청아가 뽀로통해서 말했다.

"집에 가기 싫어서 아픈 거죠?"

"응."

"아, 정말……. 죽이라도 끓여야겠네."

한참 말이 없던 윤태가 빙그레 웃으며 청아의 손을 부드럽게 잡았다.

"청아야."

"왜요."

"미안해."

"……."

"정말 미안해."

그가 애원하듯 몇 번이고 사과했다. 청아는 그의 손을 놓고, 죽을 만들겠다며 주방 쪽으로 걸음을 옮겼다.

땀이 너무 많이 난다며 윤태 역시 씻는 동안 청아는 죽을 끓였다.

붙잡았던 윤태의 팔이 뜨거웠다. 오늘 하루 종일 저 상태였던 걸까. 아프면 말을 할 것이지.

"하여튼 불쌍해 보이는 건 세상에서 제일 잘해."

청아가 투덜거리며 죽을 끓이고 있으니 금방 씻고 나온 윤태가 그녀의 팔을 뒤에서 살며시 감쌌다.

"죽 끓여?"

"만지지 말아요."

윤태가 바로 손을 떼더니 민망한 목소리로 중얼거렸다.

"나 좀 자고 있을게. 다 되면 깨워 줄래?"

"네."

청아가 짧게 대답하자 윤태가 그녀의 곁, 바닥에 앉아 그대로 잠을 청했다.

그사이 죽이 완성되자 청아가 윤태를 깨웠다.

"일어나요. 다 됐어요."

"좀 이따가 먹자……."

그가 쉰 목소리로 말했다. 불쌍하긴 한데, 그렇다고 굶기면 더 안 좋을 것 같아 그의 팔을 잡아 흔들었다.

"일어나라니까요. 먹고 자요."

"미안한데……. 나 물 좀 줄래?"

윤태가 괴로운 표정으로 말했다.

청아가 놀라서 물을 가져다 준 후 앞에 주저앉아 그의 이마를 손으로 어루만졌다. 열이 무척 심했다.

"벼, 병원 가야 하는 거 아니에요? 아까보다 훨씬 심한데?"

"안 가도 돼. 푹 자면 괜찮아져."

"괜찮긴 뭐가 괜찮아요! 병원…….."

말하던 청아의 손목이 덥석 붙잡혔다. 그러더니 윤태의 넓은 품으로 그녀의 몸이 끌려 들어갔다.

"추워서 그래."

"이거 놔요. 약이라도 사 올게."

"아니야. 당신만 있으면 돼."

정신없이 그의 심장이 뛰고 있었다. 열이 심해서 이 그의 품이 덥게 느껴진다.

이렇게 심장이 뛰어서 믿었던 건데. 그는 원래부터 이렇게 강하게 박동하는 심장을 가지고 있는 건지도 모른다.

그러면서 겉은 왜 이리 허탈하기만 한지 모를 일이다.

"안 놓으며 신고할 거예요."

"소송도 해. 내가 당신이 이기도록 도와줄게."

윤태가 중얼거리며 청아의 등을 다독거렸다. 청아가 그를 밀어내자 윤태도 더 고집부리지 않고 그녀를 풀어 준다. 그러나 길을 잃었던 적이 있는 아이처럼 간절히 청아의 손가락 끝을 붙잡았다.

"죽 먹을까?"

윤태가 묻자 청아가 당황을 가라앉히고 쌀쌀하게 대답했다.

"이따가 먹는다면서요."

"안아 줄까?"

"싫거든요?"

"책 읽어 줄까?"

그가 웃으며 묻자 청아가 고개를 저었다. 그러자 윤태가 다시 물었다.

"내가 그렇게 미우면…… 나갔다가 당신이 나 보고 싶어 할 때 다시 올까?"

청아에게서 대답이 없었다. 윤태가 벽을 짚고 간신히 자리에서 일어섰다. 그리고 청아를 일으키며 말했다.

"내일…… 아니면 모레나. 다음 주나. 당신이 와도 된다는 날 올게. 내가 찾은 보상이 틀린 거면 다른 걸 말해 봐. 당신이 원하는 건 뭐든지 해 줄게."

"……."

"당신도 알잖아, 나 좀 문제 있는 거. 난 당신이 원하는 걸 정확하게 말해 주지 않으면 필요한 게 뭔지 몰라."

저런 것들에 속았었나 보다.

그가 자신을 사랑하지 않았다는 걸 알게 되었으면서도 윤태가 가여웠다.

어쩌면 처음부터 그가 위험하다는 걸 알았을지도 모른다. 그의 곁에 있으면 가끔, 끝을 모르고 가라앉는 기분이 들었으니까.

청아가 그를 바라보며 입을 열었다.

"그럼 달래줘요. 지금 좀 울고 싶어서."

윤태가 고개를 끄덕이고 그녀를 꽉 끌어안았다.

그의 품에 안기자 정작, 마구 쏟아질 것 같던 눈물이 나지 않았다. 아까 그가 울 것 같은 표정을 할 땐 눈물이 날 것 같았는데.

내가 슬퍼서가 아니라 그가 가여워서 울 것 같았던 모양이다. 역시 바보천치라고, 청아는 생각했다.

윤태가 중얼거렸다.

"내가 되게 잘 달래고 있나 봐. 안 우네."

"눈물이 안 나서 그래요, 갑자기."

"그러니까 내가 잘 달랜 거 아냐."

"웃기지 마요. 당신이 잘하는 건 울리는 것뿐이잖아요."

청아의 말이 윤태의 심장을 날카롭게 찔렀다. 그가 아랫입술을 깨물고 투정하듯 중얼거렸다.

"어렵다. 안 우는 사람을 어떻게 달래."

눈썹을 힘겹게 꿈틀거리더니, 그가 곧 눈웃음을 지었다.

"그냥 웃어 주면 안 돼?"

그렇게 말하는 게. 그 눈웃음이 왜 이렇게 귀여운지. 왜 따라 웃고 싶어지는지. 왜 그가 울면 나도 울 것 같고, 그가 웃으니 나도 웃음이 나오는지. 청아가 결국 실없이 웃자 윤태도 소리 내어 웃었다. 서로가 조금씩, 더 서로를 웃게 만들었다.

❋　❋　❋

다음 날 아침에 청아가 침대에서 눈을 떴을 때, 윤태는 소파 위에서 몸을 구기고 자고 있고 바다는 침대에 올라와 청아 곁에 누워서 꼬리를 흔들고 있었다.

청아가 웃으며 바다에게 소곤거렸다.

"바다가 제일 먼저 일어났네."

청아가 말하고 귀여워 죽겠다는 듯이 바다를 끌어안았다가 침대에서 일어났다.

아픈 사람을 소파에서 재우기 싫으니 집에 가라고 그렇게 말했는데, 윤태가 이 소파에서 잠들지 않으면 평생 아플 것 같다고 말도 안 되게 우겨 결국 여기에 재웠다.

청아가 윤태를 흔들었다.

"박윤태 씨."

그녀가 부르자 윤태가 벌떡 상체를 일으켰다. 그러더니 제 팔을 주물러 보며 중얼거렸다.

"……말짱하네."

"그래요?"

"아, 더 아파야 되는데. 당신이 불쌍해해 줄 때가 좋았어."

그의 말에 청아가 이마를 만져 보니 정말로 열이 내렸다. 윤태가 팔팔하게 일어나 말했다.

"소파에서 자는 거 너무 힘들어. 침대 하나만 새로 사자. 큰 걸로."

"그러게 누가 여기서 자래요? 나 준다면서요? 왜 내 집에서 맘대로 자요?"

"그건 미안한데……. 아, 모르겠고. 일단 침대 하나만 더 사자. 제발."

"안 돼요."

"돈 벌면 뭐하나. 침대 하나도 마음대로 못 사는데."

윤태가 툴툴거리자 청아가 저도 모르게 웃었다. 그녀가 웃자 윤태가 행복에 겨운 얼굴로 청아를 꼭 안았다.

"우리 청아가 웃으니까 좋네."

그러자 청아가 그를 밀어내며 잔소리했다.

"애정 결핍이에요? 그만 좀 껴안고 출근해요."

"애정 결핍은 맞고 출근은 안 해. 당신 곁에서 떨어지기 싫어."

"말도 안 돼."

"그래도 자기가 나간다는 소리는 안 하네."

"여기가 마음에 든다니까요?"

청아의 말에 윤태는 웃음이 터져 자리에 쪼그리고 앉아 넓은 어깨를 들썩이며 웃었다. 그러다 청아를 올려다보며 말했다.

"왜 이렇게 행복하지?"

"건강해져서 그런 게 아닐까요?"

그녀의 핀잔에도 윤태는 다시 웃음을 터트렸다. 그가 몸을 일으키며 말했다.

"당신이 만들어 준 음식 먹으니까 금방 낫네. 요리 잘한다."

"잘해요. 전에 만들어 준 거, 커틀릿 그냥 먹지. 재료 좋은 거 사 왔는데 왜 안 먹었어요?"

"먹으면 없어지잖아."

"안 먹으면 뭐 어떻게 하게요?"

"얼려 놨어. 나중에 먹으려고."

"그러고 잊어버렸죠?"

청아가 지레짐작하고 묻자 윤태가 웃으며 고개를 끄덕였다.

"응. 그런 걸로 하자."

"빨리 버려요. 새로 해 줄게."

"괜찮아. 내가 해 줄게. 나 당분간 출근 안 하고 당신 옆에만
있을 거니까."

"웃기지 마요. 출근해요, 출근."

"안 할 거라니까. 아침 뭐 먹을래?"

"라면 끓여 줘요."

"좋지."

윤태가 말하며 바다를 불렀다.

"바다야. 산책 겸 라면 사러 가자."

그러자 바다가 느긋하게 윤태에게로 다가왔다. 가까운 거리
에 있는 편의점에 가서 라면과 달걀을 사 가지고 돌아왔다.

✼　✼　✼

윤태는 제가 말한 대로 정말 출근을 하지 않았다.

청아가 오히려 더 바빠서 온종일 들락거리며 일하고 있으면
집에서 늘어져 쉬다가 어차피 오래 산책을 할 수 없는 바다와
식재료만 사서 돌아온 후 온종일 만든 음식을 청아에게 먹이며
즐거워했다.

그 일주일이 순간 같았다. 심지어는 청아에게도 달콤하게 느
껴졌다.

순식간에 출국일이 다가왔다.

윤태는 다음 날 청아가 떠날 거라는 상상조차 하지 못하는 듯
했다. 변함없이 저녁을 만들어 먹이고, 마주 앉아 차를 마시며
행복한 얼굴로 청아를 바라보는 윤태를 보니 청아는 궁금해졌
다.

자신도 저렇게 행복해했을 것이다. 윤태는 제가 그를 목숨도 아까워하지 않을 만큼 사랑하고 있었다는 걸 알았을 텐데, 어떻게 그렇게 긴 시간 동안 아무렇지도 않게 자신을 속였을까.

내가 상처받는 것이 아무렇지도 않을 만큼, 그만큼 내가 미웠던 걸까.

청아가 물었다.

"언제 말할 생각이었어요?"

"응?"

"사실 우리 아버지가 당신네 집안 박살 내 놨다고. 그거 언제 말할 생각이었어요?"

그러자 멈칫하던 윤태가 순식간에 마른 입술을 혀로 핥았다.

"최소한 당신 생일은 지나고 나서 말할 생각이었어."

"그랬구나."

청아가 그를 물끄러미 바라보며 물었다.

"다시 그때로 돌아가면, 그래도 복수는 할 거죠?"

"⋯⋯응."

"이해해요."

청아가 말을 이었다.

"나도 우리 아버지를 용서할 수 없으니까."

"이럴 줄 알았으면 당신에게 접근하지 않았을 거야."

"접근하지 않았어도 내 상황은 똑같았어요. 공방도 닫았을 거고."

"아, 그렇구나⋯⋯."

"당신을 만나서 다행이었어요. 내가 살면서 이렇게 푹 빠져서, 정신을 못 차리고 사랑하게 될 줄 몰랐으니까."

"……."

"그게…… 그냥 남아 있어요. 아직도 당신을 보면 그래요."

윤태가 뭐라 대답하기 전에, 청아는 몸을 일으켜 맞은편에 앉은 윤태에게 입을 맞췄다.

윤태의 눈이 커졌다가 서서히 감겼다. 청아가 입술을 떼자 그녀의 팔을 움켜쥐며 물었다.

"……뭐 하는 거야?"

"키스."

"왜…… 해 주는 건데?"

"당신이 좋으니까."

그녀의 대답에 윤태가 자리에서 일어났다.

그가 걸어와 청아의 턱을 조금 들어 다시 입을 맞췄다. 청아가 부족하다는 듯이 윤태의 목을 끌어안았다. 윤태의 몸에 단숨에 열이 올랐다.

그녀가 자신에게 다시 마음을 열고 있는 것이다. 윤태는 너무 흥분해 전신의 근육이 아프게 느껴질 지경이었다. 윤태가 흥분을 애써 가라앉히고 말했다.

"나중에 해도 돼. 기분 좀 더 풀리고."

"당신이 하도 출근을 안 해서 안 되겠어요."

"무슨 상관인데?"

"상 줄 테니까 출근 좀 해요."

"아. 일리 있네."

윤태가 웃는데 청아가 바다를 달래서 계단을 내려가 1층에 두고 다시 올라왔다. 그러더니 바다를 보낸 게 웃겨서 웃음이 터진 윤태의 셔츠를 당겨 침대로 끌고 가 밀어 눕혔다. 그리고 그의 허리 위에 올라앉았다.

윤태가 그녀를 올려다보며 중얼거렸다.

"행복해서 울 것 같다."

"침대에서 우는 남자 싫어요."

"그냥 말이 그렇단 거지. 난 절대로 안 울어."

그가 말하더니 그대로 청아를 꼭 안았다.

"나 용서해 줄 거야?"

"아뇨."

"근데 왜 나한테 침대를 내줘."

"아까 말했잖아요. 상 주는 거라고."

"내 출근이랑 당신이랑 무슨 상관이야. 용서도 안 해 줄 건데."

"……그냥 뭐. 내가 좀 하고 싶은가 보지."

청아가 삐죽거리자 윤태가 웃었다.

청아가 그의 셔츠 단추를 풀어 벗기더니 혼내듯이 어깨를 짝 때리고 말했다.

"당신도 뭔가 해요."

"왠지 만지면 안 될 것 같아."

"만져요."

"……그렇게 박력 있게 명령하니까 부끄럽지만 좋네."

윤태가 중얼거리며 상체를 일으켰다. 그리고 청아에게 다시 입을 맞추며 그녀의 잠옷 단추를 조심스럽게 풀었다.

그녀의 부드러운 목덜미에 입술을 묻었다가 저도 모르게 웃는다. 그는 왜 웃느냐는 듯이 흘기는 청아의 다리를 잡아당겨 자신을 감싸게 하고 다시 뺨을 감쌌다. 그러고는 질리지도 않는지 다시 청아에게 입을 맞춘다.

그는 청아를 사탕처럼 핥고, 세상에서 제일 좋아하는 장난감처럼 내내 만지고, 잠시도 그치지 못하고 웃었다.

그날, 유한석이 행복을 빼앗은 이후 처음이었다.

처음으로 행복했다.

이제야 행복을 되찾아 가는 기분이었다.

제게 행복은 유청아 그 자체인 모양이라고, 윤태는 생각했다.

작년 첫눈이 오던 날로 돌아간다면 복수 같은 건 잊고 그냥 어떻게든 청아와 행복해질 방법을 찾았을지도 모르겠다는 생각이, 뒤늦게 들었다.

이미 늦었다고 생각했는데, 늦은 줄 알았는데. 그녀가 제 곁에 있다는 사실에 세상을 다 가진 것처럼 행복해지고, 이 순간을 위해 내가 죽지 않고 버텼나 봐, 그런 생각이 들었다.

❈   ❈   ❈

다음 날 새벽에 일어난 윤태는 청아를 깨우지 않으려 조심스럽게 침대를 벗어났다. 청아는 많이 피곤했는지 곤히 잠들어 있었다.

윤태는 조용히 걸어가 최대한 소리를 내지 않고 아침을 준비하기 시작했다. 두부와 닭고기로 청아의 입맛에 맞게 맑은 탕을 끓였다.

조심한다고 해도 꽤 소음을 내며 음식을 만들고 출근 준비를 마쳤는데도 청아가 일어나지 않아 침대에 걸터앉아 그녀의 잠든 모습을 구경했다.

너무 행복해서 심장이 터져 버릴 것 같다. 수천 번 오늘 하루를 반복한다고 해도 질리지 않을 것 같았다.

시간 가는 줄 모르고 청아를 바라보는데 그녀가 눈을 떴다. 청아는 모처럼 슈트 차림인 윤태를 바라보며 잠결에 중얼거렸다.

"상 준 보람이 있네. 출근 준비도 잘하고."

청아의 말에 윤태가 키득거리고 웃었다. 그가 다시 없이 상쾌한 얼굴로 허리를 숙여 청아의 입술에 쪽 입을 맞췄다.

"뭐 먹고 싶어? 집에 올 때 사 올게."

"아무거나."

"알았어. 아무거나."

청아가 두 손을 뻗어 자신을 바라보는 윤태의 눈을 가렸다.

"나 그만 구경하고 출근해요."

"알았어. 다녀올게."

"으응."

윤태가 행복해 어쩔 줄 모르는 얼굴로 청아에게 손을 흔들었다.

그가 출근하자 청아가 몸을 일으켰다.

2시 비행기였다. 어서 준비해서 공항으로 갈 생각이었다.

테이블을 보니 윤태가 정성껏 차려 둔 아침 식사가 있었다. 잠시 보다가, 그대로 놔두고 제가 집에 가져다 둔 모든 짐들을 정리했다. 대부분이 윤태가 마련해 준 것들이라 제 짐은 얼마 되지 않았다.

청아는 마지막으로 바다를 꼭 안아 주며 말했다.

"바다야. 아프지 말고 오래오래 살아."

바다가 귀를 늘어뜨리고 꼬리를 흔들었다. 그러나 청아가 짐을 챙겨 나가자 시무룩하게 축 처져 다시 잠을 청했다.

✼　✼　✼

모처럼 출근한 윤태가 하도 즐거워 보여 희성이 놀리듯이 말했다.

"야, 그렇게 좋냐? 며칠 전까진 금방 죽을 것 같더니."

"응. 좋다."

"와, 그런데 청아 씨도 진짜 대단하다. 어떻게 널 다시 만나냐."

희성의 목소리에 좀 불길한 데가 있었지만 윤태는 전혀 눈치채지 못했다.

희성은 아무리 생각해도 청아의 화가 이렇게 쉽게 풀릴 것 같지 않다고 생각했지만, 이건 윤태와 청아 사이의 문제이니 제가 제대로 모르고 있는 걸 수도 있다고 생각했다.

하기야 그는 한 번의 배신 정도는 용서해 줄 수 있을 정도의 외모와 재력을 가지고 있지 않나. 그냥 넘어가 주려는 것일 수도 있었다.

희성이 말을 이었다.

"혹시 그거 아냐? 지금 유한석 경제적으로 확 어려워졌잖아. 돈 때문에 만나는 걸 수도 있어."

그의 말에 윤태의 얼굴이 더할 나위 없이 밝아졌다.

"진짜 그런 거였으면 좋겠다."

"……뭔 소리야."

"정말로. 나한테서 돈 뜯어내려고 만나는 거였으면 좋겠어.

272

그럼 어쨌든 청아에게 내가 필요한 거잖아. 청아가 필요한 걸 내가 해 줄 수 있는 거고."

"와, 호구다, 호구.

윤태가 즐겁게 웃으며 며칠 전 해외에서 주문해 백화점 직원이 회사로 가져다준 반지 두 개를 바라보았다. 희성이 물었다.

"이거 얼마야?"

윤태가 말없이 영수증을 내밀자 희성이 입이 벌어졌다.

"……이게? 이 반지가? 보석이 막 주렁주렁 달린 것도 아닌데?"

"예쁘지?"

"예쁘기야 하지. 솔직히 이 가격이면 당연히 예뻐야 하는 거 아니냐."

희성의 말에 윤태가 어깨를 들썩이며 웃었다.

집에 가면서 꽃도 한 다발 살 생각이었다. 그리고 돌아와 줘서 고맙다고 말해야지.

그러다 그녀가 아주 기분이 좋아 보이면. 그래서 무슨 말이든 들어줄 수 있는 상태가 된다면 사랑한다는 말도, 해 볼 수 있을지 모른다.

다시 연인이 되어 달라고, 당신만 내 곁에 있으면 무엇이든 할 수 있다고 말할 생각이었다.

윤태가 반지가 들어 있는 상자를 닫았다. 희성이 대표실을 나가고 혼자 남은 그는 청아에게 문자를 보냈다.

[이따가 밖에서 저녁 같이 먹자. 데리러 갈게.]

그렇게 보내 놓고 의자에 앉았다. 언제 답장을 주려나 자꾸만 핸드폰을 보게 된다.

"빨리 우리 청아 보고 싶다. 안아 줘야지. 사진도 많이 찍고, 원하는 건 다 해 주고……."

그러나 이러느니 1초라도 빨리 일을 마치고 회사에서 도망치게 낫다는 생각이 들어 하기 싫은 일을 붙잡았다.

✼　✼　✼

공항에 도착한 청아의 짐은 단출했다. 그래도 나름 이사를 가는 건데 아주 크지도 않은 캐리어에 그녀의 짐이 다 들어갔다.

그게 그녀가 혼자의 힘으로 살아 버티려던 흔적이었다.

공항까지 배웅 나온 연자와 연화도 청아의 손을 놓지 못하고 물었다.

"정말 금방 올 거지?"

청아가 흐릿하게 웃었다.

"그럼요. 그리고 선생님도 이제 쇼 있으면 뉴욕으로 오실 거잖아요……. 아. 정말. 이렇게 신세만 지고 가서 죄송해요."

"신세 지는 거 알면 잠깐 갔다가 돌아와."

"네. 그럴게요."

"그래. 우리 청아는 어딜 가도 잘할 거야. 성실하니까."

연자가 말하다가 결국 못 이기고 손수건으로 눈물을 훔쳤다. 옆에서 미리 다 울고불고 한 연화가 성화를 했다.

"유청아가 뭐 거기 가서 산대? 금방 오는데 왜 그렇게 못 보내? 빨리 보내, 할머니. 여기 듬직한 손녀가 있잖아."

274

"네가 언제부터 손녀 노릇을 했다고. 양심도 없다, 이것아."

"아니, 내가 뭘? 할머니가 청아를 편애해서 삐뚤어진 거야."

"그런 말 할 거면 용돈이나 그만 받아 가!"

"아, 직장이 없는데 어떡해, 그럼?"

"그게 자랑이니!"

두 사람이 싸우는 바람에 청아는 울음이 쏙 들어가 웃음을 터
트렸다. 청아가 말했다.

"선생님, 그동안 절대로 아프지 마세요."

"이미 온몸이 쑤시는데 뭔 소리래."

연자의 말에 청아가 한 번 더 빙그레 웃고, 연화에게 말했다.

"꼭 놀러 와. 알겠지?"

"모르겠네, 방금 내 용돈에 문제가 생겨서."

연화의 말에 연자가 손녀의 등짝을 짝 때렸다. 연화가 엄살을
떨며 청아의 등을 떠밀었다.

청아가 탈 비행기의 탑승이 시작되자 그녀가 핸드폰을 확인
했다.

[이따가 밖에서 저녁 같이 먹자. 데리러 갈게.]

윤태의 문자를 보니 가슴이 미어지게 아팠다. 떠나기 전에 그
래도 전화는 해야 할 것 같았다.

청아가 윤태에게 전화를 걸자 그가 바로 전화를 받았다.

– 응, 청아야. 내가 지금 집에 갈까?

윤태가 어쩐지 애교까지 섞인 목소리로 묻자 청아가 웃었다.
웃음소리 너머에서 어수선한 소리가 들리는지 윤태가 물었다.

– 밖이야? 어디야?

"공항이에요."

– 공항? 왜?

윤태의 목소리가 조금씩 불안해지기 시작했다. 청아가 담담히 말했다.

"저 이제 떠나요."

– 그게…… 무슨 소리야?

"일주일 동안 재워 줘서 고마워요. 당신이랑 지내서 좋았어요. 목걸이는 서랍에 넣어 놨어요. 꺼내 가요."

– 청아야. 그게 무슨 소리야……. 여행 가? 일정 있었으면 말해 주지.

그의 목소리가 심하게 떨리기 시작했다. 정말 놀라기는 한 모양이라고, 청아는 생각했다. 청아는 그가 보지 못할 텐데도 고개를 저었다.

"내가 말했잖아요. 목걸이 돌려주려고 만난 거라고."

– 아, 아니잖아. 그래서 만난 거 아니잖아, 청아야.

윤태가 있는 곳에서 쿵쿵 소리가 들렸다. 그가 정신없이 달려 나오는 모양이었다. 청아가 달래듯이 말했다.

"당신이 못 찾는 곳으로 갈 거예요. 뭐. 찾자면 찾겠죠. 그래도 오지 말아요. 다시는 당신을 보고 싶지 않으니까. 곧 비행기 이륙하니까 갈게요."

– 가, 갑자기 왜 그래. 내가 지금 바로 데리러 갈 테니까 잠깐만 기다려.

"윤태 씨. 나 이제 당신을 잊으려고요."

그녀의 말에 윤태가 단단히 얼어서 애써 웃었다.

– 무슨 소릴 그렇게 무섭게 해. 우리 어제만 해도…….

"어젯밤 일 때문에요? 당신이 날 속일 때도 그랬는데."

– 청아야. 내가 잘못했어. 내가…….

"내가 그날 느낀 거랑 똑같은 기분이려나. 아니다. 비교도 안 되겠구나. 당신은 그때 나처럼 사랑에 빠져 있지 않을 테니까."

– 가지 마. 청아야. 내가 지금 바로 데리러 갈게. 갑자기 정말 왜 그래…….

"갑자기가 아니라."

청아가 후련하다는 듯이 웃었다.

"당신이 그랬잖아요."

– 청아야…….

"친절한 사람은 믿지 말라고."

그녀는 그대로 전화를 끊고 핸드폰을 껐다. 서러운 한숨이 내쉬어졌다.

"결국 사랑한다는 말은…… 한 번도 안 해 주네. 상관없긴 하지만."

금방 잊고 알아서 잘 살겠지. 내가 없어도, 상관없을 거야. 청아는 그렇게 생각했다. 오히려 바다가 더 걱정거리였다.

잠시 후 그녀가 탄 비행기가 이륙했다. 청아는 멀어지는 공항을 한참 동안 바라보다가 두 주먹을 꾹 쥐었다.

울지 않을 거라고 마음먹었다. 절대로 울지 않을 것이다. 미안하다는 말이 아니라 사랑한다는 말이 듣고 싶었는데.

그걸 조금도 모르는 그 바보를 위해 울고 싶지 않았다.

✼ ✼ ✼

공항에 도착한 윤태가 숨을 거칠게 몰아쉬었다. 자신이 한 행동을 그녀도 똑같이 하고 있었다.

그녀가 이미 떠났을 거라는 건 윤태도 알았다. 그래도 그는 일단 공항을 뛰어다니며 청아를 찾았다. 혹시 모르니까, 그냥 무작정 달렸다. 자신이 여기까지 오는 사이에 출발한 비행기도 전부 확인했지만 그중 어느 곳으로 갔는지 알 수가 없었다.

그가 일단 멈춰 서서 서둘러 연자에게 전화를 걸었다. 잠시 후 그녀가 전화를 받자 윤태가 물었다.

"처, 청아……. 청아 어디 있습니까?"

─ 어휴, 이제 와서…… 자네가 무슨 짓을 해도 말 안 해 줄 거니까 물어보지 말게.

"지금 댁으로 가겠습니다, 선생님."

─ 청아를 찾는 건 그 애를 괴롭히는 일이야. 떠날 땐 떠나는 이유가 있겠지. 자네가 우리 애한테 그랬던 것처럼.

그대로 전화가 끊기고 그는 곧바로 희성에게 전화를 걸었다. 희성이 전화를 받자 윤태가 말했다.

"희성아. 청아 찾았어?"

─ 아직 못 찾았는데. 어떻게든 찾아볼게. 그러니까 진정해.

전화로 들리는 윤태의 불안정한 호흡이 걱정됐는지 희성이 다급히 말을 이었다.

─ 야, 너 그냥 공항에 있어. 내가 데리러 갈 테니까. 알겠지?

바닥에 툭툭 눈물이 떨어졌다. 아버지가 돌아가실 때도 울지 않았는데.

20년이 지나고 서른이 넘어서. 이제야 눈물이 쏟아졌다.

그녀가 떠났다는 사실보다, 그녀가 제가 지금 느끼는 만큼 아팠을 거란 사실이 슬펐다. 세상이 부서진 것 같은데. 살점이 조금씩 떨어져 나가는 것처럼 아픈데.

그녀도 이만큼 아팠을 텐데…….

"아, 우리 청아한테 미안해서 어떡하지…….."

— 너 거기서 아무것도 하지 마. 알겠어? 유청아 씨 내가 찾아 줄 테니까 일단…… 야, 박윤태! 내 말 듣고 있지?

윤태가 차에 올라타며 말했다.

"유한석에게 가 봐야겠어."

— 뭐, 뭐?

"부모는 알 거 아냐. 딸이 어디 있는지."

— 미쳤냐? 그 자식한테 어떻게 물어봐?

"내가 가서 물어볼게."

— 그 자식이 순순히 말해 주겠냐? 너 때문에 빚까지 생겼는데.

"그래도 가 보긴 해야지."

윤태는 그대로 전화를 끊고 청아의 본가로 향했다.

윤태가 벨을 누르자 잠시 후 순식간에 핼쑥해진 한석과 기은이 나왔다. 한석이 기가 막혀 삿대질을 했다.

"네놈이 여기가 어디라고 와!"

"청아 있는 곳 좀 알려 주세요."

"뭐, 뭐?"

"청아한테 잘못했다고 해야 하니까. 청아 있는 곳 좀 알려 주십시오."

"그걸 우리가 왜 너한테 알려 줘!"

"알려 주시면…… 지금 일들 제가 수습하겠습니다. 빚도 제가 갚아 드릴게요. 청아 있는 곳만 알려 주시면…….."

"당장 나가!"

한석이 소리치자 윤태가 그 자리에서 무릎을 꿇었다. 그러자 기은이 놀라서 윤태의 팔을 잡아 억지로 일으켰다.

"자네가 우리 앞에서 이러면 어떡해! 우리 청아야 늘 정 선생님 댁에…….."

"거기 없습니다. 공항에서 비행기를 탔다는데 어디로 간 겁니까?"

"그게 무슨 소리야. 우리 청아가 어딜 가."

기은이 무슨 소리냐는 듯이 집으로 들어가 핸드폰을 찾아 들었다. 그리고 청아에게 전화를 걸었지만 꺼져 있었다.

기은이 거듭 번호를 눌러 봤지만 마찬가지였다. 그녀가 순식간에 사색이 되어 윤태에게 물었다.

"우, 우리 딸 어디 갔어?"

"어디 있는지…… 모르십니까?"

"우, 우리 딸……. 우리 딸 어떡해…….."

기은이 핸드폰을 떨어뜨리고 주저앉았다. 넋이 나가 있던 한석 역시 아내 곁에 쓰러지듯 앉았다.

두 사람 모두 딸이 부모인 자신들에게도 말하지 않고 떠나 버렸다는 것을 그제야 눈치챘다. 이제 부모님의 도움을 받지 않겠다고 단호히 말할 때도 농담이 아니었던 것처럼, 청아가 연락을 끊고 조용히 사라져 버린 이 상황도 농담이 아니었다.

정말로 부모도 청아가 간 곳을 모른다는 걸 알고 난 윤태가 힘없이 돌아섰다. 생각나는 곳이 하나뿐이라, 그는 그 근처 청아와 처음 만난 벤치로 가기 위해 가까스로 걸었다.

그녀가 온다는 보장만 있으면 저곳에서 얼마든지 기다릴 수 있었다.

하지만 그녀는 오지 않는다. 그러려고 사라진 거니까.

제가 지금 느끼는 이 아픔을 그녀도 느꼈을 것이다. 그뿐이랴. 자신은 사랑에 빠져 자신에게 무엇이든 다 해 주려던 그녀에게 모든 감정이 거짓말이었다고 말했다. 그녀가 느꼈을 배신감을 지금 그는 상상조차 할 수 없었다.

"미안해, 청아야. 내가 잘못했어."

윤태는 시야가 흐려지는 것을 느끼고 어느 순간엔가 핸드폰을 떨어뜨리며 자리에 쓰러졌다.

❋ ❋ ❋

눈을 떠 보니 병원이었다. 윤태가 눈을 뜨자 안도한 희성이 주저앉았다.

"아, 이 새끼 때문에 내가 무슨 고생이야……."

희성이 한참 욕설을 내뱉다가 몸을 일으키더니 정신이 돌아오자마자 핸드폰을 찾아 청아에게 전화를 걸어 보는 윤태에게 말했다.

"김 비서가 정 선생님 댁 갔는데 경찰에 신고하시더래. 무슨 일이 있어도 말 안 해 주실 거야."

시간이 꽤 지났음에도 청아가 전화를 받지 않는다는 걸 확인한 윤태가 물었다.

"정말로…… 청아가 날 떠난 거야?"

그의 질문에 희성이 한숨을 푹 쉬었다.

"어."

"……."

윤태가 고개를 끄덕이더니 다시 입을 열었다.

281

"나 잠깐만 혼자 있을게."

"안 돼."

"잠깐만."

희성이 걱정스러운지 표정을 마구 구기더니 제 머리칼을 마구 헝클며 병실을 나갔다. 윤태가 천천히 눈을 감았다.

그녀가 돌아오지 않을 때, 제가 살아야 하는 이유를 찾았다. 제가 앞으로도 삶을 버텨야 할 이유가 쉽사리 떠오르지 않았다.

7. 가득한 별

　청아는 곧바로 시대극 드라마 의상을 제작하는 현장에 투입
되었다.

　그녀는 손이 압도적으로 빨랐고, 경력이 있는 데다 감각도 좋
았기 때문에 인턴 기간이 끝난 후 정식으로 채용되어 많은 양의
일을 담당하게 되었다.

　12월에 떠나서 벌써 1년하고도 8개월이었다. 시간이 순식간
에 흘렀다. 중간에 쇼가 있었던 연자가 한 번 다녀가고, 연화는
두 번을 왔다 갔다.

　연화는 청아의 부모님 댁에 들러 상황을 전해 듣고 알려 주었
는데, 재산 대부분을 처분했다는 듯했다. 윤태도 만족을 했든
안 했든 더 이상의 고소 고발을 멈췄다고 했다.

　그리고 한국으로 돌아가서는 청아의 소식을 그녀의 부모에게
전해 주었다. 청아는 늘, 연자 같은 스승과 연화 같은 친구가 있

283

다는 게 제 생애 최고의 복이라고 생각했다.

여느 때처럼 누구보다 일찍 출근한 청아는 길게 자란 머리칼을 한 갈래로 묶고 일을 시작했다.

극 중 나오는 손수건만 수백 가지였는데, 그 손수건에 들어가는 자수를 전부 청아가 담당하고 있었다.

여느 때처럼 누구보다 일찍 자리에 앉은 청아가 손수건에 자수를 놓는데 팀 동료인 안젤라가 하얀색 드레스가 입혀진 마네킹을 끌고 왔다.

「나 좀 도와주면 안 될까? 나 진짜 큰일 났어…….」

안젤라가 울상이 되어 말하자 청아가 한숨을 쉬며 말했다.

「그러게 맨날 보는 남자 친구랑 뭐하러 그렇게 늦게까지 있었어?」

「좋아 죽겠으니까.」

「이따가 커피 사.」

「샌드위치도 살게.」

안젤라가 얼른 대답하고 먼저 드레스에 비즈를 달기 시작했다.

마지막 손수건까지 꼼꼼하게 마무리를 한 청아가 안젤라 옆에 앉아 그녀가 하는 것을 보고 똑같이 드레스에 비즈를 달았다.

여기 온 이후에는 매일 바느질의 연속이었다. 인턴일 때는 그럭저럭 패턴을 자르는 것도 해 보고 염색도 해 보고 했는데 정식으로 채용된 이후에는 바느질에서 벗어날 수 없었다.

그녀는 디자이너의 신임을 얻어 점점 더 중책을 맡았지만 그 중책이란 게 언제나 바느질이었다.

'강 실장님 팀이었으면 일주일 만에 끝났을 텐데. 몇 주를 잡

고 있는 거야…….'

청아가 생각하며 빠르게 손을 움직였다.

진행은 느렸지만 배우는 것도 많았다. 특히 3D 프린터로 소품을 만들어 내는 걸 처음 봤을 때는 감동도 받았다.

일하는 환경과 급여로는 여기가 월등히 좋았지만, 청아에게는 한 사람이 정신없이 많은 일을 처리하던 강제화의 팀이 오히려 잘 맞았다.

청아의 빠른 손 덕분에 비즈 다는 것을 마친 안젤라가 신이 나서 팔짝거리고 뛰었다.

「역시 너밖에 없어! 다음엔 내가 도와줄게!」

그녀는 청아에게 약속한 커피와 샌드위치를 사다 주려고 나가려다 잠깐 핸드폰을 확인했다. 청아는 그녀가 사용하는 어플이 윤태가 만든 것임을 알고 저도 모르게 시선을 돌렸다.

블루월의 무서운 성장세는 여전히 꺾일 줄을 몰랐다. 타국에 있는데도 TV에서 윤태를 본 적이 있었다.

그는 잘 지내는 것 같았다. 여전히 능력 좋고 근사했다. 윤태는 지금도 이따금 연자가 좋아하는 감과 좋은 술을 한가득 사들고 찾아와 청아의 안부를 묻는다고 했다. 연자는 얻어먹기만 하는 게 민망하다며 윤태에게 전해 줄 말이 없냐고 물었지만 청아는 정말로 그에게 전해 줄 말이 떠오르지 않았다.

그가 미운데, 동시에 뭐라 말해야 할지 모를 만큼 미안했다. 게다가 2년이 지나도록 그에 대한 마음이 사그라지지를 않았다.

여기 와서 데이트를 두어 번 해 봤지만 결국은 제가 아직 박윤태를 사랑한다는 것만 깨달아 모두 첫 데이트만으로 끝이 났다.

안젤라가 떠난 후 청아가 팔 스트레칭을 하는데 그녀의 핸드폰이 울렸다.

청아는 연자의 번호인 걸 확인하고 바로 전화를 받았다.

"네, 선생님."

– 너 언제 올 거니? 벌써 2년은 됐어.

"제가 일을 너무 잘해서 안 놔줘요."

– 제화가 할 말 있대. 좀 들어 봐.

"네? 강 실장님이요?"

청아가 고개를 갸우뚱하는데 냉큼 강 실장이 전화를 받았다.

– 청아 씨! 한국 와.

"네?"

– 한국 오라구. 청아 씨 정상연 감독님 알지? 내가 이번에 정 감독님 영화 의상감독 맡았는데 청아 씨 한복 쓰고 싶대. 영화에서 청아 씨 디자인이 정말 마음에 들었나 봐.

"저, 정말요?"

– 그래! 이거 청아 씨 나이에 정말 드문 기회다? 알지? 청아 씨 거기서 돈 얼마나 받아? 많이 받아? 어?

강 실장이 하도 몰아붙여 청아가 연봉을 알려 주자 그녀가 흠칫하더니 물었다.

– ……지금 그만큼 받는다고?

"네."

– 대, 대신 여긴 내가 있잖아!

강 실장의 다급한 목소리에 청아가 희미하게 웃었다.

"그런데 저……."

– 박 대표 걱정은 하지 마. 이제 영화 일에는 자기가 안 나선 지 오래돼

286

서 마주칠 일 절대 없어.

"그, 그게 아니라요! 저 드라마 시즌 끝날 때까진 일해야 돼서 다음 달에나 일이 끝나요."

─ 영화 내년에 들어가. 마음 정하면 계약서 보내 줄게. 그거 도장이나 먼저 찍어 놔.

청아가 제가 쥔 새하얀 드레스를 바라보았다. 갑자기 커다란 기회가 쥐어지자 긴장감에 눈앞이 핑핑 돌았다.

여기 있는 것과 한국으로 돌아가는 것. 여러 가지 비교를 할 수 있지만 한 가지 대체할 수 없는 것이 있었다. 한국으로 돌아가도 양장을 다룰 일은 생기겠지만 여기 있으면 한복을 다룰 일이 아예 없었다.

그 한 가지만으로도 사실, 청아에게는 돌아가야 할 이유가 충분했다.

그녀는 제가 이곳에 있는 이유 중 가장 큰 것이 도피라는 것을 알았다. 그녀의 인생은 늘 타국으로 도피의 연속이었다. 이제는 이렇게 도망만 다니는 것도 지긋지긋했다.

하고 싶은 일을 하며 살고 싶었다.

❊　❊　❊

"블루월을 위하여!"

"위하여!"

회사를 확장해 같은 빌딩 24층 벽을 전부 허물고 그 자리에서 임원 몇이 건배를 했다.

윤태는 술을 끊은 지 오래라 잔에 입 대는 시늉만 하고 손을

287

내렸다. 술잔을 내려놓은 윤태가 사람들의 등을 떠밀었다.

"자, 이러지 말고 퇴근합시다. 해도 짧은데."

"대표님도 한잔하고 가시죠?"

"괜찮습니다."

윤태가 쫓아내자 다들 24층을 나섰다. 희성이 문 앞에 남아 24층에 홀로 서 있는 윤태를 힐끔거렸다. 옆에서 김 비서가 안도해서 말했다.

"전 2년 전엔 정말 대표님 돌아가시는 줄 알았어요. 일주일 동안 꼼짝도 안 하고, 물도 안 드시려고 하시고."

"내 말이. 오죽하면 그 웬수한테 가서 무릎도 꿇었잖아. 유청아 씨 있는 곳 알려 달라고……. 근데 부모도 몰라. 자기 자식이 어디 있는지. 유한석 완전히 넋이 나가서 합의하면 웬만하면 해 달라는 대로 해 주더라. 유한석 아내는 유청아 씨 연락 안 되는 거 알고 쓰러져서 한동안 병원에 있었대. 자식이랑 연 끊기는 게 제일 힘든가 보더라. 아주 복수 제대로 한 거지."

"유청아 씨도 정말 독하시네요……."

김 비서가 혀를 차는데 희성이 슬쩍 쪽지를 꺼냈다.

"유청아 씨 번호 알았는데. 조만간 한국 들어와서 정상연 감독이랑 일한다더라."

"지, 진짜요?"

"근데 이제 와서 박윤태 들쑤실 거 없지? 겨우 좀 정신 차리는데."

"하긴……."

"아직도 계속 핸드폰 확인해?"

"그건 이제 못 고쳐요. 병이에요, 병."

김 비서가 한숨을 쉬며 뒷정리를 위해 다시 27층으로 향했다.

창석이 윤태의 퇴근 준비를 하려고 대표실에 들어섰다가 불만스러운 표정을 지었다.

일하다가 딴생각을 했는지 데스크 위에 커피가 쏟아져 있었다. 급하게 나오다 쏟아진 모양이었다. 잠시 후 자기가 와서 치우려던 모양이었다.

"아니, 이럼 좀 누구를 부르시지. 비서팀이 왜 있어?"

창석이 구시렁거리며 비서팀에서 마른 행주 하나와 젖은 행주 하나를 가져왔다. 마른 행주로 우선 깔끔하게 데스크 위를 닦고 서랍도 커피가 흐르지 않았나, 가장 위 서랍부터 하나씩 열어 보았다.

그러다 맨 아래 서랍을 연 김 비서가 잡동사니 아래에 '박윤태' 이름 세 글자가 적힌 편지 봉투 하나를 발견했다.

김 비서가 주변을 두리번거리며 슬쩍 봉투를 꺼냈다. 평소 같으면 절대 그의 물건에 손을 대지 않겠지만 지금은 좀 달랐다. 희성이 청아의 행방을 알게 된 이상 윤태의 마음을 조금은 알아야 했다.

창석이 서랍 안에 쪼그리고 앉아 봉투 안에서 편지를 꺼냈다.

그리고 순식간에 표정이 굳어 서둘러 서랍을 닫고 대표실을 달려 나갔다. 그는 희성에게로 달려가 그에게 편지를 흔들어 보였다.

"양 실장님!"

"왜?"

"빨리 이거 좀 읽어 보세요!"

김 비서의 말에 희성이 의아해하며 편지를 읽고 표정이 하얘졌다. 그가 겁에 질려 말했다.

"바, 박윤태 옥상 간다고 했는데?"

"네, 네? 지금요?"

두 사람이 정신없이 옥상 가는 계단으로 달렸다.

✻ ✻ ✻

회사를 확장하고 나니 윤태는 한바탕 진이 빠지는 기분이었
다.

그는 빌딩 옥상에 서 있었다. 고개를 들어 오랜만에 실컷, 좋
아하는 하늘을 보았다. 한동안은 하늘을 보면 청아가 지독히 떠
올라 고개를 들 수가 없었다.

윤태는 제 인생이 무척이나 우스웠다. 복수는 그의 인생을 지
탱했다. 그런데 그 복수가 완성되면, 청아를 잃는 것이었다. 둘
다 있지 않으면 제 인생은 유지가 되지 않는데, 동시에 얻을 수
는 없었다.

그러니까 자신은 결국 여기 이상으로 살아갈 수 있는 삶을 받
지 못한 것이다. 억울하지만 별수 없었다.

그때 옥상 문이 열리고 희성이 먼저 정신없이 달려왔다.

"야, 이 미친 새끼야!"

"대표님! 도대체 무슨……. 왜 이러세요, 정말!"

있는 힘껏 달려온 김 비서가 윤태의 팔을 붙잡고 엉엉 운다.
윤태가 황당함에 미간을 좁혔다.

"뭐 해, 둘 다?"

"태연한 척 하지 마요! 유서 써 놨잖아요!"

"남의 책상 함부로 뒤지지 말아 줄…… 아, 커피."

"옥상은 왜 오신 겁니까, 도대체!"

"나 원래 옥상 자주 오잖아?"

윤태가 억울한 표정을 지으며 희성에게 하소연하듯 말했다.

"그냥 바람 좀 쐰 거야. 유서는 그냥 먼 미래를 위해서 써 놓은 거고. 애초에 나 죽으면 우리 바다는 누가 돌봐?"

"바다…… 아프잖아."

"오래 살겠지. 돈을 그렇게 들이는데."

윤태가 투덜거리며 희성의 손에서 유서를 뺏었다.

"내가 갑자기 죽을 수도 있잖아. 그래서 써 놓은 거야. 호들갑 좀 떨지 마. 나만큼 돈 있는 사람 중에 미리 유서 안 써 놓는 사람이 어디 있어?"

그의 말에 오두방정을 떨던 두 사람이 아무 말도 못 하고 시선을 피했다.

윤태가 먼저 계단으로 향하며 투덜거렸다.

"아니, 갑자기 왜 내가 자살을 할 거라고 생각한 거야. 이렇게 좋은 날."

그가 먼저 내려가자 희성이 민망해하며 말했다.

"우리가 좀…… 과보호하나?"

"그러게요. 대표님이 애도 아니고……."

"……."

"……."

"아, 우리 돈줄인데 좀 과보호하면 어때."

"이하동문입니다."

"유청아 씨한테 전화 좀 해 봐. 난 원래 설득 잘 못 하잖아."

"네. 양 실장님은 설득 못 하시니까 제가 할 거예요."

희성이 쪽지를 넘겨주자 김 비서가 냉큼 받아 들었다.

그리고 희성에게 먼저 가라고 손짓한 뒤 핸드폰을 꺼냈다. 그가 청아의 번호를 누르자 곧 그녀가 전화를 받았다.

– 누구세요?

"정말 심각하니까 제발 끊지 말고 제 말 좀 들어 주세요, 유청아 씨! 저 김창석입니다!"

김 비서가 있는 힘껏 말하자 청아가 푹 한숨을 쉬었다. 그녀가 전화를 끊지 않자 창석이 안도하며 말했다.

"정말 한 번만 저희 대표님께 연락해 주시면 안 될까요?"

– 무슨 일 있기라도 해요?

"그런 건 아니지만……."

– 잘 지내고 있으면 만날 필요 없잖아요.

김 비서가 울 것 같은 목소리로 말했다.

"우리 대표님이요. 맨날 과로해요. 정말 맨날."

– 그래서요.

"그러다 시간 나면 청아 씨에게 연락 안 오나, 핸드폰만 보고 있고. 취하면 자기도 무슨 짓 할지 모르니까 술도 끊으셨어요."

– ……그게 나랑 무슨 상관이에요.

"매일 기다리는 거예요. 청아 씨가 연락해 주기만 기다리면서 사는 거라고요. 평생 저렇게 멍청하게 살게 생겼다고요……."

창석의 말에 잠시 말이 없던 청아가 그대로 전화를 끊었다. 창석이 한숨을 푹 쉬고 곧 힘을 내서 혼잣말했다.

"그래도 최소한…… 대표님이 기다리신다는 건 말했으니까."

✳ ✳ ✳

바다는 요즘 건강이 매우 좋지 않았다. 병원에서는 그렇다는데 윤태가 보기에는 그냥 체력만 좀 떨어졌다 뿐이지, 그리 상태가 나빠 보이지 않았다.

바다는 윤태가 청아를 위해 마련한 집을 좋아했다. 보통은 엘리베이터 앞에 앉아 시위하는 것으로 그 집에 가자는 제 뜻을 표현했다.

오늘도 바다가 엘리베이터 앞에서 꼼짝을 안 하기에 윤태는 바다를 데리고 공방이 있는 그 집으로 향했다.

그 집은 윤태가 워낙 자주 들락거리는지라 사방에서 사람 사는 냄새가 났다. 집에 들어서자 바다가 집 여기저기를 다니며 한참을 킁킁거렸다.

바다는 언젠가 청아가 이 집에 돌아올 것을 믿는 것처럼 이곳에 오면 청아를 찾아 온 집 안을 한 바퀴 돌았다.

윤태는 그런 바다를 연신 카메라에 담았다. 그가 사진을 확인하며 중얼거렸다.

"청아 사진이라도 많이 찍어 놓을걸. 헤어지면 안 볼 줄 알고, 그 사람 사진을 한 번도 안 찍어 줬더라. 사진도 안 찍어 주는 놈이랑 뭐하러 그렇게 만나 줬을까."

그러니까 아무리 연자를 찾아가도 대답 한 번 돌아오지 않는 것이다. 제가 그녀의 사랑을 받을 수 있었던 건 어쩌면 제 생애 단 한 번뿐인 행운이었을지도 모른다.

바다는 지쳤는지 청아가 일주일간 머물던 침대에 웅크려 누웠다. 윤태가 바다의 곁에 앉자 바다가 몸을 일으키더니 그의

293

품에 머리를 비볐다. 윤태가 웃으며 바다를 다독거렸다.

"오늘따라 왜 이렇게 어리광이야."

제 주인이 좋아 죽겠다는 듯이 꼬리를 살랑거리며 품에 얼굴을 파묻었던 바다가 곧 움직임을 멈췄다. 동시에 윤태의 얼굴에서 서서히 미소가 가셨다.

"바다야?"

윤태가 조심스럽게 바다를 어루만졌다. 늘 손에 느껴지던 박동이 느껴지지 않았다.

"바다야. 힘이 없어?"

숨을 안 쉰다는 걸 알았지만 윤태는 자꾸만 말을 걸었다.

그렇게 아무렇지도 않은 척 여기까지 와 놓고. 그렇게 건강한 척해 놓고 이러는 법이 어디 있나.

"너 나 엄청 좋아하잖아. 이러지 마."

윤태는 그래도 청아가 남겨 준 게 하나는 있어서 좋았다. 제가 외로울까 봐 바다와 연을 만들어 주고 갔나 보다, 고마워했다.

"너 하고 싶은 거, 먹고 싶은 거 다 해 줄 테니까 가지 마. 응? 제발."

그가 아무리 애원해도 바다는 깊은 잠에 빠진 것처럼 눈을 뜨지 않았다.

이렇게 일찍 자신을 떠날 거면 차라리 애초부터 모르는 사이였던 게 나았다.

❀   ❀   ❀

청아는 10월 중순에 한국으로 돌아왔다.

귀국한 청아는 강제화의 회사 창고 근처에 싸고 괜찮은 원룸을 잡아 짐을 풀었다. 그러나 그로부터 일주일은 연자네에서 연화와 밀린 이야기를 하며 술을 마셨다. 이렇게 아무것도 안 하고 쉰 건 정말 오랜만이었다.

그렇게 회포를 푼 후에는 그동안 마음을 여러 번 먹었지만 하지 못했던 것을 실행에 옮겼다.

청아는 기차를 타고 제가 태어난 곳으로 향했다.

기차에서 내려 한참을 더 들어가는 곳까지 의외로 한 번에 가는 버스가 있었다. 버스 안에는 젊은 여행객들로 가득했고 그 여행객들 모두 청아가 내리는 곳에서 내렸다. 청아는 여행에 들떠 한껏 꾸민 사람들 덕에 립스틱도 안 바르고 여기 온 것이 문득 민망하게 느껴졌다.

청아는 처음엔 제가 제대로 찾아가고 있는 것이 맞나, 의아했다. 제가 상상하기에 부모님도 윤태의 가족도 살아가던 그 마을은 규모가 작고 관광지는 결코 아니었다. 그러나 버스에서 내리자마자 청아는 제가 맞게 찾아왔음을 알았다.

마을 입구에 현수막으로 '블루월 설립자 박윤태의 고향'이라고 적혀 있었기 때문이었다. 청아는 그제야 그간의 화제 덕에 이곳이 유명해진 것을 알았다.

"누가 보면 위인인 줄."

그녀는 저도 모르게 픽 웃고 나서, 이름을 듣고 웃을 정도가 된 걸 보니 시간이 많이 흐르긴 했다는 생각을 했다. 동시에 가슴이 콕콕 쑤셔 오긴 했으나 이것은 어차피 평생 안고 가야 할 감정이라고 생각해 받아들인 지 오래였다.

모든 것이 청아의 예상과 달랐다. 마을은 활력이 넘쳤고, 사람들로 북적북적거리고 있었다.

변변치 않게 준비한 돈과 선물을 내미는 것이 민망할 정도로, 이미 윤태가 이 지역에 굉장한 돈을 투자한 듯했다. 마을 전체가 블루월의 광고판 같았다.

애초에 한석에게 복수한 것도 오로지 윤태의 집요함 덕이었을 테니 주민들의 환대도 이상하지 않았다.

천천히 걷던 청아는 어느 한 집에 멈춰 섰다.

카페로 운영되는 건물이었는데, 카페 이름이 익숙했다.

<위로해 주고 싶지만 방법을 모를 때>

"카페 이름이 엄청 기네……."

딱 한 번, 청아가 윤태가 만든 SNS를 사용했을 때 골랐던 이모티콘이었다.

청아는 그 추억에 이끌려 무심코 카페 안으로 들어섰다. 금요일 오후의 카페는 앉을 자리 없이 북적거리고 있었다. 주변을 두리번거리며 앉을 자리를 찾는데 카페 사장인 중년의 여자가 눈이 휘둥그레져서 달려왔다.

"손님. 혹시……."

청아가 뜨끔해서 얼른 고개를 푹 숙였다.

"아, 안녕하세요. 저는 유청아라고 합니다."

"맞구나, 청아! 내가 너 돌잔치도 갔는데. 세상에."

그녀가 청아의 두 손을 꼭 잡으며 말했다.

"나는 윤태 고모."

"그, 그러셨군요!"

청아가 난처해하는데 사장이 말을 이었다.

"윤태가 고향만 오면 얼마나 네 얘기를 했는지."

"제 얘기……요?"

"그래. 너 만나면 화내지 말라고 투자하는 돈이라면서, 사기꾼은 청아 아버지지 청아는 아니지 않느냐고. 네가 그동안 얼마나 열심히 살았는지 듣고 싶지 않은데도 와서 계속 이야기하고 다녔어."

"……."

"그렇게 반듯하고 성실하게 살았다면서 윤태가 얼마나 자랑을 했는지. 처음에는 여기 발도 못 붙이게 할 거라던 사람들이 지금은 다들 정말 안 오나, 기다렸어."

그녀의 말에 한참을 멍하던 청아의 눈시울이 붉어졌다.

윤태는 늘 자신을 불안하게 했다. 그와 함께 있던 일주일도 그랬다. 떠나던 순간까지도 제게 가진 그의 마음을 정확히 몰랐다.

그런데 이제야 그때 정신없이 달려 나오던 윤태의 마음을 알 것 같았다.

그는 정말로 자신을 용서했을 것이다. 동시에 진심으로 사과했던 것이고, 어쩌면 진심으로 함께하고 싶었던 걸지도 모른다. 그 마음이 그들의 고향에 고스란히 남아 있었다.

청아가 입술을 꾹 물었다가, 결국 실없이 웃으며 농담조로 말했다.

"……되게 혼날 각오 하고 왔는데. 저 나름 돈도 모아 왔어요. 드리려고."

"어이구. 젊은 아가씨가 뭐 얼마나 모았다고."

"빈손으로…… 죄송하다고 하기 민망해서……."

청아가 결국 못 견뎌 울음이 터지자 윤태의 고모가 그녀를 꼭 안고 등을 다독였다.

"네가 뭘 그렇게 잘못했다고 울어, 울기는……."

윤태의 고모는 청아의 팔을 잡아끌고 이곳 토박이들에게 그녀를 소개해 주고 다녔다. 다들 청아의 얼굴을 보고 분통을 터트렸지만 그래도 윤태의 도움을 받으며 설득을 들었던 탓에 대부분 화를 내는 동시에 청아의 죄송하다는 마음을 받아 주었다. 와 줘서 고맙다며 등을 토닥거렸다.

제가 어떻게 산들 결국은 가슴에 박혀 있는 이 죄책감에서 벗어날 수 없을 거라고 생각했었다. 그래서 꼭꼭 숨어서 살아야지, 마음먹었는데. 여기에 오니 가슴에 박혀 있던 것이 이제는 아주 조금, 덜 아프게 느껴졌다.

*　*　*

막 동영상 스트리밍 사이트의 개편을 마친 윤태는 대표실 제자리에 앉아 한강 쪽으로 의자를 돌리고 앉았다.

바다가 떠난 후, 잠시도 쉬지 않고 일을 했다. 그러다 지치면 쓰러져 잠들고, 깨서 일하기를 반복했다.

그는 여느 때처럼 한강이 아닌 핸드폰을 바라보고 있었다.

그녀의 흔적만 느낄 수 있어도 살 수 있을 것 같았다. 용서까지는 바라지도 않았다. 그냥 한 번만, 연락을 해 줬으면 좋겠다고 생각했다.

지독히 우울해질 때는 언제나 아버지가 돌아가시던 날의 잔상이 떠올랐다. 요즘은 죽고 나면 편해질 것 같아 아버지가 부러울 때도 있었다.

윤태는 지독한 우울증에 빠져 있었지만 겉으로는 그리 티가 나지 않았기 때문에, 그의 상태가 심각하다는 것을 아는 것은 희성과 김 비서, 그리고 그의 어머니 정도였다.

우울함에 빠진 그가 극단적인 생각을 하는 것을 막아 세우는 것은 언제나 청아였다. 자신이 스스로 목숨을 끊기라도 하면 청아는 분명히 충격을 받을 것이다. 그녀 역시 자신과 같은 우울함에 빠져 버릴지도 모른다.

그녀는 그래서는 안 된다. 유청아는 행복하게 살아야 했다. 자신이 멀어져서 행복하다면 그렇게 해 줄 수 있었다.

쓸쓸하게 살다가 겨우 세상에 나오려 하던 그녀를 제 손으로 부수고 말았다. 사랑을 한다면 그런 짓을 했을 리 없다고, 윤태는 언제나 생각했다.

자신은 그녀를 사랑한다고 말할 자격이 없었다.

죽게 된다면 최대한 사고사로 꾸미는 것이 좋겠다고 생각했다. 그냥 세상 모든 사람이 생각하는 우연한 죽음을, 윤태는 꿈꾸고 있었다.

핸드폰만 바라보던 그가 잠시 시선을 떼고 한강을 보았다.

그때 그의 핸드폰이 울렸다.

업무상 그의 핸드폰은 원래가 연락이 잦았다. 그래서 아무런 기대 없이 핸드폰을 든 윤태의 동작이 멈췄다.

모르는 번호였다.

그의 손이 떨리기 시작했다.

"네. 박윤태입니다."

윤태가 그렇게 말하고 나니, 수화기 너머에서 파도 소리가 들렸다.

한동안 기다려도 말이 없자 윤태가 물었다.

"혹시 당신이야?"

그래도 여전히 대답이 없어서, 윤태가 말을 이었다.

"말하고 싶지 않으면 안 해도 돼. 그냥 내가 말할게. 전화해 줘서 고마워. 정말, 고마워."

보고 싶어. 보고 싶어 죽을 것 같아, 유청아. 당신이 너무 그리워서, 살아도 사는 것 같지가 않아.

윤태가 의자 뒤로 기대 눈을 감고 중얼거렸다.

"생각해 보니까 나는 파란색을 좋아해. 당신이 말해 줘서 알았는데, 정말이더라. 모든 것이 똑같으면 항상 파란색을 골라. 그리고 첫눈도 좋아. 첫눈이 오면 어쩐지 당신을 만날 수 있을 것만 같거든. 아. 그리고 또…… 며칠 전에 바다가 떠났어. 당신한테 준 집 있지. 바다가 떠나는 날에도 거기 가서 당신을 찾더라? 개도 자기한테 마음 써 준 사람은 아나 봐."

윤태가 실소하며 중얼거렸다.

"그러니까. 그걸…… 바다도 알더라고."

윤태는 말을 마친 후 전화로 들려오는 파도 소리를 들었다.

전화를 건 사람은 영영 말을 하지 않을 생각인 것 같았지만 윤태는 상관없었다. 이 전화가 그녀라고 믿고 이대로 전화를 끊기만 해도 그는 충분했다.

한동안 파도 소리만 들리다가 상대방이 전화를 끊었다.

그리고 잠시 후 사진이 도착했다.

윤태의 집이 있던 곳에 세운, 지금은 그의 고모가 운영하는 카페의 간판을 찍은 사진이었다.

[위로해 주고 싶지만 방법을 모를 때]

윤태는 한참동안 사진을 바라보다가 사진과 이미 머릿속에 단단히 박혀 버린 번호를 저장했다.

그리고 천천히 고개를 들어 한강을 바라보았다. 매일 보아도 몰랐는데, 오늘은 달랐다.

그는 이제야 한강에 내린 노을이 예쁜 것을 알아보았다.

✳ ✳ ✳

작년 겨울이 시작되기도 전부터 윤태는 첫눈을 기다렸다. 11월이 되던 날부터 감각이 좋은 세인에게 물어 그날 입을 옷을 전부 골라 둘 정도였다.

그날 벤치에 앉았을 때가 새벽 4시였다. 그즈음부터 눈도 내리기 시작했다. 어두운 밤이 물러나 해가 비추고, 사람들도 깨어나기 시작했다.

눈은 출근 시작 즈음 그쳤다. 기온이 바로 올라 눈이 쌓이지는 않았다. 중간에 그를 알아본 사람들이 수군거리기도 하고, 몰래 사진을 찍어 가기도 했다.

그래도 그는 주변을 신경 쓰지 않고 그 자리에서 하염없이 청아를 기다렸다. 그나마 그녀를 만날 수 있는 희망이 있는 날이 그날뿐이었기 때문에 윤태는 쉽게 기다림을 포기할 수 없었다.

그로부터 며칠 뒤에 눈 예보가 있을 때도 윤태는 그곳에 있었다. 혹시, 청아가 첫눈을 못 봤을 수도 있으니까. 처음 내린 눈이 첫눈이 아니라 내가 본 첫눈이 첫눈인 거니까.

그 일을 앓아 누울 때까지 반복했다. 그즈음 바다는 눈을 좀 싫어하게 되었는데, 아마도 윤태가 눈이 오는 날이면 자신과 놀아 주지 않았기 때문일 것이라고 세인이 말했었다.

작년에 그렇게 호되게 앓아 놓고도 윤태는 올해의 첫눈이 오는 날을 기다렸다.

올해는 만나 줄지도 모르는 일이다. 작년에 그녀는 눈이 내리지 않는 곳에 있었던 거다. 그래서 눈을 보지 못했을 수도 있으니까.

그러니까 올해는 꼭, 자신을 만나러 와 주리라. 그는 희망에 부풀었다.

❋ ❋ ❋

윤태는 오랜만에 가족이 모두 모여 식사를 하는 중에도 자꾸 핸드폰을 확인했다. 그러자 그의 아버지 주섭이 한 소리 했다.

"윤태야, 넌 오랜만에 가족이랑 밥 먹는데도 핸드폰만 보니?"

"죄송합니다, 연락 올 곳이 있어서."

그가 핸드폰을 내려놓고도 자꾸 힐끔거리자 맞은편에 앉아 있던 형 기웅이 물었다.

"여자 연락 기다리냐?"

"밥이나 먹어."

윤태가 모른 척했지만 경화는 너무나 반가워 손뼉까지 치며 물었다.

"너 요즘 만나는 사람 있니?"

"없어요."

"그럼 누구 연락을 그렇게 기다려?"

그러자 윤태가 저도 모르게 미소를 지으며 말했다.

"청아가 오랜만에 귀국해서요."

그의 대답을 듣는 순간 경화가 손에 힘이 풀려 숟가락을 떨어뜨렸다. 옆에서 세인이 고개를 갸우뚱하며 물었다.

"엄마, 뭘 그렇게 놀라?"

"응? 아, 아냐……."

경화가 윤태의 표정을 살폈다.

경화는 지난 2년 동안 윤태가 어떻게 살았는지를 봐 왔다. 지금도 매일 윤태의 상태를 확인하지 않으면 조마조마했다. 아들은 정말이지, 언제라도 미련 없이 세상을 등져 버릴 것처럼 위태로웠다.

그녀가 조심스럽게 물었다.

"어떻게…… 연락이 됐니?"

"그 사람이 전화를 했어요."

"……."

경화의 얼굴이 파리해졌다.

윤태는 정말로 청아의 연락이 행복한 표정이었다. 그래서 그녀는 더더욱 불안했다.

윤태로 인해 청아는 운영하던 공방을 닫았고, 부모님은 경제적으로 굉장한 타격을 입었다. 무엇보다도 사랑에 배신당하지 않았나.

상식적으로, 그녀가 돌아왔다고 한들 윤태를 이전과 같이 순

303

수한 마음으로 사랑해 줄 수 없을 것 같았다.

지금은 저렇게 그녀가 돌아왔다는 사실만으로도 기뻐하지만, 저러다 또다시 청아를 잃으면 윤태는 아슬아슬 붙잡고 있던 삶의 의지를 완전히 놓아 버릴지도 몰랐다.

경화가 불안해하는 걸 눈치챈 세인이 재빨리 말했다.

"청아 씨 남자 친구는 생겼대?"

그녀의 말에 윤태가 멈칫하더니 중얼거렸다.

"……안 물어봤는데."

애초에 대화 자체를 해 본 적이 없었다. 윤태가 난처한 표정으로 물었다.

"생겼으려나?"

"생기지 않았겠어? 오빠가 엄청 성실하고 사람 좋다며. 거기다 얼굴도 예쁘던데. 내가 남자면 벌써 채 갔지."

"……."

윤태가 말없이 숟가락을 들어 국을 한 숟갈 마시는데 소외감을 견디다 못한 주섭이 아내에게 물었다.

"청아가 누구야?"

박윤태는 원래 사람과 사람의 관계에 약해, 사랑도 미움도 돈으로 표현했다. 어쨌든 제 친어머니와 함께 살고 있는 남자이니 여기 이 호수 인근의 주택을 사 주었고, 어쨌든 주섭이 운전해 어머니와 함께 이동할 때가 있으니 어머니 차를 바꿀 때마다 아버지 차도 바꿔 주었다. 그래도 제 이야기를 주섭에게 하는 법은 없었다.

걱정에 빠진 경화가 건성으로 대답했다.

"있어요, 한복 하는 아가씨."

"한복 하는 아가씨가 왜?"

주섭이 청아에게 관심을 가지자 기웅이 말했다.

"아버지, 사실 저에게도 최근 결혼할 사람이……."

"어, 그래, 그래. 알았다."

주섭이 여자 친구만 생기면 늘 곧바로 결혼할 거라고 우기는 기웅이 귀찮아 건성으로 대답하고 아내를 보며 답을 기다렸다. 윤태는 어려서 친자식들과 자식을 대놓고 차별한 주섭을 여전히 좋아하지 않았지만, 현재 주섭에게 윤태는 제 자식 중 가장 큰 자랑거리였다.

그가 청아라는 사람에 대해 궁금해했지만 경화는 말해 줄 정신이 없어 보였다.

윤태가 떠나고 방으로 돌아와서도 경화는 멍했다. 주섭이 걱정스레 물었다.

"여보, 왜 그렇게 넋이 나갔어?"

윤태가 없으니 그제야 경화가 입을 열었다.

"당신 혹시 작년 겨울 기억나? 윤태 오래 아팠던 거."

"당연하지. 당신이 간호한다고 계속 윤태 집 가 있었잖아."

경화는 유청아라는 사람에 대해 남편에게 이야기했다.

이야기를 마친 경화가 넋이 나간 얼굴로 말했다.

"윤태, 청아 씨 잃고 사는 것 같지도 않게 지냈어. 둘이 한번 끝까지 가 보겠다면 말릴 생각도 없고, 말릴 수도 없겠지만. 혹시나 어중간한 마음이면 다시 못 만나게 하는 게 나아. 이러다 진짜 우리 애 어떻게 되겠어……."

경화가 서럽게 중얼거렸다.

＊　　＊　　＊

　청아는 한복 파트를 담당하기로 한 영화의 시나리오를 받아 확인하며 디자인을 시작했다.

　혼자 힘으로는 벅차서 정 선생님의 도움을 구하니, 흔쾌히 청아를 한복집으로 부르셨다.

　도움만 받을 수는 없어 연자의 다음 쇼 소품 구성을 돕는데, 핸드폰이 울렸다. 청아가 확인해 보니 윤태가 보낸 사진이었다.

　청아가 아무 말도 없이 전화를 끊던 날부터, 윤태는 매일 그 번호로 사진을 보내기 시작했다.

　오늘은 바다가 해변을 뛰어다니며 신나 하는 사진이었다. 사진을 보니 다시는 못 보고 떠난 바다 생각에 씁쓸해졌다.

　청아가 사진 확인하는 걸 힐끔 본 연자가 말했다.

　"넌 답장 안 하니? 매일 이렇게 정성껏 사진을 보내는데."

　"아직…… 마음의 준비가 안 됐어요."

　청아가 씁쓸하게 말했다.

　"제가 원래 그렇게 걱정이 많은 사람도 아닌데…… 너무 걱정이 돼요."

　"무슨 걱정?"

　"윤태 씨는 이목을 끄는 사람이니까. 그 사람과 마주치는 것만으로도 보는 사람들이 이상하게 여길까 봐 걱정돼요. 그리고…… 다시 그렇게 남자 때문에 아프고 싶지가 않아요. 결국 그 사람은 절 보면 우리 아버지와 그 사람의 아버지를 떠올리겠죠?"

　"음…….."

　"게다가…….."

청아가 씁쓸해하며 중얼거렸다.

"만난다고 뭐가 어떻게 될 것 같지도 않아요. 연애를 할 때도 사랑한다는 말 한 번 한 적이 없는 걸요. 만취해서나 비슷한 말 웅얼거렸지."

"너는 했고?"

"네. 여러 번. 근데 늘…… 그냥 말을 돌렸어요. 2년 전에도 사랑한다는 말을 안 했는데 이제 와서 그런 말을 해 줄까, 싶기도 하고. 그런 마음이기나 할까, 싶기도 하고."

청아가 이야기하며 원단을 정리하는데 1층 직원이 올라왔다.

"청아 씨, 1층에 청아 씨 찾으시는 분이 계시는데?"

"누구시래요?"

"박윤태 씨 어머님이시래."

그녀의 말에 청아가 멈칫했다. 연자가 물었다.

"나가 보지 그래?"

"으음……."

"무슨 일로 오셨나 듣기나 해 봐."

연자가 궁금했는지 재촉했다. 청아도 모른 척할 생각은 없었던 지라 몸을 일으켰다.

✼　✼　✼

청아는 경화와 함께 한복집 앞, 카페에 앉았다. 윤태와 몇 번 왔던 카페였다. 경화가 청아에게 조심스레 물었다.

"잘 지냈어요?"

청아는 경화가 처음 만나던 날보다도 더 지친 표정을 짓고 있다는 생각을 했다. 그런 그녀의 얼굴을 보니 청아는 왜 그녀가 자신과 윤태가 하루 빨리 헤어지기를 바랐는지 알 것 같았다.

청아가 고개를 끄덕였다.

"잘 지냈어요."

"이렇게 다짜고짜 찾아와서 미안해요. 혹시 여기 오면 청아 씨가 있을까, 해서⋯⋯."

말끝을 흐리고 한숨을 쉰 경화가 말을 이었다.

"지난번에 다짜고짜 우리 아들이랑 헤어져 달라고 무례하게 군 건 사과할게요."

"괜찮아요. 저희 두 사람을 걱정하셔서 하신 말씀인 거, 이제 는 알아요."

청아의 말에 경화가 힘겹게 고개를 끄덕이며 조용한 목소리 로 말했다.

"작년에 첫눈 오던 날, 윤태가 청아 씨 오래 기다렸어요. 첫눈 이 뭐야. 앓아누울 때까지 눈만 오면 밤을 새우고 청아 씨를 기 다렸어요. 아마 올해도 그럴 거예요. 어쩌면 재작년에도 그랬을 지 모르죠."

그녀의 말에 청아의 입매가 바르르 떨렸다.

청아도 한국에 첫눈이 내린다고 말하던 날에는 혹여 윤태가 기다리는 것 아닐까, 생각을 했었다. 그러나 제가 멀리 떠난 것 을 알 텐데 진짜 기다리지는 않을 거라 생각했었다.

그러나 아니었다.

그녀가 떠나기 전 일주일이 시작되던 날에도 윤태는 아팠다. 혹시 그해에도 그 벤치에서 첫눈을 기다렸을까.

경화가 따뜻한 커피 잔을 감싸 쥐며 말을 이었다.

"윤태한테 청아 씨, 보통 중요한 사람이 아니에요. 그래서 나는 좀 무서워."

"무슨…… 의미세요?"

"다시 부탁 좀 할게요. 청아 씨. 나만 해도 유한석 그 사람과 사돈 맺고 싶지 않아. 나만 문제겠어? 두 사람이 만나면 세상이 두 사람을 많이 다치게 할 거야. 그러다 지쳐서 떨어져 나가게 될지도 몰라."

그녀가 침착하려 애쓰면서도 있는 힘껏 단호한 표정을 지었다.

"그러니까 어중간한 마음이면 우리 윤태…… 다시 만나지 말아 줬으면 좋겠어. 연락도 하지 말고."

"……."

"올해 청아 씨 기다려도 그냥 만나 주지 말아요. 그건 그냥 몸이 며칠 아프고 말면 돼. 그런데…… 청아 씨가 윤태 불쌍해서 어중간하게 잘해 주다가 다른 사람 만나서 떠나기라도 하면, 그 애 정말 어떻게 될지도 몰라. 그 애 보이는 것보다 훨씬 약한 애예요."

경화의 말에 청아는 한동안 말이 없었다.

그리웠다. 박윤태가 보고 싶었다. 하지만 그와 사랑할 수 있겠냐고 묻는다면 그건 어려웠다. 그래서 청아는 경화의 말을 백 번 이해했다.

"이해해요."

청아가 미소를 지었다.

"어중간한 마음이면 말씀하신 대로 만나지 않을게요. 그 사람이 불쌍해서 만나는 일은 절대 하지 않을게요."

그녀의 말에 경화가 애써 웃으며 청아의 손을 꼭 쥐었다.

"미안해요. 청아 씨와 이런 관계가 아닌…… 그저 내 며느릿 감이었으면 난 좋아서 한참을 들떴을 텐데."

경화의 말에 청아가 힘겹게 그녀를 따라 웃었다.

경화는 한참을 청아의 손을 쓰다듬어 주다가 먼저 카페를 나갔다. 청아는 물끄러미 창밖을 바라보았다가 천천히 커피를 마셨다.

첫눈이 오는 날, 윤태는 아마 살면서 그렇게까지 들떴던 적이 없었던 것 같았다.

이번엔 그녀를 만날 수 있겠지. 싱글벙글해서 벤치에 앉아 청아를 기다렸다. 시간이 지나도 지나는 것 같지 않았다.

첫눈이 왔다가 그치고 해가 지고 뜨는 동안에 청아는 나타나지 않았다.

그럴 가능성이 더 크다는 걸, 윤태도 머리로는 알았지만 기대가 큰 만큼 슬픔도 커지는 걸 막을 수는 없었다.

날씨가 추워지고 있었다. 요즘 너무 회사 집만 반복한 것 같아 산책이나 할까, 하고 집을 나서던 윤태는 제가 입고 나온 트렌치코트를 힐끔 보았다.

"……너무 얇게 입었네."

날짜 지나는 걸 잊고 있었다.

첫눈이 오는 날을 간절히 기다리다가 그날이 씁쓸히 지나가 버리자 또 한바탕 기운이 빠져나간 것 같았다.

정신을 차려야겠다고 생각하며 걷는데 신호등이 깜빡거리고 있었다. 웬만하면 기다렸다 가려는데 길 중간을 걷던 할머니가 아무래도 신호 안에 횡단보도를 건너지 못하실 것 같았다.

윤태는 중간까지 달려가 차가 오는 쪽에 서서 천천히 할머니와 걸음을 맞춰 걸었다. 신호가 바뀌었을 때, 빠르게 코너를 돌던 차가 두 사람에게로 달려왔다.

윤태는 그 자리에 멈춰 섰다. 그리고 차를 잠시 보았다가 다행히 걸음을 멈추지 않아 안전한 곳까지 이동한 할머니를 보았다.

순간 묘한 기대감이 들었다. 저도 모르게 눈을 감고 기다리는데 차가 그와 닿기 직전에 멈췄다.

윤태는 아무것도 일어나지 않았다는 사실을 깨닫고 천천히 눈을 떴다.

"괘, 괜찮으세요?"

차주가 뛰어 내려 물었다. 윤태가 입꼬리를 끌어 올리며 말했다.

"네, 괜찮습니다. 닿지도 않았어요."

"혹시 모르니까 명함 드릴게요."

차주가 서둘러 명함을 꺼내 내밀기에 윤태도 명함을 꺼내 내밀었다. 차주는 윤태의 명함을 확인하고 크게 당황한 표정을 지었다.

윤태가 인사를 하고 횡단보도를 마저 지나갔다.

어쩌면 이 답답한 우울함에서 벗어날 수 있을 거라 생각했는데, 좀 아쉬웠다.

며칠 전 내린 첫눈은 1시간 정도 휘날리고 그쳤다. 이후 한동안 눈 소식이 없었다.

청아에게는 좀 더 시간이 필요했다. 경화의 말을 듣고 나니 좀 더 신중해질 필요가 있다는 생각이 들었던 것이다.

그래도 첫눈이 오던 날 하루 종일 윤태가 걱정되어 아무 일도 손에 잡히지 않았다.

그날 그가 정말로 약속 장소에 나왔다면, 오래 기다리지는 않았으면 좋겠다고 생각했다.

그날 청아가 나타나지 않았음에도 윤태는 아무 일도 없었다는 듯이 사진을 보냈다. 그다음 날에도 마찬가지였다. 그날 먹은 맛있는 음식을 찍기도 하고, 특별한 일이 없었다면 예전에 찍은 바다의 사진들을 보냈다.

귀국한 이후 청아는 아버지는 만나지 않고, 친정에서 지내는 어머니만 딱 한 번 만났었다. 기은은 당분간 한석과 별거 중이었다.

모처럼 외가에 들어서니 2년 만에 보는 청아가 반가워 부모님이 키우는 미니가 그녀 뒤를 졸졸 따라왔다. 넓은 집에서 곱게 자라던 미니가 여기서는 하도 뛰어다니며 놀아 흙투성이였다.

청아가 툇마루에 앉아 있는 기은의 옆에 앉아 물었다.

"엄마는…… 정말 여기 살 거예요?"

그러자 지난 2년을 백 년처럼 보낸 기은이 기운 없는 얼굴로 말했다.

"응. 여기 살아야지. 여기 좋아. 우리 딸 보고 알았어. 나도 이제 그런 돈 쓰면 안 되겠다는 거."

"……"

"나도 공범인데. 여태 아닌 척하고 살았지."

"엄마는 그땐 몰랐잖아요."

"내가 백치도 아니고, 어디서 갑자기 병원비를 만들어 오질 않나, 이민도 가자는데 구린 데가 있는 거야 알았지."

"엄마……."

기은이 오히려 후련하게 심호흡하고 말했다.

"우리 딸 보니까 좋다. 세상에 넌 누굴 닮아서 그렇게 애가 모질어?"

"죄송해요."

청아가 울적하게 말했다.

그녀가 겨울 하늘을 바라보며 말했다.

"엄마, 나 고향 갔다 왔어요. 나 태어난 곳."

"거, 거길 왜 가! 무슨 일 생길 줄 알고!"

기은이 기겁을 해서 묻자 청아가 웃으며 말했다.

"욕은 좀 먹었는데 다들 용서해 주셨어요."

"저, 정말?"

"응. 윤태 씨가 계속 그곳 분들 도왔나 봐요. 도우면서 내 얘기 했대요. 나한테 화내지 말라고."

"그 사람도 참……."

그는 청아가 죄책감에 여전히 아파하고 있음을 잘 알고 있었다. 그래서 그가 할 수 있는 한 최선을 다해 그 아픔을 달래려 애썼던 것이다.

청아의 말을 듣고서야, 기은이 한숨을 푹 쉬며 굳이 말하지 않았던 이야기를 털어놓았다.

"너 미국으로 떠나고, 그 사람이 왔었어."

"……윤태 씨요?"

"그래. 우리도 너 어디 있는지 모르는 것도 모르고, 와서 우리한테 알려 달라고 무릎까지 꿇더라."

기은의 말에 청아의 눈이 커졌다. 기은이 말을 이었다.

"우리가 그렇게 미운데, 어떻게 우리한테 무릎을 꿇어. 네가 얼마나 좋으면 그러니, 그 사람은."

"……."

기은이 씁쓸하게 웃으며 말했다.

"그렇다고 그 남자 만나란 말은 아니고. 어휴, 완전 미친놈이더라."

"그 정도는 아니구……."

"아니긴 뭐가 아니야? 여차하면 의처증 생기겠던데."

"아니, 그런 사람 절대 아니라니까……."

청아가 저도 모르게 윤태의 변명을 하자 기은이 그녀의 팔을 짝 때리며 말했다.

"뭘 또 그렇게 싸고돌아? 하여튼…… 여기까지 와서 그놈 얘기나 하고."

"아파요! 내가 기껏 여기까지 왔더니 구박이나 하면서."

청아가 괜히 아이처럼 입술을 삐죽거렸다.

툇마루에 한동안 더 앉아 있던 청아는 오늘따라 새파란 하늘이 너무 예뻐서, 마당으로 걸어 나와 핸드폰을 꺼내 하늘 사진을 찍었다.

그리고 핸드폰 사진첩을 열어 보니 하늘 사진이 수두룩했다. 윤태가 매일 사진을 보낸다고 한심해할 때가 아니었다. 자신은 미국으로 도망친 후에도 거의 매일 하늘 사진을 찍었다.

그 남자는 하늘 보는 걸 좋아하니까, 자신도 하늘 보는 걸 좋

314

아하게 되고. 언젠가 그에게 보여 주게 될지도 모르니 수도 없이 많은 하늘 사진을 찍는다.

청아가 저도 모르게 웃었다.

자신은 박윤태에게 어중간할 수 없다는 걸, 본인 스스로가 어느 누구보다 잘 알았다. 오히려 너무 빠질까 봐 걱정해야 할 지경이다.

제가 고등학생 때 따돌림을 받았던 것처럼, 윤태가 언론을 통해 제 아버지의 행적을 터트려 공방 유리에 돌이 날아올 때 그랬던 것처럼.

어떤 식으로든 그와의 관계를 이어 간다면 타의적으로 세상에 나오게 될 것이고, 그러므로 이전에 그랬던 것처럼 또 다른 공격을 받게 될지도 모른다고 생각했다. 그것은 청아에게 가장 두려운 일이었다.

그래도, 자신은 그를 처음 보던 날부터 단 하루도 어중간한 마음으로 그를 사랑한 적이 없으므로. 그 거대하던 두려움도 청아에게서 한 걸음 물러났다.

두 번째 눈은 12월 중순이 되어서야 내렸다. 오늘도 신경 써서 옷을 차려입은 윤태는 문득 제가 눈이 오는 날마다 사라져서 바다가 눈을 싫어하는 것 같다는 세인의 말을 떠올렸다.

바다가 살아 있을 때 더 많이 놀아 줄걸. 왜 자신은 늘, 잃고 난 후에야 후회하게 되는 건지 모를 일이다.

두 번째 눈은 심상치가 않았다. 아무래도 제법 많이 쌓일 것 같은 분위기였다. 바람이 불지 않아 느릿느릿 떨어지는 커다란 눈송이들이 아름다웠다.

온 세상이 크리스마스 분위기로 뒤덮였다. 윤태가 걷는 거리에 전구들이 아름답게 반짝거리고 있었다.

윤태는 벤치 앞에 도착해 여느 때처럼 기약 없는 기다림을 시작하였다. 머리끝부터 발끝까지 신경 써서 차려입은 그를 지나가는 대부분의 사람들이 힐끔거렸다.

시간을 한 번 확인했다. 이제 저녁 8시였다.

그가 검은색 롱코트 주머니에 손을 구겨 넣고 바닥을 바라보다가, 어느 순간엔가, 무언가에 이끌리듯 고개를 들어 버스 정류장 쪽을 보았다.

그 순간 윤태는 얼어붙은 것처럼 그 자리에 멈춰 섰다.

그의 시선이 있는 길을 따라서 청아가 걸어오고 있었다. 그러다 윤태와 눈이 마주치고 그와 조금 떨어진 곳에 멈춰 섰다.

윤태의 호흡이 빠르게 가빠졌다. 이게 꿈이면 아침에 눈을 떴을 때 얼마나 괴로울까 겁이 났다. 그러나 동시에 그 정도 괴로움은 참을 수 있으니 매일 이 꿈을 꾸면 좋겠다는 생각도 했다.

하얀 눈이 어느새 두 사람이 서 있는 길을 하얗게 덮고 있었다. 윤태가 그대로 동상이라도 된 것처럼 꼼짝하지 않아 결국 청아가 먼저 그에게로 걸음을 옮기며 입을 열었다.

"이거 첫눈 아니에요. 두 번째 눈이에요."

"……."

"왜 여기 있어요?"

그녀가 말을 거는데도 윤태는 꼼짝도 못하고 그녀를 바라보고 있었다.

너무 기다려서 헛것이 보이는 게 아닐까, 했다. 하기야, 그동안 제가 제정신이 아닌 상태로 살아온 걸 생각해 보면 이제 슬슬 헛것이 보여도 이상하지 않을 때가 됐다. 유청아가 제 앞에 있을 리가 없는데. 제가 이렇게 운이 좋을 리가 없는데.

청아가 말을 이었다.

"크게 기대하지 말아요. 난 자신이 없어요. 당신이랑 내가…… 우리가 제대로 함께할 수 있을지 자신이 없어요. 그래도…… 그래도 내가 오늘 나온 건 당신을 잠깐이라도 보고 싶었기 때문이에요. 그게 다예요. 그러니까…… 다른 건 기대하지 마요."

청아의 말에 윤태가 빙그레 웃었다.

'당신도 내가 보고 싶었구나.'

충분했다. 제가 밉고, 영원히 꼴도 보기 싫은 게 아니란 것만으로도 윤태는 행복했다. 그가 하도 말이 없어서, 청아도 입을 다물자 이번엔 윤태가 파리한 입술을 열었다.

"청아야."

"왜요."

"……청아야."

그가 한 번 더 이름을 불렀다. 손도 목소리도 떨렸다. 눈물이 날 것 같은데, 울면 그녀가 흐릿하게 보이고, 그랬다간 그녀가 사라져 버릴 것 같아 울 수도 없었다.

청아가 윤태의 바짝 마른 손목을 들어 보이며 조금, 떨리는 목소리로 물었다.

"왜 이렇게 자꾸 말라요? 나 없으면 굶어 죽을 거예요?"

"청아야."

"뭐라고 말 좀 해 봐요. 자꾸 이름만 부르지 말고."

청아가 원망하듯 말하자 윤태가 고개를 조금 저으며 말했다.

"부르는 거 아니야. 대답할 필요 없어."

"그럼요?"

"음…… 어릴 때, 유난히 별이 많았던 밤이 있었어."

갑자기 왜 별 이야기를 하나. 청아가 조금 진정하고 그를 바라보자 윤태가 다정한 눈길로 그녀를 바라보며 말을 이었다.

"난 선명하게 기억나는데. 엄청나게 맑은 날, 하늘이 온통 별일 때가 있었어. 쏟아질까 봐 겁이 날 정도로. 유난히 기억에 남을 정도로 별이 많던 날에 내가 아버지 배에 누워 있었는데. 그날 밤에 그 말밖에 안 나오더라고. 별이다. 아. 별이다. 아……별이다."

"……."

"그러니까 나는 지금 당신을 부른 게 아니라."

윤태가 그제야 가까스로 웃으며 말했다.

"무심코 감동한 거야."

우주에 그렇게 많은 별들이 있는 것도 놀랍지만, 지금 그에게는 유청아가 여기 서 있는 것이 더 놀라웠다.

윤태가 2년 만에 만난 청아를 쏟아질 듯한 별을 바라보듯이 바라보았다. 그러자 그녀가 이해했다는 듯, 눈물 고인 눈으로 조금 웃었다.

8. 크리스마스 파티

역시 오늘 밤은 눈이 많이 오려는 모양이었다.

바닥에 차곡차곡 쌓이는 눈과 별처럼 빛나는 조명들 덕에 벌써 크리스마스라도 된 것 같았다. 윤태의 감동한 눈빛이 어린아이처럼 순수했다. 청아가 빨개진 눈으로 물었다.

"첫눈 오던 날도 기다렸어요?"

"응. 조금."

"당신은 내가 밉지도 않아요?"

윤태가 미소를 지었다.

"처음엔 솔직히 좀 미웠는데. 시간이 지날수록, 당신에 대한 내 선입견이 사라질수록 밉지 않게 되었어."

"내가…… 당신 두고 떠난 날은 미웠죠?"

"그날도 안 미웠어."

그가 말하기 괴로운지 한숨을 한 번 쉬었다.

"내가 무너뜨린 것들 중에, 유청아가 있다는 생각만 들었어. 차라리 아무것도 건드리지 말 걸 그랬어."

윤태가 하얀 입김과 함께 말을 이었다.

"당신이 무너지니까, 내 세상도 전부 무너지더라. 나한테 남은 게 당신 하나라는 걸, 그때 알았어. 당신은…… 다치게 하지 말았어야 했는데."

그녀가 잠시라도 제 곁으로 돌아왔다는 사실이 기뻤다. 한참 말하던 윤태가 허리를 숙여 청아의 얼굴을 살피며 물었다.

"그런데 당신 진짜 유청아긴 하지?"

"그럼 누구겠어요?"

"혹시 모르잖아. 내가 너무 간절해서, 미쳐 버려서 헛것이 보이는 걸지도."

윤태가 팔을 벌리며 물었다.

"딱 한 번만 꽉 안아 보면 안 될까."

"……."

"한 번만."

"……그럼 정말 한 번만."

청아의 작은 목소리에 윤태가 기다렸다는 듯이 와락 그녀를 끌어안았다. 그 순간 윤태는 제가 가지고 있던 모든 욕구가 채워지는 기분을 느꼈다. 행복해서 견딜 수가 없었다.

윤태는 아무 말도 없이 한참을 그렇게 서서 청아의 존재를 느끼고서야 그녀를 놓아주었다.

2년 만에 재회한 두 사람은 말없이 밤거리를 걸었다.

윤태는 내내 청아 쪽을 보며 걸었다. 그러다 어디 가로수에라도 부딪칠 것 같아 청아가 그의 팔을 붙잡았다.

"앞 좀 보고 걸어요. 안 그래도 길 미끄러운데."

"당신 얼굴 보고 싶은데."

"보고 있잖아요."

그녀가 말하며 걸음을 당겼다. 주변에서 사람들이 윤태를 알아보고 자신을 힐끔거리는 것이 불편했다.

"……어디 좀 들어가요, 우리."

"추워?"

"사람들이 보는 게 불편해요. 이러다 우리가 사귀는 줄 알면 어떡해요."

"그건 좀 불편하겠군."

윤태가 고개를 끄덕이더니 농담조로 말했다.

"내 집이 제일 가깝긴 한데."

그의 말에 청아가 윤태를 흘겼다. 윤태가 어깨를 으쓱였다.

"요즘 내 집 완전히 공공재야. 아무나 불쑥불쑥 들어오거든."

"……"

"따듯한 차 한 잔만 마시고 가."

"……사람들이 당신에게 관심을 너무 가져서 가는 거예요. 당신이랑 내 사이를 오해할까 봐."

"알아, 별 뜻 없다는 거. 크게 기대 안 해."

윤태가 안심하라는 듯 대답했다.

두 사람은 곧 윤태의 집에 들어섰다. 청아는 입구에서부터 느껴지는 냉기에 저도 모르게 집 안을 두리번거렸다.

그렇게 사람들이 들락거렸다는데 왜 이렇게 사람 사는 집 같지 않은지 모를 일이었다. 청아가 코트를 벗으며 물었다.

"크리스마스 장식 하나도 안 했어요? 이제 곧 크리스마스인데."

그러자 윤태가 그녀의 코트를 받아 들며 대답했다.

"혼자 사는 집이라 별로 필요 없는 것 같았어. 아쉬워?"

"왠지 밖에 조명들 보다가 들어왔더니. 집이 커서 그런가, 좀 쓸쓸한 기분이 들어요."

"듣고 보니 그러네. 회사에 트리 많은데 훔쳐 올까?"

윤태의 짓궂은 제안에 청아가 웃으며 고개를 저었다.

"회사 걸 왜 훔쳐요. 당연히 안 되죠."

"집에 장식들은 있는데. 트리는 없어도 그거라도 걸까?"

"좋아요."

윤태가 크리스마스 장식을 꺼내기 위해 2층으로 향했다.

그는 2층의 넓은 방 하나를 창고로 사용하고 있었다.

창고 입구 쪽에는 바다가 사용하던 것들이 그대로 남아 있었다. 바다가 뜯어 놓은 쿠션들이 쌓여 있고 장난감이며 아직 남아 있는 간식과 사료도 보였다.

청아가 그것들을 바라보자 윤태가 중얼거렸다.

"아직은 못 버리겠더라."

"으응……."

"좀 더 시간이 지나면 나아지겠지."

그가 말하며 크리스마스 상자들을 찾았다.

윤태가 보내 준 바다의 사진들은 다들 행복함이 묻어났다. 무엇보다 제 주인을 바라보는 눈빛이 사랑으로 가득했다.

바다가 떠난 후, 그는 무척이나 슬퍼했을 것이다. 사료조차 여태 버리지 못한 것만 보아도 그랬다. 그가 보내 준 바다의 사진들 뒤로 보이는, 청아가 일주일간 머물렀던 집도 마찬가지였다. 단 한 가지도 변하지 않고 고스란히 남아 있었다.

청아가 그의 등을 바라보며 말했다.

"엄마가 당신이 찾아왔었다는 이야기를 하셨어요. 당신이 나를 찾더라고."

그는 떠나가는 것들을 쉽게 잊지 못하는 사람이었다. 그러니, 제가 떠난 뒤에도 많이 슬퍼했을까.

윤태가 행동을 멈추고 청아를 돌아보았다.

그녀가 담담한 표정으로 말을 이었다.

"내가 떠날 때 기분이 어땠어요? 그냥 미안하기만 했어요?"

"갑자기 왜 그런 걸 물어봐?"

"그냥."

청아가 중얼거렸다.

"당신 마음이 궁금해서. 우리가 태어난 곳에 가 봐서 알았어요. 당신이 날 많이 신경 써 줬다는 거. 그리고 우리 부모님께 찾아왔다는 말을 듣고 알았어요. 내가 갑자기 떠나서 당신이 나를 많이 찾았다는 거."

"……."

"그리고…… 당신이 바다도 잘 키워 주고, 매일 사진을 보내 줘서 알았어요. 당신에게 내가 나쁘고 싫지만은 않은 사람이라는 거. 그래서 그게…… 어떤 마음이에요?"

윤태가 다시 몸을 돌렸다. 그리고 크리스마스 상자들을 찾아 꺼내며 대답을 생각했다.

유청아가 없으면 자신은 텅 비어 버린다. 그녀는 제 모든 것이고, 그녀가 사라진 후에는 제 생명도 같이 꺼지는 기분이었다. 그녀는 그저 그런 존재였다. 그런데 그녀를 등지고 복수를 강행한 자신이 그녀에게 감정을 말할 자격이 있는 건가.

그가 찾으려고 마음만 먹었다면 세상 어디에 있든 청아를 찾아낼 수 있었다. 그러나 두려웠다. 그녀가 자신을 똑바로 바라보면서 왜 자신을 찾았느냐고, 당신 같은 건 세상에서 사라져버렸으면 좋겠다고 말할까 봐.

지금도 그랬다. 혹시나 제가, 이 마음이 사랑이 아닐까 하고 그녀에게 물었을 때. 그게 어떻게 사랑이냐고 말한다면 자신은 정말로 견딜 수 없을 것 같았다.

그가 대답할 기미가 없자 청아가 재촉하듯 물었다.

"나는 당신에게…… 어떤 사람이에요?"

한동안 말이 없던 윤태가 물었다.

"날 아직 사랑해?"

"내가 먼저 물었잖아요."

"시간이 많이 지났으니까. 지금 마음이 궁금해."

"……당신은 정말. 한결같이 이기적이야."

청아가 씁쓸히 말했다.

윤태가 상자 몇 개를 꺼내 복도에 두며 말했다.

"상자는 찾았으니까, 차 마시고 하자."

청아가 고개를 끄덕였다.

"그렇게 해요."

"장식들 구경하고 있을래? 차 가져다줄게."

"네."

그녀의 표정이 어두워진 것을 본 윤태가 애써 경쾌하게 물었다.

"뭐 마실래?"

"뭐 있어요?"

324

“당신이 말하는 건 웬만하면 다.”

“내가 뭘 달라고 할 줄 알고 그렇게 담담해요?”

“뭐가 먹고 싶은데?”

“피넛버터 셰이크.”

없을 것 같은 걸 달라고 해 봤지만 윤태가 씨익 웃었다.

“피넛버터도 있고 아이스크림도 있으니까 금방 해 줄게.”

“……진짜로 다 있네.”

“왜? 있어서 실망했어?”

윤태가 놀리듯이 말하고는 1층으로 내려갔다. 그가 떠나자 청아가 한숨을 쉬었다.

그렇게 기다려 놓고, 제 마음이 어떤지는 말을 해 주지 않는다. 이래서야 정말 그가 자신에게 가진 감정이 마치 죄책감뿐인 것 같아 보였다.

“여전히 나쁜 놈이네.”

청아가 중얼거렸다. 저런 남자가 뭐가 좋다고 이렇게 초대에 응했는지 모를 일이다. 그가 정말, 정말 미웠다. 너무나 미운데 그가 벤치 앞에서 기다리고 있다면, 그럼 조금 웃을 것 같다는 생각을 했다. 바보라고 놀리면서. 한심한 그 남자가 얼어 죽기 전에 잠깐, 그의 집에 들러 차 한 잔을 할 생각도 했다.

그러다 2년 만에 벤치 앞에 서 있는 그 남자를 정말로 마주쳤을 때, 청아의 심장은 처음 박윤태를 알던 날처럼 정신없이 박동했다. 저 남자였지. 내가 저 남자를 사랑했었지. 그런 생각을 했다.

청아가 크리스마스 상자 하나를 열어 보니 그 안에 트리에 장식할 오너먼트가 가득 들어 있었다.

“비싸 보인다…….”

청아가 중얼거리며 오너먼트를 꺼내 보았다. 크리스마스 마켓에서 산 듯한 오너먼트도 있고 상품 로고가 그려진 것들도 있었다. 이것저것 오너먼트 구경하는 재미에 빠졌다.

잠시 후 윤태가 완성된 셰이크를 가져왔다. 상자 앞에 앉은 청아가 빨대로 조금 먹어 보고 눈웃음을 지었다.

"엄청 맛있다."

"그래?"

"근데 내 거밖에 없어요?"

"내 걸 만들 생각을 못 했군."

청아가 셰이크와 함께 빨대를 내밀었다.

"같이 먹어요."

윤태가 그녀의 곁에 앉아 셰이크를 한 모금 마셨다. 윤태의 예상과 달리 그의 취향을 저격하는 맛이었다.

"의외로 맛있네."

"의외라뇨? 어떻게 생각해도 맛있는 것만 섞였는데…….."

"아니, 지금껏 당신이 고르는 음료는 뭔가 좀 이상했는데."

그의 말에 청아가 눈이 동그래져서 속았다는 듯이 말했다.

"……맛있다고 마셔 놓고."

"이건 진짜로 맛있어."

윤태가 말하고는 저도 모르게 한숨을 쉬며 청아를 바라보았다. 그가 불안한 목소리로 물었다.

"오늘 집에 안 가면 안 돼?"

"안 돼요."

"방 따로 줄게. 응?"

청아가 한 소리 더 하려는데 문 열리는 소리가 들었다. 청아가 움찔하더니 윤태를 떠밀었다.

"나 없는 거예요. 알겠죠?"

윤태가 고개를 끄덕이고 1층으로 내려가자 멋대로 들어온 희성이 버럭 소리쳤다.

"박윤태!"

희성의 분노한 얼굴에 윤태가 미간을 좁혔다.

방금 전까지 희성은 회사에 있었다.

그가 지나가자 블루월의 직원 하나가 그에게 물었다.

"양 실장님. 대표님은 좀…… 눈 오는 날을 싫어하세요?"

안 그래도 다들 그걸 궁금해해서 대표로 물어본 모양이었다. 하기야 일에 미쳐서 회사에서 살다시피 하는 박윤태가 눈 오는 날만 되면 회사에 나오지 않으니 이상해 보일 법도 했다.

희성이 뒷목을 긁적이며 말했다.

"나도 잘 몰라요. 눈 오면 집 밖에 나오기 싫은가."

윤태에 대해선 일거수일투족을 알고 있는 희성이 얼버무리자 직원도 더 물어보면 안 되나 보다, 싶은지 알겠다고 대답했다.

희성이 한숨을 쉬며 불 꺼진 대표실을 보았다. 눈만 오면 미치는 병이라도 걸린 것처럼 눈 오는 날마다 사라져 회사에 오지 않는다. 올해 첫눈이 오던 날에는 정말 중요한 미팅이 있었는데 그것도 취소해 달라고 하고 사라졌으니 손해 막심이었다.

그가 한숨을 쉬는데 법무팀에 소속된 이수진 변호사가 희성에게 손짓했다.

"양 실장님. 잠깐만요."

희성이 무슨 일인가 싶어 그녀를 따라가자 이 변호사가 조용히 사무실 문을 닫고 제 노트북 화면을 턱짓했다.

"지난주에 대표님 횡단보도 건너다가 코너 돌던 승용차랑 사고 날 뻔했잖아요. 그거 대표님이 괜찮다고 하고 명함 주고받고 끝이었는데. 차주분이 걱정됐는지 블랙박스 영상을 보내셨거든요."

"네."

"이것 좀 봐요."

그날 윤태는 앞서 걷던 할머니가 불이 바뀌고도 횡단보도를 다 건너지 못할 듯하자 차가 오는 방향에서 할머니와 속도를 맞춰 걷고 있었다. 코너 쪽을 보던 윤태는 속도를 줄이지 않고 오던 차를 발견했고 그 차를 보지 못한 할머니가 먼저 횡단보도를 건넌 것을 확인하도록 자리에 서 있었다.

가까스로 윤태를 치기 직전에 차가 멈추고 운전자가 달려 나와 윤태에게 대화하는 모습이 보였다.

이 변호사가 화면을 턱짓하며 말했다.

"그때 대표님이 너무 놀라서 못 움직였다고 했잖아요. 저게 놀라서 못 움직이는 사람 표정이에요?"

"……안 피한 거네, 그냥."

희성은 가슴이 철렁해서 한숨을 쉬고, 분노로 가득 찬 얼굴로 말했다.

"가서 좀 한 소리 하고 오겠습니다. 영상은 뭐…… 그냥 파기하시죠?"

"그래야죠. 차주랑 비밀 유지 서약서는 썼어요."

"네. 고마워요, 이 변호사님."

희성이 말하고 회사를 뛰쳐나가며 윤태에게 전화를 걸었지만 받지 않았다. 보나마나 지금도 어딘가에서 청아를 기다리고 있을 텐데 윤태가 말해 준 적이 없어 장소를 알 수 없었다.

희성은 일단 그의 집에 가서 기다릴 생각으로 곧장 윤태의 집으로 향했다.

희성의 화난 목소리에 청아가 난간에서 1층 쪽을 내려다보았다. 부르는 소리에 걸어 나온 윤태를 발견하자마자, 희성이 주먹으로 그의 얼굴을 치고 있었다. 갑작스럽게 일어난 상황에 청아가 놀라 굳어졌다. 희성이 소리쳤다.

"개새끼야, 너 진짜 죽으려고 했냐? 왜? 네 손으로 못 죽겠어서 아주 남이 죽여 줬으면 좋겠지?"

윤태가 손으로 맞은 곳을 감싸며 말했다.

"갑자기 무슨 소리야?"

"너 며칠 전에 차에 치일 뻔한 거! 블랙박스 봤는데 너 놀라서 못 피한 게 아니라 그냥 안 피한 거더라? 그냥 아예 눈을 감더라? 그렇게 뒈지고 싶으면 나한테 죽여 달라고 하지, 왜!"

"양희성, 지금 2층……."

"내가 너 유서 남겨 놨을 때 알아봤어, 이 쓰레기 새애……."

"……에 청아가 와 있어."

희성이 2층 계단으로 내려오는 청아를 발견하고 기겁을 해서 뒷걸음질을 쳤다. 청아의 표정을 살핀 두 남자가 겁을 먹고 거의 동시에 침을 꿀꺽 삼켰다.

잠깐의 침묵 뒤에 희성이 아무 일도 없었다는 듯이 표정을 바꾸며 호들갑을 떨었다.

"아이고, 유청아 선생님. 이게 얼마 만이십니까? 정정하시……. 아니구나. 어휴, 정 선생님께 말하던 습관이 들어서."

희성이 말하며 제 입을 손으로 한 번 때렸다. 청아가 답했다.

"네, 잘 지냈어요."

"······화나셨죠. 난동 피워서 죄송합니다."

"아뇨. 양 실장님께는 전혀 화 안 났어요."

"그, 그렇죠?"

희성이 윤태를 힐끔 보더니 재빨리 사과했다.

"미안했다. 나 간다."

"이, 인마. 상황을 이렇게 만들어 놓고 가긴 어딜 가?"

윤태가 흔치 않게 당황하며 희성을 붙잡았다. 그러자 희성이 잽싸게 팔을 빼며 말했다.

"야, 미안하다고 했잖아. 사과를 했으면 없던 일로 해."

"그게 아니라······."

"너 혼자 혼나. 박윤태 너 이제 진짜로 뒤졌다."

희성이 말하고는 죽어라 달려 도망쳐 버렸다.

결국 거실에 윤태와 청아만이 남았다. 윤태는 두려움을 느끼며 애써 능청스럽게 말했다.

"이제 양 실장한테 카드키 뺏을게."

"······."

"다 헛소리야. 너무 놀라서 그랬어. 놀라서 몸이 안 움직이더라고."

그렇게 변명하는데도 청아가 반응이 없어 윤태는 죽을 맛이었다. 윤태가 다시 입을 열었다.

"진짜 그런 거 아니야."

"왜 그랬어요?"

"······아니라니까."

청아가 가까스로 울렁거리는 것을 가라앉히고 말했다.

"유서도 없어요, 그럼?"

"그건 있긴 있는데. 뭔가 다들 착각하고 있는 거라니까?"

"당신은 정말…… 정말 위험한 상태예요. 상담 좀 받아 봐요."

"받을게. 당신이 시키는 거 다 할 테니까 화만 내지 마."

김 비서와 희성이 그렇게 상담을 받으라고 해도 무조건 싫다고 하던 윤태가 순순히 대답했다. 두 사람이 알았으면 자길 죽이려 들 거라고, 윤태는 생각했다.

청아가 원망에 아픔에 저도 뭐라 설명할 수 없이 복잡한 감정을 느끼며 화를 내기 시작했다.

"도대체가. 무슨 남자가 이렇게 약해 빠져서. 세상에서 제일 미워하자면 당신이 세상에 제일 미울 수도 있었는데. 영원히 모른 척하자면 모른 척할 수도 있었는데!"

청아가 주먹을 쥐어 윤태의 가슴팍을 때리며 말했다.

"안 보고 있어도 거슬려요. 어떻게 된 게 당신은 항상 그래. 근데 당신 옆에 있어도 항상 불안해요. 나만 그럴 것 같아요? 봐요, 양 실장님도 놀라서 여기까지 달려오잖아요!"

윤태가 아무 말도 못 하고 청아를 바라보았다. 사정없이 윤태를 때리던 청아가 기운이 빠져 비틀거리자 윤태가 놀라며 그녀를 끌어안았다.

"미안해. 그 순간에 잠깐…… 잠깐 좀 정신이 나갔었나 봐."

"못됐어, 정말로. 당신은 정말로 나빠요……."

윤태가 청아를 달래기 위해 두 팔로 꼭 안고, 할퀴고 때리는 것도 그대로 맞아 주며 등을 다독였다.

"그러다 진짜 무슨 일 났으면 어쩌려고 했어요!"

"앞에서 멈췄어. 전혀 위험한 상황이 아니었다고."

"어쨌든 피하지 않은 건 사실이잖아요. 나한테 사라졌다고 시위라도 하려는 거예요? 그래서 그러는 거예요?"

"그건 절대 아냐. 정말 아냐. 내가 잘못했어. 이제 안 그럴게."

"거짓말하지 말아요."

"진짜야. 진짜 다시는 안 그래. 당신이랑 약속하잖아. 당신과 하는 약속은 무슨 일이 있어도 지킬게."

그가 거듭 말하자 분노로 몸이 떨릴 지경이던 청아가 조금씩 진정을 찾았다.

윤태는 웬만하면 약속을 지켰다. 이번에도 그랬다. 첫눈이 오는 날 만나자는 약속도 그는 언제나 지켰다. 왠지 그는 10년이 지나더라도 그 약속을 지킬 것만 같았다.

윤태가 청아를 조심스럽게 데려다 소파에 앉혔다. 그리고 곁에서 애원하듯 그녀를 바라보며 말했다.

"당신한테 시위하려는 거냐고? 그럴 리가 없잖아. 난 지난 2년 동안에도 당신 생각을 하면서 버텼어. 아마 지금 당신이 또 나를 떠나도 계속 그럴 거야."

"……."

"난 당신을 만난 후부터 늘, 당신 때문에 살아."

그의 말에 입술을 바르르 떨던 청아가 말했다.

"그런데 유서는…… 왜 쓴 거예요?"

"혹시 모르잖아. 갑자기 죽을지도."

"나 때문에 산다는 건 정말로 거짓말이잖아요. 왜 나 때문에 사는 게 돼요? 당신은 나에 대해서 어떤 마음인지도 정확히 모르잖아요."

청아가 서럽게 묻자 윤태가 흐릿하게 웃으며 말했다.

"왜 내가 내 마음을 몰라. 알아."

"그럼 말해 봐요. 나는 당신에게 어떤 사람이에요?"

그녀의 질문에 윤태가 한숨을 쉬었다.

그리고 소파에 뒤로 기대며 중얼거렸다.

"글쎄. 일단은……."

"…….."

"나는 당신이 시키면 무엇이든 할 수 있어. 당장 죽으라고 해
도 내 목숨이 아깝지 않아."

"……내가 왜 그런 말을 하겠어요."

"가진 걸 다 버리라고 해도 돼. 내 눈이 보기 싫다고 하면 평
생 눈을 감고 살고 내 목소리가 싫다고 하면 말도 하지 않을 수
있어. 나에게 남은 게 아무것도 없어도, 그래. 뭐, 심장만 남으
면 사랑할 수 있으니까. 그것까지 다 파내도 돼. 아무것도 안 남
아도 그냥, 당신 옆에만 있을 수 있으면 난 아마 행복할 거야."

"…….."

"내 마음은 그래."

울 것 같던 청아의 눈이 동그래졌다.

청아가 더 이상 말이 없어 그녀 쪽으로 고개를 돌렸던 윤태는
그녀의 눈에 순간적으로 감도는 말간 빛을 보았다. 방금 전까지
도 당장 무릎 꿇고 빌고 싶을 정도로 화가 나 있었는데, 지금은
아니었다.

윤태는 제가 한 말에 뭐가 그녀의 표정을 바꾸게 했나, 난처
한 표정을 지었다. 청아가 울음이 섞여 떨리는 목소리로 물었다.

"정말……이에요?"

"응?"

"방금 한 말들. 다 진심이에요?"

"진심이야. 전부 빠짐없이 다."

"그렇구나……."

"왜…… 갑자기 화가 풀린 거야?"

윤태가 제 말 때문에 그녀의 기분이 다시 상할까 봐 조심스럽게 묻자 청아가 들뜬 목소리로 말했다.

"당신이 방금 말했잖아요."

"무슨 말?"

"심장만 남으면 사랑할 수 있다고."

"응."

그래서?

윤태는 되묻고 싶었지만 아무래도 슬슬 제가 알아서 알아내야 하는 타이밍인 것 같았다.

청아의 눈가에 고여 있는 눈물들이 저 때문에 다시 흐를세라 두려워하던 윤태가 뒤늦게 '아.' 하고 소리를 내었다.

"사랑한다는 말이 정말이냐는 거지?"

그의 말에 청아가 고개를 빠르게 두 번 끄덕였다.

"정말이죠?"

그녀가 묻자 윤태가 잠시 망설였다. 무심코 애원할 때는 저도 모르게 마음속에 있던 모든 진심들이 튀어나와 버렸다.

지금 자신을 바라보는 청아의 눈빛을 바라보니 아무래도 제 진심이 그녀에게 상처가 될 것 같지는 않았다. 그녀의 대답에 제가 다치는 것은 그 뒤에 생각할 문제였다.

윤태가 매력적인 눈으로 그녀를 바라보며 입을 열었다.

"진심이야."

"……."

"나는 당신을 사랑해."

그 말을 듣고 있는 청아의 눈동자가 황홀할 정도로 반짝이고 있었다. 그 눈동자에 새삼 마음을 뺏기며, 윤태는 청아의 대답을 기다렸다.

청아가 말없이 윤태를 꼭 끌어안았다. 이 남자가 이렇게 간절히 제 마음을 표현했다는 것이 믿기지 않았다.

그는 영영 밤처럼 어두울지도 모른다. 그를 사랑하는 것은 분명, 다른 이를 사랑하는 것보다 어려운 일이리라. 그렇게 생각하면서도 청아는 지금 이 순간이 더할 나위 없이 행복했다.

그녀가 자신을 안아 주는 통에 얼떨떨하게 굳어 있던 윤태가 그녀를 마주 끌어안으며 물었다.

"……무슨 의미야? 이건."

청아는 자신도 한번 그를 애태워 보려고 퉁명스레 말했다.

"비밀이에요."

"비밀이구나."

윤태가 납득하면서도 제 품에 청아가 있다는 사실이 너무 기뻐 안 그래도 한 품에 다 들어오는 그녀를 조금이라도 더 품에 가두려 애썼다.

한동안 그의 품에 안겨 있던 청아가 벗어나려 했지만 윤태가 싫은지 놔주질 않았다. 청아가 그의 어깨를 밀어냈다.

"내가 그렇게 좋아요?"

"응. 그렇게 좋아."

"언제부터?"

"처음부터."

"그건 진짜 거짓말."

"당신 만나기 전에 사진을 보고는 그냥 예쁜 부잣집 아가씨라고 생각했는데."

"……예쁜?"

청아가 의아해하며 묻자 윤태가 미간을 좁히며 물었다.

"당신 예쁜 걸 몰라서 되묻는 거야, 아니면 한 번 더 말하라고 묻는 거야?"

"그냥 그런 것 같은데……."

"거울 안 보고 살아?"

윤태가 황당한 표정을 지었다. 청아가 부끄러움을 감추려 재촉하듯 물었다.

"그래서요?"

"응?"

"사진에선 예쁜 부잣집 아가씨였는데, 실제로 봤을 때는요?"

"실제로 봤을 때는…… 서러웠어."

그는 맨 처음 마주쳤던 유청아를 떠올렸다.

"첫눈 속에, 눈처럼 하얀 여자가 앓고 있는데. 눈을 뜨니까 눈이 서럽고 맑더라."

"음. 어떤 느낌이려나."

"그냥 딱 당신 성격 같은 눈빛이었어. 순진하고, 바르고. 누가 보면 독선적이라고 느낄 정도로 꼿꼿해서, 이 여자는 세상에게 상처를 받을 수밖에 없겠구나, 싶었어. 세상은 원래 그런 사람을 가만히 두질 못하니까."

"……."

사랑한다는 말을 하고부터는 거리낄 것이 없는지 제 속에 있는 이야기를 다 해 버리는 윤태 덕에 청아의 뺨이 조금씩 붉게 달아올랐다.

"그래서요?"

"그러니까, 죽겠더라. 그게 좋으면 안 되는데. 좋으면 진짜 내가 미친 새끼인데."

"······."

"그런데도 좋더라."

윤태의 말을 가만히 듣던 청아가 미소를 지었다. 그녀가 중얼거렸다.

"사고사 당하고 싶어 하던 사람한테 이런 얘기를 듣는데도 싫지가 않네."

"······미안하다니까. 앞으로 절대 안 그럴게."

윤태가 다시 약속하자 청아가 고개를 끄덕였다.

2년 만에 만나니 듣고 싶은 이야기가 너무도 많았다. 이야기를 나누다가 정신을 차리고 시계를 보니 11시였다. 청아가 놀라서 일어났다.

"이렇게 늦었는지 몰랐어요. 그럼 이제 가 볼게요."

"데려다줄게."

"괜찮아요. 내일 출근해야 하잖아요."

"이 시간에 눈도 저렇게 오는데 어떻게 혼자 보내. 같이 가."

"너무 늦었는데······."

청아는 정말 미안해했지만 윤태는 이미 겉옷을 걸치고 있었다. 청아의 집은 여기서 원래도 1시간 반은 걸리는데 눈이 오니 더 걸릴지도 몰랐다.

청아가 한숨을 푹 쉬고 밖을 보며 말했다.

"밖에 눈 많이 쌓이네요."

윤태가 그녀의 눈길을 따라가 창밖을 바라보았다. 청아의 말대로 눈이 꽤 많이 쌓이고 있었다.

"그러네."

"정말 자고 갈까 봐요. 그냥…… 잠만 잘 건데."

"당신이 여기서 잘 테니까 나보고 나가라고 해도 그럴 테니까 자고 가. 밖에 추워."

윤태가 대답하고는 청아의 손을 잡아 제 가슴에 올렸다.

"이것 봐."

청아의 손에 닿는 심장이 요란하게 뛰고 있었다.

"처음부터 늘 이랬어. 거짓말이 아니야."

"……."

"이게 어떻게 거짓말이겠어."

청아가 고개를 끄덕였다. 처음부터 그의 마음만은 거짓말이 아니었을지도 모르겠다는 생각이, 잠시 들었다.

윤태는 청아에게 방 하나를 내주었다. 원래부터 청아의 것으로 비워 둔 방이었다.

아무리 그래도 남의 집이다 보니 청아가 중간에 눈을 떴다. 그런데 방문이 조금 열리더니 윤태가 자신이 있는지 확인하는 것이 느껴졌다. 잠결이라 그러려니 했지만, 문이 닫힌 후에도 밖에서 인기척이 느껴졌다. 아무래도 윤태가 깨 있는 것 같았다.

"……신경 쓰여."

청아가 중얼거리며 문을 열고 밖으로 나가 보니 예상대로 윤태가 거실에 있었다. 청아가 잠이 와서 눈을 비비며 물었다.

"뭐 해요, 새벽…… 4시에."

"미안. 깨웠어?"

윤태가 난감해하며 그녀에게 다가갔다. 청아가 피곤해 죽겠다는 듯 하품을 하며 말했다.

"왜 안 자요?"

"그냥. 깼어."

"다시 자요."

"당신 재워 주고 잘게."

청아가 마음대로 하라는 듯이 고개를 끄덕이며 다시 침실로 향했다.

"왜 이렇게 못 자는 거예요, 도대체."

"눈 떴는데."

윤태가 그녀의 잠자리를 다시 정리해 주며 중얼거렸다.

"당신이 없을까 봐."

"……."

"갑자기 무서워져서. 혹시 꿈일까 봐. 내일 아침에 당신이 없으면…… 나는 어떡하나, 싶어서."

"아, 정말. 신경 쓰여 죽겠네."

청아가 투덜거리더니 그를 제 침대에 눕히고 자신은 그의 품에 얼굴을 파묻었다. 그러더니 윤태의 팔을 제 허리에 둘렀다.

"이제 됐죠? 자요."

"……우리 청아 쿨하네."

"나 졸리단 말이에요. 당신 때문에 깼잖아요."

"절대 안 깨울게. 조심해서 잘게."

윤태가 말하며 이불과 함께 그녀를 꽉 끌어안았다.

청아는 다시 곤히 잠이 들고, 윤태는 제 품에 있는 청아가 믿기지 않는 데다 뒤척이기만 해도 그녀가 깰 것 같아 꼼짝도 할 수 없었다. 그 덕에 쉽게 잠들지 못했다. 그래도, 이 밤이 영원히 끝나지 않았으면 좋겠다는 생각을 했다.

내내 못 자다가 새벽녘에 겨우 잠든 윤태가 눈을 떠서, 옆에 손부터 뻗었다. 옆자리가 비어 있었다. 그가 빈 침대를 손으로 감싸서 온기를 찾으려 애썼다. 그녀가 남긴 흔적을 조금이라도 느끼고 싶은데, 조금의 온기도 남아 있지 않았다.

윤태가 억지로 몸을 일으켰다. 그때 문이 열리고 청아가 들어왔다.

"출근 늦은 거 아니에요?"

잠깐 사이에 감정이 지옥으로 곤두박질치던 윤태가 안도의 한숨을 내쉬었다.

"놀랐잖아. 나보다 먼저 일어나지 마."

"당신이 중간에 깨서 그렇잖아요. 그냥 푹 잤으면 됐을 텐데."

"그건 미안하지만."

"내가 저렇게 눈 오는 새벽에 어딜 가겠어요? 상식적으로……."

아무래도 제가 도망칠 때 충격이 많이 컸던 모양이었다. 청아는 이 정도로 윤태가 힘들어 했을 거라고는 상상도 못 했기에 이제야 무척 미안한 마음이 들었다.

"우리 집 주소 알려 줄게요."

"주소?"

"내가 도망갈까 봐 무서운 거잖아요. 우리 집 알려 줄게요. 내가 있는 곳."

"잘됐다. 내가 지금 데려다줄게."

"무슨 소리예요. 그럼 회사 늦어요."

"난 원래 눈 오는 날마다 사라지는 미친놈이니까 오늘 좀 늦어도 별말 안 해."

"그게 자랑이에요? 정말 눈 오는 날마다 결근한 거예요?"

윤태가 어깨를 으쓱이며 경악하는 청아의 팔을 잡아끌었다.

두 사람은 곧 윤태의 차를 타고 청아의 집으로 향했다. 서울을 조금 벗어난 곳에 있는 다세대주택이었다.

청아를 따라 방에 들어선 윤태의 입가에 미소가 번졌다.

큼지막한 책상에는 기분 좋은 색감의 빛이 나는 스탠드가 있고, 옆에 정 선생님 이불이 놓여 있었다.

창문은 앵두전구로 장식해 두었고 벽에는 산타가 다녀가야 할 것처럼 빨간 양말이 걸려 있었다. 그리고 온 벽이 인물 사진이었다. 시나리오에 있는 등장인물들을 연구하고 디자인한 것들이 벽을 가득 채우고 있었다. 청아의 손길로 가득한 공간이었다.

"나랑 집 바꿔 줄래?"

윤태가 진지하게 묻자 청아가 어깨를 들썩이며 웃었다.

"싫어요. 내 집이 더 좋아요. 내가 손해잖아요."

"아, 그것도 그렇군."

유청아로 가득한 공간이었다. 한 번 들어서니 어디에도 가기 싫었다. 그냥 여기 있고 싶었다.

"여기 사는구나."

"네. 여기 살아요."

이제 그녀를 찾으러 이곳으로 오면 된다는 생각을 하니 마음이 놓였다. 그녀가 제 곁으로 돌아온 이후부터는 마치 모든 사물과 상황이 그에게 행복을 유발하는 듯했다.

청아가 그의 등을 떠밀었다.

"자, 청승 그만 떨고 이제 회사 가요. 당신의 회사 규모가 얼마나 큰지 본인도 모르나 봐."

"차 한 잔 안 줘?"

"안 줘요."

윤태가 시무룩해지면서도 그녀의 집을 나섰다.

출근하라고 청아에게 한바탕 혼난 후에야 그녀의 집을 나왔다. 사랑한다는 제 말에 두 팔로 꼭 안아 주고 곁에 와서 잠들어준 그녀가 고마워 눈물이 날 지경이었다. 사는 곳까지 알려 주고 앞으로 사라지지 않을 거라는 말까지 해 주었다.

한동안 자신은 절대로 안 우는 사람인 줄 알았는데, 청아를 떠올릴 때면 자꾸 눈물이 쏟아질 것 같은 기분이 든다.

빨리 일하고 그녀에게 달려가고 싶은 마음으로 회사에 들어서는데 희성이 답답한지 제 머리칼을 마구 헝클며 달려왔다.

"대표님, 연예잡지에서 너랑 유청아 씨 만나는 거 찍었나 보더라."

"그걸 왜 찍었데. 나도 청아도 일반인이잖아. 꼭 그걸 기사화해야겠대?"

"성공한 남자의 복수와 사기꾼의 딸의 만남이라는 타이틀이 마음에 드는 거지. 애초에 첫눈 올 때마다 거기서 기다리니까 눈에 안 띌 수가 있냐? 누가 해도 이상한 짓인데 너처럼 눈에 띄는 놈이 그러고 있으면 당연히 사람들이 알지. 드디어 네가 만나는 여자 발견해서 바로 찍은 모양이더라."

"······젠장."

"아무튼 너 다른 사람 만나고 있으면 말하래. 그럼 내려 준다고. 너 재벌가에서는 다 자기 집 사위로 들이려고 난리잖아. 네가 어느 집 따님이랑 연이 있는 줄 알고 막 올리겠어."

희성의 말대로 윤태의 부모님 쪽으로 선 자리가 들어오는 일이 적지 않았다. 가끔은 회사로 바로 전화를 거는 경우도 있었다. 윤태가 중얼거렸다.

"나 정신과 좀 다녀와야겠다. 미친놈인 거 알면 관심 싹 사라질 텐데."

"이야, 좋은 생각인데? 좀 가라. 제발. 드디어!"

희성이 실없이 웃다가 곧 이성을 되찾고 말했다.

"청아 씨한테도 말씀드릴까? 아님 그냥 다른 사람 만나고 있다고 해?"

"그냥은 못 막아?"

"저걸로 먹고사는 사람들인데 그렇게 쉽게 포기하겠냐. 그냥 적당히 다른 사람 만나고 있다고 해."

윤태가 한숨을 쉬었다. 자신과 걸어가면서도 자꾸 주변을 두리번거리던 청아가 떠올랐다.

자신은 일부러 유명해지려고 했다. 유명해져서 복수를 하려고 했다. 그 대상을 철저히 사회적으로 매장하려 했다.

그들 중에 청아가 있었다. 그러니 그녀가 점점 더 사람들의 시선을 피하려 하는 건 당연한 일이었다.

그러나 지금 청아와의 관계를 부정한다고 해도, 그와 그녀의 연락이 지속되는 한은 똑같은 결과일 것이다.

“우린 연인이 아니지만 나에게 다른 사람도 없다고 해.”

“일단 그렇게 할게.”

희성이 대답하고 돌아서려다 윤태를 다시 돌아보았다.

“청아 씨한테 미리 말해 줘. 나중에 기사 나가면 상처받을 일 꽤 많을 거야.”

그러더니 바쁘게 전화를 걸러 떠났다. 윤태가 자리에 멈춰서 한숨을 쉬었다.

얼마 전까지도 그는 사적인 복수는 위험하다는 것을 마음으로도 머리로도 부정했었다. 그러나 지금 제가 사랑하는 사람이 다친 후에는 자꾸 후회가 된다.

❀ ❀ ❀

[그래서 조만간 기사가 나올 거야. 미안해.]

윤태의 문자를 받고 청아가 푹 한숨을 쉬었다.

그에게 사랑한다는 말을 듣고 무척 들떴었다. 갑자기 스스로 어떤 고민을 할 틈도 없이 와락 그를 끌어안아 버렸다.

강 실장을 돕기 위해 그녀의 창고 옆 회사에 들렀을 때도 머릿속에서 윤태가 잊히지 않았다.

제화가 청아가 가져온 자료들을 확인하며 말했다.

“와, 진짜 청아 씨한테는 믿고 맡길 수 있겠다. 미국에서 놀고 오진 않았네.”

“제가 뭐 언젠 놀았나요.”

"그건 그래. 아, 이거 너무 예쁘다, 진짜. 빨리 만들어 줘. 이 것부터 만들면 안 되나?"

회의가 끝나면 각자 자기가 해야 하는 일, 잘하는 일을 알아서 해결하고 있었다. 어느 쪽이 낫다고 할 수는 없지만 청아에 게는 이게 편했다.

제화가 직원들과 청아를 소개시켜 주고 곧바로 작업에 들어 갔다. 시간 가는 줄 모르고 의상을 제작하는데 직원 하나가 달려왔다.

"강 실장님, 박 대표님 오셨는데요?"

"응? 박 대표가 왜?"

"그러니까요…….."

놀란 눈을 하던 청아가 이어서 한숨을 쉬자 제화가 헛웃음 지으며 물었다.

"설마 유청아 씨 보러 온 거야?"

"……모르겠어요, 그 사람이 무슨 생각을 하고 사는지."

"아, 뭐 해. 가 봐, 일단."

제화의 재촉에 청아가 자리에서 일어났다. 그녀가 재봉실 앞에서 기다리는 윤태에게 물었다.

"여긴 왜 왔어요? 무슨 일 있어요?"

그러자 윤태가 두 손 가득 든 봉투를 들어 보였다.

"전에 강 실장님이 근처에 맛집 없다고 하시던 게 생각나서. 초밥 사 왔어."

"누, 누가 이런 거 사 오래요?"

청아가 한 소리 더 하려는데 저 뒤에서 강 실장이 달려왔다.

"초밥? 진짜? 고마워요, 박 대표님!"

"아, 혹시 초밥 못 드시는 분 계실까 봐 떡볶이랑 튀김도 좀 사 왔습니다."

먹을 게 왔다는 소식에 직원들이 우르르 몰려왔다.

"아, 튀김 냄새. 배고파 죽는 줄 알았어."

"안 그래도 백반 지긋지긋했는데. 박 대표님 잘 먹을게요!"

청아가 막기도 전에 이미 사람들이 식사를 챙겨 가고 있었다. 청아가 한숨을 쉬며 윤태를 흘기자 그가 어깨를 으쓱이며 말했다.

"그냥 먹을 거 사 온 거야. 너무 무섭게 보지 마."

"다들 좋아하니까 봐주는 거예요."

"응. 청아도 가서 먹어."

"윤태 씨는?"

"난 회사 다시 가야지."

윤태가 말하고 제화에게 인사를 한 후 청아에게도 손을 흔들었다. 그가 눌러앉지 않고 순순히 가 준 건 고맙지만 또 가고 나니 좀 아쉬운 기분이 들었다.

그녀가 돌아와 앉자 제화가 입꼬리를 씰룩이며 말했다.

"청아 씨 한국 와서 박 대표 만난 적 있어?"

"아, 어제 우연히요……."

"으응, 우연히."

옆에서 최근 다른 영화의 의상감독을 맡느라 다크서클이 턱까지 내려온 정원아 실장이 말했다.

"우연히는 무슨 우연히야? 약속 잡고 만났지?"

"뭐, 약속이라면 약속이긴 한데요. 확실한 약속은 아니고……."

대답을 안 해 줄 것 같아 질문을 참다가 청아가 말을 하기 시작하니 다들 캐묻느라 정신이 없었다. 결국 돌려 말하기에 지친 제화가 소리쳤다.

"아, 그러니까! 다시 만날 거냐고, 유청아 씨!"

그 박력에 흠칫 놀란 청아가 시선을 피하며 말했다.

"모, 모르죠. 화가 좀 풀리긴 했는데 다 풀린 건 아니거든요."

"표정이 다 풀렸는데?"

"아니에요! 아직 좀 남았어요!"

다들 이야기하다 보니 신나서 웃고 떠드느라 정신이 없었다.

청아는 지금까지 자신이 그저 숨어서, 남들 눈을 피해서 살고 싶어 했다고 생각했다. 그런데 지금은 아니었다.

타인과 만나고 충돌하는 이 순간이 기뻤다. 그리고 윤태도 그랬으면 좋겠다는 생각을 했다.

청아의 연락을 받은 창석은 어디서 구했는지 번듯한 트리 하나를 구해다가 윤태의 집 한쪽에 설치해 주었다. 청아가 미안한 표정으로, 트리를 구해 오는 내내 들떠 있는 창석에게 말했다.

"죄송해서 어떡해요? 트리 구하시느라 힘드셨죠?"

"어휴, 힘들기는요! 재미있었어요!"

"그럼 다행이지만요……."

"아, 저 청아 씨 보면 제일 먼저 확인하고 싶었던 게 있었는데. 괜찮으세요?"

"네."

혹시 윤태에 대한 마음을 물어보려는 걸까 봐 청아가 어떻게 답해야 하나 걱정하는데 창석이 냉동고 문을 열며 말했다.

"여기 아직도 청아 씨가 만든 수제 커틀릿이 들어 있어요."

"네, 네에?"

"이거 어떡해요? 버려도 될까요? 냉동고째로 버릴 거예요, 참고로."

"그, 그게 아직도 있어요?"

"저희가 버리려고 몇 번을 시도했는데요, 대표님이 절대 안 된대요. 버렸다간 정말 대표님 어떻게 되실까 봐 무서워서 버리지도 못했어요."

"제가 바로 새로 해 줄게요. 그러니까 버려도 되는데 냉동고까지 버릴 건……."

"아뇨. 저희에게 끔찍한 기억을 만들어 준 냉동고예요. 당장 버리고 싶습니다. 당장!"

"……그, 그럼 윤태 씨에게 물어보고 버리세요."

"이 정도는 제 선에서 해도 됩니다."

가구를 버리는 것까지 김 비서에게 맡기고 있다니. 청아는 아무래도 윤태에게 김 비서와 희성이 없으면 정말 위험할지도 모르겠다는 생각이 들었다.

결국 창석은 트리를 가져온 트럭으로 냉동고를 날라 가져가 버렸다. 정말 이래도 되는 건가, 싶었지만 늘 윤태를 바로 옆에서 보는 창석이 된다니까 괜찮으려니 생각했다.

창석이 떠난 후 청아는 2층에서 윤태의 크리스마스 박스를 가져와 집을 꾸미기 시작했다. 가랜드를 커튼 봉에 걸고 반짝거리는 전구들을 집 안 여기저기에 장식했다.

그리고 잠시 냉동고가 있던 자리를 보았다.

"그걸 놔둬서 뭐에 쓰려고."

생각하니 한숨이 절로 나왔다.

그러니까 이 바보 같은 남자는 그 긴 시간 동안 제가 만든 커틀릿을 버리지 못하고 냉동고에 그대로 넣어 뒀던 것이다. 다른 사람들에게 스트레스를 주면서까지. 문득 청아는 자신을 속일 때 윤태의 마음이 어땠을지 궁금해졌다.

"그것도…… 좀 마음이 아팠으려나."

혼잣말하던 청아가 몸을 일으켰다. 아무래도 먹을 것도 좀 해 줘야 할 것 같았다.

※ ※ ※

다른 사람을 만난다는 거짓말은 하기 싫다는 윤태의 문자에 청아가 알았다는 답을 보냈다

결국 기사가 나가고 그 기사를 그대로 받아쓴 기사들이 올라오다 보니 두 사람이 연인이냐, 아니냐에 대한 이야기가 하루 동안 인터넷에 떠들썩했다.

게다가 경제 잡지며 뭐며, 진짜 사기 범죄자의 딸을 만나는 거냐며 해명하길 바라는 전화들이 걸려 왔다. 그는 제발 이 전화들이 단 한 통도 청아에게 들어가지 않기만을 바랐다.

남들 눈에 띄는 걸 그토록 싫어하는 사람을 이렇게 대서특필하게 만들었다는 사실에 윤태는 목이 메어 왔다.

청아에게 전화를 했지만 그녀는 받지 않았다. 그나마 그녀가 제집을 알려 주어 다행이었다. 최소한 그녀를 찾으러 갈 곳은 알게 되었으니까.

윤태는 씁쓸한 마음으로 일단 제집으로 향했다.

그리고 문을 열자마자 힘이 풀려 자리에 주저앉았다.

집 안이 크리스마스로 가득했다. 윤태가 꺼내 놓은 상자 속

크리스마스 물품들이 센스 좋게 장식되어 있었다.

집 안에서는 달콤한 쿠키를 굽는 냄새가 났다. 안으로 들어선 윤태는 앞치마를 하고 즐겁게 쿠키를 굽는 청아에게 다가갔다.

반가움과 민망함이 섞인 얼굴로 손을 흔들어 인사한 청아가 입을 열었다.

"미안해요. 맘대로 다 꺼내 놔서. 김 비서님 연락처가 있어서 연락드렸더니 문 열어 주시고 트리도 가져다주셨어요. 내가 부탁한 거니까 나한테 화내요."

"난 김 비서한테 화 못 내. 늘 김 비서가 나한테 화를 내지."

윤태가 말하며 청아를 꼭 끌어안았다.

"환상적이야."

"다행이네요."

안도한 청아를 놓아준 윤태가 오븐 안을 기웃거리며 물었다.

"그나저나 내가 보내 준 기사 아직 못 봤어?"

"봤어요."

"당신이야말로 화 안 났어?"

"좀 놀라긴 했는데…… 그래도 당신 입장도 확실하잖아요. '연인은 아니지만 다른 사람을 만나는 것도 아니다'라고."

"응."

"이건 언젠가 연인이 될 수도 있다는 뜻으로 읽을걸요? 누구나."

"……그런 건가?"

뒤늦게 윤태가 깨닫고 멈칫했다. 그녀의 말을 듣고 보니 그게 맞았다. 누구라도 그렇게 생각할 것이다.

그가 곧 제 냉동고 하나가 없는 걸 알고 미간을 좁혔다.

"근데 내 냉동고······."

"아, 그거 버렸어요."

"아······."

"대신 지금 새로 쿠키 해 줄게요. 이거 먹어요."

"응."

새로 쿠키를 해 준다니까 윤태도 어느 정도 납득했다. 커틀릿은 아까웠지만 그걸 꺼내 먹었다가는 김 비서도 희성도 난리를 피울 것이 뻔했다. 청아가 돌아와 준 덕에 두 사람의 숙원사업이었던 냉동고 처리를 했으니 여러모로 다행인 일이었다.

윤태가 말했다.

"하지만 놀라긴 했지? 미안해."

"그거야 무섭기도 하지만."

청아는 오븐의 시간이 충분히 남은 것을 확인하더니 윤태의 팔을 당겼다. 그리고 그를 소파에 앉혀 두고 말했다.

"거기 앉아요. 중대 발표를 할게요."

"하지 마."

"뭔 줄 알고 하지 말래요?"

"뭔지 몰라도 불길해. 하지 마."

"안 들으면 후회할 텐데. 진짜 하지 마요?"

"진짜 알고 싶지 않은데······."

윤태가 청아의 손을 감싸 쥐었다. 청아가 실소하곤 말했다.

"그럼 이렇게 해요. 말은 해 줄게요. 대신 바로 취소할게요. 그럼 돼요?"

"진짜야?"

"네. 약속해요."

청아의 약속을 듣고 서야 윤태가 고개를 끄덕였다. 청아가 윤태를 바라보며 입을 열었다.

"저 윤태 씨가 알고 있는 것처럼 정상연 감독님과 일을 하게 되었고요, 촬영은 내년 여름부터 들어가서 당분간 정말 바빠요."

"응."

"그래서 도망갈 시간도 없어요, 이제."

"좋은 소식이었구나……."

윤태가 내심 안도하는데 청아가 말을 이었다.

"발표할 건 이게 아니라."

윤태가 실망한 표정으로 청아를 바라보는데 그녀가 부끄러워하며 말을 이었다.

"전에도 말해서 이걸 왜 내가 또 말해야 하나, 회의감이 들지만. 이건 원래가 많이 한다고 문제 될 거 없는 말이니까."

"무슨…… 말?"

"사랑해요."

"……."

그녀의 말에 윤태의 입매가 굳었다. 청아가 말을 이었다.

"당신을 사랑해요. 아직도. 지난 2년 동안 한순간도 당신을 사랑하지 않은 적이 없어요."

윤태의 표정이 쉽게 변하지 못하고 그대로 얼어 버렸다. 한참 동안 눈을 느리게 깜빡거리던 윤태가 뒤늦게 물었다.

"나 때문에 그런 일들을…… 겪었어도?"

"네. 그런 일들을 겪었어도. 앞으로 무슨 일이 더 벌어질지 몰라도. 그래도 당신을 사랑해요."

"……."

"발표 끝. 자, 그럼 아까 말한 것처럼 취소할⋯⋯."

청아의 짓궂은 말은 끝을 맺을 수 없었다. 윤태가 곧바로 일어나 그녀의 뺨을 감싸고 입을 맞췄기 때문이었다.

윤태는 내내 굶주린 것처럼 그녀의 입술을 탐닉했다. 청아는 숨이 모자라 잠깐 그를 밀어내고 숨을 쉬었지만 곧바로 그에게 잡아먹히듯이 끌려 들어갔다.

그렇게 입을 맞추고 난 윤태가 다시 청아를 끌어안았다. 그의 몸이 심하게 떨렸다. 윤태가 물었다.

"내가 이렇게 나쁜 놈이어도 괜찮아?"

"네. 당신이 그렇게 나쁜 놈이어도 괜찮아요."

"난 당분간은 계속, 그렇게 불안해하면서 당신을 찾을 텐데."

"받아 줄게요. 화는 좀 내겠지만."

"응. 화내도 돼."

행복에 겨워서 윤태의 떨림이 멈추지 않았다.

살면서 이런 행복은 처음 느꼈다. 마치 지금까지 가까스로 살아 버틴 것이 오로지 오늘은 위한 일인 것만 같았다.

그때 오븐이 울리는 소리가 들리자 청아가 웃으며 그의 손을 당겼다.

"자, 얘기 끝났으면 우리끼리 크리스마스 파티 해요."

두 사람은 오븐에서 노릇노릇하게 구워진 쿠키를 꺼냈다. 청아가 쿠키를 꺼내 식혀 두며 아이싱을 만들기 시작했다.

"쿠키 많이 구워서 회사분들 가져다주세요."

"당신이 구운 걸 왜 회사에 가져다줘?"

"재료를 너무 많이 사 왔거든요. 김 비서님이 그러시는데 윤태 씨 눈 오는 날마다 사라져서 다들 난리라면서요? 제가 미안해서 고개를 들 수가 없잖아요."

"당신이 왜. 내가 멋대로 기다린 건데."

"아무튼 많이 만들어서 가져다 드려요. 만들고 우리 트리도 꾸며요. 트리는 당신이랑 꾸미려고 놔뒀으니까."

청아가 분주하게 말하는 사이에도 윤태는 얼떨떨함에 정신을 차리지 못했다. 청아가 바지런히 아이싱을 만들어 짤주머니에 넣은 후 두 사람은 테이블에 마주 보고 앉아 쿠키에 그림을 그리기 시작했다.

별이며 트리며 다양한 틀로 찍어 낸 쿠키 위에 흰색을 포함한 알록달록한 색의 아이싱으로 크리스마스 쿠키를 만들었다.

손재주 좋고 미적 감각이 뛰어난 청아와 달리 윤태가 만든 건 엉망진창이었다. 청아가 웃음이 터져서 말했다.

"당신이 그린 건 우리가 다 먹어야겠다."

"이걸 주자. 내가 당신이 그린 거 먹을래."

"안 돼요. 이걸 어떻게 선물해요? 이렇게 못 그렸는데. 애초에 도대체 색감이 이게 뭐예요?"

윤태가 힐끔 제가 만든 난처한 색감의 쿠키를 보더니 변명하듯 말했다.

"내가 프로그래밍을 얼마나 잘하는지 알아? 아, 이걸 일반인한테 설명할 수가 없네."

그런 그의 투정이 재미있는지 청아가 즐겁게 웃었다. 그런 그녀를 바라보니 울컥 감동이 올라왔다. 윤태가 청아를 바라보며 중얼거렸다.

"내가 전생에 뭘 그리 잘했다고 이렇게 행복한 일이 생기지?"

그의 진심 어린 말에 청아가 부끄러운지 쿠키 하나를 쪼개서 그의 입에 넣어 주었다.

"이거나 먹어요."

눈앞의 그녀가 달콤해서인지, 쿠키가 유난히 달았다. 그는 다시 쿠키에 그림을 그리는 것에 열중한 청아의 하얀 얼굴을 가만히 바라보았다.

그녀가 자신을 사랑한다면야, 이제 두려울 것이 없었다. 그녀를 상처받게 하는 것이 있다면 제가 다 막아 주면 그만이었다. 생각해 보면 자신은 그럴 정도의 힘이 있었다.

'성공하길 잘했네.'

그는 처음으로 그렇게 생각했다.

트리를 꾸미는 두 사람 사이에서 웃음이 그칠 줄 몰랐다. 온갖 종류의 장식 중 고르고 고른 것들로 꾸미는 재미도 쏠쏠했다.

트리를 다 꾸민 후에 청아는 담요를 두르고 트리 아래 앉았고, 윤태는 그 옆에 누워서 이야기를 나누었다. 청아는 윤태가 선물한 커플링이 마음에 드는지 연신 만지작거리며 물었다.

"이걸 그날 산 거예요?"

"응. 아, 집에 가며 우리 청아 줘야지 했는데. 그게 2년 뒤의 일이 될 줄 몰랐네."

"미안해요."

"미안해하지 마. 당신이 돌아와서 기뻐. 그때 내가 한심했던 거지. 당신이 그렇게 쉽게 마음이 풀릴 거라고 믿다니."

"반지 정말 마음에 들어요."

청아가 같은 반지를 낀 윤태의 손을 감싸 쥐었다.

"정말 태어나서 반지 처음 껴 봐요?"

"응. 난 결혼반지도 안 끼고 다닐 사람이라고 생각했는데."

청아와 무엇으로라도 연결되고 싶었다. 서류가 어렵다면 물건으로라도. 그런 제 맘이 불순하게 느껴진 윤태가 화제를 돌렸다.

"그래서. 정말 성인 된 이후에 한 번도 여행을 못 갔어?"

"네. 해외는 정말 도피만 했어요. 가서도 스무 살에는 주말이고 방학이고 아르바이트만 하고. 정 선생님 댁에 얹혀살 때는 당연히 어디 놀러 갈 엄두도 못 냈고요. 그나마 여행이라고 간 게 최근에 우리 고향 다녀온 거였어요."

"그게 무슨 여행이야."

"그러니까요. 이렇게 재미없게 살았네요."

청아가 말하고 윤태의 곁에 누웠다. 윤태가 담요로 그녀를 단단히 감싸며 물었다.

"여행 다녀올래? 연화 씨랑 가면 되잖아."

"갑자기요?"

"응. 디자인 영감도 받을 겸. 고향 근처에 별장이 있거든."

"좋긴 한데…… 당신이랑 안 가요?"

"나랑 가면 일 못할걸? 하루 종일 나만 봐 달라고 조를 텐데."

윤태가 냉정하게 스스로를 비판하자 청아가 웃으며 끄덕였다.

"하긴, 당신이랑은 갈 일이 얼마든지 있을 테니까."

"내 말이. 내 불쌍한 별장이 지금 여동생 유튜브 용도나 우리 형 데이트 용도로 희생되고 있으니까 좀 구해 줘."

그의 말에 청아가 저도 모르게 웃었다.

"윤태 씨는 정말 가족들에게 약한 것 같아요."

"그런가."

윤태가 청아의 곁에 누우며 말했다.

"잘해 줬어. 둘 다. 어머니 재혼하시고 좀 지나서 그 집에 들어갔는데, 아버지가 날 싫어하는 게 너무 느껴지는 거야. 친정에 보내든지 하지, 굳이 왜 데려왔냐는 말도 들었고."

"……."

"근데 형이 잘해 줬어. 솔직히 나도 이상해. 그 형이 성격이 못됐거든? 근데 이상하게 나한테 잘해 주더라. 아마 평생 나한테 빌붙어 살 걸 예감했나 봐."

윤태의 애증 섞인 농담에 청아가 어깨를 들썩이며 웃었다.

"세인 씨는요?"

"세인인 처음엔…… 내가 좀 무서웠는지 피해 다녔거든. 그러다가 어느 날 친구한테 '작은오빠'라는 말을 듣고 온 거야. 나더러 자긴 오빠가 두 명이니까 둘째오빠가 아니라 작은오빠라고 하면서. 이제 오빠는 작은오빠야, 하고 말하는데. 그때 처음 그 집 가족이 된 기분이었어. 그리고 그 녀석도 나한테 평생 빌붙어 살 작정이지."

역시나 애증 섞인 농담으로 끝났다. 청아가 어깨를 들썩이며 웃다가 윤태의 품을 파고들었다.

"희성 씨는요? 언제 친해졌어요?"

"왜 이렇게 나한테 궁금한 게 많아? 당신 얘기나 해 줘. 연화 씨랑 어떻게 친해졌어?"

"그냥 정 선생님한테 바느질 배우고 방 내주셨을 때요. 저녁에 거기 누웠는데 연화가 옆에 와서 눕던데요? 드라마 같이 보자고."

"와, 양희성이랑 똑같네. 걔도 내가 전학 간 날 집 갈 때 같은 방향이라면서 따라오더라."

"우린 그런 사람들 아니면 친구 되기 어렵나 봐요."

"그거…… 듣고 보니 그러네."

윤태가 실소하더니 청아를 끌어안으며 말했다.

"그래서 내가 당신 말고 누구도 생각을 못 하나 보다. 내 짝이 당신인가 봐."

그의 말에 청아가 웃으며 고개를 끄덕였다.

두 사람은 밤새도록 이야기를 나누다가 트리 아래서 담요 하나를 나눠 덮고 잠이 들었다.

다행히 이번에는 깨서 그녀를 찾지 않는 것 같았지만 그건 청아의 생각이었다. 윤태는 새벽에 눈을 떠서 한동안 청아가 제 곁에 있다는 걸 확인한 후에야 아침을 맞았다.

윤태는 한 달 정도 청아와 뒹굴며 쉬고 싶었지만, 그 마음을 가까스로 참고 회사로 향했다. 주차장에 들어선 윤태는 차에서 내리며 청아가 커다란 바구니에 한가득 담아 준 쿠키를 아까운 표정으로 보았다.

"……우리 청아가 만든 건데. 이걸 꼭 나눠 줘야 하나."

그가 불만스럽게 중얼거렸다.

그때 주차장에서 그를 발견한 김 비서가 달려왔다.

"대표님. 웬 바구니예요?"

"몰라도 돼."

"예?"

이렇게 눈에 띄는 바구니를 들고 와 놓고 몰라도 된다니. 창석은 좀 따지고 싶은 마음이었지만 일단 입을 꾹 다물었다.

그나저나 윤태의 얼굴에 싱글벙글 미소가 가득했다. 창석은 지금까지 윤태의 저런 표정을 본 적이 없었다. 믿기지 않을 정도의 성공을 거둔 사람인데도, 이렇게 세상을 다 가진 것 같은 표정을 지어 본 적이 없었다.

분명히 어제 하룻밤 동안 많은 변화가 있었던 것이리라. 전날 밤, 청아의 연락을 받고 나서 두 사람의 행복을 위해 부탁받지도 않은 사랑의 트리를 찾아 서울은 물론 경기도 인근까지 뒤지고 다닌 창석이 음흉한 눈빛으로 물었다.

"뭐 좋은 일 있으신 거죠?"

창석이 넌지시 묻자 윤태가 별수 없다는 듯이 한숨을 쉬었다.

"청아가 다 같이 나눠 먹으라고 쿠키를 구워 줬어."

"와, 진짜 예쁘네요. 이거 먹는 거 맞아요?"

"맛있더라. 이것 좀 나눠 줘."

"예, 알겠습니다."

차마 제 눈으로는 청아가 만든 쿠키들이 남의 손에 들어가는 걸 볼 수 없어, 윤태가 창석에게 바구니를 내밀었다.

윤태가 칠한 것들은 이 실패 없을 것 같은 색 조합에서 어떻게 저런 조합이 나오나, 싶을 정도의 괴작이었기 때문에 결국 두 사람이 실컷 웃으며 나눠 먹었다. 색이 이상해도 맛은 똑같았으니까.

윤태가 즐겁게 달려가는 창석을 불렀다.

"김 비서."

"네?"

"이제 눈 오는 날 결근 안 할게."

"지, 진짜요?"

"응. 이제 안 기다려도 돼, 그 사람."

그의 말에 창석의 눈에 순식간에 눈물이 그렁거렸다.

"그렇군요. 이제 안 기다리셔도 되는군요."

"……하여튼 참 잘 울어."

윤태가 질색하자 창석이 울먹이며 말했다.

"대표님이 애초에 제 이 감수성이 마음에 든다고 뽑으셨잖습니까!"

"그건 그렇지. 그러니까 정정 기사 내 달라고 연락해 줘."

"네! 요청하고 쿠키도 얼른 가서 나눠 드릴게요!"

창석이 신이 나서 달려갔다.

윤태는 잠시 자리에 멈춰 서서 제가 한 말을 다시 떠올렸다.

"그러네. 이제 안 기다려도 되겠구나."

그렇게 생각하고 나니 이제야 실감이 났다. 그래도 문득 불안해져 청아에게 문자를 보냈다.

[벌써 보고 싶어.]

그러자 곧 청아에게 답이 왔다.

제가 서 있는 곳에서 대충 찍은 제 사진이었다.

[됐죠?]

사진을 받자 윤태가 자리에 서서 웃음을 터트렸다.

"사람이 어떻게 이렇게 사랑스럽지……."

그가 중얼거리며 조금 가벼워진 걸음으로 회사로 향했다.

9. 마치 영화처럼

　대표실로 들어서는데 김 비서가 전화를 돌려 주어, 윤태가 피곤한 표정으로 전화를 받아 들었다.

　"박윤태입니다."

　– Q신문입니다. 말씀드렸던 것처럼 저희 신문사에서 대표님을 올해의 경제인으로 선정하였는데요, 사기 범죄자 따님과 만나고 계시다는 기사를 확인해서요. 그게 정말이라면 선정이 조금 곤란합니다. 아무래도 도덕적인 면에서…….

　"그렇군요. 그럼 죄송하지만 없었던 일로 해 주시겠습니까?"

　그러자 상대방이 난처한 목소리로 말했다.

　– 박 대표님. 제가 방송 때문에 이런 말씀 드리는 게 아니라……. 박 대표님 정도로 성공하신 분이 스스로 약점을 만드는 거, 솔직히 좀 이해하기 어렵습니다.

　"제가 사랑하는 사람을 만나는 게 약점이 됩니까? 심지어 제가 그 사기 범죄 피해자인데요."

ㅡ 예? 아, 그건 아닙니다만……. 아, 아무튼 그럼 저희 쪽 선정은 없었던 걸로 하겠습니다. 최근에 박 대표님 아버님과도 인터뷰를 했었는데, 그것도 못 올라가게 될 것 같습니다. 죄송합니다.

"그렇군요. 알고 있겠습니다."

윤태가 전화를 끊고 짜증스레 혀를 차더니 곧 청아의 사진을 보며 마음을 가라앉혔다. 퇴근하면 사랑하는 그녀를 볼 수 있다는 사실 덕에 금방 기분이 좋아졌다.

연애를 시작하니 시간이 놀라울 정도로 빠르게 흘렀다. 금방 크리스마스가 지났고 새해도 물 흐르듯 지나갔다.

청아는 평일 중에 시간을 내서 연화와 함께 윤태의 별장으로 향했다.

연화는 별장에 들어서자마자 눈이 휘둥그레졌다.

바다가 보이는 언덕 위의 집이었다.

"와, 여기 여름에 오면 진짜 대박이겠다. 겨울에도 이렇게 좋은데."

청아 역시 놀란 눈으로 말했다.

"진짜 좋다. 정말 이런 별장을 가진 사람이 있구나……."

"야, 유청아. 지금 네 남자 친구 얘기 중이거든?"

"지금 갑자기 낯설어지고 있어……."

방이 여섯 개가 있어 두 사람이 각자 마음에 드는 방을 고르고 가방을 내려놓았다. 연화가 짐을 풀다 말고 청아의 방으로 달려와 말했다.

"야! 냉장고가 고기로 꽉 차 있어! 우리 바로 고기 구워 먹자."

"응, 얼른 구워 먹자."

두 여자가 신이 나서 까르륵 웃고 각자의 방에 들어가 짐을
풀었다.

디자인에 도움이 될 거라는 윤태의 설득에 온 여행이었다. 가
방 가득 챙겨 온 참고 자료를 꺼내 침대 옆에 쌓아 두고 노트는
침대 위에 놓았다.

짐을 풀다 말고 청아는 저도 모르게 이끌려 발코니로 나가는
문을 열었다. 차가운 겨울바람이 들어왔지만 전혀 신경 쓰이지
않을 정도로 마음이 설레고 있었다.

"정말 좋다……."

다시 뒤를 돌아보니 킹사이즈 침대 하나와 TV, 서랍장 하나
와 소파 두 개만 있는 심플하고 넓은 방이 보였다. 보통은 윤태
가 고향에 왔을 때 머무는 별장이라고 들었다.

자기 혼자 쓰는데 왜 방을 여섯 개나 지어서 그렇게 형과 여
동생에게 시달리는지.

"자업자득이네요, 박윤태 씨."

청아가 놀리듯이 말하고 발코니 문을 닫았다. 윤태에게 잘 왔
다고 전화해 주려는데 먼저 강 실장에게 전화가 걸려 왔다.

청아가 전화를 받아 들었다.

"네, 강 실장님."

ㅡ 청아 씨, 우리 영화 투자한 거 박 대표 맞지?

그녀의 말에 청아가 기막혀 하며 되물었다.

"윤태 씨가…… 제작비를 투자했어요?"

ㅡ 청아 씨도 모르는구나. 아니, 배급사에서 제작비가 너무 많이 든다고
감독님한테 자꾸 깎으라고 했거든? 근데 감독님이 해 달라는 만큼 투자한

다는 개인 투자자가 나왔다는 거야. 근데 그 개인 투자자 조건이 의상에서 한복 제작에 들어가는 돈은 들어가는 만큼 전부 쓰라고 했다는 거지. 이게 박 대표가 아니면 그게 더 수상해. 유청아 씨한테 박 대표 말고 다른 재벌 스토커가 붙어 있지 않는 한.

"어, 없죠…… 제가 물어볼게요."

– 좀 혼내. 말을 하고 투자하라고. 아무튼 감독님은 신이 났어, 아주. 찍고 싶은 신 다 찍겠다고. 고생길 열렸다.

한참 신이 나서 이야기하던 강 실장이 전화를 끊었다. 전화를 끊은 청아가 한숨을 쉬는데 연화가 재촉했다.

"왜 이렇게 오래 걸려? 배고파 죽겠다, 빨리 밥 먹자."

"응. 일단 먹자."

연화야, 아무래도 내 남자 친구가 내가 예상한 것보다 더 돈이 많은 것 같아…….

청아가 뒤늦게 실감하며 연화를 따라 방을 나섰다. 두 사람은 실컷 고기를 구워 먹고, 가까운 곳에 있는 유명 빵집에서 사 온 각종 베이커리까지 배 터지게 먹은 후 청아의 침대 위에 같이 풀썩 누웠다.

연화가 진심을 담아 말했다.

"너 그 사람이랑 결혼해. 우리 여기 또 오게."

"어떻게 겨우 별장 때문에 날 결혼시켜?"

"겨우? 네 눈엔 여기가 겨우 같아?"

"그래도 그렇지……. 아, 근데 여기 진짜 너무 좋다."

"침대가 너무 포근해서 눈 속에 파묻힌 것 같아."

뒹굴뒹굴 거리던 두 사람이 엎드려서 턱을 괴고 발코니 너머 밤바다를 바라보았다. 연화가 물었다.

"그래서 확실히 받아 주기로 한 거야?"

"응. 안 그러면 정말 저러다 죽을 것 같아."

"야, 차라리 별장 때문에 받아 주는 게 낫지. 불쌍해서 받아 주는 건 더 아니지 않아?"

연화의 말에 청아가 수긍하는지 실없이 웃었다. 그녀가 천장을 보고 누우며 말했다.

"아닌 거 아는데. 그러면서 받아 주는 걸 보니까 그 사람이 정말 좋긴 좋은가 봐."

"뭐, 사실 박윤태잖아. 범죄 저지르고 온 것만 아니면 받아 줘야지, 사실."

"……얼굴 때문에 약해지는 건 사실이야. 눈이 너무 불쌍하게 생겼어."

"도대체 뭐가 불쌍해 보인다는 건지 모르겠네. 그냥 잘생겨서 마음이 약해지는 거 아냐?"

"……."

"그냥 그거네. 네가 얼굴을 많이 보네."

"얼굴 좀 많이 보는 게 뭐가 나빠?"

"잘하고 있다는 얘기지."

"나도 그런 얘기로 알아들었어."

그렇게 말하던 두 사람이 곧 까르륵 웃음을 터트렸다.

두 사람은 한참 수다를 떨다가 별장 안에 있는 수영장에서 놀고, 또 허기가 져서 음식을 해 먹었다.

청아의 여행은 음식에서도 숙소에서도 동행에서도 전부 호사스러웠다.

여행은 디자인에 확실히 큰 도움이 되었다. 아침 바다를 주제로 한 디자인을 강 실장에게 보여 주니 그녀도 정말로 마음에 들어 했다.

미팅이 끝나고 윤태의 집에서 기다리다 보니 곧 윤태가 집으로 돌아왔다. 청아가 여행을 다녀오기만 기다리던 윤태가 달려와 그녀를 와락 끌어안았다.

"잘 다녀왔어? 재미있었어?"

"엄청 재밌었어요."

"근데 진짜 어떻게 그렇게 온종일 먹고 있을 수가 있어?"

"원래 친구랑 있으면 온종일 먹는 거 아니에요? 남자들은 안 그래요?"

"이 정도로 계속 먹지는 않지……."

윤태가 놀랍다는 듯이 말하고는 그리웠던 청아의 목덜미에 얼굴을 묻으며 말했다.

"다음엔 꼭 나랑 가자. 온종일 맛있는 거 먹게 해 줄게."

"응, 다음엔 같이 가요."

청아는 그와 함께 여행을 갔다면 제가 먼저 그를 덮쳤을 거라 확신했다. 첫 여행은 연화와 함께여서 다행이었다.

뒤늦게 강 실장의 전화를 떠올린 청아가 물었다.

"아, 맞다. 윤태 씨 정말로 우리 영화 투자했어요?"

"……어?"

멈칫하는 걸 보니 도대체 어디서 비밀이 샜지, 하는 표정이었다. 청아가 한숨을 쉬었다.

"한복 제작비를 마음껏 쓰게 하라고 했다면서요. 이게 윤태 씨 아니면 누구겠어요?"

"그게 또…… 그러네."

"이러다 영화 망하면 투자한 돈 회수 못 해요."

"요즘은 그래도 VOD 이런 거 돌리고 해외에도 파니까 아주 망하진 않아."

"돈이 남아돌아요?"

"솔직히 말해도 돼?"

"네."

그러자 윤태가 농담 없는 표정으로 대답했다.

"남아돌아. 별장을 사고 요트를 사고 또 건물을 사들여도 돈 이 끝나질 않더라. 평생 가난하게 살아서 돈이 있어도 쓰는 법 을 잘 모르겠어. 감당이 안 돼."

"……재수 없어."

청아가 질색하며 흘기자 윤태가 왜 미워하냐는 듯이 불만스 러운 얼굴로 그녀를 와락 껴안았다. 그러자 청아가 그의 뺨을 손으로 감싸며 물었다.

"근데 진짜로 요트 있어요?"

"응. 안 쓰는데 당신 줄까?"

"그걸 뭐에 써요?"

청아가 고개를 저었다. 그나저나 윤태의 걸음이 바로 침실로 향하고 있었다. 청아가 그를 흘기며 물었다.

"은근슬쩍 뭐 하는 거예요?"

"당신을 일주일 동안 못 봤더니 죽을 것 같아. 키스라도 해 줘. 엄청 오래."

"엄청 오래는 얼마나 오래예요?"

"내일까지."

그가 말하며 청아를 침대에 눕히고 그녀의 입술에 제 입술을 가져갔다.

왠지 그녀에게서 기분 좋은 바다 냄새가 나는 기분이었다. 윤태가 미치겠다는 듯이 청아의 입술을 파고들었다가, 도저히 못 참고 손으로 그녀의 허리를 감싸 쥐었다. 그의 손이 청아의 두툼한 맨투맨 속으로 들어가 등허리를 쓰다듬더니 안으로 쑥 들어가 상의를 위로 들어 올렸다.

청아가 금방 붉어진 얼굴로 말했다.

"키스만 하는 거 아니었어요?"

"응. 아닌데."

"뻔뻔해……."

그는 작정을 하고 왔는지 면도도 새로 했고 비누 냄새가 나는 듯했다. 윤태가 브래지어 훅을 풀더니 그녀를 가볍게 안아 제 다리에 올리고 청아의 상의와 함께 벗어 던졌다. 그가 너무 오래 굶은 것처럼 이성을 잃고 청아의 몸 여기저기를 입술로 훑었다. 2년 만에 느끼는 감각이 낯설었다. 마치 살 속까지 그의 숨이 들어오는 것만 같아 몸을 가만히 둘 수가 없었다.

청아가 신음하며 고개를 젖혔다. 못 견디는 건 윤태도 마찬가지인지, 그녀의 다리에 윤태의 단단해지는 중심이 닿았다. 마치 청아의 몸이 기폭제라도 되는 것처럼 순식간이었다. 청아가 부끄러워 못 견디고 투정했다.

"왜 이렇게 급해요? 우리 이제 매일 볼 건데."

"2년이 지났잖아. 내가 제정신일 것 같아? 당신이 내 옆에서 숨만 쉬고 있어도 당장 집어삼키고 싶었는데."

"어떻게 그럴 수가⋯⋯."

"반성하며 수절했잖아. 비난하지 마."

청아가 반박하려다가 윤태의 손에 속옷까지 전부 벗겨지며 입을 다물었다. 윤태가 그녀의 허리를 한 팔로 안았다. 자세가 불안한데도 그의 팔 힘은 생각보다 훨씬 강하고 안정적이었다. 그가 청아의 허벅지를 다른 한 손으로 잡아 받치고 천천히 그녀의 중심으로 파고들었다.

불안한 자세와 모처럼의 삽입에 청아가 울상을 지었다. 윤태는 그 자세 그대로 팔 힘을 풀어 그녀의 가장 깊은 곳을 파고들었다. 청아의 입술에서 긴장한 신음이 흘렀다. 윤태가 청아의 귀에 속삭였다.

"이러고만 있어도 죽도록 좋네."

청아가 윤태의 목을 끌어안았다. 이미 안이 꽉 차 버렸는데, 그가 더 눌러 넣을까 봐 무서웠다. 능숙하지 않은 그녀가 바들바들 떨기만 하지 전혀 움직이지 못하자 윤태가 천천히 청아를 침대에 눕혀 주었다. 그리고 그녀의 골반을 잡아 청아에게 버거운 제 중심을 들어가는 만큼 그녀의 안으로 밀어 넣었다. 그가 강한 힘으로 움직이자 청아가 자지러지며 허리를 휘었다.

"아, 아아!"

순식간에 복숭아처럼 상기된 그녀의 뺨은 눈물범벅이었다.

윤태의 커다란 손이 그녀의 머리칼 사이사이로 밀려 들어왔다. 그의 단단한 몸과 청아의 보드라운 살결이 닿았다.

"아, 어떻게 이렇게 예쁘지."

"처, 천천히⋯⋯ 제발⋯⋯."

청아가 상기된 숨결 사이로 간신히 애원했다. 그녀가 알고 있던 감각이 되살아났다. 원래 아는 것이 더 무서운 법인지, 청아는 이 상태로 진행되면 제가 이성을 잃고 그를 끌어안아 버릴 거란 걸 알고 이성을 잃지 않으려 안간힘을 썼다. 그래서인지 힘이 다 풀린 두 손으로 어떻게든 윤태를 밀어내려 애썼다.

그러나 윤태는 그런 청아의 힘을 아예 느끼지조차 못하고 허리를 뒤로 뺐다가 다시 안쪽까지 밀어 넣기를 반복하고 있었다.

온몸이 달아올랐던 청아가 비명 같은 교성을 질렀다. 마치 윤태가 제 몸의 한계를 시험하는 듯했다.

윤태가 숨도 잘 못 쉬는 청아의 목덜미에 입을 맞췄다. 그의 혀가 가슴을 따라 핥아 내려가자 청아가 완전히 무너져 흐느꼈다. 흐느낌은 곧 애원으로 바뀌었다.

윤태 역시 바르르 떨며 자신을 조이는 청아 덕에 저절로 손아귀에 힘이 들어가 이를 악물었다. 넓은 침대가 그의 힘에 심하게 출렁거렸다. 절정에서 완전히 진이 다 빠진 청아가 꼼짝을 못하는 상태가 될 즈음, 윤태는 청아를 꽉 끌어안고 한참을 그녀의 안에 머물렀다.

그 뒤에 목욕을 했다. 청아는 손가락 하나 까딱할 힘이 없었기 때문에 거의 윤태가 씻겨 주는 것이나 다름없었다. 목욕을 하고 나와서는 그대로 잠들어 윤태의 품에서 정신없이 잤다.

토요일이라 늦게까지 자고 나서 몸을 일으켜 보니 옆에 윤태가 없었다.

청아는 아주 잠깐, 새벽녘에 제가 없어진 것을 확인하던 윤태를 떠올렸다. 지금 생각해 보니 그의 불안감이 조금은 이해가

갔다. 지금 이 상태에서 윤태가 사라져 버린다면 자신도 아마 아침마다 윤태의 존재를 확인했을 것이다.

그녀가 몸을 일으켜 가운을 입고 침실을 나오니 윤태가 아침을 준비하고 있었다. 그가 걸음 소리를 들었는지 청아를 돌아보았다.

"엄청 곤히 자더라?"

"덕분에."

"말에 가시가 있네."

"못 느꼈으면 화내려고 했어요."

청아의 말에 윤태가 어깨를 들썩이며 웃었다.

다시 만났을 때는 그가 너무 말라서 걱정스러웠는데, 청아를 되찾은 후부터 식욕을 완전히 찾았는지 부쩍부쩍 몸이 커지고 있었다. 어젯밤, 윤태는 한 번으로는 터무니없이 부족한 상태에서 청아까지 목욕시키려니 보통 곤혹스러운 것이 아닌 듯했다.

요리를 하는 윤태의 등이 청아의 시선을 뺏었다. 바라보던 청아가 손가락으로 그의 등을 쓸어내리며 말했다.

"섹시하다."

"……아침부터 이러지 마."

역시 청아는 윤태의 몸이 좋았다. 몸만 보고 사귀냐고 그가 화내도 할 말이 없을 정도였다. 그의 몸을 구경하는 것에 푹 빠져 있던 청아가 엉덩이를 토닥거렸다.

"엉덩이가 엄청 예뻐요."

"아, 미치겠네."

그녀의 손이 그의 탄탄한 엉덩이를 꽉 쥐자 결국 못 참고 윤태가 돌아섰다.

"밥 좀 하자. 응? 굶을래?"

"좀 만지면 안 돼요? 어차피 내 거잖아요."

"만져도 되는데 TPO라는 게 있잖아. 침대 위에서 만져야지."

"당신도 소파에 앉아서 내 가슴 만지고 그러잖아요."

"그거는……. 아, 내가 이걸 왜 해명하고 있어."

윤태가 못 견디겠는지 그녀를 그대로 안아 들고 다시 침실로 향했다.

청아도 원래 그게 계획이었던지라 그의 목덜미에 얼굴을 묻고 즐겁게 웃었다.

둘 중 누가 같이 살자고 말하지 않았지만 어느 날부터인가 두 사람은 윤태의 집에서 함께 사는 거나 다름없게 되었다.

그도 그럴 것이, 윤태는 가장 먼저 청아의 집이 있는 건물을 샀고 다음으로 그녀의 집에 갈 때마다 무언가를 자꾸 슬쩍해 제 집에 가져다 놓았다.

게다가 청아가 제집에 오기만 하면 영원히 못 나가게 할 것처럼 수단과 방법을 가리지 않고 그녀를 붙잡았던 것이다.

이렇게 들락거리기 힘들 바에는 아예 눌러사는 게 나을 것 같아 청아도 점점 집에 가기를 포기하고 있었다.

청아가 모처럼 집에 가려고 하자 윤태가 그녀의 허리를 끌어 안았다.

"왜. 어디 가려고?"

"집에 좀 갈게요, 집."

"당신 짐 여기 다 있는데 가긴 어딜 가? 가지 말고 나랑 있어. 응?"

"애교 부려도 안 돼요. 저 내일 강 실장님네 일 도와줘야 된단 말이에요."

"내일 새벽에 내가 데려다주고 출근할게."

"그러니까, 그럴까 봐 간다는 거잖아."

청아가 뭐라고 하거나 말거나 윤태는 그녀의 목덜미에 얼굴을 묻고 고개만 저었다. 청아가 한숨을 쉬고 체념하는데 윤태의 핸드폰이 진동했다. 윤태가 문자를 확인해 보니 어머니였다.

윤태가 미간을 좁히며 청아에게 말했다.

"어머니 집 앞이시라는데."

"네에? 어, 어떡해……."

"뭘 어떡해."

곧이어 벨이 울리고 인터폰을 확인한 윤태는 제 부모님이 동시에 제집 앞에 도착하자 의아한 표정을 지었다. 그리고 깜짝 놀라서 다급하게 거울을 보며 머리를 정리하는 청아에게 말했다.

"그냥 없는 척할 걸 그랬네. 연락이라도 하고 오시든지."

"나 집에 있어도 되는 거예요?"

"당연하지. 부모님한테 당신이랑 산다고 했어. 저분들이 남의 집에 불쑥 온 거지."

"어떻게 남이에요?"

청아가 흘기는 사이 부모님이 안으로 들어오셨다.

두 분은 청아가 있을 것을 예상했는지 전혀 놀라는 표정이 아니었다. 청아가 공손하게 인사하자 경화가 미소를 지었다.

"다시 보네, 청아 씨."

"안녕하셨어요?"

윤태는 잠깐 두 사람이 왜 구면인가, 생각하다가 예전에 청아가 어머니를 만난 적이 있다고 말했던 것을 떠올렸다.

윤태가 부모님을 소파로 모시고 간단한 다과를 내놓았다. 청아가 살게 된 이후로 윤태의 집에는 항상 다과가 종류별로 다양하게 구비되어 있었다.

잠시 후 윤태와 청아도 맞은편에 앉았다. 청아와 있을 때는 그렇게 경쾌하던 윤태가 무덤덤한 표정으로 물었다.

"무슨 일이십니까? 두 분."

주섭이 작정하고 왔는지 뚱한 표정을 유지하며 물었다.

"너희 결혼하는 게냐?"

불쑥 묻는 질문에, 윤태가 멈칫했다. 그가 청아를 살피자 그녀가 대신 대답했다.

"아직 구체적으로 얘기한 것 없어요."

"그렇구나."

주섭이 고개를 끄덕였다. 그러더니 뭔가 좀 아쉬운 듯한 표정으로 말했다.

"며칠 전에 신문사에서 전화 왔더라. 인터뷰 못 올리게 되었다고. 윤태 네가 손해 보는 게 아주 없다고는 못하겠더구나."

주섭의 말에 윤태의 표정이 굳었다. 옆에서 경화가 눈이 커져서 주섭의 팔을 때렸다.

"무슨 소리예요, 갑자기?"

청아 역시 무슨 소리냐는 듯이 윤태를 보았다. 그러자 윤태가 청아의 손을 잡아 감싸며 주섭에게 말했다.

"그러게요, 갑자기 그 말씀을 하시는 이유가 뭡니까?"

"현실을 보라는 거야. 너희 이렇게 만나서 남들 하듯이 결혼할 수는 있겠어? 사람들 다 고깝잖게 볼 거고, 하물며 윤태 너는 네 어머니를 생각해서라도 이러면 안 되는 거지. 이래서야 상견례는 어떻게 할 생각이냐?"

청아가 당혹감에 고개를 떨궜다. 내내 그녀가 걱정하던 것들을 주섭이 직설적으로 내뱉어 버리니 말소리 하나하나가 가슴에 박히는 기분이었다. 그녀가 상처받는 것이 눈에 들어오자 윤태의 안색이 빠르게 나빠졌다.

주섭의 말이 끝나기 무섭게 윤태가 불쾌해하며 말했다.

"그건 앞으로 저희가 상의하고 결정하겠습니다. 이렇게 불쑥 오셔서 말씀하실 일 아닙니다."

"어떻게 아니야. 네가 아직 뭘 몰라서 그렇지. 결혼식도 그래. 그 집 부모 다 와서 앉아 있을 것 아니냐. 친척들도 올 거고. 그 결혼식 분위기가 온전할 것 같아?"

"방금 저희 결혼 얘기까지는 하지도 않았다고 말씀드렸는데. 언제부터 그렇게 걱정이 많으셨습니까?"

두 사람의 말다툼이 시작되자 청아는 저녁 먹은 것이 얹히는 기분이 들었다. 명치라도 두들기고 싶었지만 어른들 눈치가 보여 그러지 못했다. 경화가 참다못해 주섭에게 말했다.

"그냥 아들 보러 가자 해 놓고 무슨 잔소리를 그렇게 해요?"

"당신 그 사기꾼 마주 볼 자신 있어? 없을 것 아냐. 이게 보통 악연이냐고."

주섭은 인터뷰가 취소된 것이 영 아쉬웠다. 사업하는 사람으로서 그는 공명심이 있는 편이었기 때문에 아들 덕에 이런 인터뷰를 하는 것이 신났던 것이다. 그런 아버지를 잘 아는 윤태가 한숨을 쉬더니 입을 열었다.

"아버지. 지금까지 저에게 해 주신 것에 비해서 좀 과하게 참견하고 계시지 않습니까?"

윤태의 짜증 섞인 말에 청아가 화들짝 놀라 그의 팔을 꾹 꼬집었다. 그러거나 말거나 윤태의 표정은 나빠지고, 주섭은 멋쩍게 대답했다.

"부모 자식 관계가 어떻게 그렇게 계산적으로⋯⋯."

"저 어릴 때 키워 주신 건 감사하지만, 제 생각에 재정적으로는 갚을 만큼 갚았습니다. 애정은 뭐. 솔직히 받은 게 없는 것 같고."

"처음부터 어떻게 친자식이랑 똑같아. 노력하는 거지."

"처음에 딱히 노력 안 하셨어요."

두 사람이 다투기 시작하자 경화도 청아도 아이들 말리듯이 두 사람을 말렸다. 윤태가 날 잡았다는 듯이 말했다.

"그리고 결혼식이고 상견례고 전 청아 의견에 맞출 겁니다. 하시려는 말씀이 뭔지 모르겠고 알고 싶지도 않으니 그만하시죠."

윤태가 사납게 내뱉자 청아가 움찔해서 그를 보았다. 윤태가 이런 식으로 말할 줄 아는 사람인지 몰랐다. 늘 친절하고 부드러운 사람이라고 생각했다. 그러나 그가 불만을 드러내기 시작하니 정말 다른 사람 같았다.

그것은 청아와 사랑을 한 후 생긴 변화였다. 그는 더 이상 타인에 대한 친절이 불필요하다고 생각했다. 청아를 지켜 주려면 공격적일 때도 있어야 했던 것이다. 제 친아버지를 떠올려 보니 어쩌면 그것은 원래 제가 타고난 성격일지도 몰랐다.

경화가 주섭을 달랬다.

"이제 애들 얼굴 봤으니까 갑시다."

"내가 진즉에 알았으면 말렸을 텐데."

쓸데없이 덧붙인 말에 윤태가 욱하는 기미를 보이자 청아가 팔을 붙잡았다.

"말리시려면 어머님만 힘들어요."

"열받아."

윤태가 중얼거리며 청아의 얼굴을 보았다.

"……아, 바로 힐링 된다."

그의 표정도 말과 같이 순식간에 풀어졌다. 청아가 그를 집 안으로 떠밀고 윤태의 부모님 쪽을 따라 나서며 말했다.

"배웅해 드리고 올게요."

"당신이 왜. 내가 갈게."

"윤태 씨가 가면 한바탕 할 거 같아서."

그녀의 말에 설득된 윤태가 고개를 끄덕였다. 나이는 자신보다 어리지만 이럴 땐 청아가 훨씬 어른 같았다.

부부를 배웅하기 위해 주차장까지 나온 청아가 조심스레 말했다.

"죄송해요. 차도 한 잔 못 드시고 가셔서……."

"대접은 저놈이 해야지. 저놈이 집주인인데."

주섭의 핀잔에 청아가 웃으며 말했다.

"저도 여기 사니까요."

그녀가 웃음이 끝나기도 전에 한숨을 쉬고, 경화에게 말했다.

"저희 부모님 만나기 힘드신 마음, 저도 이해해요. 최대한 만나실 일 없게 할게요. 그러니까 너무 염려 마세요."

그녀의 말에 경화가 잠시 청아를 바라보았다.

경화는 청아가 없으면 윤태가 어떻게 될지를 알았다. 청아의 마음이 지금 보이는 것처럼 굳건하기만 하다면, 경화는 두 사람 사이를 조금도 반대할 생각이 없었다.

남편이 갑자기 눈치 없는 소리를 해서 그렇지. 언제부터 그렇게 제 걱정 해 줬다고…….

경화가 청아의 손을 꼭 감싸 잡으며 말했다.

"청아 씨 듣는 데서 이런 말 하기 미안하지만, 내 눈치를 그 사람들이 봐야지. 내가 왜 그 사람들 눈치를 보겠어요."

"……맞아요."

"어차피…… 청아 씨 없으면 우리 아들 안 돼. 내 눈으로 봐서 알아. 이 사람은 뭘 모르고 말한 거야."

"여, 여보."

주섭이 무안해하자 경화가 그를 한 번 흘기고 청아에게 말을 이었다.

"그래도 이 기회에 말해서 속이 편하다. 우리 신경 쓰지 말고, 혹시 결혼할 마음이면 그때 가서나 알려 줘."

"네."

경화가 청아의 손을 한동안 잡았다가 주섭의 등짝을 괜히 한 번 때리고 차로 향했다. 청아는 그 모습에 조금 웃었다가 허리를 숙여 인사하고 집으로 돌아왔다.

청아는 오히려 올 것이 온 것 같은 기분이었고, 경화의 말에 마음이 놓였다.

제가 주섭의 말대로 윤태에게 손해가 될지는 몰라도 그는 자신 없이 살 수 없었다. 제 눈에만 그런 게 아니라, 남의 눈에도 그랬다. 그리고 그녀 자신도 윤태가 없는 삶은 이제 상상할 수 없으니 청아는 더 이상 고민할 이유가 없었다.

청아가 들어서자 어른스럽지 못하게 욱했던 걸 반성한 윤태가 다가왔다.

"미안해. 놀랐지?"

"괜찮아요."

"청아야. 난 있잖아."

혹시 제 아버지의 말에 청아가 상처받았을까 봐, 윤태가 그녀의 뺨을 두 손으로 부드럽게 감싸며 단호한 눈빛으로 말했다.

"나는 금으로 된 바다를 준다고 해도 다 버리고 당신을 찾아갈 거야."

윤태는 그녀가 없는 동안 마치 금으로 된 바다 위를 걷는 기분이었다. 아무것도 없는 금으로 뒤덮인 세상에서 그는 그저 하염없이 청아를 찾았다.

"당신은 나에게 태양 같은 거야. 당신이 없으면 금이 무슨 소용이고 바다가 무슨 소용이야. 나에게는 당신이 있어야 해."

그의 말에 청아가 결국 미소를 지었다. 그리고 윤태를 꼭 끌어안았다가 놓아주며 입을 열었다.

"결혼해요."

그녀의 말에 윤태가 보기 좋게 굳어 버렸다. 그러자 청아가 그의 셔츠를 잡아당겼다. 그리고 발을 들어, 가까워진 그의 귓가에 속삭였다.

"윤태 씨가 원하면. 당신에게 내가 필요하다면, 그럼 당신이 가져요. 줄게."

"결혼……하자고?"

윤태는 선뜻, 제가 들은 것을 못 믿고 그렇게 물었다. 그러자 청아가 진심이라는 듯, 미소를 지으며 대답했다.

"나랑 살아요. 죽을 때까지."

윤태가 얼어서 제대로 대답을 못하자 청아가 짓궂게 말했다.

"싫으면 말고."

"지, 지금 하자."

"네네, 빠른 시일 내에 합시다."

윤태가 다급하게 고개를 끄덕였다. 그리고 못 견디겠는지 그녀를 끌어안아 입을 맞췄다. 잠시 후 입술이 떨어지고, 윤태가 그녀의 손을 들어 손가락 하나하나마다 입을 맞추며 말했다.

"아직 못 믿겠다. 실감이 안 나."

"내 남편."

그녀의 소곤거린 말에 윤태가 복잡한 표정을 지었다. 웃어야 하나, 울어야 하나. 아니면 미쳐 날뛰어야 하나.

"당신은 정말, 사람 미치게 하는 재능이 있어."

윤태가 못 견디고 다시 청아를 끌어안았다.

"웨딩드레스 당신 원하는 만큼 사자."

"우리 결혼하는 걸 누가 반가워하겠어요. 그냥 서류만 해요."

"말도 안 되는 소리 하지 마. 결혼식은 무조건 호화롭게 할 거야. 사람들이 누가 오고 누가 오지 않는지 관심도 가지지 않을 정도로 호화롭게."

그의 계획이 웃겼는지 청아가 즐겁게 웃었다. 그리고 며칠 뒤 윤태는 거창하게 다시 프러포즈를 했다.

❋　❋　❋

결혼식은 완벽히 윤태의 주도로 준비되고 있었다.

"결혼식에 내 의견도 반영해 주면 안 돼요?"

윤태의 허리 위에 올라앉은 청아가 물었다. 윤태가 세상에 다시없을 만큼 다정한 눈빛으로 청아를 바라보며 대답했다.

"절대 안 돼."

눈빛과 말이 반대였다. 청아가 입술을 삐죽거리며 말했다.

"윤태 씨 회사 로비도 좋던데."

"회사 로비 같은 의견이나 내니까 당신 의견을 반영해 주지 않는 거야."

윤태가 유일하게 그녀에게 냉정해지는 문제였다. 청아는 그냥 이 남자에게 맡기기로 하고 윤태의 뺨을 두 손으로 감싸 쪽쪽 얼굴 여기저기에 입을 맞춘 후 자리에서 일어나려 했다. 그러자 윤태가 그녀의 팔을 붙잡아 당기고, 침대에 눕혔다.

"가지 마."

"왜요, 내 의견 들어주지도 않는데."

"플래너가 선택지 가져오면 그때부턴 다 당신이 고르게 해 줄게. 그 전엔 안 돼. 서류만 하자는 싱거운 사람한테 내가 내 일생일대의 이벤트를 맡길 것 같아?"

"나는 왜 안 보내 줘요?"

"당신이 당신 나 줬잖아."

아주 큰 건수 잡았다는 듯한 윤태의 말에 청아가 맑게 웃고는 그의 품에 얼굴을 묻고 중얼거렸다.

"음……. 우리 부모님이요. 공개적인 결혼식은 오기 어려워하실지도 몰라요."

그녀의 말에 윤태가 헛웃음 지었다.

"당신이 두 분이 오는 게 싫은 거면 몰라도, 두 분이 불편한

것뿐이라면 당연히 오시겠지. 난 상관없어. 그날만큼은 나에게
도 그저 당신의 부모님일 뿐이야. 어려워도 내가 어려워야지."

"두 분은 그렇게 생각 안 하실 텐데."

"당신 생각해서, 우리가 어떤 결혼식을 하든 오실 거야. 그날
은 당신이 행복해야 하는 날이야. 난 솔직히 들러리지."

윤태의 말에 청아가 조금 웃었다.

"들러리는 너무해요. 신랑도 주인공이지."

"그럼 우리 결혼식만은 당신이 주인공인 걸로 하자."

"좀 아까까진 일생일대의 이벤트라고 해 놓고?"

"응. 당신에게 해 주는 내 이벤트."

윤태의 능청에 청아가 다시 웃음을 터트렸다.

청아의 부모는 곧 그들이 살던 집으로 돌아왔다.

다행히 집까지는 팔지 않아도 되는 선에서 채무가 해결되었
다. 윤태가 도와준 덕분이었다.

생각해 보면 채무가 생긴 것도 결국 아버지의 자업자득이었
다. 결국 사기를 친 것 때문에 그가 잃은 건 그리 많지 않았다.

청아는 그 사실에 염증을 느꼈다. 당한 사람들은 오랜 시간을
괴로워했는데 저지른 사람들은 상대적으로 부족함 없는 삶을
살게 된다는 것에.

청아가 집에 들어서자 안절부절못하고 기다리던 한석이 눈치
를 살피며 걸어왔다.

"청아야."

"아빠."

기은 역시 달려와서 청아를 꼭 끌어안았다.

"아, 불쌍한 우리 딸."

그러자 청아가 어깨를 으쓱였다.

"불쌍하긴 뭐가 불쌍해요? 나 요즘 잘나가는데."

"그래도……."

한석이 눈물을 참으며 청아에게 사과했다.

"아빠가 미안해, 청아야. 정말 미안해."

그러자 청아가 희미하게 웃었다.

"나한테 왜 미안해요. 나한테 미안한 일 아니에요. 아빠가 미안해해야하는 사람, 세상에 너무 많이 남았어요. 그 사람들한테 미안해해야죠."

기은이 청아에게 말했다.

"우리 그냥, 조용히 살려고. 죗값 다 치렀다고 생각하지 않고. 우리 딸 생각해서 남들 눈에 안 띄게, 조용히 나쁜 짓 하지 않고 살려고."

옆에서 한석이 동조의 의미로 고개를 끄덕였다.

청아가 심호흡을 하고 말했다.

"저 결혼하려고요."

"그 사람이랑?"

기은이 묻자 청아가 고개를 끄덕였다. 기은이 눈물 고인 눈으로 웃었다.

"잘됐네."

"그렇지?"

"응."

옆에서 한석도 고개를 끄덕였다. 청아가 다시 입을 열었다.

"저 집에 자주는 못 와요. 원래도 그랬지만."

"안 와도 돼. 가끔 전화하면 받아."

"네. 결혼식장에서 봬요."

청아가 필요한 이야기만 하고, 한 번 들어가 앉지도 않고 조용히 집을 나왔다.

문을 나서는데 집 앞에서 기다리던 윤태가 보였다. 청아는 자신을 위해 그가 여기까지 와 있다는 게 미안했다.

청아가 걸어가 윤태의 손을 꼭 잡았다. 그러자 윤태가 말했다.

"왜 이렇게 금방 나와. 좀 더 얘기하고 나와."

"얘기 다 했어요."

청아가 돌아보니 부모님이 청아를 쓸쓸히 바라보고 있었다. 그들은 지금도 많은 것을 잃었지만, 가장 심하게 잃은 것은 딸의 존중이었다. 그녀를 부부에게서 빼앗은 것이 윤태가 그들에게 한 가장 큰 복수였다.

윤태가 조금 고개 숙여 인사하고, 청아가 문을 닫았다. 두 사람은 손을 꼭 잡고 집을 나왔다.

청아가 말했다.

"채무 그냥 놔둬도 되는데. 당신이 왜 그걸 도와줘요?"

"어차피 당신 부모님이 못 갚으면 당신이 갚아야 하잖아. 그럴 거면 미리 갚아 버리는 게 낫지."

"……."

"그런 표정 하지 마. 미안하려면 당신에게 매달린 내가 미안해야지."

"……고마워요."

"가자. 결혼 허락받으러."

384

"지금 받고 왔는데?"

"정 선생님한테도 받아야지."

"정말요?"

"당연한 거 아냐? 우리 청아 스무 살 된 이후부터 키워 주신 분인데."

윤태의 확신에 찬 말에 씁쓸해하던 청아가 웃음이 터졌다. 두 사람은 곧 연자에게 결혼 계획을 알리기 위해 댁으로 향했다.

두 사람이 온다는 소식에 대충 짐작을 해서인지 연자가 버선 발로 나와서 두 사람을 반겼다.

"이게 웬 귀한 손님들이야. 얼른들 들어와."

"선생님, 안녕하셨습니까?"

윤태가 정중히 인사하자 연자가 핀잔했다.

"뻔질나게 드나들더니 뭘 오랜만에 온 척이래?"

"제가 그 정도로 드나들었습니까?"

"말이라고 해, 그걸? 감을 얼마나 자주 가져오는지 전국에 안 먹어 본 감이 없네."

함께 집 안으로 들어가서 두 사람이 연자의 앞에 무릎을 꿇고 앉았다. 윤태가 심호흡하더니 고개를 숙여 말했다.

"선생님. 저 청아와 결혼하고 싶습니다."

"안 되네."

"예?"

곧바로 안 된다고 하니 윤태가 얼빠진 표정을 지었다. 반대로 연자가 팔짱을 끼고 심각한 표정을 짓고 있으니 청아는 웃음이 나와 한 손으로 입을 틀어막아야 했다.

연자가 말을 이었다.

"요즘에는 결혼 늦게 하는 게 유행이라잖나. 젊은 사람이 그런 것도 몰라?"

"우리 청아는 개성 있게 일찍 하는 건 어떨까요?"

"안 되네. 개성 시대도 지난 지 오래야. 다들 똑같은 핸드폰 쓰면서 무슨 때 지난 개성 시대."

갑자기 생활전선에 뛰어들어 수십 년간 잔뼈가 굵어진 연자의 방어에 윤태가 뒤늦게 긴장하기 시작했다.

그가 땀이 나기 시작한 손을 무릎에 문지르며 말했다.

"저 정말 청아에게 잘해 줄 자신 있습니다. 그리고 감이랑 술 안 끊기게 보내 드리겠습니다. 제가 이제 선생님 취향 완전히 꿰뚫지 않았습니까?"

"그건 훌륭하네만."

"청아는 몸이 부실해서."

괜한 소리를 해서 청아에게 팔을 얻어맞느라 말이 끊겼던 윤태가 아무 일 없었다는 듯이 말을 이었다.

"술도 잘 못하지 않습니까. 제가 전처럼 자주 찾아뵙겠습니다."

도대체 선생님 댁을 얼마나 드나든 건지. 청아가 한숨을 푹 쉬는데 윤태가 말을 이었다.

"선생님. 저 정말 청아 사랑합니다. 청아도 절 사랑하고요. 저 부족한 거 잘 압니다. 부족한 만큼 청아에게 잘하겠습니다."

"흠."

연자가 다시 입을 열었다.

"청아 하고 싶은 거 다 하게 해 주고."

"예. 물론입니다."

"집안일 나눠 하고."

"청아가 집안일 할 일 애초에 없습니다."

"아이는?"

"청아에게 달렸습니다."

윤태의 열정적인 대답에 연자가 고개를 끄덕였다. 그러자 청아가 살그머니 입을 열었다.

"선생님. 저 정말 윤태 씨와 결혼하고 싶어요."

"어휴, 말 안 해도 알아!"

"……근데 왜 안 된다고 하시는 거예요?"

"아, 이렇게 무서운 뒷배가 있는 건 알아야지?"

"하긴 그래요."

청아가 고개를 끄덕이더니 윤태를 빤히 보며 말했다.

"제 뒤에 정 선생님 계세요."

"잘할게. 진짜로."

"음. 선생님. 이 정도면 받아 줄까요?"

청아가 애교스럽게 묻자 연자가 호탕하게 웃었다.

"그러자. 네가 좋으면 나도 됐다."

그제야 안도한 윤태가 가슴을 쓸어내렸다. 연자가 일어서며 말했다.

"그럼 우리 손주사위, 한잔하게."

"예, 선생님."

손주사위라는 말에 윤태가 냉큼 따라 일어서자 청아는 어쩐지 눈시울이 붉어졌다.

❊ ❊ ❊

곧 부부가 될 연인은 마지막 허락을 구하기 위해 두 사람의 고향으로 향했다.

고향에 도착하기 1시간 전쯤에 납골당이 있었다.

윤태의 생부인 재용의 납골당 앞에 두 사람이 섰다.

청아는 출발할 때부터 말이 없던 윤태의 손을 꼭 쥐고 입을 열었다.

"아버님, 제가 윤태 씨 행복하게 해 줄게요."

청아의 인사말에 윤태가 저도 모르게 실소했다. 청아가 그 웃음에 힘입어 말을 이었다.

"손에 물 한 방울 안 묻히도록……. 물론 자기가 한다고 하면 말릴 수는 없지만요. 항상 윤태 씨에게 잘할 거고, 늘 곁에 있어 줄 거예요."

그녀의 다정한 목소리에 윤태는 청아를 가만히 바라보았다.

"그러니까 저 너무 미워하지 마세요."

"아마 아버지는."

미워하지 말라는 말에 윤태가 모처럼 입을 열었다. 윤태가 목이 메어 헛기침을 한 번 하고, 자신 쪽으로 고개를 돌린 청아에게 말을 이었다.

"당신을 만나셨으면 되게 툴툴거리셨을 거야. 심지어 엄청 가부장적이시거든. 보나마나 아들이 돈도 많은데 당신처럼 여리여리한 게 뭐하러 나가서 돈을 버냐고, 내가 버는 돈 가지고 편하게 살라면서 시대착오적인 소리나 하셨을걸."

"그러셨을까요?"

"응. 그러고 나면 당신은 성격상 보나마나 당신이 얼마나 능력이 좋은지 증명하려 할 거고, 그럼 또 우리 아버지는 안 지려고 할 거고. 그러다 명절 때 한번 크게 싸우게 될지도 몰라."

아버지가 살아 계실 때를 가정하며 윤태가 씁쓸하게 웃었다.

"그럼 나도 어머니도 당신 편을 들 거고, 아버지는 엄청 삐져 계실 거야. 당신이 얼마나 유능한지, 얼마나 좋은 사람인지 속으로는 인정하면서도 겉으로는 지기 싫어서 한동안 모른 척하고 계시겠지. 그래 놓고 아마 자기 아는 사람들 관혼상제마다 며느리한테 가서 한 벌 맞추라고 말씀하시겠지. 내 이름 대면 같은 돈에 훨씬 신경 써서 해 줄 거라면서 자기가 생색내고."

"......"

"아마 그랬을 거야. 살아 계셨으면 아마 누구보다 당신을 인정하면서 누구보다 당신과 많이 싸우는 그런 사람이었을 거야, 아버지는. 아, 이것도 미화한 걸지도 모르겠다. 돌아가셨으니까."

농담하듯 말하던 윤태가 힘이 빠진 듯 자리에 털썩 앉자 청아도 옆에 쪼그리고 앉았다. 윤태가 중얼거렸다.

"내가 사랑하는 사람이니까, 결국은 아버지도 당신을 사랑하게 되었을 텐데. 어쩌면 내가 생각한 것과 다르게, 나한테는 그렇게 무뚝뚝하던 아버지가 당신만 보면 봄이라도 온 것처럼 웃으셨을지 모르는데. 아버지가…… 좀 더 오래 사셨으면 좋았을 텐데."

청아가 손을 뻗어 조심스럽게 윤태의 뺨을 쓰다듬었다.

윤태가 눈물을 뚝뚝 떨구는 청아를 보며 소탈하게 웃었다.

"그렇게 펑펑 눈물이 나?"

그러자 청아가 고개를 끄덕이더니 자기도 편하게 털썩 앉아서 윤태의 팔에 머리를 기댔다. 윤태가 그녀 쪽으로 고개를 기울여 말했다.

"가자. 바다 차갑네."

"좀 더 있어요, 우리."

"아, 우리 아버지 이런 상황 어색해하실 텐데."

"난 아버님께 안 질 거라서."

청아의 말에 윤태가 입꼬리를 늘려 웃고는 말없이 고개를 끄덕였다. 두 사람은 꽤 오랫동안 그 자리에 앉아 있었다.

윤태는 처음 아버지를 제대로 보내 드리는 기분이 들었다. 아버지는 자신이 행복해지기를 바라셨을 것이고 지금 자신은 청아의 곁에서 더할 나위 없이 행복하니까.

그게 아버지의 꿈이고, 목표이고, 삶의 의미였다는 걸 윤태는 누구보다 잘 알고 있었다. 그래서 지금 아버지는 자신을 보며 행복해하실 거라고 윤태는 확신했다.

* * *

두 사람은 초여름 맑은 날 결혼식을 했다. 그때까지도 세간의 관심은 끊이지 않았다.

윤태는 오히려 비공개의 소규모 결혼식이 사람들의 궁금증을 자아낼 거라고 생각했던 듯했다. 그래서 반대로 했다.

윤태는 청아의 동의를 얻어 모든 것의 결정을 공개했다. 청아가 살아온 이야기도 전부 풀었고, 동시에 청아가 입은 드레스, 목걸이, 두 사람의 결혼반지, 꽃 등 모든 것을 초호화로 결정했다. 그가 의도한 대로 사람들은 누가 오는지, 오지 않는지에 대한 관심보다 결혼식의 규모에 훨씬 더 관심을 보였다.

결혼식 이후 여론은 의외로 우호적으로 바뀌었다. 청아가 제 힘으로 버티려 애쓰던 것이 호감을 불러왔기 때문이었다.

그리고 얼마 뒤 청아가 한복 디자인에 참여한 영화가 크랭크인했다.

촬영장에서 직업병이 도진 강 실장이 제가 참석했던 청아의 결혼식 사진들을 넘기며 말했다.

"청아 씨, 이거 목걸이 좀 빌려주면 안 돼? 소품으로 쓰게."

"돼요. 저 평생 안 쓸 거니까 촬영에라도 써야죠. 아무리 보험까지 들어 놨다지만 무서워서 어떻게 걸고 다녀요……."

"아, 나만 그러는 거 아니구나. 나도 대여한 것 중에 억 넘어가는 건 아예 가까이도 안 가."

두 사람이 공감하며 이야기했다.

잠시 후 촬영에 들어갔다. 청아는 온전히 제가 만든 한복들을 입은 배우들을 가만히 바라보았다.

이 일을 시작하길 잘했다고 생각했다. 박윤태가 없었다면 아마도 이 일을 하지 않았겠지.

청아는 윤태를 만나던 첫날을 떠올리며 미소를 지었다. 빨리 집에 가서 그를 꼭 안아 주고 싶어졌다.

✳ ✳ ✳

청아는 윤태가 마련해 준 공방이 있는 집을 작업실로 사용하기로 했다.

1층은 절대 한복은 안 하겠다던 연화와 함께 공방을 열었다. 청아는 더할 나위 없이 행복했고, 드디어 손녀가 일한다는 사실에 정 선생님은 두 배로 신나 하셨다.

연화는 5시면 칼같이 퇴근하기 때문에 윤태가 청아를 데리러 갈 때는 항상 1층 불이 꺼져 있었다. 윤태가 청아의 작업실로 들어서자 그녀는 지쳤는지 책상에 엎드려 잠들어 있었다.

윤태가 안쓰러워 청아를 깨우려다 그녀의 옆에 놓인 책 한 권을 보았다.

여기저기 체크가 되어 있는 책을 펼쳐 보니 사이사이에 한복 스케치가 끼워져 있었다.

"못 보던 책인데."

청아가 이미 촬영에 들어간 시나리오면 제가 모를 리가 없었다. 새로 들어온 것들도 다 알았다.

그가 책을 들어 확인해 보니 아직 영화화된 적 없는 유명한 소설이었다. 잠깐 책과 청아를 번갈아 보던 윤태가 중얼거렸다.

"해 보고 싶은 건가?"

그의 목소리에 깼는지 청아가 고개를 들었다. 그녀가 졸린 눈으로 물었다.

"오늘 회사 일 어땠어요?"

"재미없었어. 당신 보고 싶어 죽는 줄 알았네."

"난 재밌었는데."

"이럴 거야? 서운하게. 빨리 나랑 놀아 줘."

"뭐 하고 놀아 줄까요?"

"밤새도록 키스해 주고 예뻐해 줬으면 좋겠는데."

"내가 아가랑 결혼했나 봐."

청아가 핀잔했다. 윤태가 그녀의 손을 잡아 일으켰다.

"피곤하면 그냥 여기서 자고 가자."

"으응. 그래요."

"금방 씻고 올게. 잠깐만 기다리고 있어."

"꼭 씻어야겠어요? 그냥 나랑 붙어만 있으면 안 되나?"

"내가 아가랑 결혼했나 봐?"

윤태가 청아의 말을 따라 하자 청아가 웃음을 터트렸다. 그녀가 윤태가 든 책을 가리켰다.

"나 다 읽었는데 당신도 읽을래요? 재미있어요."

"이거 작업하고 싶어?"

"네, 해 보려고요."

청아가 기지개를 켜고 하품을 한 후 말했다.

"작가님께 연락드렸는데 괜찮다고 하셔서, 스튜디오 빌려서 작게 전시회 해 볼까 하고 연화랑 얘기했어요."

"하여튼 늘 일을 벌인다니까. 당신 일 중독이야."

"해 보고 싶은 게 많은데 어떡해요."

윤태가 미소를 지었다.

남의 눈에 띄고 싶지 않다던 청아는 이제 세상에 드러나는 것에 대한 두려움을 서서히 극복하고 있었다. 그 변화가 윤태에게는 큰 행복이었다. 그가 짐짓 사무적인 투로 물었다.

"혹시 영화 생각도 있어?"

"그건 내 마음대로 되는 게 아니니까……."

"왜 안 돼? 바로 앞에 배급사 대표가 있는데."

"……남편 덕 본다는 말 듣고 싶지 않아요."

"인맥 없이 장사하는 사람이 어디 있어? 이용하는 것도 능력이지. 당신이 정말로 자신 있고 추진하고 싶으면 나한테 제안해. 남편이 아니라 사업 파트너로서."

"당신 말이 아주 틀린 건 아닌데."

청아가 책을 덮고 윤태의 넥타이를 바짝 당겨 쥐며 말했다.

"어떤 영화냐 하면요."

아내가 가까워지자 윤태가 긴장해 침을 삼키고 고개를 끄덕였다. 청아가 손으로 그의 턱을 쓰다듬으며 입술이 닿을 듯한 곳에서 말을 이었다.

"배경은 가상 조선이고…… 궁이 주로 나와요. 러브스토리이고, 그리고 또. 으음……."

청아가 말끝을 흐리더니 눈웃음을 지으며 물었다.

"어때요?"

"정말 재밌겠네. 만들자."

윤태의 대답에 청아가 그의 가슴팍을 톡 때렸다.

"재미있긴 뭐가 재미있어요? 내용 설명을 조금도 안 했는데."

"그랬어? 엄청 재밌게 들렸는데."

"도대체 어느 부분이 재밌었어요?"

그녀의 추궁에 윤태가 당황한 눈빛으로 대답했다.

"……당신이 예쁜 게 재밌었어."

"봐요. 공정하지가 않잖아요. 내 프레젠테이션이 의미가 없다니까, 이게 어떻게 사업 파트너람."

완전히, 백 퍼센트 맞는 말이었다. 그녀가 가까이 당겨서 조금 만지작거리고 한 번 웃어 주는 것만으로도 설득당한 윤태는 할 말이 없었다. 그가 변명했다.

"지금 당신 행동이 공정하지 않았잖아. 내가 당신 웃는 얼굴에 약한 거 알면서. 다시 해. 공정하게."

"공정하게 내 얼굴 보지 마요, 그럼."

"목소리도 들리면 안 돼. 차라리 서면으로 하자."

"그게 좋겠네요."

서로에게 약하기 짝이 없는 두 사람이 합의했다.

청아의 보는 눈은 정확했고, 기획 역시 탄탄했다. 덕분에 원하는 감독도 배우도 알아서 이 영화로 뛰어 들어왔다.

그 해가 넘어가기도 전에 제작 발표를 하고 대본 리딩까지 가졌다.

윤태는 아내가 회사에 방문한다는 사실 하나만으로도 표정이 하도 밝아 회사 사람들의 의아함을 샀다. 희성이 청아가 언제 오나 엘리베이터 쪽만 기웃거리는 윤태에게 핀잔했다.

"티 좀 내지 마라. 청아 씨는 사무적으로 대하려고 그렇게 애쓰는데 넌 그렇게 얼굴에 다 적어 놓고 다니면 되겠냐?"

"일하면서도 아내를 볼 수 있어서 좋은 걸 어떡해."

"그러니까 그걸 티 내지 말라고. 하여튼 직업 정신이 없어. 세상이 왜 이렇게 불공평해? 이렇게 직업 정신 없는 놈이 왜 이렇게 잘나가냐고."

희성이 투덜거리는데 청아가 김 비서, 연화와 함께 도착했다. 김 비서가 들떠서 말했다.

"의상감독님 오셨습니다."

창석의 호들갑에 청아가 두 손으로 얼굴을 감싸며 민망해했다. 희성이 씨익 웃으며 인사하고 연화에게 말했다.

"연화 씨는 제가 회사 안내해 드릴게요. 부부는 저기 놔두죠?"

"그래요. 근데 양 실장님은 진짜 회사랑 안 어울리네요. 회사원이 적성에 맞아요?"

"오로지 연봉 보고 하는 거예요."

성격이 잘 맞는 두 사람이 이야기하며 떠나자 김 비서도 일이 많다며 자리를 피해 주었다. 청아가 윤태의 팔을 아프지 않게 때리며 핀잔했다.

"당신이 하도 티 내니까 다들 피해 주잖아요."

"결론적으로 이득이잖아."

윤태가 어깨를 으쓱이며 대표실 문을 열어 주었다. 청아는 그 사이 왠지 모르게 사람 냄새가 나는 곳으로 변한 윤태의 사무실을 둘러보며 기쁜 표정을 지었다. 그녀가 마침 생각났다는 듯이 윤태에게 말했다.

"김 비서님이 세 번째 서랍에 당신이 예전에 쓴 유서 있다던데."

"어? 그게 아직도 있어?"

윤태가 완전히 잊고 있었는지 기겁을 했다. 청아가 세 번째 서랍을 열자 윤태가 안절부절못했다.

윤태가 아무것이나 처박아 두는 세 번째 서랍을 뒤져 보자 정말로 윤태의 이름 세 글자가 적힌 봉투가 있었다. 한창 사라진 청아를 그리워하던 때 써 두었던 유서였다.

윤태가 넥타이를 느슨하게 당기며 한숨을 쉬었다.

"완전히 기억에서 사라졌었어……. 찢어 버리자."

윤태가 간절히 말하자 청아가 그에게 봉투를 내밀며 말했다.

"읽어 보고 싶어요. 당신이 먼저 읽어 보고 나도 읽어도 되면 줘요."

"내가 내 유서를 읽으면 좀 기분이 이상할 것 같은데……. 내가 뭐라고 썼더라."

윤태가 봉투를 받아 내용물을 읽더니 질색하며 청아에게 돌려주었다.

"구구절절 한심한 소리만 써 놨네. 읽을 거면 읽어도 되는데, 바로 찢어서 버려 줘. 제발."

"음. 내용 봐서요."

청아는 윤태가 당겨 준 의자에 앉아 그의 유서를 펼쳤다. 그가 가장 우울하던 때에 쓴 글이라 슬플 거라고 마음의 준비를 했는데, 유서는 의외로 그리 슬프지 않았다.

지금에 와서 읽기 때문인지, 오히려 미소가 지어졌다.

유서는 두 장이었다.

{ 내 편지를 가장 먼저 발견하는 건 아마도 창석이거나, 희성이겠지?

미안하지만 두 사람은 이제부터 더더욱 바빠질 거야. 미리 사과할게.

재산에 관한 것들은 공증을 해 놓았으니 이 변호사가 해결해 줄 거야.

내가 유서를 남기는 이유는 부탁할 말이 있기 때문이야.

뒷장은 미안하지만 혹시 청아에게 전해 주겠어?

은혜는 잊지 않을게. 그동안 곁에서 살펴 준 거, 정말로 고마웠어. }

{ 청아에게.

당신에게 무언가를 말할 기회가 생긴다면 가장 먼저, 사랑한다는 말 외에 다른 전할 말이 있을까.

당신은 믿지 못하겠지만, 나는 당신을 처음 만나던 날부터 사랑에 빠져 있었어.

미안하다는 말도 전해 주고 싶지만 그보다 꼭, 사랑한다는 말을 먼저 전했으면 해.

당신이 내 인생에 잠시라도 존재했던 순간이 내 인생에서 유일하게 의미 있던 날들이었어.

당신이 언제나 행복하길. 그게 내가 바라는 전부야. }

편지를 읽고 난 청아가 자리에서 몸을 일으켰다. 그리고 윤태에게 물었다.

"그럼 앞으로 당신 인생은 쭉 의미 있는 인생이네요? 내가 쭉 있을 거니까."

그러자 윤태가 심호흡을 하며 중얼거렸다.

"당신이 그렇게 말하니까 설레서 심장이 아플 정도야."

"사랑해요."

"한 번 더 해 줘."

"사랑해요."

"다섯 번만 더 말해 주면 나도 말할게."

청아가 두 번이나 말했는데도 윤태가 절대 말 안 할 거라는 듯 제 손으로 입을 틀어막자 그녀가 밉다는 듯이 흘겼다. 그리고 그의 손을 떼어내며 말했다.

"자꾸 그럴 거예요? 이기적이야."

"그래서 내가 돈을 잘 버는 거야."

"역시 난 사업은 못 하겠어."

"돈은 내가 벌게, 당신은 하고 싶은 거 해."

"나쁘지 않은 시스템이긴 한데……."

청아의 말에 유쾌하게 웃은 윤태가 의자에 앉은 그녀의 앞에 무릎을 꿇고 청아를 올려다보았다.

"사랑해."

그의 다정한 목소리에 청아가 그를 바라보며 웃음을 지었다.

그녀의 웃음에 행복해진 윤태는 청아의 손을 부드럽게 감싸 쥐고 열 번이고 백 번이고 사랑한다는 말을 속삭였다.

에필로그

"어쩔 수 없었어. 이렇게 작은 애가 비를 맞고 있는데 어떻게 두고 와?"

윤태는 눈 오는 어느 날 강아지 한 마리와 함께 들어왔다. 회사 앞에 누가 상자와 함께 버려 놓고 갔다는 것이다. 상자에 눈이 쌓이고 그 속에서 강아지가 끙끙거리고 있어 별수 없이 데려왔다고 했다.

윤태는 혼날까 봐 무서운지 품에 안긴 강아지에게 말했다.

"빨리 애교 부려."

어차피 쫓아낼 생각도 없긴 했지만. 청아가 그에게 단호한 목소리로 말했다.

"당신 바다 떠나고 얼마나 힘들어했는지 기억 안 나요?"

"병원에서 엄청 튼튼하대. 태어난 지 겨우 5개월 됐다니까 우리보다 오래 살 수도 있어. 응?"

저 남자를 애초에 이길 수 있을 리가 없었다. 강아지는 담요로 둘러 놓고 남들 연봉만큼 주고 사는 그의 정장과 시계가 눈 녹은 물에 젖어 있었다.

청아가 고개를 끄덕이더니 그의 몸을 돌렸다.

"알았으니까 빨리 가서 씻기나 해요."

"바다 좀 맡아 줘."

"벌써 바다로 하기로 한 거예요?"

"응. 성을 다르게 하자. 떠난 바다는 박바다고 이 녀석은 유바다로 하는 거야."

"아, 정말."

"으응? 어때? 괜찮지?"

윤태가 애교 섞인 목소리로 허락을 재촉하자 청아가 웃음이 터져 어깨를 들썩이며 낑낑거리는 유바다를 받아 들었다.

바다는 하얀 털이 복슬복슬한 자그마한 강아지였다. 아직도 상황 파악이 전혀 안 되는지 끙끙거리며 꼼짝도 않았다.

윤태가 씻으러 간 사이 청아가 바다와 함께 거실에 넓게 깔아 놓은 러그 위에 앉았다. 곧 크리스마스라 둘이 같이 장식을 잔뜩 달아 놓았었다. 청아가 강아지를 무릎에 두고 담요로 털에 조금 남은 물기를 닦으며 말했다.

"새로운 바다야, 안녕?"

그녀의 다정한 목소리를 알아들었는지 강아지가 고개를 들고 청아의 얼굴을 보았다. 그러더니 따듯한 곳에 들어와 겨우 안심한 듯 청아의 품으로 열심히 파고든다.

청아가 웃으며 담요째로 바다를 안아 들었다.

"촬영장 환경이 매우 좋지 않아."

윤태가 툴툴거리자 김 비서가 대꾸했다.

"이 정도면 환경 엄청 좋아 보이는데요?"

"춥잖아. 우리 청아는 따뜻한 곳에서 좋은 것만 보고 살아야 하는데 이 현장 분위기를 봐."

"……저 아니고 다른 사람한테 그런 말 하지 마세요. 무슨 말 들을까 무서워요."

두 사람이 심각한 표정으로 이야기하고 있으니 스태프들이 뭔가 문제가 있나 신경 쓰여 했다. 김 비서의 체념한 표정으로 대충 무슨 이야기가 오가고 있는지를 눈치챈 청아가 한숨 쉬며 달려왔다. 그리고 윤태를 떠밀었다.

"잔소리할 거면 가요."

"왜 오자마자 쫓아내고 그래? 당신이 추운 곳에 있어서 걱정하는 건데."

"그러니까 걱정하지 말고 가라고요. 나만 추워요? 게다가 추워도 배우들이 춥지, 난 무장을 하고 있는데."

청아는 제 말대로 패딩에 부츠에 꽁꽁 무장을 하고 있었다. 윤태가 아내 잘 부탁한다며 전원에게 돌린 패딩이었다. 그러고도 아내가 추워 보였는지 오히려 코트 차림인 윤태가 장갑을 벗고 따뜻한 맨손을 꺼내 청아의 뺨을 감쌌다.

"뺨 얼었잖아."

"사람들 보잖아요. 자꾸 이렇게 나 부끄럽게 할 거예요?"

청아가 아무리 혼을 내도 윤태의 걱정은 끝나지 않았다. 청아가 허락만 하면 촬영장 바닥에 온돌이라도 놓을 지경이었다.

윤태가 혀 짧은 소리로 말했다.

"힘들면 다 때려치우고 집에 와. 내가 수습할게."

"당신만 내 일터에 안 오면 힘든 거 없어요."

청아는 내내 싫은 척 핀잔만 했지만 그래도 두 손으로 윤태의 손을 감싸며, 살며시 올라가는 입꼬리를 제어하지도 못했다. 두 사람을 본 김 비서가 체념한 표정으로 말했다.

"대표님. 이제 다시 가시죠."

"응, 가자."

누가 보면 한 한 달 못 보는 사람들처럼 애틋해하면서 손을 놓았다. 윤태가 슬퍼하며 손을 흔들었다. 김 비서가 핀잔했다.

"대표님 자꾸 오셔서 사람들이 불편해하잖아요."

"보고 싶은 걸 어떡해. 아, 돈도 많은데 일 그만둘까. 우리 청아 매니저 하게."

"……사모님은 제가 있는 걸 감사하게 생각하셔야 해요. 남편 백수 되는 걸 막아 주고 있으니까."

"안 그래도 청아가 김 비서 생일 항상 챙겨 주잖아."

둘이 티격태격거리며 차로 향했다. 창석은 윤태가 매우 피곤할 때도 있었지만 우울함에 빠져 있던 때를 생각해 보면 정말이지, 다행이란 생각을 했다.

결혼 후에도 부부의 집에는 종종 손님들이 찾아왔다.

특히 희성은 일적으로도 별수 없이 윤태의 집에 자주 찾아왔기 때문에 청아와도 곧 어느 정도 친해졌다.

필요한 서류를 가지러 왔던 희성이 부부의 저녁 식사에 끼어

들었다. 청아가 윤태의 술을 한 모금 마시려 하자 윤태가 그녀의 손에서 잔을 뺏었다.

"절대 금주."

"이제 괜찮아요."

"안 돼. 절대."

"그럼 자기도 금주하든지."

"거의 금주지, 이 정도면."

"거의잖아요. 당신도 절대 금주해요."

청아의 투정에 윤태가 한숨을 쉬더니 술병을 희성에게 밀어주었다. 희성이 옆에서 낄낄거리며 말했다.

"이야, 학교 다닐 때 박윤태가 이렇게 잡혀 살 거라고 했으면 아무도 안 믿었을 텐데."

그러자 청아가 기다렸다는 듯이 말했다.

"전 윤태 씨 학창시절이 궁금해요."

그녀의 질문에 윤태는 잠시 생각에 빠졌다.

아버지의 장례식이 끝나고 윤태는 한동안 학교에 가지 않았다. 아무도 소년에게 학교에 가도록 강요하지 않았지만, 학교에 가지 않는 소년을 케어해 줄 수 있는 사람도 없었다.

동네는 침울함에 잠겨 있었다. 윤태 모자에게 화풀이를 해 봤자 크게 해결될 것이 없다는 것을 알았기 때문에 그들을 괴롭히는 일은 없었지만 싸늘해지긴 했다.

얼마 뒤 윤태의 어머니가 재혼하고 잠시 윤태는 동네에 남아 있었다. 어디여도 좋으니 떠나고 싶었다. 사라지고 싶었다.

희성이 불쑥 그의 기억을 방해하며 떠들기 시작했다.

"박윤태 처음 전학 왔을 땐 진짜 난리였어요. 누가 봐도 키 크고 잘생기고 여자애들한테 매너도 좋았거든. 전학 오고 며칠 지나니까 이미 애들이고 선생님이고 박윤태를 모르는 사람이 없을 정도였으니까."

"그랬지. 음. 당신이 그렇게 인기 많은 사람이랑 살아."

윤태가 능청을 떨자 청아가 웃었다. 희성이 생각났다는 듯이 말했다.

"근데 박윤태 좀 깨는 게, 얘가 의외로 무서운 영화를 잘 못 봐요. 그래서 우리 중학생 때 한 열 명이서 공포 영화 보러 갔는데 혼자 겁먹어 가지고 여자애들이 놀리고 난리였어요."

"……우리 청아 있는 데서 딴 여자 얘기 하지 말자."

"딴 여자가 아니라 네 약점 얘기겠지."

"알면 더더욱 하지 마."

둘이 티격태격하면서도 학창 시절 이야기를 이어 갔다. 고등학교는 각자 다녔지만 입대도 비슷한 시기에 했다. 청아는 형제처럼 오랜 세월을 함께한 두 사람이 부러웠다.

희성과 윤태가 키득거리며 이야기를 하는 걸 듣던 청아가 윤태를 빤히 바라보자, 그가 다정히 청아의 손을 감싸며 물었다.

"무슨 생각을 하느라 그렇게 봐?"

"나 학교 다닐 때 만났으면 윤태 씨 같은 사람 무조건 피했을 텐데."

"……나 같은 사람이 뭔데?"

"잘나가는 사람."

"당신 학교에 나 정도로 잘나가는 사람이 있었다고?"

윤태가 진심으로 묻자 청아가 질색하며 그를 흘겼다. 윤태가 어깨를 들썩이며 웃자 청아가 물었다.

"막 밸런타인데이 때 초콜릿 받고 그래요? 우리 학교엔 그런 사람은 없었는데."

그러자 옆에서 희성이 불쑥 끼어들었다.

"엄청 받았어요. 밸런타인데이에 이 자식이랑 같이 집에 가면 몇 분에 한 번씩 멈췄어요. 초콜릿 받느라고. 아, 얘가 처음에 사업 자금 만든다고 아르바이트했는데. 난리도 아니었어요, 카페에 매일 사람이 꽉 차 가지고."

"나 그때 진짜 힘들었어. 나한테 일을 너무 시켜서."

"맞아, 사람들이 너한테만 주문했잖아. 그래서 결국 공장 들어갔지?"

"어. 아저씨들이랑 일하니까 속 편하더라."

두 사람의 이야기에 청아가 즐겁게 웃었다. 희성이 술을 한 잔 더 마시며 그녀에게 말했다.

"청아 씨도 사실 인기 많았을 텐데. 뭔가 그, 첫사랑 같은 느낌이 있어요."

그의 말에 청아가 희미하게 웃었다.

"……맨날 도망만 다녀서."

그녀의 말에 잠깐 두 남자가 말이 없었다. 희성이 테이블을 탁 치며 말했다.

"누구. 말만 해요. 내가 우리 회사에서 약간 불법적인 일을 담당하고 있으니까 가서 손 좀 봐 줄게. 아, 이미 몇 명 봤……."

술기운에 무심코 내뱉던 희성의 입이 윤태의 손에 틀어막혔다. 청아가 고개를 갸우뚱했다.

"……누구를요?"

그러자 희성이 윤태의 손을 끌어 내리며 말했다.

"그 왜, 한복 맞추러 왔던 뻔뻔한 새끼 있잖아요, 그 자식도 한 번 겁줬고. 그리고 인터넷에 동창이라면서 청아 씨 얘기 어쩌고저쩌고 하면서 올린 사람들 다 찾아서 고소하고."

전혀 몰랐던 사실이었다. 희성이 말을 이었다.

"이 자식은 청아 씨에게 첫눈에 반한 게 틀림없다니까요."

그의 말에 청아가 힐끗 윤태를 보고 웃었다. 윤태가 얼굴이 붉어져 시선을 피하고 있었다.

실컷 이야기하던 희성이 떠나자 윤태가 소파에 앉아 청아를 끌어다 제 무릎에 앉히며 말했다.

"저 방해꾼 이제야 가……네. 왜?"

청아가 윤태의 목덜미를 와락 껴안고 말이 없었다. 윤태가 그녀의 등을 토닥이며 물었다.

"왜 그래. 기분 상하는 일 있어?"

"미안해요."

"뭐가 미안해, 갑자기?"

"그냥…… 당신 열한 살 때 혼자 남아 있던 게 너무 신경 쓰여서."

"그거 잠깐이야. 게다가 혼자는 뭐가 혼자야. 우리 고모가 계속 챙겨 주다가 바로 서울로 갔는데."

"그래도."

울적해하며 윤태를 꼭 안고 있던 청아가 한참 후에야 그를 놓아주고 얼굴을 감싸며 말했다.

"미안하니까 당신이 좀 어린애처럼 혼자 못 있고 그래도 이해해 줄게요."

"누굴 어린애로 아나. 이제 혼자 잘 있거든?"

"거짓말."

"진짜야. 혼자 한번 놔둬 봐. 완전 잘 있을 테니까."

"지금?"

"지금 말고. 아냐, 나중에도 안 돼. 나 혼자 두지 마. 허세 떤 거야."

윤태가 빠르게 말을 바꾸며 청아의 팔을 다시 제 목에 감자 청아가 웃으며 다시 그를 꼭 끌어안았다.

✻ ✻ ✻

정 감독과의 영화 성적은 괜찮았다. 역대급 흥행까진 아니었지만 소소한 흥행을 했고, 높은 편이었던 손익분기점을 극장 수익만으로도 가뿐하게 넘겼다.

그러나 청아는 전 영화에 신경을 쓸 틈이 없을 정도로 바빴다. 제가 제안한 책의 영화화 때문이었다.

제안한 것만으로도 이렇게 막중한데 아예 회사 하나를 짊어진 윤태가 종종 우울함에 빠졌던 것도 당연할지 모른다는 생각이 들었다. 물론 요즘에야 세상에 저렇게 정신이 건강한 사람이 있을까, 싶을 정도지만.

내내 바빴기 때문에 윤태의 생일에는 시간을 내서 특별히 준비를 좀 해 볼 생각이었다.

청아는 그의 생일로 넘어가는 밤, 중간에 몰래 일어나서 밖으로 나왔다. 그는 항상 애정이 고픈 사람이라 음식이든 물건이든 품이 들어간 걸 좋아했다. 그걸 귀엽다고 해야 할지 귀찮다고

409

해야 할지 모르겠지만.

청아가 주방에서 작은 핀 조명 하나만 켜 놓고 몰래 움직이는데 어떻게 알았는지 바다가 폴짝폴짝 달려들었다. 그러더니 다시 달려가서 제 쿠션을 물고 와 청아의 발 옆에 두고 거기 턱을 대고 누웠다.

"바다 눈부실 텐데 왜 여기서 자."

청아는 주인 가까이에 웅크려 만족해하는 바다의 등을 쓰다듬어 주고, 전날 몰래 구워서 숨겨 둔 시트를 꺼냈다.

우선 종류별로 주문한 과일을 손질하기 시작했다. 메인 재료인 딸기의 꼭지를 따서 그릇에 한가득 담고, 사과 껍질로 토끼 귀 모양을 냈다. 그리고 윤태가 좋아하는 복숭아도 잘라 놓았다.

시트를 3등분을 내서 시럽을 바르고 복숭아를 듬뿍 올리고, 한 층을 쌓고, 다음 층까지 쌓은 후 생크림을 만들고 있을 때였다.

"처, 청아야."

누가 들어도 알 정도로 정신없이 문이 열려, 청아는 몰래 켜 놨던 주방 핀 조명 하나마저 빠르게 꺼 버렸다. 그러자 언제 꺼내 입었는지 옷을 다 차려입은 윤태가 나왔다.

그는 청아가 1층에 있는 걸 아직 모르는 것 같았다. 급하게 2층 불을 켠 그의 목소리가 떨렸다.

"청아야, 어디 있어?"

어쩐지 매일 자신보다 늘 먼저 일어나는 윤태가 신기했다. 그가 결혼을 한 뒤에도 자신을 찾아 헤매고 다니리라고는 생각도 못했다.

"집에 있지?"

그가 그렇게 묻더니 핸드폰으로 청아에게 전화를 걸기 시작했다. 그러다 침실에 둔 그녀의 핸드폰을 발견했는지 정신없이 1층으로 달려 내려왔다.

그러다 중간에 1층 불을 켠 청아와 마주쳤다.

청아는 다급하게 옷을 챙겨 입은 윤태를 빤히 바라보았다. 그 자리에 굳어 있던 윤태가 난처한 표정으로 말했다.

"……산책 좀 하고 올까 하고."

"이 새벽에요?"

"……."

어쩐지 윤태가 꼭 침실에 옷을 한 벌 두기에 뭔가 했더니. 이렇게 급하게 찾아 입기 위한 용도였다.

그는 스스로도 한심했던 데다 청아를 무사히 찾았다는 생각에 안심해 그녀를 끌어안았다.

"뭐 하는 거야. 이 새벽에. 놀랐잖아."

"당신 자고 있을 때 케이크 가져가려고 했단 말이에요. 나름 비밀 이벤트였는데."

"미안."

"하여튼 못살아. 나 어디 안 가요."

그제야 윤태가 그녀를 놓는다. 도대체 저 잘난 남자가 왜 저렇게까지 미쳐 버렸는지. 청아가 짐짓 화난 표정으로 물었다.

"언제까지 이럴 건데요, 도대체?"

"그냥 습관이라고 생각해 줘. 이제 이건 못 고쳐."

"애초에 내가 이제 와서 당신 놔두고 왜 도망을 갈 거라고 생각해요? 그럴 이유가 없는데."

"내가 싫어질 이유야 많잖아."

윤태가 그렇게 말하며 풀어진 얼굴로 청아를 뒤에서 끌어안
았다.

"이제 다시 하던 거 해."

"안 되겠어요."

청아가 생크림을 내려놓고 결심하듯 말했다.

"아이를 낳아야겠어."

"응?"

"그렇잖아요. 아이가 태어나면 내가 애들 아빠를 놓고 도망치
진 않을 테니까."

윤태는 그것이 너무나 합리적인 생각이라고 생각했다. 역시
아내는 똑똑했다.

"지금 당장 아이 만들러 가자."

"지금은 케이크 만들고, 좀 이따가요."

"케이크는 좀 이따가 나랑 만들어."

"그, 그래도 정리는 해야지!"

"내가 먼저야. 내 생일이잖아."

윤태가 막무가내로 그녀를 납치해 침대에 내려놓더니 입고
있던 상의를 벗었다. 그러고는 생크림이 조금 묻은 청아의 손가
락을 입에 넣어 하나하나 맛보기 시작했다.

그런 그의 행동이 야하게 느껴져 청아가 눈을 감아 버렸다.
그러나 눈을 감으니 더더욱 그의 혀가 제 손가락을 자극하는 것
이 느껴졌다. 청아가 울먹이며 투정했다.

"내 계획 다 망쳤어."

"나한텐 최고의 생일인데 왜 망쳤다고 생각해? 내가 좋으면
된 거 아냐?"

412

"내가 이벤트 해 주려던 거니까 나도 기뻐야죠! 이 새벽에 웬 날벼락…….."

청아는 불만스러워하면서도 윤태가 입을 맞춰 오자 그를 두 팔로 끌어안아 주었다. 그녀가 제 잠옷 단추를 풀기 시작한 윤태에게 잔소리하듯 말했다.

"아이 태어나서도 아침마다 나 찾으면 안 돼요. 알겠죠?"

"안 그럴게. 나 믿어."

윤태가 대충 대답했다. 그가 청아의 품에 코를 묻고 중얼거렸다.

"당신한테서 복숭아 냄새 나."

"복숭아 케이크를 만들 생각……. 아!"

"아, 매일 생일이었으면 좋겠네."

윤태가 진심으로 말하며 복숭아 냄새가 나는 청아의 입술이며 목덜미에 입을 맞췄다. 청아가 어깨를 움찔거리더니 윤태의 어깨를 붙잡아 밀었다. 그녀가 자신을 눕히려는 걸 안 윤태가 그녀의 손길을 따라 침대 위에 누우며 청아의 허리를 두 손으로 감싸 가볍게 제 배 위에 올렸다.

청아가 손으로 윤태의 목을 감싸 보더니 손으로 턱을 쓸어 올렸다. 그리고 몸을 숙여 그의 턱에 입을 맞췄다. 그녀의 행동이 자극적이었는지 윤태가 군침을 삼키며 그의 목울대가 크게 움직였다.

그러더니 윤태가 바쁘게 꺼내 입은 셔츠 단추를 풀기 시작했다. 단추를 반 정도 풀고 난 청아가 그의 가슴 위에 손을 올렸다. 따끈한 손으로 가슴팍을 쓸자 긴장해 그의 근육에 바짝 힘이 들어갔다.

청아가 궁금한지 물었다.

"나도 이래요?"

"뭐가?"

"나도 이렇게 만지면 긴장해서 더 딱딱해져요?"

"근육이 없잖아, 당신은."

"그럼 덜 재미있겠네. 난 지금 엄청 재미있는데."

"내가 느끼는 것만큼 재미있어하진 않을걸."

"그걸 당신이 어떻게 알아요?"

청아가 말하며 그의 셔츠 단추를 전부 풀었다. 그리고 늘씬한 허리를 두 손으로 쓸어내렸다.

윤태가 괴로운지 고개를 젖히며 심호흡했다.

"미치겠네."

"싫어요?"

"솔직히 말하면 싫고, 좋고 간에 당장 당신을 어떻게 하고 싶어."

"난 좋아요."

그를 힘겹게 할 정도로 하반신에 바짝 힘이 들어가 있었다. 벨트 위 아랫배까지 불거진 혈관이 그것을 증명했다. 청아는 그가 미치려 하는 게 재미있는지 그 위에 손가락으로 부드럽게 빙빙 원을 그렸다.

결국 못 견딘 윤태가 상체를 일으켜 그녀의 허리를 강하게 끌어안았다. 청아가 자신을 집어삼킬 듯이 바라보는 윤태에게 짓궂게 말했다.

"아직 안 끝났는데?"

"제발."

"왜요? 내가 못살게 굴어서 미워졌어요?"

"지금 잠깐 밉다. 진짜로."

"너무해."

"당신도 가끔 아침에 나 미워하잖아."

"그건 당신이 너무 깊게……."

말하던 청아가 부끄러운지 입을 다물었다. 그러거나 말거나 윤태가 그녀의 다리로 제 허리를 감싸게 하고 허벅지를 움켜쥐었다.

"오늘은 봐줘. 목적이 뚜렷하잖아."

"아, 맞아. 오늘 아직 주기가……."

청아가 말하는데 윤태가 그녀의 입술에 입을 맞췄다. 그리고 그녀에게 말했다.

"못 들었어."

"그러니까 아직 배란……."

다시 그녀의 말이 끝나기 전에 입을 맞춘다. 다 들었으면서 자기 맘대로 하려고!

청아가 원망하듯이 때려 봤지만 그는 전혀 들을 만큼의 이성이 남아 있지 않았다.

외전

아이는 연년생으로 태어났다. 남자아이인 큰 아이는 '해윤'이로 하고 여자아이인 둘째는 '다윤'이로 했다.

"어구구구……. 우리 다윤이 삼촌 좋아여? 좋아여어?"

김 비서가 이제 태어난 지 백일이 된 둘째 아이에게 자기 좋냐고 물어보는 모습을 보며 윤태가 실소했다.

"그럼 다윤이가 알아들어?"

"당연히 알아듣죠! 그리고 이런 반복 학습이 잠재의식 속에 남아서 분명히 저를 보면 삼촌이라고 부를 거라고요."

김 비서가 정색하고 다윤에게 소곤거렸다.

"해윤이도 그렇고 우리 다윤이도 아버지 하나도 안 닮아서 귀여워."

"……그럼 내 아내를 닮아서 귀엽단 뜻이야? 내 아내가 귀여워?"

윤태가 정색했다. 김 비서는 역시 저 남자는 틀렸다고 생각하며 태어난 지 백일 된 아기에게 삼촌이란 말을 가르치려 애썼다.

윤태가 그 와중에 잠에서 깨서 아빠를 찾는 해윤을 안아 들었다.

"아빠아."

해윤이 잠결에 말하며 윤태의 목을 꾹 쥐었다.

"응, 우리 해윤이. 아빠 여기 있어."

윤태가 말하며 해윤이의 등을 토닥거렸다.

아이들 선물을 한 아름 내려놓곤 김 비서가 떠나고, 윤태는 해윤을 안고 천천히 거실을 다니며 아들을 재웠다.

윤태는 문득, 처음 청아를 봤을 때를 기억했다. 윤태가 늦둥이로 어렵게 얻은 아이라 친척들은 대부분의 윤태보다 나이가 많았다. 그래서 윤태는 태어난 지 얼마 되지 안 되었을 때 본 청아가 무척 기억에 남았다.

아이는 선천적으로 심장이 아주 약하다고 했다. 원래는 이것보다 더 오래 배 속에 있어야 하는 아이였다고 들었다.

윤태는 곤히 잠든 아기에게 아프지 마, 오빠가 대신 아파 줄게, 하고 말했던 기억이 났다.

잠든 제 아이를 보니 왠지 그 날이 떠올랐다. 그 약하던 아이가 어느새 건강하게 자라 제 아내가 되고, 그녀가 낳은 두 아이모두 윤태를 닮았는지 우량아였다.

윤태가 다시 잠이 든 해윤도 침대에 내려 주고 두 아이를 조심스럽게 다독이며 말했다.

"해윤아, 다윤아. 아프지 마. 아빠가 다 아파 줄게. 네 엄마 몫도 내가 다 아프기로 했거든. 너희 엄마가 너희만 할 때."

청아가 돌아온 이후 윤태는 날이 갈수록 삶의 의지가 강해졌다. 그는 지금껏 제가 이토록 부성애가 강한 사람인지조차 몰랐었다. 아마도 이전에 제가 그토록 삶을 지루해했던 건 지키고 싶었던 것이 없었기 때문이리라.

자신이 없으면 아무것도 할 수 없는 이 소중한 아이들이 태어난 이후로, 그는 무슨 일이 있어도 살아야겠다는 결심을 하게 되었다.

그때 청아가 깼는지 윤태가 있는 방으로 걸어 나왔다. 다윤이를 낳고 거의 쉬지 못하던 청아는 모처럼 종일 자고 개운해진 얼굴이었다. 그녀가 하품을 하고 나서 행복한 얼굴로 말했다.

"아이들 다 자네요?"

"응, 좀 아까 김 비서가 다윤이 재웠어. 김 비서는 백일 된 애한테 삼촌 해 보라고 한다니까. 아직 엄마, 아빠도 제대로 못 하는 애를."

"교육열이 높네요."

"그러니까."

윤태가 동의하며 청아를 끌어다 그녀를 뒤에서 꼭 끌어안았다. 청아가 윤태의 팔을 제 두 손으로 감싸 쥐고 두 아이를 바라보았다. 그러더니 뿌루퉁해서 말했다.

"왜 애들이 둘 다 당신이랑 똑같이 생긴 거죠? 나도 닮았어야지."

"그래? 아까 김 비서가 해윤인 당신 판박이라던데?"

그러자 청아가 달가워하며 물었다.

"그래요?"

"응. 애들 둘 다 피부도 당신 닮아서 하얗잖아."

"그냥 아가라서 하얀 거 아닌가…….."

그때 다윤이가 하품을 했다. 그 모습에 윤태가 얼굴에 미소가 가득해서 말했다.

"봐봐, 다윤이 하품하는 거. 당신도 딱 저렇게 하품해."

"내가 저렇게 귀여워요?"

"몰랐어? 당신은 거울을 왜 안 봐? 사 줘?"

윤태가 정색하고 묻자 청아가 어깨를 들썩이고 웃더니 그의 손을 꼭 쥐었다. 윤태가 말했다.

"나 당신 태어나자마자 봤었던 거 말했나?"

"그랬어요?"

"응. 아버지랑 같이, 아마 당신 집 갔었던 것 같아. 정황은 기억이 잘 안 나고. 그냥 당신이 몸이 약하다고 해서 걱정하던 기억이 나."

"으응……. 아쉽다."

"뭐가?"

"내가 그때 기억이 있었으면 무조건 당신이 내 첫사랑이었을 텐데."

"당신 첫사랑은 누군데?"

"TV에만 나오면 당신이 꺼 버리는 그 배우. 어린이 드라마 보면서 푹 빠졌었거든요."

"……심지어 그 자식이 첫사랑이야? 그 자식 나보다도 어리던데."

"배우한테 질투하지 좀 마요. 애초에 당신이 훨씬 잘생겼는데. 그 사람은 이제 배도 엄청 나왔잖아요."

청아의 말에 윤태가 멈칫하더니 금방 기분이 좋아진 목소리

420

로 말했다.

"당신이 그렇다면 그런 거겠지."

순식간에 우쭐해지는 걸 보니 웃음이 나왔다. 청아가 웃자 윤태도 같이 어깨를 들썩이고 웃었다.

윤태가 다시 입을 열었다.

"장모님께 해윤이랑 다윤이 사진 보내 드렸는데 좋아하시더라. 자주 보내 달래."

"으응. 고마워요."

"종종 뵈러 가자. 난 괜찮아."

"내가 안 괜찮아요."

청아가 중얼거렸다.

"아이들 조금 더 크고…… 뭐가 좋은 건지, 뭐가 나쁜 건지 알게 되면. 그즈음 부모님을 찾아뵀으면 해요."

"아, 내 아내는 참 꼬장꼬장해."

"당신이 그걸 좋아하잖아요."

"응. 그거 아니어도 나머지도 다 좋아해."

윤태가 말하며 못 견디겠다는 듯 다시 청아를 와락 끌어안았다.

❋ ❋ ❋

윤태가 아침마다 청아를 찾는 덕에 아이들에게도 똑같은 버릇이 생겼다.

주말 느지막이 청아가 눈을 뜨자 제일 먼저 어느새 침대에 올라와 앉아 있는 듬직하게 자란 바다가 보였다.

예전엔 이 녀석이 이렇게까지 자랄지 몰랐는데, 성견이 되고 보니 예전 바다만큼이나 자라고 있었다.

청아가 웃으며 바다의 턱을 쓰다듬었다.

"바다 잘 잤어?

그리고 눈을 비비는데 첫째인 해윤이 침대에 착 달라붙어 엄마를 보고 있는 게 보였다.

"엄마가 있는 걸 확인하고 아빠한테 알려 주려고."

그러자 옆에서 둘째인 다윤도 오빠를 따라 말했다.

"맞아. 아빠가 궁금해해."

그러자 청아가 어깨를 들썩이고 웃으며 두 아이의 머리칼을 헝클었다.

"숨바꼭질하는 것도 아니고. 엄마 당연히 여기 있지."

"그건 그래. 엄마가 당연히 여기 있지."

해윤이 똘똘하게 대답하고 고개를 끄덕끄덕했다. 아무튼 아이들은 엄마가 있는 걸 확인한 후 아빠에게 알려 주려고 바다와 함께 신나서 달려 나갔다. 청아가 울상이 되어 아침 식사를 들고 침실로 들어오는 윤태에게 투정했다.

"당신 때문에 애들도 자꾸 아침에 나 찾잖아요……."

"습관이 돼서 이제 바꿀 수도 없어."

윤태는 언제나 청아보다 먼저 일어났다. 그러다 혹시나 늦게 일어나는 날에는 놀란 얼굴로 청아를 찾아다니는 것을 아이들도 닮고 말았다.

윤태가 쟁반을 협탁에 놓고 청아에게 입을 맞추며 말했다.

"평생 나보다 늦게 일어나."

"정말 이상한 걸 바라는 남자야…… 내가 이제 와서 애들을 놓고 도망을 가겠어요?"

"그건 그렇지?"

대답하며 웃던 윤태의 표정이 갑작스럽게 굳으며 사색이 되었다.

"당신 사라지면 우리 애들도 다 사라지는 거잖아."

"그니까 애초에 사라지질 않습니다, 박윤태 씨."

"상상만 했는데도 쓰러질 것 같아."

"어휴, 정말. 그거 잠깐 도망친 거 평생 우려먹네."

"잠깐이라니? 2년이 잠깐이야? 내가 얼마나 고통스러웠는지 알아? 다시 생각하고 싶지도 않아."

"그만, 그만."

청아가 손으로 그의 입을 감싸자 윤태가 장난이었다는 듯 웃었다. 아침을 먹고 두 사람이 밖으로 나와 보니 아이 둘과 바다가 정원을 뛰어다니고 거실도 뛰어다녀 바닥이 흙투성이였다. 연년생인 두 아이는 어찌나 죽이 잘 맞는지 사고를 쳐도 같이 치고, 감동을 줘도 같이 주었다.

"애들 태어나니까 삶이 훨씬 고되고 재밌네."

그의 말에 청아가 공감하며 웃었다. 그리고 윤태의 손을 쥐며 물었다.

"사는 거 재밌죠?"

"응……. 생각해 보니까 당신도 내가 겨우 유서 두 장 쓴 거 가지고 계속 우려먹을래?"

"겨우 두 장? 내가 그날 양 실장님이 뛰어 들어와서 하는 말 듣고 얼마나 놀랐는지 알아요? 솔직히 그날 훨씬 더 혼냈어야 됐어."

"잘못했다, 잘못했어."

윤태가 괴로운 듯 말하며 청아의 손을 꼭 잡았다가 정원으로 나가 아이들에게 한 소리를 하고 셋이 같이 거실로 돌아와 청소를 시작했다.

방금 혼날 때만 잠깐 시무룩하고 둘 다 금방 신이 나서 또 까르륵까르륵 웃으며 뛰어다녔다. 역시 셋 중 제일 나이가 많아서인지, 그나마 제일 반성하는 건 바다였다.

윤태는 아이들을 잡으러 다니는 시늉을 해 주고, 두 아이는 아빠가 꼼짝 못 하는 엄마 뒤에 냉큼 숨어 버렸다.

"이건 반칙이다."

윤태가 투덜거리자 해윤이 고개를 내밀고 말했다.

"반칙 아냐. 전략이야."

그러자 다윤도 고개를 내밀고 동조했다.

"맞아, 전략이야."

그러자 윤태가 어이가 없어 말했다.

"그래, 아주 어려운 말 아네. 그건 훌륭한데 그래도 이 경우는 반칙이야."

아이들을 설득하려는 윤태가 귀여워 청아는 결국 크게 웃음이 터지고 말았다.

결혼하고도 가끔 윤태는 남처럼 낯설 때가 있었는데, 지금은 그냥 제 남편이자 아이들의 아빠였다. 아이들이 태어나고 그는 세상에 날을 세우던 신경을 완전히 무디게 갈아 버렸다.

청아가 웃자 윤태도 웃고, 결국 아이들도 역시 엄마 뒤에 숨는 전략이 최고라며 신나 했다.

*　*　*

　연자는 모처럼 놀러 왔다가 제 이불 위에 누워 곤히 잠든 해윤, 다윤 남매가 예뻐서 눈을 떼지 못하고 있었다.

　"세상에. 아이고, 세상에. 손주도 예쁜데 증손은 더 예쁘네."

　그러자 옆에서 아이스크림 떠먹던 연화가 말했다.

　"무슨 말을 그렇게 해? 손주가 바로 옆에 있는데."

　"그러니까 너무 예쁘다니까? 다만 증손은 더 마냥 예쁘다는 거지."

　"아무튼 나도 예쁘단 소리지?"

　그래도 이제 자기 힘으로 돈을 벌기 시작한 연화는 나름 어른이 되었다. 청아가 연자가 내준 꿀떡을 집어 먹으며 말했다.

　"선생님, 이거 꿀떡 어떻게 이렇게 맛있어요?"

　"맛있지? 재료가 좋아서 그래. 아, 이거 줘야지."

　연자가 상자 두 개를 내밀었다. 청아가 받아서 열어 보곤 눈이 동그래졌다.

　"어휴, 선생님! 애들 금방 클 텐데!"

　"그래서 좀 크게 했어."

　아이들 한복이 들어 있었다. 다윤이가 먼저 깨서 연자에게 가서 폭 안겼다.

　"할머니!"

　"그으래, 우리 다윤이 깼어? 다윤이 할머니 만든 한복 입어 볼까?"

　연자가 잠결에 고개를 갸웃갸웃하는 다윤이에게 색동저고리와 다홍치마를 입혀 주었다.

연화가 그 모습에 바닥에 드러누웠다.

"우와, 너무 귀여워. 말도 안 돼. 다윤아, 이모랑 사진 찍자. 백 장."

옆에서 소란이 일어나자 해윤이도 눈을 떴다. 두 아이가 한복으로 갈아입고 나서 넷이 사진도 찍고 꿀떡도 먹으며 놀고 있을 때 윤태가 가족들을 데리러 다 와 간다는 연락을 했다.

잠시 후 청아가 두 아이 손을 잡고 마당으로 걸어 나갔다. 해윤이가 위에서 팔랑팔랑거리는 염색 천을 올려다보며 말했다.

"엄마, 하늘에 옷이 있어."

그러자 다윤이도 의아해하며 물었다.

"엄마, 왜 하늘에 옷이 있어?"

아이들의 말에 청아가 천을 올려다보며 말했다.

"바람이 옷을 만드는 걸 도와주고 있는 거야."

그 말에 아이들의 눈이 동그래졌다.

"정말?"

"바람이랑 옷 같이 만들어?"

"응. 해윤이랑 다윤이가 입은 옷도 바람이 도와줘서 만든 거야."

"우와아……."

아이들이 신기해하다가 곧 염색 천 아래를 뛰어다니기 시작했다. 잠시 후 마당으로 윤태가 들어섰다.

그는 한복을 입은 아이들을 발견하고 못 견뎌 자리에 주저앉았다.

"아니, 너무 심하게 귀여운 거 아냐?"

"아빠!"

두 아이가 동시에 소리치며 윤태에게 달려갔다. 윤태가 아이들은 한 팔에 하나씩 안고 일어섰다.

"한복 선물 받았어? 감사합니다, 했어?"

"했어! 이렇게 배에 손 올리고!"

"할머니가 우리 쑥쑥 더 크면 또 만들어 준대."

"와, 감사하네."

윤태가 말하며 청아에게 걸어가 그녀의 뺨에 쪽 입을 맞췄다. 그러자 아이들도 번갈아 엄마와 아빠 뺨에 쪽쪽 입을 맞춘다.

해윤이 염색 천을 가리키며 말했다.

"아빠, 있잖아. 저거는 바람이 옷 만드는 거 도와주는 거다?"

"맞아, 엄마가 알려 줬어."

"으응. 신기하네. 아빠는 몰랐어."

윤태가 다정히 말하고 아이들을 내려놓았다. 두 아이가 다시 신이 나서 마음에 드는 염색 천을 고르며 뛰어다니는 사이 윤태가 청아를 끌어안으며 말했다.

"아. 세상에서 내가 제일 행복할지도 몰라. 다른 사람 주장을 못 들어 봐서 확신은 못 하지만."

그의 말에 청아가 어깨를 들썩이며 웃었다.

"나는 확실히 내가 행복한데?"

"그래? 그럼 나도 확실해졌네. 우리 청아가 행복하면 더 바랄 게 없으니까."

그가 중얼거리듯 말하며 청아를 힘주어 안았다가 놓아주었다. 그리고 그치지 않는 웃음을 지으며 청아의 손을 감싸 쥐었다.

　청아는 결혼하던 해에 책을 원작으로 한 영화의 성공을 시작으로 승승장구를 이어 가고 있었다.

　결혼하고 7년이 되는 해 겨울 초입에 청아는 전시회를 열었다. 지금까지 디자인한 한복들을 전시한 전시회였다.

　연자는 오픈 첫날 친구들을 데리고 전시회에 왔다. 그리고 제자 하나 잘 둬서 손녀까지 먹고산다며 친구들에게 그렇게 자랑을 했다. 그사이 청아는 정말 많은 사람을 알게 되었다.

　그녀가 구경 온 제화에게 전시를 소개해 주며 말했다.

　"저 진짜 강 실장님 없었으면 이 일 못 했을 거예요."

　"청아 씨가 능력 있는 덕이지 뭐. 요즘 진짜 잘나가더라?"

　제화의 말에 청아가 미소를 지었다. 제화가 말했다.

　"아직도 기억나, 청아 씨가 말했던 거. 남들 눈에 안 띄고, 죄 짓지 않고. 그래도 옷은 만들면서 살고 싶어요. 딱 이렇게 말했었잖아."

　"그랬었죠."

　"지금은 어때?"

　"지금요?"

　청아가 잠시 생각하더니 입을 열었다.

　"이젠 남의 눈 신경 안 쓰고, 죄짓지 않고, 그래도 옷은 만들면서 살고 싶어요."

　"와, 성장했다, 유청아."

　"덕분입니다."

　청아가 인사하는 시늉을 하며 웃었다.

428

제화가 떠나고 이제 슬슬 올 만한 사람은 다 왔나, 생각하는데 밖에 눈이 오는 것이 보였다. 안 그래도 들떠 있던 청아의 얼굴이 더욱 밝아졌다.

그녀가 핸드폰을 보니 이미 윤태에게 문자가 와 있었다.

[첫눈이야.]

청아가 연화에게 말했다.

"연화야, 나 좀 나갔다 올게."

"아, 연례행사?"

"응."

청아가 웃으며 고개를 끄덕였다.

얼른 코트를 찾아 입고 그곳을 나왔다. 두 사람이 처음 만난 벤치로 달려가 보니 윤태가 먼저 와 있었다. 손에는 꽃다발이 들려 있었다. 청아가 행복한 얼굴로 그에게 걸어갔다.

"어떻게 항상 나보다 먼저 와요? 나도 가까이 있었는데."

"최근에 생긴 재능이야. 눈 오기 직전에 아는 거."

"특이한 재능이네."

"당신을 이 추운 날 기다리게 할 순 없잖아. 첫눈 예보만 오면 창문을 예의주시하다가 눈 오자마자 튀어나오는 거지."

윤태가 태연하고 자랑스럽게 말하더니 눈웃음을 지으며 코트 주머니에 손을 넣고 안기라는 듯 벌렸다. 청아가 천천히 걸어가 그의 품에 폭 안기자 윤태가 코트로 아내를 감쌌다.

블루월 박윤태 대표가 여기서 첫눈이 올 때마다 기다린다는 이야기가 있어서인지, 첫눈이 내린 오늘 벤치 근처에 사람이 많이 보였다.

두 사람은 그것마저 무척이나 좋았다. 근처에 있는 많은 커플들 속에서 서로를 발견하고 나면 절로 웃음이 피어올랐다.

윤태가 고개를 숙여 꿀이라도 떨어질 것 같은 눈으로 청아를 바라보았다.

"영화 보러 갈래? 재개봉 영화들 괜찮던데."

"지금? 회사는요?"

"난 원래 첫눈 오는 날 사라지잖아. 아무도 안 찾아."

"미안하게……."

"쿠키 구워다 주자."

"그것도 연례행사네요."

두 사람이 이야기하면서도 떨어지기 싫어서 꼭 달라붙어 있다가 한참 후에야 떨어져 영화관으로 향했다.

손을 꼭 잡고 걷는 두 사람에게로 하얀 눈송이가 보드랍게 내려앉았다.

Fin.

작가 후기

안녕하세요, 기진입니다!

2019년이 시작되는 1월 1일 밤에 후기를 적고 있습니다.

《친절에 보답하라》는 스스로마저 외면하고 복수심만 품은 채 살아온 남자와, 주관을 관철하며 달려온 여자의 이야기입니다.

제 입장에서 어두운 글이라 독자님들께서 읽으시기에 어떠실 지 모르겠습니다. 후기를 쓰고 있는 지금도 두근두근 긴장 상태 입니다^^!

언제나 다음 책이 나올 수 있도록 도와주시는 독자님들을 위 해 후기를 적습니다. 독자님들이 계신 덕분에 저는 또 신이 나 서 다음 원고를 적으러 갑니다.

행복한 2019년 보내시기 바랍니다.

진심으로 감사드립니다!